학술적 글쓰기와 저자성

학술적 글쓰기와 저자성

민정호 지음

보고사
BOGOSA

머리말

　대학원에 입학한 유학생에게 학술적 글쓰기는 어렵다. 유학생은 대학원의 선배 구성원들이 오래전부터 합의하고 사용한 학술적 글쓰기의 담화관습에 대해서 전혀 모르기 때문이다. 결국 유학생은 담화관습의 형성에 관여한 바가 전혀 없지만, 이 관습에 따라서 글쓰기를 해야만 한다. 그렇지 않으면 좋은 성적을 받을 수 없고, 졸업할 수도 없다. 그만큼 학술적 글쓰기는 유학생의 학업 적응과 취업 여부 등과도 연결되기 때문에 중요하다.

　필자는 4년 전에 모교에서 대학원 유학생들을 대상으로 강의를 했었다. 이때 학술적 글쓰기의 담화관습에 적응하지 못하고 우왕좌왕하는 유학생들을 아주 많이 만날 수 있었다. 이들은 Barton 식으로 말하자면, 완전히 바뀐 '리터러시 생태(the ecology of literacy)'에서 적응하지 못하는 유학생들이었다. 특히 정도가 심했던 유학생들은 수업에서 낮은 성적을 받았고, 전반적으로 학업 적응에도 애를 먹는 모습이었다.

　이 강의를 통해서 대학원에서 공부하는 유학생에 대한 '학술적 관심'이 생겼다. 그 후 이 강의 경험은 박사 논문의 주제로 심화되었다. 그 결과 학술적 글쓰기의 주요 국면에서 나타나는 대학원 유학생의 저자성을 중심으로 박사 논문을 쓰게 되었다. 이 논문은 학술적 글쓰기에서 필요한 리터러시 사건들의 총합, 즉 리터러시 생태에서 나타나는 유학생의 저자성 특징을 분석·종합한 것이다.

　이 논문에서 유학생의 저자성 양상을 학술적 글쓰기의 발견, 표상, 전략, 구현의 각 국면에서 살펴보았는데, 텍스트의 수준이 높아질수록 저자성의 양상도 학술 담화공동체의 담화관습에 부합했다. 이 논문의 결과들을 기초로 필자는 유학생, 대학원 유학생, 그리고 한국인 대학생 등을 대상으로 학술적 글쓰기, 학술적 리터러시, 필자 정체성, 저자성 등과 관련된 연구를 계속해 오고 있다.

이 책의 내용은 앞서 소개한 박사 논문을 소폭 수정한 것이다. 학위를 받고 2년이 지난 시점에서 이 논문을 책으로 다시 내는 이유는 '대학원 유학생'에 대한 글쓰기 연구가 갖는 마이너리티적 위치 때문이다. 학술 담화공동체에서 요구하는 담화관습을 외면할 경우 대학원 유학생은 졸업이 유예되는 등 여러 불이익을 경험하게 되지만, 대학원 유학생을 대상으로 하는 글쓰기 연구는 여전히 그 속도가 느린 편에 속한다.

이 책에서 다루는 저자성의 주요한 국면들은 유학생이 학술적 글쓰기를 할 때 주요하게 고려해야 하는 리터러시 사건들과 관련된다. 그렇기 때문에 이 리터러시 사건에서 유학생이 보인 저자성의 양상은 대학원 유학생이 학술적 글쓰기를 하면서 어려움을 경험하는 구체적인 국면을 보여준다. 그리고 이 국면들은 대학원 유학생을 중심으로 진행되는 글쓰기 연구가 앞으로 무엇에 주목해야 하는지를 나타내는 자료가 될 것이다.

언어교육원, 교양학부, 국어국문학과 등 다양한 교육기관을 거쳐오면서, 필자는 학습자들이 경험하는 어려움을 해소해 주는 것이 곧 교육학의 중요한 역할임을 재인식할 수 있었다. 앞으로 최근 진행한 연구들을 주춧돌로 삼아, 학술적 글쓰기에서 유학생이 경험하는 어려움을 해소하고 학술적 리터러시를 강화할 수 있는 교육법 연구에 더욱 매진할 계획이다.

2020년 7월 민정호 씀

목차

학술적 글쓰기에서 저자성 연구의 의의

1. 저자성 연구의 필요성

본 연구는 '외국인 유학생'[1] 중에서 '대학원 유학생'의 '학술적 글쓰기(academic writing)'의[2] 특징을 살펴보는 것이다. 이를 위해서 '필자'가 '계획하기'와 '수정하기'에서[3] 어떻게 자신의 담화공동체와 소통하면서 학술적 텍스트를 완성해 나가는지, 그리고 소통의 결과물인 '학술적 텍스트(academic text)'의 특징이 무엇인지를 살펴보려고 한다. 그리고 학술적 텍스트의 수준을 나누고 나타나는 특징을 계획하기와 수정하기에서 저자의 '선택'을 중심으로 분석한다.[4] 특히 담화종합 수준별로 나타나

---

1) '외국인 유학생'은 국내 고등교육기관에 재학 중인 유학생을 말하는 것으로 학위 과정과 비학위 과정으로 구분한다. 학위 과정은 전문학사, 학사, 석사, 박사로 나뉘고 비학위 과정은 어학연수생과 기타연수생으로 나뉜다. 본 연구는 대학원 '석사' 과정에 재학 중인 대학원 유학생을 중심으로 연구가 진행된다.

2) 본 연구에서는 유학생이 한국어로 글을 쓰는 양식을 배우는 학습자이지만 '학문 목적 글쓰기(writing to learn)'가 아닌 '학술적 글쓰기(academic writing)'를 사용한다. 이는 '사회 구성주의'에 근거하여 유학생 역시 학술 담화공동체에 속해서 '학술적 텍스트'를 적극적으로 생산하는 '필자'라는 의미이다. 본 연구는 '학술적 텍스트'를 완성하는 '과정'이나 '행위'를 가리킬 때는 '학술적 글쓰기'라고 하고 이 과정을 통해 생산된 구성물, 텍스트를 지칭할 때는 '학술적 텍스트'라고 하겠다.

3) 다만 본 연구는 Hayes(2012)의 주장을 수용하여, 작성하기(Translating)는 계획하기(Planning)와 수정하기(Revision/Reviewing)가 결합한 특별한 행위/활동(Specialized writing activity)으로 전제한다. 이 글에서 계획하기는 '계획하며 작성하기'이고 수정하기는 '수정하며 작성하기'를 각각 의미한다. 그래서 본 연구는 별도로 '작성하기'를 '계획하기'와 '수정하기'와 분리하여 다루지 않았고 '쓰기과정' 또한 '계획하기와 수정하기'와 동일한 개념으로 정리한다.

는 '선택'의 특징이 자신의 담화공동체의 '선택'과 어떤 차이점이 있는지를 중심으로 논의를 전개한다. 이 차이가 학술적 텍스트의 질을 결정하는 원인이라고 전제하고, 본 연구는 수사적 상황에서 '선택의 양상'을 곧 '저자성'으로 본다.

보통 외국인 유학생이 완성한 '텍스트'는 '한국어 모어 학습자'들과 비교했을 때 '모사'의 양상을 띤다는 주장이 많다(이유경, 2016; 박지원, 2013; 이윤진, 2012; 장은경, 2009). 이러한 주장을 담은 연구들은 외국인 유학생이 작성한 텍스트에 대한 '질'과 '저자성'을 구체화기보다는 텍스트에 나타나는 '오류 양상'이나 '문법 사용 양상'에 주안점을 두고 연구를 진행한다. 이와 같은 논의들이 함의하는 바는 외국인 유학생의 텍스트를 '필자'가 아닌 '학습자'의 학습 과정 중에 나온 '낮은 수준의 산출물'로 전제한다는 것이다. 이러한 전제 속에서 진행되는 외국인 유학생을 대상 쓰기 연구는 '전문 저자성'을 중심으로 전개되지 않는다. 왜냐하면 전문 필자가 아닌 학습자의 저자성은 주요 관심사가 될 수 없기 때문이다. 본 연구는 능숙하지는 않을 지라도 텍스트의 수준을 가르는 유학생만의 저자성이 있다고 전제하고 그 양상을 살펴보려고 한다.

특히 '학술적 글쓰기'의 양상이 '모사'로 나타난다는 것은 외국인 유학생의 글이 표절과 같은 '연구 윤리의 문제'를 야기할 수 있다는 것을 의미한다. 그런데 대학원 유학생의 경우에는 외국인 유학생 중에서도 그 위치가 독특하다. 우선 대학원 유학생은 졸업을 위해서 '학위 논문'을 써야 한다. 그래서 학문 목적 한국어 학습자 중에서도 '연구 윤리의 최일선'에 위치한 학습자들이다(김경미, 2014; 이윤진, 2013; 최선경, 2009).

---

4) 본 연구에서는 대학원 유학생이 작성한 텍스트를 지칭할 때는 '학술적 텍스트'로 용어를 통일하지만 학술적 텍스트의 수준을 다룰 때는 '담화종합 수준'으로 용어를 통일한다. 이는 '학술적 글쓰기가 곧 담화종합'이고(김혜연, 2016:31), 이 담화종합의 수준이 텍스트의 총체적 수준을 결정하기 때문이다.

또한 한국어 교육원과 대학교까지의 교육과정을 마치고 입학했기에 '학술적 글쓰기'에 대한 쓰기 경험과 지식을 갖춘 '전문적 학습자군'이기도 하다. 본 연구가 '학술적 글쓰기'에 주목한 이유는 대학원 유학생에게 '학술적 글쓰기'의 중요도가 가장 높기 때문이다. 즉 학계의 구성원으로 편입된 대학원 유학생들에게 학술적 글쓰기는 리터러시 양상, 즉 저자성을 확인할 수 있는 최적의 도구인 셈이다.

원만희(2015:228)는 '학술적 글쓰기'를 필자가 "주어지는 텍스트에 대한 분석과 비판 그리고 더 나아가 대안 혹은 새로운 텍스트를 제시하는 유형의 글쓰기"로 정의한다. 그렇다면 '학술적 글쓰기'에서는 '필자'가 특정 학술적 주제를 다룬 텍스트와 정보들을 찾을 수 있어야 하고, 이것들을 비판적으로 분석하고 전략적으로 수용하여 자신이 속한 '담화공동체' 차원에서 '재구성'할 수 있어야 한다.[5] '대학원 유학생 필자'는 이와 같은 '학술적 글쓰기'가 요구하는 '리터러시', 즉 '읽고 쓰는 능력'이 '직감(Felt Sense)'으로 형성되어야 모사의 양상에서 벗어나 학술 담화공동체에서 요구하는 텍스트로 완성할 수 있다.[6] 물론 Pecorari(2003:317)의 지적처럼, 유학생은 의도성 없이 표절하는 경우가 많기 때문에, 학습자가 자신의 글쓰기 전략이 부적절함을 인식하기 전까지 '모사'란 대단히 '만연한 전략(Widespread Strategy)'이라고 볼 수도 있다. 그렇지만 대

---

5) '담화공동체'란 의사소통의 목적을 공유하며 공통의 목적을 이루기 위해 합의된 텍스트를 사용하는 작가와 화자들이 구성하는 공동체를 말한다(Hyland, 2002:230).

6) 'Felt Sense'를 이윤빈(2013:43)은 '체감'이라고 번역했고, 김성숙(2015나)와 Anis Bawarshi & Mary Jo Reiff(2010; 정희모·김성숙·김미란 외 공역, 2015:167-177)는 '직감'이라고 번역했다. 국어사전을 살펴보면 '직감'은 "사물이나 현상을 접하였을 때에 설명하거나 증명하지 아니하고 진상을 곧바로 느껴 앎, 또는 그런 감각"을 말하고 '체감'은 "몸으로 어떤 감각을 느낌"을 말한다. 본 연구에서는 학습에서 체감이 더 수동적인 입장을 보여주고 직감이 더 적극적인 입장을 보여준다고 생각하여 해당 용어를 '직감'으로 번역하였다. '직감'은 필자가 새로운 장르를 접할 때 과거 지속적으로 경험했던 장르에 대한 지식과 새로운 장르를 실제 경험하면서 쌓은 지식들이 누적되면, 새로운 장르에 대한 장르 인식이 높아진다는 개념이다(Freedman, 1987:101).

학원 유학생들은 이 '만연한 전략'에서 벗어나 학술 담화공동체에서 요구하는 수준의 '독창적 텍스트'를 생산해야 하는 위치에 있다. 이 요구에 부응하지 못할 경우 대학원 유학생은 '학위논문 통과 실패', '연구 윤리 문제' 등 학술 담화공동체에서 불이익을 받게 된다. 그러나 대학원 유학생이 '학술 담화공동체'에서 적응하는 것의 어려움을 방증하는 연구들이 꾸준히 나오고 있다(김종일, 2017; 김성숙, 2015가; 이유경, 2014; 민진영, 2013; 민현정, 2013). 민진영(2013)은 외국인 유학생 중에서 '대학원 유학생'이 연구 대상인데, '한국어 능력' 곧 '언어 능력'의 부족이 유학생들이 대학에서 경험하는 학업 부적응의 주요한 '원인'임을 밝혔다. 과제를 하고 '논문'을 쓰는 것은 곧 한국어 능력 중에서 '쓰기능력'을 말하는데, 김성숙(2011:18)은 말하기의 경우에도 별도의 '발표문'을 작성해야 하는 유학생들의 특수성을 강조한다. 이는 유학생은 '발표'를 할 때도 '쓰기'가 필요하기 때문에 말하기를 포함한 모든 '과제'가 결국 '쓰기'로 귀결되기 때문이다. 이렇게 정리하면 유학생이 갖고 있는 언어 능력의 부족은 결국 '쓰기능력의 부족'이 된다.

그렇다면 유학생의 '쓰기능력의 부족'을 해결해줄 리터러시 교육이 요구되는데, 여기서 나올 수 있는 개념이 Spivey의 '담화종합(Discourse Synthesis)'이다.[7] Spivey(1997; 신헌재 외 공역, 2002:243)는 '담화종합'을 "필자들이 여러 텍스트를 읽고 그 텍스트와 관련된 자신의 텍스트를 생산하는 과정을 지칭하는 것"으로 정의하고 있다. Leki & Carson(1994)는 대학에서 학습자들이 마주하게 되는 과제의 대부분이 참고 자료를 이용하여 재구성하는 쓰기 과제임을 밝혔고, Chitose Asaoka & Yoshiko

---

7) 현재 담화종합을 다룬 연구에서는 'Discourse Synthesis'가 '담화종합'과 '담화 통합'으로 혼용되어 사용되고 있다. 그렇지만 Bloom의 '교육 목표'에서 'Synthesis'는 '종합'으로 번역·통용된다(송치순, 2014:13). 이를 근거로 본 연구는 '담화 통합'이 아닌 '담화종합'으로 용어를 통일한다.

Usui(2003:144)은 학문적 글쓰기가 높은 수준의 인지력을 요구하며 특히 참고해야 할 텍스트들을 평가하고 해석한 후에 재구성하는 까다로운 작업과 이에 대한 다양한 아이디어가 학습자에게 요구된다고 밝혔다. 본 연구에서 Spivey의 '담화종합'을 언급한 이유는 원만희(2015), Chitose Asaoka & Yoshiko Usui(2003), Leki & Carson(1994)에서 정의한 학술적 글쓰기에 대한 공통점 때문이다. 본 연구의 후반부에서 유학생의 학습자 개별성과 학술적 글쓰기의 성격을 밝히겠지만, 앞서 제시한 연구물들의 공통점을 먼저 밝히자면 그것은 '종합'과 '재구성'이다.

자연계, 인문계, 예체능계 등 대학(원)에는 다양한 전공과 세부전공이 있다. 그런데 공통적으로 각 전공의 과제에서 요구하는 특징은 기존에 정리된 해당 전공의 자료들을 찾아서 이를 해석하고, 이를 적절하게 변형해서 한편의 글로 '재구성'하는 것이다. 물론 Wardle(2004)처럼 학술적 글쓰기의 '공통성'에 부정적인 입장을 취하는 연구들은 계열이 달라도 글쓰기 장르를 아우르는 '공통적 요소'가 있다는 주장에 동의하지 않는다. 그렇지만 본 연구는 전공이 다를지라도 학술적 글쓰기라면 '공통적 요소'가 존재한다는 것을 전제로 연구를 진행한다(Hines, 2004). 그리고 대표적인 '공통적 요소'가 여러 '담화'들을 '종합'하는 '담화종합'이라고 보고, 대학원 유학생의 담화종합 능력을 판단하기 위해서 대학원 유학생의 학술적 글쓰기 양상과 학술적 텍스트를 분석한다. 본 연구는 '학위논문' 중심의 대학원 유학생 글쓰기 연구의 경향에서 벗어나 대학원 유학생이 실제 작성한 텍스트를 중심으로 진행하기를 원했다. 이와 같은 이유로 학술적 텍스트를 유학생이 작성한 '필기', '보고서', '시험 답안지', '발표문'8) 등으로 정의하고, 이중에서 '시험 답안지'와 '보고서'

---

8) 이수정(2017:5)은 학술적 글쓰기를 학술 보고서, 시험 답안, 발표문 등으로 정리하면서, 유학생에게 노출 빈도가 높고 무엇보다 대학 교과 과정의 기본이자 평가의 대상이 되는 것으로 '학술 보고서'를 꼽았다. 본 연구 역시 '높은 노출 빈도와 교과 과정의 기

를 중심으로 대학원 학습자의 학술적 글쓰기와 학술적 텍스트 양상을 살펴보려고 한다.

현재 한국어 교육에서 '쓰기'는 방법론적 차원에서는 '과정 중심 글쓰기', 그리고 교육과정 '체계' 차원에서는 '교양 글쓰기'가 주요 헤게모니(hegemony)를 잡고 있다. '과정 중심 글쓰기'의 득세는 그간 한국어 교육의 흐름이 '일반 목적 학습자'를 중심으로 개발·운영되었기 때문이고, '교양 글쓰기'의 강세는 3, 4학년의 전문적 글쓰기에 앞서 필요한 쓰기 지식들을 외국인 유학생에게 집약해서 알려주기 위함이었다.[9] 그렇지만 일반 목적 한국어 교육의 학습 목표가 단시간 한국에 체류하는 학습자들의 '의사소통능력'을 향상시키기 위함이기 때문에 '사회적 요소', '문화적 요소' 등이 최대한 배제되고 '한 개인'의 '인지적 과정'만을 중시한다는 문제가 있다. 그렇지만 '체류(stay)'의 개념이 아닌 '거주(residence)'의 개념으로 실제 한국어 모어 화자들과 함께 '담화공동체'에서 생활하는 외국인 유학생은 개인의 인지적 과정을 위시한 '과정 중심 글쓰기'만으로는 '글쓰기의 한계'에 부딪히게 된다.[10] 또한 '교양 글쓰기'의 경우

본'이라는 측면에서 학술적 텍스트 중에서 학위 논문이 아닌 '학술 보고서'를 연구 대상으로 삼았다.

9) 이에 대해서 김원경(2016)은 안경화(2006)을 근거로 일반적인 한국어 교육은 과정 중심의 쓰기 수업이 자리를 잡았고, 이미혜(2010)을 근거로 장르 중심의 쓰기 수업은 논의는 되고 있지만 체계화되지 못했으며, 현재 한국어 교육은 '과정 중심의 쓰기 교육'이 중심이라고 지적했다. 그렇지만 이런 흐름과 반대로 실제 수업은 '결과 중심의 쓰기 교육'의 잔재가 남은 양상이다. 한국어 교실에서 글쓰기 수업은 원형의 텍스트를 제공해서 외국인 유학생이 모방하도록 하거나, 내용 중심의 수정은 외국인 유학생에게 맡기고 교사는 오류 교정만을 담당하기도 하는데, 이런 양상은 '결과 중심의 쓰기 교육'의 영향 때문이다. 본 연구는 현재 한국어 쓰기 교육이 '과정 중심 쓰기 교육'을 지향하지만, 여전히 텍스트의 완성에 치중한 '결과 중심 쓰기 교육'의 방법들이 남아 있다고 전제한다.

10) 이재승(2007), 정다운(2009), 황미향(2007)처럼 '과정 중심 글쓰기'의 한계에 대한 연구가 지속적으로 나오고 있고, 최근 이인혜(2016)은 '개인의 인지적 과정'과 '사회적 의미 구성' 그리고 '상호작용' 모두가 중요하다는 전제로 '사회인지적 과정'을 고려한 학문 목적 한국어 쓰기 평가를 개발하였다.

'교육과정 체계'의 문제이기 때문에 '편입'을 한 경우에는 '글쓰기 강의'
를 듣지 않고 3, 4학년으로 올라 갈 수도 있다. 무엇보다 '교양 글쓰기'
의 경우 그 교육이 일회성이라는 차원에서 반복적인 훈련이 요구되는
유학생의 학습자 개별성을 고려하지 않은 것으로 보인다.

최근 이와 같은 문제의식 속에서 대학에 입학한 대학교 유학생을 대
상으로 진행된 글쓰기 연구나 대학원 유학생의 학위논문을 중심으로
진행된 글쓰기 연구들이 나오고 있다. 이 연구들은 유학생의 글쓰기에
서 나타나는 문제점과 특징을 요약하고, 이를 통해서 합리적인 교육과
정을 마련하기 위함이다. 그렇지만 학위논문의 경우 대학원 유학생들
에게 '한국어 모어 필자들의 도움'을 받아야 완성될 수 있는 텍스트로
인식되기에, 이를 통해 유학생들의 글쓰기의 수준과 텍스트의 특징을
정확하게 파악하기가 어렵다. 이와 같은 이유로 본 연구는 유학생이
'학기' 중에 작성한 학술적 텍스트와 이를 완성하기 위한 학술적 글쓰기
에서의 계획하기와 수정하기를 분석하는 것이 실질적으로 대학원 유학
생의 저자성을 살필 수 있는 최적의 방법이라고 판단했다.

본 연구는 대학원 유학생의 계획하기와 수정하기에서 나타나는 특
징과 대학원 유학생이 구성한 학술적 텍스트의 특징을 통해서,[11] 대학
원 유학생의 저자성을 규명하는 것을 목표로 한다. 다만 계획하기와 수
정하기, 그리고 학술적 텍스트를 본격적으로 분석하기에 앞서 '필자 요
인'을 살펴본다. 이는 계획하기와 수정하기, 그리고 학술적 텍스트를 살
펴보기 전에 대학원 유학생의 학습자 개별성을 구체화하기 위함이다.
필자 요인으로는 연구 대상의 특징을 살펴보는 '기초 정보' 이외에 유학

---

11) 본 연구는 학술적 텍스트의 공통적 특징으로 '담화종합'을 제시한다. 그러므로 '학술
    적 텍스트'는 곧 '담화종합 텍스트'를 가리킨다. 또한 '담화종합의 수준'은 '학술적 텍스
    트에 대한 총체적 평가 결과'를 가리키는 것으로 대학원 유학생 필자의 쓰기능력과
    동일한 것으로 간주한다.

생이 갖고 있는 쓰기 경험과 언어 능력, 그리고 글쓰기에 대한 정의적 태도와 자기 효능감 등을 포함한다. '계획하기'에서는 과제를 읽고 대학원 유학생이 표상한 '과제 표상'과 글쓰기를 시작할 때 떠오르는 최초의 '인지 과정'을 자유롭게 쓴 '자유글쓰기(Freewriting)',[12] 그리고 학술적 텍스트에 대한 '장르 인식'을 살펴본다. '수정하기'에서는 필자가 1차 텍스트를 읽고 내린 진단 양상과 이 문제를 해결하기 위해 사용한 수정 전략 등을 살펴본다. 마지막으로 '담화종합'은 채점자들의 총체적 평가를 2차 텍스트를 대상으로 실시하고, 이 2차 텍스트들의 특징을 분석한다. 그리고 2차 텍스트의 '수준별'로 계획하기, 수정하기, 담화종합에서의 '선택'과 '특징' 등을 살펴본다.

종합하면, 본 연구는 대학원 유학생의 학습자 개별성을 토대로, 계획하기와 수정하기에서 나타나는 학술적 글쓰기에서의 선택(Selection)과 학술적 텍스트에 구현된 양상 등을 분석한다. 그리고 대학원 유학생의 담화종합 수준별로 나타나는 선택의 양상을 구체화하고, 이를 통해서 담화종합 수준별 저자성의 특징을 분석한다. 특히 대학원 유학생의 저자성은 대학원에 입학한 후에 '학술적 글쓰기'에서 어려움을 겪고 있는 대학원 유학생들을 위한 교육과정과 교육방법의 개발에 '수준별 실제성'을 담보할 수 있는 자료로써 공헌할 수 있을 것이다.[13]

---

12) '자유글쓰기'는 필자가 쓰고 싶은 내용을 자유롭게 종이에 적는 행위를 말한다(황병홍, 2016:201). 이는 내용 생성 과정에서 유용한 전략으로 Elbow(2000)이 제안한 것이다. 이 자유글쓰기는 편집과 비평으로부터 자유롭게 쓰는 글쓰기를 가리키는 것으로, 필자의 목소리(Voice)를 내용 생성 과정에서 필자 내면의 생각들을 쓰는 것이다.

13) Bastiaens & Martens(2005)는 학습에서의 실제성을 네 가지로 제시하는데, 첫째는 과제의 친밀성, 유의미성, 전이가능성 등으로 대변되는 '과제의 실제성'이다. 둘째는 학습 활동 과정에서 사용하는 교구와 매체의 적절에 입각한 '자원의 실제성'이다. 셋째는 학습자들이 책임감 갖고 협력적으로 활동에 임하는 것을 가리키는 '활동의 실제성'이다. 마지막 넷째는 평가 기준의 적절성과 관련되는 '평가의 실제성'이다. 본 연구에서 그 양상이 분명해질 유학생 필자의 '저자성'은 이와 같은 네 가지 차원의 실제성을 갖춘 교육과정 개발에 유용한 자료를 제공할 것이다.

2. 학술적 글쓰기 연구의 흐름

본 연구는 유학생의 '학술적 글쓰기'에서 나타나는 '계획하기', '수정하기', 그리고 '학술적 텍스트'를 중심으로 그 양상을 살펴보고, 이를 통해 유학생의 실제적 저자성을 분석하고 분류하기 위함이다. 본격적인 논의에 앞서 선행연구를 검토하는데, 분석의 대상이 되는 연구 주제는 다음과 같다. 첫째는 '학문 목적 한국어 글쓰기'와 관련된 연구이다. 이를 통해서 학문 목적 한국어 글쓰기 교육의 경향을 파악한다. 둘째는 '대학원 유학생'의 학습자 개별성과 글쓰기를 다룬 연구들이다. 본 연구가 외국인 유학생 중에서 '대학원 유학생'에 초점을 맞췄기 때문에, '대학원 유학생' 관련 연구들의 흐름과 위치를 확인할 필요성이 있다. 셋째는 '담화종합' 관련 연구들이다. 본 연구는 학술적 글쓰기의 특징을 담화종합으로 전제하고 학술적 텍스트를 담화종합 텍스트와 동일시한다. 따라서 국내에서 담화종합을 다룬 연구들의 경향을 살펴보고 특징을 정리할 필요가 있다.

2.1. 학문 목적 한국어 글쓰기

김정숙(2000)은 학문 목적 한국어 교육에 관한 최초의 연구이다. 김정숙(2000)은 일반 목적 학습자와 학문 목적 학습자를 대상으로 요구조사를 실시했는데, 설문조사 결과 일반 목적 학습자는 말하기에 대한 요구가 가장 높고 쓰기에 대한 요구가 낮았던 반면에, 학문 목적 학습자는 쓰기에 대한 요구가 가장 높고 말하기에 대한 요구가 가장 낮았다. 이 연구는 한국어 교육에서 연구 대상으로 새로운 학습자 집단에 주목했다는 것과 일반 목적 한국어 교육과정과는 차별화되는 학문 목적 한국어 교육과정의 필요성을 주장했다는 측면에서 그 의의가 있다. 학습자 요구분석을 통해서 학문 목적 한국어 교육과정의 필요성을 강조한 비슷한 연구로는 이준호(2005)가 있다.

학문 목적 한국어 교육의 연구 동향을 분석한 연구로는 최정순·윤지원(2012), 설수연·한민지·김영규(2012), 이정희(2014), 이지영(2016나), 나원주·주현하·김영규(2017)이 있다. 이 중에서 나원주·주현하·김영규(2017)은 2012년부터 2016년까지 '학문 목적 한국어'를 다룬 연구를 종합한 결과, 학술 논문이 134편이었고 석사학위논문이 134편 그리고 박사학위논문이 27편으로 총 289편의 연구가 진행되었음을 밝혔다. 이는 최정순·윤지원(2012)가 종합한 2000년부터 2011년까지 11년간의 연구물의 수보다 더 많은 것이다. 연구물들은 주로 '질적 방법', '설문 조사'를 중심으로 진행된 것들이 많았고, 교재를 분석하거나 문헌을 분석하는 '서술적 고찰' 연구도 많았다.[14] 이는 학문 목적 한국어를 다룬 연구물들이 양적, 질적, 서술적 등 다양한 연구 방법으로 진행되었음을 방증한다.

한국어 쓰기 교육에 관련된 연구사 혹은 연구동향을 분석한 연구로는 강명순(2005), 심상민(2008), 최정순(2011), 손다정·장미정(2013), 강승혜(2014) 등이 있다. 가장 최근의 연구인 강승혜(2014)는 1980년부터 2012년까지 한국어 쓰기 교육의 연구물이 학술지 120편, 석사학위논문 206편, 박사학위논문 8편으로 모두 333편임을 밝혔다. 박사학위논문의 경우 모두 8편인데 이 중에서 3편이 학문 목적 학습자와 관련된 연구이다 (김성숙, 2011; 최은지, 2009; 홍해준, 2008). 손다정·장미정(2013)은 2000년부터 2013년까지 '학문 목적 학습자'를 대상으로 진행된 연구물들의 동향을 분석했는데, 이를 통해서 2012년을 기점으로 학문 목적 한국어 '쓰기 교육'에 대한 관심이 증가했음을 밝혔다. 이는 2012년까지 3편뿐이었던 박사학위논문이 2013년부터 2017년까지 12편이 나와 양적인 측면에서

---

14) 학문 목적 한국어와 관련한 연구 동향에 대한 세부 분석은 나원주·주현하·김영규 (2017)을 참고하기 바란다.

증가했기 때문이다(이수정, 2017; 박수현, 2016; 이슬비, 2016; 이인혜, 2016; 이주미, 2016; 장미정, 2016; 전형길, 2016; 채윤미, 2016; 전미화, 2015; 김은정, 2014; 조인옥, 2014; 이은경, 2013).[15)]

홍해준(2008)은 학문 목적 학습자를 위한 쓰기 교육 내용과 방법을 설계한 연구이다. 특히 이 연구는 '논증적 글쓰기'가 학문 목적 한국어 학습자에게 필수적인 과업이라고 전제하고, 논증적 글쓰기를 중심으로 논의를 전개한다. 그리고 이 연구는 한국의 논증적 글의 전범을 띠는 논증적 글을 중심으로 논증도식, 논증구조, 논증표지를 분석하여 각각의 원리를 도출하고, 학위과정에 있는 대학생과 대학원 유학생에게 '논증적 글'을 쓰게 한 후에 앞서 도출한 원리를 기준으로 분석하여, 논리성의 오류, 부적절한 호응 관계, 구어 표현 사용 등 학생들의 논증적 글에서 도출된 문제점을 확인하였다. 이 연구에서는 이를 해결하는 방향으로 쓰기 교육 내용을 설정했는데, 이 효과를 입증하기 위해서 다시 대학원 유학생을 대상으로 통제집단과 실험집단을 나눠서 실험을 실시했고 이를 통해서 도출된 쓰기 교육 내용의 효과성을 입증하였다. 이 연구는 '학문 목적 학습자'를 대상으로 진행된 최초의 박사 논문으로서 '텍스트 분석'과 '양적 연구' 등을 통해서 쓰기 교육 내용을 도출했다는 점에서 의의를 갖는다.

홍해준(2008)은 '논증적 글쓰기'를 대학 수학에서 한국어 학습자들에게 가장 중요한 쓰기 장르라고 본 반면, 이은경(2013)은 '요약문'을 중심으로 논문을 쓸 때 어떤 전략을 사용하고 어떤 쓰기과정을 거치는지를 분석했다. 또한 조인옥(2014)는 중국학습자를 대상으로 논설 텍스트에 나타난 모국어 글쓰기의 영향을 탐색했다. 특이한 점은 한국어 글쓰기

---

15) 학문 목적 한국어 쓰기 교육 연구물의 경우 2000년부터 2013년까지 학위논문이 62편, 학술 논문이 30편이었다(손다정·장미정, 2013:434). 특히 그 중에서 2012년부터 2013년까지의 경우 2년간 학위논문 27편, 학술 논문 11편으로 앞선 11년간보다 높은 편수를 보였다.

에서는 논리 외적인 요소들이지만 중국어 글쓰기에서는 논리 내적인 요소가 되는 특징들이 텍스트에서 발견되었다는 점이다. 이는 '틀리다'는 의미보다는 '다르다'는 의미로 해석되어 모국어로 형성된 쓰기능력을 목표어 쓰기능력으로 어떻게 전이시킬 수 있는지에 대해 고민한 연구로 판단된다. 채윤미(2016)도 학문 목적 학습자들이 생산한 '논증 텍스트'의 장르 분석을 했는데, 집단의 수가 많지는 않지만 상위 집단과 하위 집단 별로 논증 도식의 차이점을 확인했다는 점에서 의미가 있을 것이다.

'논증적 글쓰기', '요약문'에서 더 나아가 박수현(2016)은 학문 목적 학습자의 학위 논문의 장르적 특성을 '선행연구'를 중심으로 밝혔는데, 수사적 구조뿐만 아니라 '언어적 표현'도 중심축으로 전제하고 '선행연구 분석'의 장르적 특성을 도출했다. 이슬비(2016)은 장르 중심 교수 내용으로 '필자의 태도 교육'이 필요하다고 전제하고, 이를 위해서 한국어 모어 화자의 학술적 텍스트와 한국어 학습자의 텍스트를 분석한 연구이다. 한국어 모어 화자의 학술적 텍스트와 한국어 학습자의 텍스트를 분석한 결과, 한국어 학습자의 텍스트가 필자 태도의 부재 양상을 보였다. 이 연구는 이를 해결하고자 맥락 지식, 내용 지식, 언어 지식을 함의한 '담화 의미 중심의 문법 교육'이 실시될 필요가 있다고 지적했다.

최은지(2009)는 학문적 글쓰기에서 '쓰기 내용 지식'을 강조한 김정숙(2009)와 그 맥을 같이 하는 연구로, 특히 다중 텍스트를 활용한 통합적 쓰기능력의 중요성을 주장한 연구이다. 이 연구는 사회적 구성주의를 기반으로 쓰기는 문어를 통해서 사회적인 의미를 구성해 가는 과정으로 정의하고, 그 사회적 의미를 구성하기 위해서는 담화공동체의 관습과 규범을 지켜야 한다고 지적한다. 그렇지만 유학생의 경우 쓰기를 다른 언어 기능보다 어려워하는 경향이 있고, 무엇보다 대학교에서 배우는 교양 수준의 '한국어 과정'과 일반 목적 한국어 교육과정에서 배웠던

'한국어 과정'이 크게 다르지 않기 때문에, 유학생들에게 쓰기능력을 개발시켜야 한다고 지적한다. 이 연구는 한국인 학생과 외국인 유학생이 쓴 보고서를 내용 지식, 맥락 지식, 언어 구조 지식의 측면에서 분석하여, 유학생들이 무엇을 어려워하는지를 밝힌 후, 이 어려움을 해소하기 위한 교수요목을 제안하고 실제 수업 예시까지 보여준다. '무엇을 가르쳐야 하는가'와 관련한 쓰기 지식에 대한 연구로는 전미화(2015), 장미정(2016)이 있다. 최은지(2009)가 상호소통적 지식의 중요성을 이론적으로 밝히고 이를 통해 통합적 쓰기능력을 강조했다면, 전미화(2015)는 유학생들이 쓴 텍스트 분석을 통해서 학습자가 쓴 텍스트 출처를 찾는 것에 집중했다. 결론적으로 학습자들은 내용 지식을 구성하는 데 어려움을 보였는데, 이를 해결하기 위해서 전미화(2015)는 태도, 지식, 방법에 따라서 교육 내용을 설계했다. 장미정(2016)은 학문 목적 쓰기 교육 내용 선정을 위한 체계를 구성하고 채점자 협의를 거쳐 쓰기 지식을 도출한다. 그리고 일반 목적 한국어 중, 고급 학습자들을 대상으로 '요구 분석'을 실시하여 도출된 쓰기 지식의 내용과의 상관성을 분석한 연구이다.

김성숙(2011)은 학문 목적 학습자가 대학교에 입학했을 때 한국어 쓰기능력을 판별하여 수준별 분반을 가능하게 하는 '평가 척도'를 개발한 연구이다. 이 연구는 전국적인 설문을 통해서 쓰기 평가의 구인을 종합하고, 이를 3개 범주(구조/양식/내용) 10개 문항으로 종합하였다. 그리고 이를 실제 2개 대학의 학부 유학생들의 보고서 과제 채점에 적용하였고, 이를 통해서 이 평가의 '타당성'을 확인하였다. 이를 바탕으로 쓰기 지식의 수준에 따라서 학습자 유형을 8개로 분류했는데, 9%는 기초 한국어 집단으로서 대학 수학에서 요구되는 기초적인 과제조차 힘든 유형으로 나타났다. 이 연구는 특정 기준 없이 소수 채점자의 합의에 의해서 진행되던 쓰기 평가의 준거를 제공했다는 점과 이를 통해 학문 목적 쓰기능력의 등급화에 성공했다는 점에서 의의가 있다. 이인혜(2016)

은 '사회인지적' 과정을 반영한 학문 목적 한국어 쓰기 평가 과제를 개발하기 위한 연구로, 이론적 검토를 통해 담화종합과 기능 통합 중심의 자료 기반 평가의 요구를 확인하고, 현재 운영되고 있는 글쓰기 수업과 평가들을 분석해서 쓰기 평가 과제 개발을 위한 기초 준거들을 마련한다. 이를 바탕으로 평가 개발의 원리를 도출하고 과제 개발의 원리를 마련한 후, 실제 이 과제로 평가를 시행하여 그 결과를 분석하였다. 이 연구는 사회인지적 요소가 적극 반영된 쓰기 과제에 대한 이론적 근거를 마련한다는 측면에서 의의를 갖는다. 이주미(2016)은 학위과정에 있는 유학생들을 위한 쓰기 성취 기준 마련을 전제로 하여, 국내 대학에서 사용하고 있는 학문 목적 학습자를 위한 쓰기 자료들을 토대로 성취기준을 마련하고, 이를 채점자 집단에서 타당화 검증을 받은 후에 통합적 성취기준을 마련하였다. 또한 이를 기초로 인문계열, 사회계열, 공학계열의 학문적 쓰기 성취기준을 마련하였다. 물론 이 학문적 쓰기 성취기준의 '일반화'에 대해서는 더 많은 대상자를 대상으로 심도 깊은 논의가 우선되어야 하겠지만, 토픽(TOPIK) 이외에 별도의 학문 목적 학습자를 위한 범용 쓰기 성취 기준이 없는 상황에서 그 의의가 큰 연구라고 하겠다.

학문 목적 학습자의 '교육 방법'을 다룬 연구로는 김은정(2014)가 있다. '협력 학습'을[16] 중심으로 한국어 글쓰기 방법을 분석한 연구이다. 그리고 쓰기과정을 중심으로 '수정 양상'을 살핀 연구도 있는데, 전형길(2016)이 이 범주에 해당된다. 전형길(2016)은 1차로 20명의 학습자를 대

---

16) '협력학습(Collaborative Learning)'과 '협동학습(Cooperative Learning)'은 비슷한 개념으로 이해되지만 서로 구별되는 특성을 갖는다. '협력학습'은 그 출발점이 '사회 구성주의'이고 '협동학습'은 '구조주의'이기 때문이다. 그래서 '지식'이 사회 구성주들과의 상호작용을 통해서 구성된다고 보는 '협력학습'은 지식 구성자 중 한명인 교사를 '조력자'로 보지만 지식을 '기본적인 정해진 체계'로 보는 '협동학습'에서는 '감독자'가 된다(Olivares, 2005; Kara L. Orvis & Andra L. R. Lassiter, 2007:27 재인용).

상으로 논증적 글쓰기와 자기표현 글쓰기를 진행하고, 일련의 쓰기과정을 관찰한다. 그리고 2차로 137명의 고급 학습자를 대상으로 쓰기과정 요인, 인지적 요인과 하위구성 요인, 정의적 요인, 한국어 쓰기 교육의 경험 등 4가지 영역으로 구성된 설문 조사를 실시한다. 마지막 3차로 26명의 한국어 학습자를 대상으로 논증적 글쓰기, 자기표현적 글쓰기, 설명적 글쓰기를 쓰게 하고 이 과정을 관찰한다. 이를 통해서 수정하기 유형이 한국어 학습자들이 쓰기과정에서 산출 기반 수정 유형과 계획 기반 수정 유형으로 나누어지는 것과 과제 쓰기과정에서 쓰기 수정 행위가 텍스트 전개에 더 큰 영향을 준다는 것을 밝혀냈다.17)

　지금까지의 학술적 글쓰기 관련 연구들을 정리하면 다음과 같다. 학술적 글쓰기의 장르를 특정하고 진행된 연구, 실제 학습자들이 쓴 텍스트 분석을 통해서 장르를 분석한 연구, 쓰기 내용 지식의 형성과 텍스트에 드러나는 양상에 주목한 연구, 학습자들의 성취도별 분반을 위한 평가 도구 개발과 성취 기준 등을 개발한 연구, 특정 교육 방법을 통해서 학술적 글쓰기 역량을 강화시키는 방법을 탐색한 연구, 그리고 유학생들이 글을 쓰는 과정을 분석해서 그 특징을 도출한 연구가 그것이다. 이를 연구 주제별로 종합하여 그림으로 제시하면 다음과 같다.

---

17) 이와 비슷한 연구로 김혜연(2014)가 있다. 이 연구 역시 쓰기과정에 집중한 연구로, 인지적 사고 과정을 전제로 구성된 '과정 중심 쓰기'처럼 일원적, 순서적으로 쓰기과정을 논한 연구와 달리 쓰기과정이 다양하게 운용될 수 있음을 전제로 '역동적 상호작용'의 원리를 밝힌 연구이다. 이 연구는 쓰기과정과 텍스트 분석을 통해서 쓰기의 사전 계획 유무에 따라서 '계획하기'와 '수정하기'가 각각 쓰기과정을 추동하는 두 축임을 도출했고, 이 둘의 역동성을 사고와 행위 사이에 감각작동적으로 주고받는 상호적 관계가 성립함을 밝혔다. 그리고 생성과 검토의 변증법적 관계에 의해서 쓰기과정이 진행되고, 이것이 각각 계획, 읽기, 표현, 수정의 형태로 나타남을 보였다. 이 연구는 계획하기 단계에서 쓰기 계획을 세우지 않은 학습자를 미숙한 필자로 보지 않고 '수정하기'라는 새로운 쓰기과정의 동력을 정밀하게 밝혔다는 것과 '계획하기'와 '검토하기'가 역동적으로 움직이면서 쓰기과정이 진행된다고 밝혔다는 측면에서 그 의의가 크다. 김혜연(2014), 전형길(2016)은 한국어 모어 학습자와 외국인 학습자가 모두 순차적으로 진행되는 '과정 중심 쓰기'가 최선의 쓰기 방법이 아님을 나타낸다.

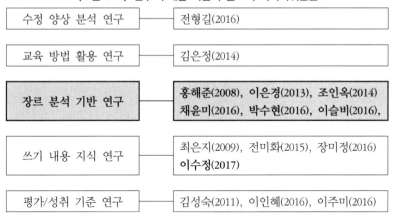

〈그림 1-1〉 연구 주제별 학술적 글쓰기 박사학위논문

| 수정 양상 분석 연구 | 전형길(2016) |

| 교육 방법 활용 연구 | 김은정(2014) |

| 장르 분석 기반 연구 | 홍해준(2008), 이은경(2013), 조인옥(2014) 채윤미(2016), 박수현(2016), 이슬비(2016), |

| 쓰기 내용 지식 연구 | 최은지(2009), 전미화(2015), 장미정(2016) 이수정(2017) |

| 평가/성취 기준 연구 | 김성숙(2011), 이인혜(2016), 이주미(2016) |

    학문 목적 학습자를 위한 '쓰기' 관련 연구들을 보면 '무엇을 가르쳐
야 하는가'를 다루는 '쓰기 내용 지식 연구'나 '어떻게 가르쳐야 하는가'
를 다루는 '교육 방법 활용 연구', 그리고 '어떻게 평가해야 하는가'를 다
루는 '평가/성취 기준 연구'는 적었다. 반면에 특정 장르의 글쓰기를 필
자들이 어떻게 하는지를 분석한 연구와 학술적 텍스트의 장르적 특성
을 다루는 유형의 연구들이 많았다. 그렇지만 외국인 유학생 중에서
'대학원 유학생'을 중심으로 학술적 텍스트를 장르 중심 접근법으로 진
행한 연구는 없었다. 무엇보다 계획하기와 수정하기에서 나타나는 리
터러시 양상을 중심으로 학술적 텍스트의 수준별 '저자성' 양상을 살핀
연구도 없었다.

    본 연구는 대학원 유학생의 글쓰기가 학습자 개인의 '인지적 사고
과정'만으로는 '쓰기 행위'를 원활하게 수행할 수 없고 담화공동체에서
사용하는 관습과 문화의 이해가 요구된다고 전제한다. 이와 같은 이유
로 '학술적 글쓰기'를 '전문적 필자'가 '학술적 텍스트'라는 특정 장르를
완성해 가는 계획하기와 수정하기로 전제하고, 유학생이 이 과정에서
보이는 리터러시의 양상을 '특징적 리터러시' 즉, 저자성이라 전제하고

분석해 보려고 한다.

2.2. 대학원 유학생 글쓰기

앞서 제시한 연구물들은 학문 목적 학습자들을 대상으로 한 것으로, 글쓰기 관련 연구에서 부분적으로 대학원 유학생들을 포함한 연구도 있었으나, 본격적으로 유학생만을 다루지 않았다. 오히려 일반 목적 학습자, 학문 목적 학습자, 대학원 학습자를 함께 동일한 차원에서 논의의 대상으로 삼았기에 그 한계점이 분명하다고 볼 수 있다.

먼저 '대학원 유학생의 글쓰기'에 대한 선행연구 검토에 앞서 유학생의 '학업 적응'에 대한 선행연구부터 살펴보도록 하겠다. 대학원 유학생을 연구 대상으로 설정하고 진행된 글쓰기 연구가 많지 않은데, 민진영(2013)은 학술 담화공동체에서 학업 부적응을 보이는 대학원 유학생의 학습자 개별성을 살펴볼 수 있다는 점에서 주목할 필요가 있다.

민진영(2013)은 한국 대학의 석사와 박사 과정의 유학생 8명을 대상으로 진행된 연구이다. 이 연구의 주된 방법은 '내러티브 탐구(Narrative Inquire)'인데, 이는 연구 대상의 면담을 통해 확인한 내용과 유학생이 직접 기록한 메모, 일기, 노트, 저널, 수업 보고서, 문자 등을 사실적으로 분석하여 유학생들의 '학업 적응에 영향을 주는 요인'들을 밝혀내기 위한 연구 방법이다. 이를 통해서 유학생들의 학업을 촉진하는 요인과 저해하는 요인, 그리고 학업 적응을 잘하기 위한 방법과 전략 등을 도출한다. 특히 학업을 저해하는 요인의 경우로 한국어 측면, 전공 관련 측면, 학교 시스템, 사회적인 관계, 개인 생활 측면과 참여자 본인의 태도를 세부 요인으로 도출했다. 전공 관련 측면의 경우는 '논문'과 관련해서 겪는 어려움이 가장 많았고, 한국어 측면은 토픽 6급을 가지고 있어도 수업과 과제 등에서 원활하게 참여할 수 없다는 학업 부적응이 많았다. 사실 이 둘은 매우 연관된 것으로 대학원 학습자들이 논문을 비롯한 '글쓰기'에서 높은 '인지적 부담'과 '부적응'을 경험하고 있음을 알 수 있고, '한국어 능력'의 '부족'으로 인해서 학술 공동체의 구성원들과 '의사소통'의 어려움이 있음을 알 수 있다. 사회적인 관계는 한국 학생들과 친해질 수 없는 것, 학교 시스템은 자신들을 선발해 놓고 책임지지 않는 것, 그리고 참여자 본인의 태도와 개인 생활은 대학원 생활에 대한 막연한 불안함과 경제적인 부분에 대한 것이 주를 이뤘다. 이를 종합하면 '유학생'은 공인된 한국어 능력을 보유했음에도 학술 공동체에서 요구하는 한국어 수준에 미치지 못한다는 생각에 많은 불안과 학업 부적응을 경험하고 있었고, 한국어 능력의 부족과 자신감 결여가 사회적인 관계에도 어려움을 주는 것으로 나타났다. 민진영(2013)은 8명의 적은 대상만을 다룬 연구이기에 '일반화의 어려움'이라는 한계가 있지만, 8명의 연구 대상을 내러티브 탐구를 통해 심층적으로 파악했다는 면에서 도출한 요소들이 갖는 신뢰성과 타당성은 높다.

본격적으로 대학원 유학생의 '글쓰기' 중심의 연구로는 이윤진(2012), 박은선(2014), 최주희(2017) 등이 있다.

이윤진(2012)는 '대학원 유학생'의 학습자 개별성으로 '글쓰기'가 강조되는 위치에 있음을 밝히고, 그럼에도 불구하고 그 '글쓰기'에 부합하는 '윤리성'을 갖추고 있지 않아 '연구 윤리'에 심각한 문제가 있음을 진단하며 논의를 전개한다. 이 연구에서는 실제 학습 과정에서 나타나는 유학생의 자료 사용(Source use)의 전략과 양상을 중심으로 자료 사용의 '발달 양상'을 분석한다. 그리고 이를 통해 유학생의 쓰기능력의 향상이 곧 자료 사용 능력이 전제되어야 함을 도출하고, 지속적으로 대학원 유학생 필자의 자료 사용 능력을 발달시킬 수 있는 다양한 교육적 방안이 모색되어야 함을 주장한다. 이 연구는 '글쓰기'의 중요성이 더 높아지는 유학생의 특수성을 전제로 자료 사용 능력의 발달이 곧 쓰기능력의 발달임을 밝히고, 이를 '과도기적 현상'으로 파악하고 논의를 전개한 점에서 의의가 있다.

박은선(2014)는 '대학원', '보고서'를 중심으로 '장르 중심 쓰기 교수'의 가능성을 탐색한 연구이다. 이 연구는 석사학위논문 20편을 통해 장르 분석을 위한 틀을 만들고, 이를 통해 '선행연구 고찰'에서 발견되는 장르적 특성을 찾았다. 이를 바탕으로 장르 중심 쓰기 수업을 구성하고, 실제 수업을 진행했다. 그 결과 보고서 내용도 질적으로 우수했고 학습자들의 언어 능력도 향상되었으며, 학습자들의 '보고서'에 대한 장르적 인식을 강화하는 효과도 있음을 확인했다. '대학원 유학생'을 연구 대상으로 명시하고, 연구를 진행한 것과 '선행연구 분석'을 중심으로 장르 분석을 시도한 것은 이 연구가 갖는 의의이다.

최주희(2017)은 대학원 유학생의 학위논문을 중심으로 학위논문 완성의 과정을 추적한 연구이다. 이 연구는 유학생들의 초심본, 재심본, 최종 완성본 등 학위논문의 전환점에 해당하는 3종류의 텍스트를 수집하고, 이를 통해 내용의 질적 변화를 일으킨 원인 등을 심층면담을 통해서 밝혔다. 특히 이 과정에서 대학원 유학생의 학위논문에 영향을 주는 대표적인 방법으로 '참조 모델의 활용'과 '조력자와의 상호 작용'을 전제하고, 유학생들이 학위논문을 완성해 가면서 나타나는 '참조 모델의 활용'과 '조력자와의 상호 작용' 양상을 분석했다. 이 연구는 학위논문을 장르 중심적 접근으로 분석하는 텍스트 연구가 아니라, 그 해당 텍스트를 추동하는 주요한 요인들을 학위과정을 완성해 가는 과정에서 심층면담을 통해 밝혔다는 점에서 의의가 있다.

학문 목적 한국어 학습자 중에서 대학원 학습자들의 쓰기 연구의 큰 흐름은 '학위 논문'과 '연구 윤리'로 볼 수 있다. 박은선(2014)는 학습자의 수업 중 보고서를 중심으로 논의를 전개하지만 이 보고서의 장르성 기준을 학위논문의 장르 유형에서 찾고, 최주희(2017)은 대학원 학습자의

특수성을 고려하여 학위논문의 완성 과정을 다루고 있다. 박은선(2014)
와 최주희(2017)은 대학원 학습자들의 '학위논문'에 중점을 둔 연구이다.
이윤진(2012)는 수업 중에 대학원 학습자들이 완성하는 보고서를 토대로
자료를 이용하는 방식과 전략에 초점을 두어 대학원 유학생 필자들이
연구 윤리의 문제에서 해방될 수 있도록 하는 방안을 찾는 연구이다.

지금까지 대학원 유학생을 연구 대상으로 삼은 민진영(2013), 박은선
(2014), 최주희(2017), 이윤진(2012) 등을 정리해 보았다. 민진영(2013)을 통
해서 유학생은 학술 담화공동체에서 요구하는 한국어 수준에 미치지
못한다고 느끼고 있으며, 이로 인해 학업의 부적응을 느끼고 있음을 알
수 있었다. 특히 '학위논문'과 관련해서 그 심리적 압박의 정도가 심한
것으로 나타났다. 그리고 이러한 대학원 유학생의 학습자 개별성 때문
에 최주희(2017), 박은선(2014), 이윤진(2012) 등의 연구처럼 유학생의 학
위논문과 연구윤리에 집중된 연구들이 주가 됨을 알 수 있었다. 다만
대학원 유학생이 '학위논문'에 어려움을 겪고 있기에 '학위논문' 중심의
글쓰기 연구가 중심이 되는 것은 타당하나, 학위논문을 쓰기 이전의 대
학원 과정에서 나타나는 대학원 유학생의 학술적 글쓰기와 학술적 텍
스트의 특징 등도 중요하게 다뤄질 필요가 있다. 이는 학술적 글쓰기에
서 보이는 리터러시 관행이 결국 학위논문의 과정에서도 저자성의 행
위로 나타나기 때문이다.

2.3. 담화종합과 분석

'담화종합'은 "필자들이 여러 텍스트를 읽고 그 텍스트에 관련된 자신
의 텍스트를 생산하는 과정을 지칭하는 것"을 말한다(Spivey, 1997:197; 신헌
재 외 공역, 2002:243). 여기에서는 '담화종합'을 활용해서 진행된 연구들을
중심으로 살펴보도록 하겠다.

우선 연구 대상자를 '학문 목적 학습자'로 설정하여 진행된 연구들은 주로 '석사학위논문'들이다(장은경, 2009; 박지원, 2013; 이아름, 2013; 심지연, 2017).[18]

장은경(2009)는 '학문 목적 학습자들의 텍스트 분석'을 통해서, 이 학습자들이 텍스트를 구성할 때 다중 텍스트들 간에 '상호텍스트적 지식'과 '지식 통합 지식' 구축에 실패하고 있음을 밝히고, 학습자들은 참고 텍스트를 똑같이 베끼는 '완전 모사 전략'을 주로 사용함을 밝혔다.[19] 장은경(2009)는 다중 텍스트를 통합적 지식으로 구성하지 못하고 완전 모사 전략을 사용하는 이유를 직접 인터뷰를 통해 밝히는데, '참고 텍스트에 대한 이해 부족'과 '장르의 쓰기 경험 부족'이 가장 주요한 원인이었다. 이 연구는 이 자료를 근거로 유학생들이 대학에서 경험하는 문제들을 해결하기 위한 교육 방안과 구체적인 활동들을 제안하였다.

박지원(2013)은 학문 목적 한국어 쓰기 교육에서 '내용 지식 구성'의 중요성을 강조했다. 장은경(2009)의 결과처럼 지식 간의 유기적인 통합과 변형을 구축하지 못하고, 무조건 베끼거나 텍스트의 내용을 순차적으로 정리하는 식의 문제점이 결과로 나왔다. 이를 바탕으로 쓸 내용을 구축하는 단계에서 담화종합 쓰기 교육을 진행하여 긍정적인 결과를 얻었는데, 내용 영역과 형식 그리고 구성 영역에서는 큰 효과를 확인할

---

18) 한국어가 모어인 학습자로 진행된 유사한 연구로는 송치순(2014)가 있다. 송치순(2014)는 중학교 2학년 학습자들을 대상으로 논증적 글쓰기를 목적으로 한 담화종합 활동을 진행하고 어떤 정보를 선택하고 그것을 통해서 어떤 정보를 생성하여 이 정보들을 어떻게 조직화하는지를 분석한 연구이다. 한국어 모어 학습자는 읽기 텍스트의 '이해의 수준'이 높았음에도 불구하고 이를 쓰기 내용으로 선택하고 정교화하는 부분에서는 유학생과 같은 어려움을 보였다. 이는 유학생들의 부정적인 담화종합 양상이 단순히 '외국인'이라는 '학습자 개별성'의 문제라기보다는 '적합한 교육'의 불충분한 제공으로 인한 '교육'의 문제로 보는 본 연구의 관점에 정당성을 제공한다. 실제로 이 고등학교 학습자들의 담화종합 양상도 '모사'가 주를 이뤘다.

19) 학문 목적 학습자의 학술적 쓰기과정에서 내용 지식의 중요성을 지적한 연구물로는 김정숙(2009), 최은지(2009) 등이 있다.

수 있었지만, '표현 영역'에서의 효과는 낮았다. 이는 이 연구가 '내용 지식'에 초점을 두고 실험을 설계했기 때문이지만 의미 있는 결과로 판단된다.

이아름(2013)은 '담화를 종합할 수 있는 능력'이 학문 목적 학습자들에게 요구되는 쓰기능력이라고 전제하고, 이를 계발시키기 위한 담화 종합 '쓰기 전략' 교육의 필요성을 강조한다. 그리고 담화종합 쓰기 전략을 활성화 시키는 활동을 문헌연구를 통해 제안하고, 이를 실제 쓰기 수업에 적용한 후에 학습자의 텍스트를 검토하였다. 학생들의 텍스트를 검토한 결과 '내용 영역'과 '구성 영역' 그리고 '문법 영역'에서 학문 목적 학습자의 글이 각각 향상된 부분이 있음을 발견했다.

심지연(2017)은 한국인 대학생 13명, 외국인 대학생 7명을 대상으로 담화 통합 쓰기 전략 양상을 비교했는데, 한국인 대학생은 성공적인 담화 통합 쓰기로 이끄는 전략들을 다양하게 사용한 반면에, 외국인 대학생은 그렇지 않은 것으로 나타났다. 이를 통해 이 연구에서는 한국인 대학생이 주로 사용한 12가지 전략을 외국인 대학생에게 적용시켰고, 이를 토대로 사전·사후 평균을 비교한 결과 사후 평균이 더 높았음을 확인했다. 또한 설문지를 통해서 한국어 모어 학습자들의 담화 통합 쓰기 전략을 적용시킨 것이 '외국인 대학생의 성공적인 담화 통합 쓰기로 이끌었음을 확인하였다.

지금까지의 연구들은 '쓰기 지식'의 형성, 실제 사용 양상을 분석하기 위해서 텍스트 분석을 시도했고, 그 전략을 탐색했다는 공통점이 있다. 그렇지만 적은 수의 연구 대상과 적합하지 않은 학습자의 설정, 그리고 지식의 연결 양상 등을 구체화시키지 못한 점 등은 한계점으로 남는다. 또한 텍스트의 전/후에 대한 비교와 분석만 있고, 글쓰기 전과정에 대한 논의는 없다. 학위논문 이외에 유학생을 대상으로 '담화종합' 관련 연구를 진행한 학술 논문들도 있다(최은지, 2012; 김지영·오세인,

2015; 이유경, 2016; 김지애·김수은, 2016).

최은지(2012)는 일반 목적 학습자 중에서 '고급 한국어 학습자'를 중심으로 담화 통합의 양상을 확인한 연구이다. 이 연구는 9명의 6급 학습자를 대상으로 담화 통합 활동을 진행하고 다람쥐와 청설모를 비교하는 글을 쓰게 했는데, 그 결과 두 제재에 대해서 균형정보가 있는 경우에는 비교적 글을 잘 썼지만, 균형정보가 빈약한 경우에는 논리적인 비교 서술에 실패하는 양상을 보였다. 이는 균형 정보가 빈약한 경우에는 주어진 정보만을 단순히 나열하고 있어 글의 결속성이 부족하고, '표절'의 문제를 야기할 만큼 변형을 가하지 않은 문장들이 많았기 때문으로 보인다. 김지영·오세인(2015)는 '담화종합 과제의 전략'을 제안하고 그 효과성을 확인한 연구로, 외국인 대학생과 내국인 대학생의 담화종합 쓰기 수행 양상을 비교한 연구이다. 김지영·오세인(2015)의 '담화종합 과제에서의 전략'은 텍스트 간의 상호텍스트성을 높일 수 있는 전략과 구성한 지식을 창의적으로 구성할 수 있는 지식 구성 전략, 텍스트와 독자 사이의 상호작용이 일어날 수 있게 하는 상호작용 전략이다. 이유경(2016)은 외국인 유학생들의 텍스트에서 인용의 양상을 분석하고 '인용 교육'의 필요성을 고찰하여, 인용 교육 방안의 이론적 기초를 마련한 연구이다. 이유경(2016)은 구체적인 실제 예시가 없지만, 실제 인용 사례를 분석했다는 것만으로도 그 의의가 크다. 장아남(2014)와 김지애·김수은(2016)은 쓰기 연구는 아니지만, '담화종합'의 교육 방안을 말하기 영역에서 도출했다. 다만 장아남(2014)는 발표문으로 전제했기 때문에 여전히 '쓰기'를 이론적 전제로 넣고 있지만, 김지애·이수은(2016)은 '학술적 말하기'를 다룬 연구로 그 차별성을 갖는다.

결국 이 논문들의 경우, '담화종합 쓰기 양상', '담화종합 전략 탐색', '인용 교육 방안', '한국어 모어 학습자와의 담화종합 양상 비교' 등을 다룬 연구들이 대부분이다. 앞서 정리한 담화종합 학위논문과 학술 논문들의 한계점을 정리하면 다음과 같다.

첫째, 연구 대상이 되는 학습자 설정에서 한계점이 보인다. 학문 목적 학습자에 대해 일반 목적 학습자 중에서 고급 학습자까지 포함시킨 것, 대학과 대학원에 입학한 학습자 전부를 연구 대상으로 삼는 것 등이 이에 해당한다. 물론 최정순 · 윤지원(2012:138)는 학문 목적 한국어 학습자를 한국에서 학습이나 연구를 목적으로 한국어를 공부하는 학습자 모두로 정의하고, 그 범위를 일반 목적 한국어 교육과정부터 대학과 대학원까지 확장했기에 고급 학습자와 대학원 유학생을 함께 연구하는 것이 문제가 되지는 않는다. 그렇지만 '학습자 개별성' 차원에서 고려해 보면, 대학원 유학생은 학술 담화공동체에 소속되어 있다는 측면에서 다른 학문 목적 한국어 학습자와 구별된다. 즉 저자 주체로서 대학원 유학생이 접하게 되는 쓰기 환경은 독자, 공동체, 장르 등을 복합적으로 고려할 때, 다른 학문 목적 한국어 학습자와 그 차이점이 크다. 학문 목적 한국어 학습자를 구성하는 다양한 학습자군의 특수성과 개별성을 분명하게 밝히는 차원에서라도 '대학원 유학생'을 별도로 다룰 이유가 충분하다고 판단된다.

둘째, 쓰기의 전과정에 대한 고찰이 부족하다는 것이다. 한국어 학습자 중심의 '담화종합'이나 '글쓰기' 연구들에 비해서, 유학생들을 대상으로 한 '담화종합'이나 '글쓰기' 연구는 축적된 연구의 양이 많이 부족하다. 담화종합이 완성되기까지의 글쓰기 과정을 다층적으로 살펴보는 것은 학습자 개별성과 저자성을 분명히 하기 위해서도 필요한 연구이다.

셋째, 연구 대상이 되는 학습자들의 수가 적다. 담화종합의 양상을 살핀 연구들도 10명이 넘지 않는 학습자와 텍스트만을 분석 대상으로 삼았기 때문에, 좀 더 많은 학습자들의 텍스트를 살펴보고 이를 학문 목적 학습자들의 글쓰기를 일반화 시킬 수 있는 원리로 활용할 필요가 있을 것이다.

본 연구는 이 세 가지 한계점을 보완하는 방향으로 진행된다. 따라서 학문 목적 한국어 학습자 중에서 '대학원 유학생'만을 대상으로 연구를 진행한다. 이는 대학원 유학생의 학습자 개별성을 저자성 양상과 함께 분석하기 위함이다. 또한 쓰기 전과정을 계획하며 쓰기와 수정하며 쓰기로 개념화하고, 이를 중심으로 대학원 유학생의 학술적 글쓰기 특징을 살펴본다. 마지막으로 적은 사례수의 한계를 극복하기 위해서 대학원 유학생 40명의 양적 정보와, 질적 정보를 확보하고 분석한다. 이는 이 연구가 단순히 양적 연구만을 지향하지 않고, 양적 연구와 질적 연구를 혼합하는 형태의 연구 방법을 지향하기 때문이다.

박사 논문의 경우 대학원 유학생을 대상으로 진행된 '담화종합' 연구는 없다. 다만 '담화종합' 연구의 경우, 대학 글쓰기를 주제로 진행된 이윤빈(2013)과 고등학교 학습자를 대상으로 진행된 최승식(2015) 등 두 편의 박사논문이 있다.

이윤빈(2013)은 대학생 필자가 담화종합 과제에 대해 갖고 있는 '과제 표상'의 양상과 실제 대학생 필자가 작성한 텍스트의 구성적 '특성' 그리고 '과제 표상'과 '텍스트의 구성적 특성' 간의 관계를 분석한 연구이다. 이 연구는 한편의 텍스트를 대학생 필자가 완성할 때, 자신의 지식을 어떻게 처리하는지를 규명하기 위한 방법론을 먼저 만들고, 이를 통해서 다양한 지식 변형의 양상들을 밝혔다는 점에서 그 의의가 있다. 이는 담화종합 연구들이 필자들이 쓰기 지식을 생성할 때, 지식 간의 변이 양상을 보여주지 못했던 한계를 극복한 것이다. 또한 Spivey(1984)의 연구 방법이 영어 텍스트를 전제로 개발되었음을 감안할 때 이윤빈(2013)이 한국어 문장에 부합하는 방향으로 분석 단위와 분석 구조를 재설정한 점에서 의의가 크다. 또한 다양한 지식 변형과 담화종합의 양상을 밝혀서 향후 대학에서 글쓰기 수업을 진행할 때 실제적인 참고 자료로 쓸 수 있게 하였다는 점 역시 이 연구의 또 다른 의의일 것이다. 다만 이윤빈(2013)은 유학생이 아니라 한국어 모어 학습자를 대상으로 진행되었다는 면에서 차이점이 있다.

최승식(2015)는 고등학교 학생들을 대상으로 설명하는 글과 서로 다른 입장을 설명하는 글 등 두 가지 글을 쓰는 과정을 중심으로, 결과물 텍스트뿐만 아니라 글쓰기과정에 주목하여 '다면적인 접근'을 통해 진행된 연구이다. 특히 글을 쓰는 과정을 모두 영상으로 녹화하고, 실제 학생들이 글을 쓰는 과정인 '조직하기'와 '작성하기'에서 나타나는 특징으로 '자료를 옮기기, 필자의 생각을 중심으로 서술하기, 개요를 경유하여 자료를 옮기기, 자료를 중심으로 정보를 연결하기, 자료를 활용하여 정보를 변형하기' 등 다섯 가지의 담화종합과정을 밝혀냈다. 다만 이와 같은 과정에서 다양한 전략들을 사용함에도 불구하고, 학생들이 작성한 텍스트의 총체적 질은 높은 수준이 아니었다. 이 연구는 비교적 '텍스트 작성 과정'과 '초고'에 초점을 두고 진행된 연구라는 점에서 차이점을 갖는다.

이윤빈(2013)은 최초의 인식, 즉 과제 표상과 그에 따른 담화종합 유형을 텍스트 분석을 통해 진행한 연구라는 점에서, 최승식(2015)는 담화종합을 하는 과정을 쓰기 전과정의 관찰을 통해서 분석한 연구라는 점에서 의의가 있다. 본 연구는 학술적 글쓰기의 과정과 학술적 텍스트의 분석을 통해서 대학원 유학생 필자의 학술적 글쓰기 특징과 대학원 유학생의 저자성을 분석하는 연구이다. 그러므로 이 연구들이 갖는 각각의 장점들을 반영하여 '과제 표상 양상', '텍스트의 담화종합 양상', '쓰기과정의 관찰' 등을 본 연구에도 반영한다. 또한 이 연구들과 차별화를 갖기 위해서 학습자는 '대학원 유학생'으로, 쓰기 과정은 '계획하기와 수정하기'로 초점을 맞추고, 대학원 유학생 필자의 텍스트 수준별 '저자성'의 양상과 특징을 분석·도출하는 것으로 논의의 방향을 설정하였다.

3. 저자성 분석의 내용과 절차

3.1. 연구 대상과 주제

본 연구의 연구 대상은 '대학원 유학생'이다. 이 유학생들은 2017년 8월 28일부터 12월 12일까지 D대학교에서 진행된 〈한류문화읽기〉라는 수업에 '선수강'의 형태로 참여한 '석사' 과정 대학생원들이다. 〈그림 1-1〉은 〈한류문화읽기〉의 수강생에 대한 기초정보이다.

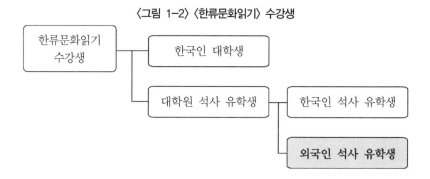

〈그림 1-2〉 〈한류문화읽기〉 수강생

〈한류문화읽기〉는 D대학교의 국어국문학과 전공수업으로 한국인 대학생 26명과 석사 대학원 유학생 40명이 수강한 강의이다. 한국인 대학생의 경우 관련이 없기에 연구 대상에서 제외했고, 석사 대학원 유학생의 경우 1명의 한국인 대학원 유학생이 있어서 이 대학원 유학생 역시 연구 대상에서 제외했다. 또한 모두 1, 2학기 대학원 유학생인데, 6학기 대학원 유학생이 1명이 있어서 이 대학원 유학생 역시 연구 대상에서 제외했다. 종합하면, 66명 중, 28명을 제외한 38명의 석사 유학생에 C대학교 대학원 국어국문학과 2학기 대학원 유학생 2명을 포함해서, 모두 40명의 석사 유학생이 연구 대상이 된다. D대학교 대학원 국어국문학과에 재학 중인 38명의 유학생 중 1명은 '현대문학' 전공이고 37명은 '외국어로서의 한국어 교육' 전공이다. C대학교 대학원 국어국문학

과 2학기 대학원 유학생 2명 역시 D대학교 대학원 유학생과 동일하게
'외국어로서의 한국어 교육' 전공 학생으로 연구 대상을 40명으로 고정
하기 위해 연구 대상에 포함시켰다.[20]

〈한류문화읽기〉는 '한류'를 내용으로 삼아 '문화'를 '읽는 방법'을 알려주
는 수업이지만, 이 강의의 목적은 단순히 '읽는 방법'에 있지 않고 읽고,
'표현하는 것'에 있다. 〈표 1-1〉은 〈한류문화읽기〉의 세부 강의 계획서이다.

〈표 1-1〉 〈한류문화읽기〉 강의 계획서

주차	강의 내용	
	강의	발표
1주차	비판적 리터러시와 CDA 분석	
2주차	학술적 글쓰기와 담화종합	
3주차	한류와 한국 가요	
4주차	한국 영화	한국 가요(3-5)
5주차	한국 드라마	한국 영화(3-5)
6주차	개천절 - 휴강	
7주차	한국 뷰티	한국 드라마(3-5)
8주차		한국 뷰티(4-5)
9주차	10/24 중간고사 - '학술적 글쓰기' 평가	
10주차	한국 여행	
11주차	한국 음식	한국 여행(3-5)
12주차	한국 패션	한국 음식(3-5)
13주차	한국 건축	한국 패션(3-5)
14주차		한국 건축(4-5)
15주차	한국 영화 감상	이 영화에 대한 기사 '읽고 쓰기'
16주차	12/12 기말과제 - '보고서' 제출	

---

20) C대학교 대학원 국어국문학과 2학기생인 연구 대상자 2명은 D대학교의 〈한류문화읽
기〉를 수강하지 않았다. 그렇지만 이 연구가 〈한류문화읽기〉의 '타당성'을 검증하는
글쓰기 연구가 아니라 대학원 유학생의 '실제성'을 담보한 저자성 분석 연구이기 때문
에 수업 이수 여부를 중요하게 고려하지 않았다. 다만 예비 면담을 통해서 '한류'와
'드라마'에 대한 최소한의 전문적 지식이 있음을 확인하고 연구 대상에 포함시켰다.

〈표 1-1〉에서 이 수업은 문화 수업이지만, 비판적 리터러시, 담화종합, 학술적 글쓰기, CDA 등 학술 담화공동체에서 요구되는 다양한 리터러시 관련 이론들을 먼저 학습한 후에 한류에서 나타나는 주요한 문화 현상들을 발견해 가는 수업임을 알 수 있다. 이는 본 연구가 〈한류문화읽기〉라는 수업에서 대학원 유학생의 쓰기과정을 중심으로 '학술적 글쓰기'와 '학술적 텍스트'를 분석하는 것에 대한 근거가 된다.

강의목표 : 전 세계에서 일어나는 한류 현상을 여러 매체를 통해 이해한다.
다양한 한류 현상을 조사하고 관련 '텍스트'를 '비판적'으로 읽는다.
한류 현상의 주요 '담론'을 이해하고 이를 학술적 텍스트로 표현한다.

위의 내용은 〈한류문화읽기〉의 강의목표인데, 이를 통해서 학생들이 이 수업을 단순한 문화 수업이 아니라, 문화를 내용으로 삼아 '읽고 쓰는 수업'임을 인지하고 신청했음을 알 수 있다. 이는 본 연구가 〈한류문화읽기〉의 중간고사 시험에서 유학생들이 작성한 '1차 텍스트'와 1차 텍스트의 문제를 진단하고 수정·보완하여 제출한 기말고사 과제 형식의 '2차 텍스트'를 대상으로 연구를 진행하는 것에 정당성을 부여한다. 왜냐하면 유학생들은 이 수업이 '읽고 쓰는 수업', 즉 '학술적 글쓰기 수업'임을 인지했기 때문에, 텍스트를 완성하기 위해서 자신이 갖고 있는 '읽고 쓰는 능력'을 최대한으로 발휘했을 것이기 때문이다.

그런데 쓰기 연구에서 학습자들을 지칭할 때 이수미(2010), 이윤빈(2013), 김혜연(2016), 이슬비(2016)처럼 '필자'로 지칭하는 연구도 있고, 전형길(2016), 송치순(2014), 채윤미(2016)과 같이 '학습자'로 사용하는 연구도 있다. 한국어 모어 학습자를 연구로 삼은 '대학 글쓰기' 연구들의 경우 일반적으로 '필자'라는 용어를 사용하는 반면 학문 목적 학습자를 대상으로 한 '대학(원) 글쓰기' 연구의 경우에는 '학술적 글쓰기'의 장르적 양식을 배우고 있다는 의미에서 '학습자'라는 용어를 사용하는 것으로 풀이된다. 본 연구는 대학원 유학생을 한국어 학습 과정에 있지만 텍스트를 생산하는 '필자'로 전제하고 '학습자'가 아니라 '필자'로 용어를 통일한다. 대학원 유학생의 학습자 개별성 등을 논의할 때는 '대학원 유학생'이라고 지칭하지만, 학술적 글쓰기, 학술적 텍스트 등 '쓰기' 맥락이 고려되는 부분에서는 '필자'라는 용어를 붙여서 '대학원 유학생 필자'로 사용하겠다.

본 연구는 '대학교'라는 학술 담화공동체를 졸업하고 대학원에 입학한 대학원 유학생을 대상으로 진행된다. 이는 대학원 유학생들이 수업에서 만나는 다양한 과제물들을 해결해 가는 과정에서 생성되었을 저자성의 양상을 확인하고, 텍스트 수준별로 그 양상의 차이점을 드러내기 위함이다. 다만 본 연구는 논의의 정치함을 위해서 인문계열 전공의 '국어국문학과' 유학생으로 연구 대상을 제한하려고 한다. 본 연구의 연구 대상을 요약하면, 〈그림 1-3〉과 같다.

〈그림 1-3〉 연구 대상과 용어

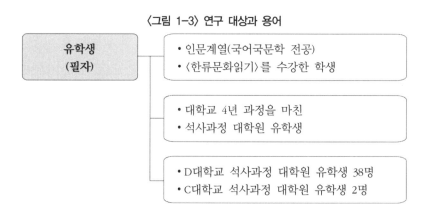

본 연구는 대학교 4년의 과정을 마친 대학원 석사과정 1, 2학기 유학생들을 대상으로 계획하기와 수정하기에서 나타는 특징, 그리고 학

술적 텍스트의 특징 등을 분석해서 '학술적 글쓰기 양상'을 구체화한다. 그리고 이 '학술적 글쓰기 양상'을 근거로 '학술 담화공동체'의 규약에 부합하는 저자성의 위치를 담화종합 수준별로 나눠서 분석하고 그 결과를 담화종합 수준별 저자성으로 규명한다. 이 논의는 크게 네 가지 문제에 집중해서 전개된다.

첫째는 대학원 유학생의 '학습자 개별성'을 글쓰기 맥락을 중심으로 판단하는 것이다. 글쓰기 맥락은 글쓰기에 영향을 주는 주요 요인을 말하는데, 언어 능력, 학술적 글쓰기의 경험, 정의적 요소, 자아효능감이 이에 해당한다. 언어 능력은 토픽 급수와 읽기와 쓰기 점수를 중심으로 살핀다. 학술적 글쓰기 경험은 대학교에서 교양수업을 들었는지, 들었다면 어떤 도움을 받았고, 듣지 않았다면 왜 안 들었는지를 중심으로 살핀다. 정의적 요인은 글쓰기에 대한 흥미, 자신감, 인내력을 중심으로 살펴본다. 자아효능감은 대학원 유학생이 읽기와 쓰기에서 느끼는 자아효능감의 정도를 분석해 본다. 이를 통해서 대학원 유학생의 학습자 개별성을 구체화해 보겠다.

둘째는 '계획하기'와 '수정하기'에서 나타나는 대학원 유학생의 학술적 글쓰기 특징을 분석하는 것이다. 계획하기에서는 '과제표상'과 '자유글쓰기', '장르 인식'을 중심으로 연구가 진행된다. 이를 통해서 대학원 유학생이 1차 텍스트(초고)의 완성을 위해 내용을 표현할 때 '초점'의 양상과 학술적 텍스트에 대해서 갖고 있는 '인식'의 양상, 그리고 구체적으로 '표상'하고 있는 학술적 텍스트 과제 해결을 위한 '과제표상'의 양상 등을 살핀다. '수정하기'에서는 '수정을 위한 진단과 횟수', '전략과 방법', '수정 절차' 등을 중심으로 살펴본다. 이를 통해서 대학원 유학생이 2차 텍스트(완성)를 위해 진단할 때 '진단'의 양상과 전략, 방법, 절차로 대변되는 '수정하기'의 양상, 그리고 이와 같은 양상들과 텍스트의 총체적 질과의 관련성 등을 살핀다.

셋째는 대학원 유학생이 작성한 2차 텍스트에 나타나는 텍스트의 형식적 특징을 살펴보는 것이다.[21] 이 텍스트의 형식적 특징은 주로 주제를 다루는데, 주제 깊이, 주제 덩이, 주제 유형, 조직 긴밀도, 어절과 문장 단위의 수 등을 분석한다. 이를 통해서 대학원 유학생 필자의 학술적 텍스트에 나타나는 주제와 관련된 텍스트의 특징을 살펴본다. 다음에 담화종합 수준별로 나타나는 주제 깊이, 주제 유형 등을 비교·대조하기 위해서 도식화를 진행하고 상위 수준, 중위 수준, 하위 수준 필자의 2차 텍스트를 비교한다. 이를 통해 총체적 평가의 결과가 함의하고 있는 '텍스트 질의 차이'를 도식화해서 확인한다.

넷째는 계획하기, 수정하기, 학술적 텍스트에 나타난 대학원 유학생 필자의 '선택'의 양상을 통해 담화종합 수준별 저자성을 분석하는 것이다. 먼저 계획하기에서 대학원 유학생 필자가 내용 생성을 위해 '발견'한 것과 수정하기에서 대학원 유학생 필자가 내용 수정을 위해 '진단'한 것의 특징을 분석한다. 그리고 계획하기와 수정하기에서 대학원 유학생 필자가 '발견'을 근거로 세운 '과제표상' 양상을 살피고, 이 양상이 학술 담화공동체의 양상과 어떤 차이점이 있는지를 살핀다. 다음으로 수정하기에서 2차 텍스트의 완성을 위해 대학원 유학생 필자가 '선택'한 '전략'을 '예상독자'와 '수정방법'을 통해 살펴보고, 이 '전략'이 '자기중심성'을 극복에 도움을 주었는지를 살핀다. 마지막으로 '발견-표상-전략'을 통해 '구현'된 학술적 텍스트에 나타난 담화종합 수준별 구성과 내용적

---

21) 본 연구에서 분석하고자 하는 형식적 특징은 여러 담화들의 조직과 연결, 그리고 구성을 의미하는 형식(Form)을 가리킨다. 형식은 담화들의 조직과 연결 양상, 그리고 그 조직과 연결의 구성이 나타내는 '주제'까지를 포함한다. 다만 이 텍스트의 형식적 특징과 달리 맥락상 텍스트의 격식을 나타내는 경우에는 형식(Format)으로 나타낸다. 이 형식(Format)은 '주제 깊이'나 '유형' 등을 포괄하는 텍스트의 특징이 아니라, 텍스트의 장르적 격식만을 의미하는 것으로 과제표상을 분석할 때 사용된다. 또한 개별 문장에서 발견되는 '표현상의 오류'는 '오류(Error)'로 통일한다. 이는 본 연구에서 사용하는 표현주의(Expressionism)의 '표현'이라는 용어가 주는 혼란을 방지하기 위함이다.

특징을 살피고, 오류 양상과 번역기 사용 간의 연관성을 논의해 본다.

3.2. 연구 도구의 선정

본 연구는 네 가지 주제에 주목해서 연구를 진행하기 위해서 세 가지 '연구 자료'를 구성했다.

첫 번째는 대학원 유학생의 저자로서의 특수성을 밝히기 위한 연구 자료이다. 여기에서는 연구의 기초가 되는 연구 대상자의 기본 정보와 쓰기 경험 그리고 한국어에 대한 정의적 태도, 자아효능감 등을 확인하기 위한 '설문 조사지'가 필요하다.

두 번째는 대학원 유학생의 계획하기에서 나타나는 학술적 글쓰기 특징을 파악하기 위한 '계획하기 점검지'가 필요하다. 계획하기 점검지에서는 학술적 글쓰기 계획하기에서 나타나는 '과제 표상 양상'과 글쓰기를 시작하면서 떠올린 생각을 자유롭게 쓰는 '자유글쓰기', 그리고 학술적 텍스트에 대한 인식을 알기 위한 '장르 인식'이 포함된다.

세 번째는 대학원 유학생의 수정하기에서 나타나는 학술적 글쓰기 특징을 파악하기 위한 '수정하기 점검지'가 필요하다. 수정하기 점검지에서는 1차 텍스트를 읽은 횟수와 같은 수정하기와 관련된 '기초 정보', 수정하기를 진행하면서 필자가 내린 '진단', 그리고 그 진단을 해결하기 위해서 사용한 수정 '전략', '방법', '절차' 등이 포함된다.[22]

---

22) 수정하기에서 대학원 유학생이 녹음한 파일의 분석도 포함된다. 본 연구에서는 이 녹음 파일을 분석해서 수정하기에 나타난 대학원 유학생의 '문제점 진단 양상'을 분석한다. 본 연구에서는 이 연구 자료를 '수정 프로토콜'이라 부르고 이는 '대학원 유학생이 2차 텍스트 완성을 위해 1차 텍스트를 수정하면서 녹음한 내용'을 가리킨다.

<표 1-2> 연구 도구의 개괄

종류	설명
설문 조사지	- 한국어 능력과 쓰기 경험 - 글쓰기에 대한 정의적 태도 - 읽기와 쓰기에 대한 자아효능감
계획하기 점검지	- 과제를 읽은 후 과제 표상 - 글쓰기를 시작하며 자유글쓰기 - 평소 갖고 있던 학술적 텍스트에 대한 장르 인식
수정하기 점검지	- 수정하기와 관련된 기초 정보 - 수정하기에서 대학원 유학생이 판단한 진단 - 수정하기에서 사용한 전략, 방법, 절차

※ 면담지[23]: 연구 도구에서 얻은 정보를 해석하기 위한 면담지.

본 연구는 양적 연구와 질적 연구의 방법을 적절히 혼합하는 방향으로 진행된다. 양적 연구와 질적 연구는 각각의 방법이 갖는 단점을 보완하는 방향으로서 혼합되어 적용되어야 한다는 인식이 강해지고 있다(Cong, Ni, 2015:54). 본 연구 역시 이와 같은 인식에 동의하고 연구를 진행한다. 대학원 유학생의 학습자 개별성을 분석하는 3장과 계획하기, 수정하기, 그리고 학술적 텍스트의 형식(Form)적 특징을 분석하는 4장은 기술 통계 분석과 양적 연구가 기초가 된다. 대학원 유학생 필자가 작성한 담화종합 수준별 저자성을 분석하는 5장에서는 자유글쓰기, 수정 프로토콜 분석 등을 토대로 질전 연구가 진행된다. 다만 5장에서는 4장에서와 동일하게 기술 통계 분석, 양적 연구 등도 함께 분석의 방법으로 사용된다. <표 1-3>은 양적 연구와 질적 연구의 특징에 대한 정리이다.

---

23) 다만 많은 양적 연구와 질적 연구 속에서 대학원 유학생에게 직접 확인이 필요한 경우에는 <한류문화읽기> 수업 중에 면담을 실시했다. 이 면담 내용은 4장과 5장의 '대학원 유학생의 저자성 분석'에서 혼합 연구의 한 방법으로 사용되었다.

〈표 1-3〉 양적 연구 및 질적 연구와 관련된 용어

(Reichardt & Cook, 1979; Nunan, 1992:5에서 재인용.)

질적 연구	양적 연구
- 질적인 방법의 사용을 지지한다.	- 양적인 방법의 사용을 지지한다.
- 행동하는 주체가 갖고 있는 준거 기준에 따라 인간 행동을 이해하려 한다.	- 개개인의 주관적인 상태와는 관련이 없이 사회적 현상에 대한 사실이나 인과관계를 찾는다.
- 자연스러운, 통제되지 않은 관찰	- 현상에 개입하는, 통제된 특징
- 주관적	- 객관적
- 자료와 가깝다. - 내부자의 관점	- 자료에서 멀리 떨어져 있다. - 외부자의 관점
- 땅에 발을 디디고 있다. - 발견 지향, 설명적, 확장적, 기술적, 귀납적	- 특정한 현실을 바탕으로 삼지 않는다. - 증명지향, 단정적, 환원적, 추론적, 가설적, 연역적
- 과정 지향	- 결과물 지향
- 타당성이 있다. - 실제적이고 풍부하며 깊이가 있는 자료	- 신뢰성이 있다. - 단단하고 재연이 가능한 자료
- 일반화가 불가능하다. - 개별 사례의 연구	- 보편화가 가능하다. - 여러 사례의 연구
- 현실은 늘 변화한다고 믿음.	- 현실이 고정되어 있다고 믿음.

본 연구는 양적 연구의 '설문지법'과 '기술적 통계기법'을 적용하고, 질적 연구의 '사례 연구'과 '면담지법' 등을 혼합해서 대학원 유학생의 학술적 글쓰기에서의 특징과 저자성을 분석한다. Morgan(1998)은 양적인 방법으로 먼저 시도를 하고 그 후에 질적인 방법을 실시하는 형태를 혼합 연구의 방법 중에서 '양적 연구 주도형'이라고 했다. 본 연구의 논의는 '양적 연구 주도형' 혼합 연구 방법으로서 '설문지법'과 '통계기법', 그리고 '사례 연구'와 '내용 분석 연구', 마지막으로 '텍스트 분석' 등을 종합적으로 반영한다.

학술적 글쓰기에서
저자성 분석을 위한 이론적 탐색

　본 연구는 외국인 유학생의 학술적 글쓰기 양상을 살피고, 유학생의 저자로서의 특징을 살피기 위한 연구이다. 특히 대학원 유학생의 '저자성'을 본격적으로 다룬 연구가 없는 상황에서 계획하기 차원, 수정하기 차원, 그리고 담화종합 차원을 중심으로 유학생 필자의 학술적 글쓰기 양상을 살피고, 이를 근거로 담화종합 수준별 저자성을 판단한다.

　본격적으로 이 세 가지 차원으로 연구를 진행하기에 앞서, 2장에서는 이론적으로 이 세 가지 차원을 고려해서, 대학원 유학생의 저자성 연구가 진행되어야 하는 이유를 이론적으로 탐색해 보려고 한다. 이는 학술적 글쓰기 양상을 통해서 대학원 유학생의 저자성을 살필 때, '계획하기'와 '수정하기', '담화종합' 등 세 가지 차원을 고려해야 하는 이론적 당위성을 마련하기 위함이다. 이 학술적 글쓰기의 세 가지 차원을 중심으로 논의를 전개하기 앞서, '한국어 쓰기 교육에서 '필자'의 위치를 가늠해보고 본 연구가 집중하는 저자성의 내용을 설명하도록 하겠다.

1. 학술적 글쓰기에서의 저자성

　국어사전을 살펴보면 '필자(筆者)'는 "글을 쓴 사람이나 쓰고 있거나 쓸 사람"을 말하고, '저자(著者)'는 "글로 써서 책을 지어 낸 사람"을 말한다. 필자가 보다 글을 쓰는 '행위'에 집중된 용어라면, 저자는 글을 쓰는 행위를 통해서 텍스트를 완성한 '사람'에 치중한 용어이다. 특히 '저자' 는 글을 써 책을 완성한 경험을 갖고 있는 '사람'이기에 이 사람은 글을 전문적으로 쓰는 '전문인'이라는 개념화가 가능하다. 본 연구에서는 학술적 글쓰기와 학술적 텍스트처럼 쓰기 행위를 강조하는 경우에 '필자' 라는 용어를 쓰고, 이 학술적 글쓰기 양상에서 드러나는 필자들의 공통적, 전문적 특징을 언급할 때는 '저자성'이라는 용어를 쓴다.

우선 '저자성'과 관련한 연구물을 살펴보는데, 관련 연구로는 김성숙 (2014)가 있다. 김성숙(2014)는 학부생을 대상으로 '디지털 저자성'에 대한 교양 교육에서 나타난 사례를 중심으로 디지털 저자성 구인의 설문 목록을 마련한 연구이다. 주목할 것은 이 디지털 저자성 구인의 설문 목록을 학생들이 직접 만들었다는 것이다. 이 연구에서는 최초 학생들이 도출한 44개의 문항을 대상으로 구인 타당도 분석을 실시하고, 최종 17개 문항을 확정하였다. 17개 문항의 요인은 각각 '저자 윤리성', '공간 적응성', '집단 지성 신뢰성'으로 분류할 수 있다. 이 17개 문항을 통해서 학습자들이 스스로의 '디지털 저자성'을 판단할 수 있는 평가 기준이 된다는 측면에서 이 연구는 의의가 크다. 다만 이 '디지털 저자성'의 구인들은 비교적 '필자 요인'에 집중되어 있다. 실제 디지털 매체를 통해 완성한 '텍스트'나 이 텍스트를 완성해 가면서 디지털 매체, 미디어 자료 등을 사용하는 '과정' 또한 비중 있게 다뤄진다면 '저자성'의 개념이 글쓰기의 여러 국면을 함의하는 개념으로 확장될 수 있을 것이다.

이 장에서는 본격적으로 현재 한국어 쓰기 교육에서 주류로 자리 잡은 '과정 중심 글쓰기'에 대한 비판적 분석을 시작으로 학술 담화공동체에서의 '저자성'에 대한 논의를 하도록 하겠다.

1.1. 과정 중심 글쓰기와 저자

과정 중심 글쓰기는 현재 일반 목적 한국어 교육과 학문 목적 한국어 교육 모두에서 광범위하게 적용되는 글쓰기 교육 방법이다. 과정 중심 글쓰기는 필자의 인지적 과정을 글쓰기 교육 방법으로 적용·개발한 것으로 현재까지 글쓰기와 관련된 일반적 접근 방식으로 수용된다(이재승, 2007:145). 이 일반성 때문에 한국에 쓰기 교육에서 교육방법, 교육과정 등을 설명할 때 '일반적'으로 거론되는 방식이기도 하다. 그런데 한 개인의 '쓰기과정'과 한 개인이 사용할 수 있는 '쓰기 전략'만을 강조한 '과정 중심 글쓰기'에 대한 비판적 연구들도 많다. '과정 중심 글쓰기'를 향한 비판의 중심에는 '텍스트'와 '독자'의 소외 문제가 있다. 특히 일반 목적 한국어 교육과정에서 '과정 중심 글쓰기' 교육을 받은 유학생들의 경우 텍스트를 완성하면서 '독자'에 대한 고려가 익숙하지 않기 때문이다. 물론 아래 〈그림 2-1〉의 쓰기과정 모형에서 과제 환경(Task Environment)을 보면 독자(Audience)가 있고, 필자의 장기기억(The writer's long-term memory)에도 독자 지식(Knowledge of Audience)이 있다. 이는 과정 중심 접근법이 문제-해결적 관점에서 '독자'를 분명한 문제로 인식하고, 이를 해결하기 위해서 독자와 관련된 지식을 바탕으로 '계획하기' 과정을 거쳐야 함을 나타낸다. 다만 문제는 이 독자가 함의하는 범주가 포괄적이라는 것이고, 이 '독자'라는 글쓰기 문제를 해결하기 위한 지식 역시 온전히 필자의 인지, 즉 장기기억에 의존한 배경지식만의 몫이라는 것이다. 따라서 쓰기과정 모형에 '독자'가 명시되어 있을지라도 필자가 독자에 대한 지식이 부족하고 분명한 문제의식을 갖지 않으면, 습관적으로 '독자'는 글쓰기의 문제-해결과정의 고려 대상에서 제외된다. 과정 중심 접근법의 이와 같은 '독자' 개념은 사회 구성주의에 근거한 장르 중심 접근법의 '독자' 개념과 비교하면, 그 차이점이 분명해진다. 후자는 '독자'를 자신의 텍스트를 수정하면서 읽는 '필자'로까지 포함시키고, 무엇보다 '독자'를 필자가 소속된 공동체의 구성원으로 보다 '분명'하게 명시해서 글쓰기를 하나의 사회적 행위로 설명하기 때문이다. 대학원 유학생이 학술적 글쓰기를 하면서 독자를 고려하는지에 대한 문제는 본 연구에서 확인해 볼 문제인데, 본격적인 논의에 앞서 '과정 중심 접근법'의 문제점이 무엇인지 구체적으로 살펴보려고 한다. 이와 같은 논의를 통해서 과정 중심 접근법에서 전제하고 있는 '저자'의 위치를 밝혀보도록 하겠다.

〈그림 2-1〉 Hayes & Flower(1980)의 쓰기과정 모형

(Hayes & Flower, 1980 : 393)

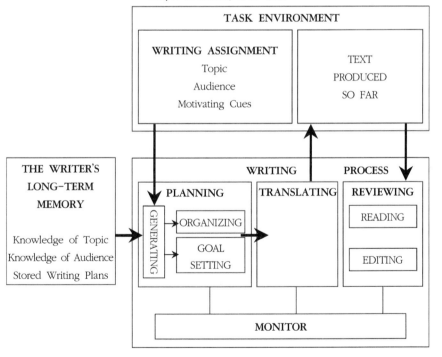

Hayes & Flower(1980)에 소개된 위 모형은 사실상 '과정 중심 글쓰기'의 기초가 되는 모형이다. 필자는 "장기 기억" 내에 들어 있는 '화제 지식(Knowledge of Topic), 자신이 세운 계획(Stored writing plans), 독자에 대한 지식(Knowledge of Audience)'을 통해서, '쓰기 과제(Writing assignment)와 지금까지 쓴 글(Test produced so far)'을 과제로 글쓰기를 진행한다. 이 과제 환경의 문제들을 해결하는 과정에서 필자의 인지에서는 '계획하기(Planing)', '작성하기(Translating)', '재고하기(Reviewing)'가 발생하는데, '조정하기(Monitor)'가 이 과정을 통제하고 반복하도록 한다. '계획하기'에서는 내용 '생성하기(Generating)', '조직하기(Organizing)', '글의 목적 설정(Goal setting)'이 일어난다. '작성하기(Translating)'에서는 앞에서 만든 생각을 글로 옮기는데, 이때 인지적으로 생성된 표상(Representation)을 토대로 옮긴다. '재고하기(Reviewing)'는 자신이 쓴 글을 다시 읽고 수정하는 과정이다. '조정하기'는 쓰기과정의 여러 순서를 통제하고 관리하는 기능을 한다. 이 Hayes & Flower(1980)의 글쓰기 모형에서 필자의 인지적 과정으로 처리된 '계획하기(Planing)', '옮기기(Translating)', '재고하기(Reviewing)'가 한국어 쓰기 교육에서 '쓰기 전 단계', '쓰기 단계', '쓰기 후 단계'로 구성되어 과정 중심 글쓰기의 중심 골격이 된다.

〈그림 2-2〉 과정 중심 글쓰기과정
(김선정 외, 2012:198)

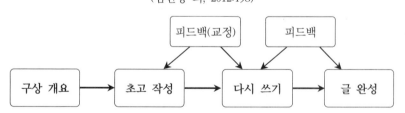

김선정 외(2010:198)은 이미혜(2000:136)을 바탕으로 '과정 중심 접근법'으로 진행되는 쓰기과정을 〈그림 2-2〉와 같이 제시했다. 구상 개요에서는 '계획하기(planing)'와 같은 단계로서 글의 목적, 계획 등을 실행하는 단계이고, '초고 작성'은 '작성하기(translating)'와 같은 단계로써 실제 계획한 대로 실행하는 단계이며 '다시 쓰기'는 '재고하기(reviewing)'로 피드백을 받은 후에 다시 쓰는 단계이다. Hayes & Flower(1980:393)은 스스로 다시 읽고 쓰는 단계였다면 김선정 외(2012:198)는 교사에게 '피드백'을 받고 수정하는 단계로 변화했는데, Hayes & Flower(1980)이 모국어 화자를 대상으로 진행된 연구이기 때문에 김선정 외(2012)는 유학생을 필자로 상정하고 '교사' 조건을 보다 강화한 것으로 보인다.[1]

이렇게 한국어 교육에서 '과정 중심 접근법'을 중심으로 글쓰기 교육 방법이 개발·적용 되는 이유는 첫째, 한국어 교육의 흐름이 '일반 목적 한국어 교육'을 중심에 놓고 교육과정이 개발·운영되었기 때문이고, 둘째, 학계의 전반적인 흐름에서 과정 중심 접근법이 '일반적인 방법'으로 인식되기 때문이다. 일반 목적 한국어 교육의 목표는 단시간에 학습자들의 '의사소통능력'을 향상시키는 것이다. 따라서 '사회적·문화적 요소' 등은 배제되고, '한 개인'의 '인지적 과정'을 위시한 '과정 중심 접

---

[1] 그렇지만 일반 목적 한국어 교육의 경우 교실 현장의 제한된 시간과 환경의 문제로 구상과 개요는 이미 교사가 정하고, 외국인 유학생은 초고쓰기만을 교실에서 한다. 그리고 교사는 1차 피드백에 해당하는 '교정'만을 교실에서 진행하고, '다시쓰기'는 숙제로 제시한다. 그 결과 숙제로 다시쓰기를 안 한 외국인 유학생은 완성된 텍스트를 대상으로 교사가 수행하는 내용 보강, 삭제 등과 같은 2차 피드백을 경험하지 못하게 된다. 따라서 김선정 외(2010:198)의 6단계 중에서 '초고쓰기'와 '교정'에 해당하는 2단계만을 외국인 유학생은 경험하게 된다. 이는 모방적 글쓰기는 아니지만, 완성된 텍스트를 정확성에 주안점을 두고 맞춤법 위주의 평가를 진행하는 '결과 중심 접근법'과 유사한 형태이다. 즉 일반적으로 과정 중심 접근법으로 글쓰기 수업이 설계가 되지만, 실제 교실 현장에서는 결과 중심 접근법과 같은 양상이 나타나는 것이다. 결과 중심 접근법은 과정 중심 접근법보다 더 '독자'에 대한 고려가 부족하기 때문에 이 역시 외국인 유학생이 글쓰기과정에서 독자를 고려하지 못하게 만드는 원인이 될 수 있다.

근법'이 쓰기 교육을 선도한 것이다. 또한 과정 중심 접근법이 글쓰기의 일반적인 방법으로 인식되면서 글쓰기 교수법에 대한 고민 없이 과정 중심 접근법을 수용한 측면도 크다. 그렇지만 본 연구에서처럼 오랜기간 '거주(Residence)'의 개념으로 한국어가 모어인 화자들과 함께 한국어 과제를 수행해야 하는 대학원 유학생의 경우, 개인의 인지적 과정만을 위시한 '과정 중심 글쓰기'만으로는 어려움에 부딪히게 된다.[2] 이 외국인 유학생들에게는 학습자 개별성을 고려한 보다 명시적인 쓰기 수업이 필요하다. 그러기 위해서는 과정 중심 접근법을 무비판적으로 수용하는 것이 아니라, 학습자 개별성을 분명히 밝혀서 다양한 학술적 글쓰기 교수법을 개발할 필요가 있다. 과정 중심 글쓰기의 문제점을 간단하게 정리하면 다음과 같다.

첫째, 글쓰기라는 행위와 의미를 좁혔다. 쓰기란 필자가 소속된 담화공동체와 영향 관계에 있는 사회적 행위이다(Barton, 1994). 그런데 필자의 인지만 강조할 경우 '사회적 행위'라는 의미는 퇴색된다. 물론 그 후 Hayes(1996)에서는 부분적으로 '사회 구성주의 연구 성과'를 반영하여 모델을 일부 수정하기도 하였다. 그렇지만 기본적으로 '필자'의 인지적 과정을 통한 문제해결만을 강조하는 과정 중심 접근법의 특성 때문에 상대적으로 '독자', '공동체' 등의 요소를 고려하지 않을 여지가 있다.

둘째, 글쓰기에 영향을 줄 수 있는 '정의적 태도'를 배제했다. Hayes

---

2) 과정 중심 글쓰기는 학습자뿐만 아니라 '교수자'에게도 부정적인 영향을 주었는데, 기준성(2015:8)는 한국어 교원 3급 예비 교수자들을 대상으로 설문 조사를 실시한 결과 '모의 수업·강의 실습'에서 가장 불필요하다고 생각하는 영역으로 '쓰기'를 선택했다. 이는 교수자들 역시 '쓰기'를 외국인 유학생이 배경지식을 활용해서 혼자 해결하는 과정으로 인식하고, 그렇기 때문에 글쓰기 수업에서 교수자의 역할이 제한적임을 표현한 것이다. 이는 교실 현장의 입장에서 한국어 쓰기 교육을 '결과 중심 접근법'이라고 전제해도 동일하게 나타나는 결과이다. 교수자는 외국인 유학생의 텍스트를 교정만 하면 되는 소극적 위치로 전제하고 명시적으로 가르칠 쓰기 교육 내용은 없다고 판단한 것이기 때문이다.

& Flower(1980)은 글을 쓰는 행위의 주체를 필자로 놓고 그 필자의 인지적 요소들이 강조된다. 그러다 보니 글을 쓰는 필자의 정의적 태도와 쓰기와의 연관성을 입증하는 데 한계가 있었다. 이와 같은 이유로 Hayes(1996)의 글쓰기 모형에서는 '동기', '태도', '효능감'을 포함한 '정서' 영역이 추가됐다. 본 연구 역시 정의적 태도를 학습자 개별성을 확인하는 차원에서 점검한다. 이는 정의적 태도가 글쓰기에 영향을 주는 방향으로 수정된 Hayes(1996)의 주장을 수용한 것이다.

셋째, 글쓰기가 글을 쓰는 '상황'과 '맥락'에서 벗어났다. 상황과 맥락에 따라서 글쓰기는 달라질 수 있다. Wardle(2009:767)는 쓰기를 맥락-특정적(Context-Specific)인 것으로 본다. 이는 글쓰기가 그 글쓰기 장르의 맥락과 떨어져 있을 경우, 해당 텍스트는 의사소통 목적 달성에 실패할 것으로 간주한다. Hayes(2012:371)의 모형에서는 쓰기에 대한 스키마(Writing Schemas)가 통제 단계(Control level)에 나오는데, 이는 장르에 대한 지식으로 '장르'에 대한 중요성을 인지하고 있는 것을 확인할 수 있다. 그렇지만 '장르'를 맥락의 요건으로 보지 않고 인식의 개념으로 봤다는 측면에서 이 모형 역시 한계점이 분명하다. 본 연구는 '장르'를 학술 담화공동체의 '맥락'에서 형성된 것으로 전제하고, 이 '장르'가 대조수사학의 입장에서 필자의 인식 속에 형성된 '장르'와 어떤 차이점이 있는지를 살펴려고 한다. 대조수사학은 '언어적 상대성 원칙(linguistic relativity principle)'을 가설로 시작된 연구 방법으로[3] 현재는 수사학(Theory of rhetoric), 텍스트 언어학(Theory of text linguistics), 담화 장르에 관한 이론(Theory of discourse types and generation), 문해력에 관한 이론(Theory of literacy), 번역에 관한 이론(Theory of translation) 등과 관련된 종합적인 학

---

3) 대조수사학의 이론적 전제가 되는 '언어적 상대성 원칙 가설'은 언어에 내재된 문화와 가치관이 그 언어를 사용하는 사람들의 사고방식과 행동에 영향을 준다는 가설이다 (최연희 외, 2009:196).

문으로 인식된다(Conner, 1996:8-10). 본 연구는 이 중에서도 '담화 장르에 관한 이론'을 근거로 대조수사학의 입장에서 장르 대조 연구에 초점을 맞춘다. 즉 대학원 유학생이 갖고 있는 학술적 텍스트에 대한 장르 인식을 Knapp & Watkins(2005)의 장르 모델을 기준으로 조사하고, 인식 형성의 원인을 학습자 모국어 담화공동체 장르적 특징과 연결해서 분석한다.

그렇다면 이와 같은 한계점을 갖는 '과정 중심 글쓰기'에서 '저자'는 무엇을 함의하는가? 저자(Autor)는 "경험적이고 인격적인 주체로서 특정한 글을 쓴 구체적인 개인을 지칭하고, 다른 한편으로는 텍스트적이고 담론적인 기능 단위로 사용된다(최문규, 2014:55)." 즉 글을 쓰는 사람을 지칭하는 용어일 수도 있지만, 저자라는 기능을 담당하는 텍스트적 기능 단위일 수도 있다. 다시 말하면 저자와 같은 역할을 하는 '기능적 존재'로 볼 수도 있을 것이다. 그러므로 텍스트의 완성을 한 개인의 인지적 과정으로 보는 과정 중심 글쓰기에서 저자는 완벽하게 독자와 구별되는 '필자'만을 강조한다. 다시 말하면 학술적 글쓰기에서 '저자성'은 필자의 인지적 과정에서 나타나는 주요한 특징만을 가리킨다.

1.2. 학술적 글쓰기의 장르성

본 연구에서는 과정 중심 접근법의 특징과 한계점을 논의하면서 텍스트의 완성을 한 개인의 인지적 과정의 산물로 보기에 저자는 독자와 구별되는 '사람' 즉 '필자'를 말한다고 지적했다. 그렇지만 '학술적 글쓰기'의 경우에는 이렇게만 저자를 상정할 경우 몇몇 문제와 마주하게 된다.

대학원 '유학생'은 '학생'이라는 사회적 위치에 있지만 자신들이 속한 담화공동체에서 요구하는 문식성을 바탕으로 학술적 글쓰기의 '장르'에 '직감(Felt Sense)'해야 한다.[4] 즉 학술적 글쓰기에서 저자는 완성한 텍스트를 읽을 '독자'를 고려해야 하고 담화공동체에서 요구하는 장르에 따라서 '텍스트'를 완성해야만 한다. 나은미(2012:115)는 이렇게 장르의 정형성이 지켜져야 하는 이유로 이 장르를 '필자'가 올바르게 사용함으로써 얻어지는 '이익'으로 설명하고 있다. 즉 '장르'의 정형성을 유지해서 사용하면, 오랜 기간 그 '장르'를 사용해 온 구성원들은 그 장르와 관련해서 누적된 '스키마 구조'를 활용해서 그 장르의 원형성(Prototypicality)을 판단하고 수용하게 된다는 것이다(Tribble, 1999; 김지홍 역, 2003:85).[5]

그렇다면 학술적 글쓰기에 대해서 살펴보기 전에 장르(Genre)가 무엇인지를 간단하게 살펴볼 필요가 있다. 이는 본 연구가 '학술적 텍스트'를 '특정 장르 글쓰기'로 판단하고, 이에 대한 대학원 유학생 필자들의 직감 정도가 저자성을 구성한다는 전제로 논의를 전개하기 때문이

---

4) 이 직감성 정도를 쓰기 '능력'이라고 정의하자면, 이 능력은 어떤 과제에 대한 개체의 '적합성(Competence)'일 것이다. 『교육학용어사전』은 '능력(Ability)'을 "특별한 훈련이 없이도 외적 상황이 허용되는 범위 내에서 일정한 과제를 수행할 수 있는 힘"이라고 정의하고, '수용력(Capacity)'을 "일정한 훈련에 의해서 특정 수준에 도달할 수 있는 개인의 능력"이라고 정의한다. 일반 목적 한국어에서는 '쓰기능력'을 '의사소통능력'과 동일시하는 경향이 있다.(진대연, 2015:165-166) 이는 말하기를 잘하면 쓰기도 잘하는 것으로 보기에 의사소통능력이라는 '수용력(Capacity)'을 훈련을 통해 키우면 '능력(Ability)'이 높아져 쓰기도 잘할 수 있다는 것을 전제한다. 그렇지만 '적합성(Competence)'처럼 특정 개체가 소속된 집단의 요구 사항에 '적합성'을 보유하지 못하면 '능력(Ability)'이 있을지라도 적응에 어려움이 올 수 있다. 그런 의미에서 본 연구는 쓰기능력이 단순히 의사소통능력이 전이되는 것으로 보지 않고 특정 담화공동체에서 요구하는 쓰기능력이 별도로 존재한다고 전제하고 높은 쓰기능력을 '적합성(Competence)'이 높은 것으로 정의한다.

5) Tribble(1999)는 '쓰기 지식'을 내용지식(Contentknowledge), 맥락지식(Context Knowledge), 언어구조지식(Language System Knowledge), 쓰기과정지식(Writing Process Knowledge) 네 가지로 제시하며 '맥락지식'을 독자와 담화공동체에 대한 지식과 특정 '장르' 유형의 전형적 요소로 정리했다. 즉 맥락지식을 고려하지 않으면 필자는 자신이 속한 담화공동체의 구성원들과 의사소통에 실패하고 담화공동체로부터 불이익을 받게 된다. 이는 적게는 '단어의 의미' 그리고 넓게는 '텍스트의 구성' 등이 결국 담화공동체에서 합의된 내용으로 구성되지 않을 경우 불이익을 받을 수 있음을 강조한 것이다. 이는 본 연구가 표현적 오류와 수사적 오류, 그리고 텍스트의 구성을 가지고 학술 담화공동체의 대학원 유학생 필자가 작성한 학술적 텍스트를 분석하고 이 결과를 통해서 저자성을 규명하는 것에 정당성을 부여한다.

다. 장르의 개념은 호주에서 발전한 시드니 학파(Sydney School)와 북미에서 발전한 신수사학(New Rhetoric), 그리고 학문 목적 영어 등을 연구하는 특수 목적 영어(ESP)의 장르 개념을 중심으로 살펴보겠다.[6]

먼저 시드니 학파는 장르를 '보편성'에 주안점을 둔다. 즉 장르를 개별화하는 것에 치중하지 않고, '보편적인 장르'들을 찾아서 가르치는 것이다. 특히 이 보편성은 주로 '언어 형태'에 집중된다(Hyland, 2007:54). 따라서 장르란 '특정 문맥' 상황에서 필자가 보편적으로 선택하는 언어 형태, 언어 기술, 내용(텍스트의 의미) 등을 가리킨다. 특수 목적 영어(이상 ESP)는 '보편성' 보다는 '개별성'에 치중한 장르 개념을 주장한다. 따라서 ESP는 논문이나 보고서처럼 '특정' '담화공동체'에서 사용하는 텍스트 각각을 하나의 장르로 본다. 이는 시드니 학파의 장르 분석이 영어가 모어인 초등학교 학생들을 위해서 개념화된 것이라면, ESP는 영어가 목표어인 성인 학습자를 위해서 개념화된 것이기 때문에 그렇다.[7] ESP는 개별 장르의 양식과 내용을 학습자에게 빠르게 가르쳐서 그 학습자가 해당 공동체에 적응할 수 있도록 고안된 교육과정을 중시한다. 그래서 ESP는 '장르'를 "그 영향력이 미치는 해당 담화공동체의 소유물로 보고 있다(박은선, 2013:19)." 마지막으로 신수사학은 시드니 학파(Sydney School)나 ESP와 다르게 장르를 단순히 형식적으로 규칙화하는 것이 아닌 '사회적인 행위'로 간주한다는 점에서 차이가 있다(Miller, 1984). 이와

---

6) 이렇게 장르적 전통을 시드니 학파, 특수 목적 영어, 신수사학 등 3가지로 분류한 것은 Hyon(1996)의 영향이다. Hyon(1996)의 3가지 분류는 이후 장르 연구에서 활발히 적용되었는데, 본 연구도 이를 기준으로 시드니 학파, 특수 목적 영어, 신수사학 등 3가지로 나눠서 장르의 개념을 설명한다.

7) Johns(2003:200)은 "최초 시드니 학파의 장르 중심 접근법이 세 개의 집단(Three Populations in Australia)을 위해서 고안되었다."라고 지적하면서 그 세 집단을 초등학생(Primary School Children)과 중학생(Secondary School Children) 그리고 성인 이민자(Adult Migrant Second Language Learner)로 설명했다. Johns(2003:205)은 '초등학생'과 '중학생'을 고려하는 '시드니 학파 장르 중심 접근법'의 특징은 'ESP 장르 중심 접근법'과 대조해서 설명한다.

같은 이유로 신수사학에서는 장르가 무엇이냐는 것도 중요하지만, 장르가 소비되는 사회적, 문화적, 제도적 상황과 맥락도 매우 중요하게 고려된다.

앞에서 시드니 학파(Sydney School)와 신수사학(New Rhetoric), 그리고 특수 목적 영어(ESP)에서 개념화하고 있는 '장르'의 정의를 살펴봤다. 그렇다면 여기서 발견되는 '장르'의 공통점은 무엇일까? 공통점은 장르가 사회적으로 '약속'되어 있다는 것이고, 이 약속의 직감화가 곧 자신이 속한 공동체에서 유리한 위치를 차지하도록 돕는다는 것이다.

그렇다면 이와 같은 장르의 개념들을 종합해 봤을 때, 학술적 글쓰기에서 저자가 누구이며 그 위치가 어디인지를 다시 생각해 볼 필요가 있다. 학술적 글쓰기에서 저자는 우선 필자일 것이다. 그렇지만 이 필자는 특정 '담화공동체'에 소속되어 있으므로 그 공동체에 소속된 구성원들을 독자로 상정한 필자여야 한다. 그리고 그 공동체에서 요구하는 장르의 전형성을 충실히 지키는 필자여야 한다. 예를 들어 학술 담화공동체에 소속된 필자가 A라는 내용을 A'라는 형식(Format)으로 텍스트를 구성했는데, 그 텍스트를 읽은 독자들이 내용을 B라고 이해하고 형식을 B'라고 이해했다면, 이 필자는 '저자성'이 없는 것으로 판단되어 해당 담화공동체에서의 적응에 어려움을 겪게 될 것이다. 이는 대학원 유학생이 담화공동체에서 통용되는 '장르'에 직감이 형성되어 전문적인 저자성을 확보해야 하는 이유가 된다. 즉 본 연구는 학술적 글쓰기의 장르를 ESP와 신수사학 입장으로 전제하고 논의를 전개할 것이다.

1.3. 학술적 글쓰기에서의 저자성

앞서 학술 담화공동체에 소속된 '독자'들이 '필자'의 의도에 벗어나게 해석해서 발생하는 저자성 결여 양상을 예를 들어 설명했는데, 사실 이와 같은 현상은 일상생활에서도 흔히 발생한다. 직감의 정도가 떨어져서 이와 같은 현상이 발생할 수 있지만, 그렇지 않은 경우에도 이와 같은 현상이 발생할 수 있다. 고규진(2015:234)는 이를 '의사소통의 역설'과 '텍스트의 의미 고정에 대한 비판'으로 설명한다. '의사소통의 역설'의 경우 전달되는 내용이 온전히 저자의 독창적인 인지과정을 통해서만 구성된 것이라면, 독자들은 이를 정확하게 파악하지 못하고 다르게 해석할 수 있다는 것이다. '텍스트의 의미 고정에 대한 비판'은 텍스트의 의미라는 것이 고정된 것이 아니라서 필자는 자신의 계획과 전략, 그리고 장르적 약속에 부합하는 방향으로 텍스트를 구성했을 지라도 독자들이 다른 의미로 해석할 수 있다는 것이다. Hoffmann & Langer(2007: 137; 고규진, 2015:249 재인용)는 저자로 다음과 같이 네 가지로 정리한다. 첫째는 '실제 텍스트의 저자'로 그 텍스트의 원작자이다. 둘째는 텍스트에서 드러나는 텍스트의 특징들에 영향을 주는 저자의 선택이다. 셋째는 텍스트에 발현된 언어적 형태와 같은 텍스트의 형상화 기능을 말한다. 마지막으로 넷째는 저자에 독자를 포함시키는 것으로 특정 장치와 형상화 기능을 통해서 저자가 텍스트의 의미를 생산했을지라도 이 텍스트의 의미들이 독자의 해석에 영향을 받는다는 것이다. 이에 대해서 최현주(2005:220)는 독자가 '의미 해석'에서 텍스트에 남겨진 빈틈을 능동적으로 채워가는 역할을 한다고 지적했는데, 이는 전통적으로 '수용미학'에서 취해왔던 주장들과 동일한 것이다.

'독자'의 해석이 중요해졌지만, '저자'는 텍스트에서 여전히 권위를 갖는다. 결국 텍스트를 구성한 사람은 바로 그 저자이기 때문이다. 다만 그렇다고 해서 '저자'에만 치중해서 '저자성'을 밝히는 것 또한 한계가 있다. Barthes(1973; 김희영 역, 2002:27-35)가 '저자의 죽음'을 말했던 것처럼 저자는 단순히 '필자'만을 가리키는 것이 아니라 담론들의 '교차점'으로 존재하는 것일 수도 있기 때문이다. 즉 저자는 필자뿐만 아니라 텍스트(text) 상에 여러 의미를 함의하는 하나의 성질로 존재하는 것이다. 이는 본 연구에서 대학원 유학생의 저자성을 밝힐 목적으로 학술적 텍스트에서 '담화종합'을 살피는 근거가 된다. 다만 본 연구에서는 그 성질을 텍스트가 완성되기까지의 과정에서도 찾으려고 한다. 즉 텍스트 상에 존재하는 저자의 성질은 결국 쓰기과정에서 저자가 '선택한 전략과 방법'의 결과물이기 때문이다. 이와 같은 이유로 계획하기와 수정하기에서는 대학원 유학생 필자의 '선택(Selection)'과 대학원 유학생이 평소 갖고 있는 '인식'을 중심으로 살핀다. 그리고 이 선택의 '구현'에 해당하는 텍스트는 담화종합을 중심으로 텍스트 분석을 실시하고, 이 담화종합 수준별로 나타나는 저자성의 양상을 확인하려고 한다.

이윤빈(2012:188)는 "저자성은 학술적 글쓰기가 갖추어야 할 핵심적 요소"라고 지적하며, 필자에게 '저자성(authorship)'을 "다양한 논의에서 스스로 문제를 발견하며 설정하고 견해를 개진할 수 있는 능력"으로 정의했다. 이와 같은 저자성은 곧 '전문 저자로서의 면모'를 의미한다. 본 연구 역시 좋은 텍스트는 쓰기과정에서 필자가 판단한 좋은 '선택'의 결과물이라고 전제한다. 그리고 이 선택은 자신이 속한 '담화공동체'의 장르에 부합하는 방향이어야 한다. 본 연구는 저자성을 대학원 유학생 필자들이 주어진 다양한 자료들과 과제를 읽고 무엇을 '발견'하고,[8] 어떻게 '표상'[9]하며 '어떤 전략'[10]으로 텍스트에 '구현'[11]되는 지로 정의한다.

---

8) Flower(1993; 원진숙·황정현 역, 1998:164)은 학술 담화공동체의 학술적 과제를 해결하기 위해서는 "무엇인가를 정의하고, 비교하며, 맥락과 연관 지어 보는 일"이 필요하다고 말한다. 이는 필자가 읽기 자료들을 검토·비교해가면서 보고서의 '화제'를 '발견'하는 것의 중요성을 말한다. 본 연구는 계획하기에서 이와 같은 내용 생성을 위한 '발견'의 양상을 담화종합 수준별로 살핀다. 또한 Flower et al(1986)은 글쓰기 능력을 텍스트에서 문제점을 찾고 그 문제점을 어떻게 해결하느냐가 결정한다고 했다. 본 연구는 '진단' 양상, 즉 대학원 유학생 필자가 1차 텍스트에서 문제점을 '발견'하는 양상을 수정하기에서 담화종합 수준별로 확인·분석한다.

9) 본 연구에서 '표상'은 곧 '과제표상'을 의미한다. 이 과제표상에 일부 '발견'의 내용이 포함되지만 본 연구에서 표상을 분리한 이유는 '학술적 과제'에서 성공적 수행이 과제

본 연구는 이 저자성의 개진 양상을 살피기에 앞서 필자와 관련된 요소들을 중심으로 대학원 유학생의 학습자 개별성을 분석한다. 그리고 본격적으로 '계획하기'와 '수정하기', 그리고 '담화종합 양상'에서 나타나는 대학원 유학생의 '선택'을 '발견'과 '표상', 그리고 '전략'을 중심으로 살핀다. 그리고 담화종합 수준별로는 '계획하기'와 '수정하기', 그리고 '담화종합'의 선택을 종합하여 저자성의 양상을 심층적으로 살펴보려고 한다. 본 연구의 저자성을 자세히 도식화하면 아래 표와 같다.

〈표 2-1〉 저자성 분석의 국면과 분석 방법

국면(State)	내용	분석방법
발견 (Discovery/Diagnosis)	- 과제를 읽고 **발견**한 초점 양상 - 1차 텍스트를 읽고 **발견**한 진단 양상	자유글쓰기 수정 프로토콜
표상 (Representation)	- 과제를 읽고 내린 **과제표상** - 1차 텍스트를 읽고 내린 **과제표상**	계획하기 점검지 수정하기 점검지
전략 (Strategy)	- 수정하기에서 자기중심성 극복 **전략** - 수정하기에서 **전략**적으로 고려한 예상독자	수정하기 점검지
구현 (Embodiment)	- 2차 텍스트에 **구현**된 내용과 오류 양상 - 2차 텍스트에 **구현**된 오류 양상과 번역기 사용	수정하기 점검지 담화종합 양상

표상의 구성 계획에서의 '선택'과 관련이 있기 때문이다(Flower, 1987). 본 연구는 '계획하기'와 '수정하기'에서 대학원 유학생 필자가 선택한 과제표상을 담화종합 수준별로 분석한다.

10) 본 연구에서 '전략'을 저자성 판단의 국면으로 선택한 이유는 어떤 전략을 사용하는지가 곧 '저자성의 수준'을 담지하기 때문이다. 이는 상위 인지의 발현과 연결시켜 생각해 볼 수 있는데 글쓰기에서 상위인지는 필자가 정보나 전략을 스스로 인지하고 활용하는 것을 의미한다(이아라, 2008:418). 그래서 필자가 어떤 전략으로 글쓰기에서 만나게 되는 문제를 극복하느냐는 중요한 저자성 판단의 근거가 된다.

11) 본 연구에서 텍스트 구현의 양상까지 분석하는 이유는 전문 저자성의 양상이 곧 텍스트의 질적 수준과 표현의 능숙한 정도 등에 영향을 주기 때문이다(김성숙, 2015나:649). 그러므로 텍스트에 나타난 여러 특징들을 분석하는 것은 텍스트를 통한 저자성의 특징을 분석하는 것을 의미하기 때문에 본 연구는 '구현'의 양상까지 저자성의 국면에 넣어서 논의를 진행한다.

본 연구는 필자가 과제를 읽고 무엇을 '발견'하고 '표상'하며 어떤 '전략'을 사용하고 최종적으로 그러한 인지적 수행 양상이 텍스트에 어떻게 '구현'되는지를 '저자성'으로 정의한다.

'발견(Discovery/Diagnosis)'은 '계획하기'에서 과제를 읽고 대학원 유학생이 인지적으로 떠올린 생각들을 자유글쓰기로 쓰게 하고, 이를 확인한다. 또한 '수정하기'에서 1차 텍스트를 읽고 '발견'한 진단 내용은 '수정 프로토콜'을 통해서 확인한다. 이 '발견'이 중요한 이유는 필자가 계획하기에서 무엇을 발견하고 수정하기에서 무엇을 진단했는지가 텍스트의 수준을 결정하기 때문이다.

'표상(Representation)'도 '발견'과 동일하게 계획하기와 수정하기에서 모두 확인한다. '표상'은 대학원 유학생 필자가 '계획하기'에서 '발견'한 것들을 토대로, 구체적 '과제표상'을 양상을 확인한다. 또한 '수정하기'에서는 1차 텍스트를 읽고 내린 대학원 유학생 필자의 과제표상 양상을 확인한다. 그리고 이 양상을 교수자가 의도한 '과제표상'의 양상과 비교해서, 담화종합 수준별 '과제표상'의 선택의 양상이 텍스트의 수준에 미친 결과를 분석한다.

'전략(Strategy)'은 대학원 유학생 필자가 2차 텍스트를 완성하기 위해서 사용한 전략의 사용 양상 그리고 사용 이유 등을 분석한다. 첫째는 '예상독자'이다. 대학원 유학생이 1차 텍스트를 수정하면서 의도한 예상독자를 살피고 타당성을 검증한다. 둘째는 대학원 유학생이 '자기중심성'을 극복하기 위해서 사용한 수정방법을 담화종합 수준별로 비교한다. 전략적 선택의 양상을 분석하고, 이 결과를 근거로 대학원 유학생의 담화종합 수준별 차이를 구체화한다.

'구현(Embodiment)'은 담화종합의 양상을 살피는 것으로 대학원 유학생이 작성한 2차 텍스트의 내용적 특징을 살핀다. 이때 2차 텍스트의 구성 계획 양상과 텍스트에 나타나는 '진술의 성격' 등을 담화종합 수준별로 비교·분석한다. 마지막으로 텍스트의 오류 양상을 살피는데, 이때 기계적 오류와 수사적 오류를 나눠서 담화종합 수준별로 살핀다. 그리고 담화종합 수준별로 번역기 사용 정도와 텍스트 수준과의 관계를 살피고 번역기 사용의 문제점을 분석한다.

김성숙(2015나:649)는 "저자로서의 전문성 정도에 따라 '의식' 내용의 질적 수준이 달라지고, 표현의 능숙한 정도와 '현전'의 정확성 및 속도는 비례한다."라고 지적했다. 높은 수준의 텍스트일수록 텍스트의 질적 수준과 표현의 능숙도가 높음을 말하는 것이다. 결국 이 질적 차이는 계획하기(Planning)와 수정하기(Revision)의 각 '국면(State)'에서 필자의 '선택(Selection)'이 초래한 '저자성(Authority)'의 차이, 즉 리터러시의 능숙함이라고 봐도 무방할 것이다. 다만 필자의 '선택'이 발생하는 글쓰기 국면의 전부를 개괄하는 것보다 '주요한 국면'을 중심으로 살피는 것이 더 타당한 연구 방법이라고 판단했다. 본 연구에서는 '발견-표상-전략-구현'의 국면에서 나타나는 선택 양상과 선택의 결과를 중심으로 담화종합 수준별 저자성의 특징을 구체화하겠다.

2. 학술적 글쓰기에서의 계획하기와 수정하기

앞에서 본 연구가 '학술적 글쓰기'의 계획하기와 수정하기에서 확인하려고 하는 '저자성'의 개념에 대한 이론적 토대를 마련했다. 이 절에서는 '학술적 글쓰기'에서 '계획하기'와 '수정하기'에 주목하는 이론적 근거를 마련해 보려고 한다. 우선 학술적으로 주요한 쓰기과정 모형을 정리하고 글쓰기를 추동하는 원동력이 계획하기와 수정하기에 있다는 논의들도 함께 살펴본다.

2.1. 쓰기과정 모형

앞서 설명한 〈그림 2-1〉은 'Hayes & Flower의 1980년 모형으로 보통 가장 고전적인 쓰기과정 모형으로 불린다. Hayes & Flower(1980:396)은 쓰기의 목표지향성, 조직의 체계성, 회귀성 등을 발견하여 쓰기과정을 이론화, 정교화하였다는 측면에서 그 의의가 크다. 여기서는 그 후에 나온 Hayes(1996)과 Hayes(2012)의 모형을 중심으로 최초의 1980년 모형 이 어떻게 변모했는지를 확인하도록 하겠다.

〈그림 2-3〉은 Hayes(1996:4)가 사회 구성주의 연구 성과를 반영하여 Hayes & Flower(1980:396)이 갖는 한계점을 보완하는 방향으로 수정된 쓰기 과정 모형이다. 가장 눈에 띄는 변화는 작업 기억(Working Memory)이 쓰기 과정 '중앙'에 위치한다는 점이다. 이 작업 기억(Working Memory)은 시공간 스케치판(Visuopatial Sketchpad)과 음운 루프(Phonological Loop), 그리고 의미 론적 기억(Semantic Memory)으로 구성된다. 본래 이 작업 기억 모델은 Baddeley(1986)이 먼저 고안한 것인데, Hayes(1996)은 Baddeley(1986)에서 글쓰기과정 전반에서 인지적 처리를 담당했던 중앙관리자(Central Executive)를 모형에서 삭제하고, 의미론적 기억(Semantic Memory)을 추가했 다.[12] 시공간 스케치판(Visuopatial Sketchpad)은 표나 그림과 같은 이미지를 저장하는 것이고, 음운 루프(Phonological Loop)는 일상에서 마주하는 소리 로 된 정보들을 저장하는 기능을 담당한다. 또한 이 모형은 동기 (Motivation)와 정서(Affect)를 앞에서 언급한 작업 기억, 장기 기억, 인지

---

12) Kellogg(1996:58-60)은 Hayes(1996)처럼 Baddeley(1986)의 '작업 기억'을 반영하여 쓰기 과정 모형을 제시했는데, 이 쓰기 모형에는 Hayes(1996)과 달리 쓰기과정의 전 과정을 담당하는 중앙관리자(Central Executive)가 중요한 기능을 담당한다는 것이 차이점이 다. 다만 Kellogg(1996)의 쓰기과정은 Hayes(1996)의 스케치판(Visuopatial Sketchpad)과 음운 루프(Phonological Loop)가 쓰기 전 과정에서 관여하도록 한 것과 달리, 형성 (Formulation)과 조정(Monitoring)에만 독립적으로 관여하도록 설정해서, 쓰기과정의 일방향성이라는 Hayes & Flower(1980)의 쓰기과정이 안고 있던 문제를 해소하지는 못 한 것으로 보인다.

〈그림 2-3〉 Hayes(1996)의 쓰기과정 모형

(Hayes, 1996 : 4)

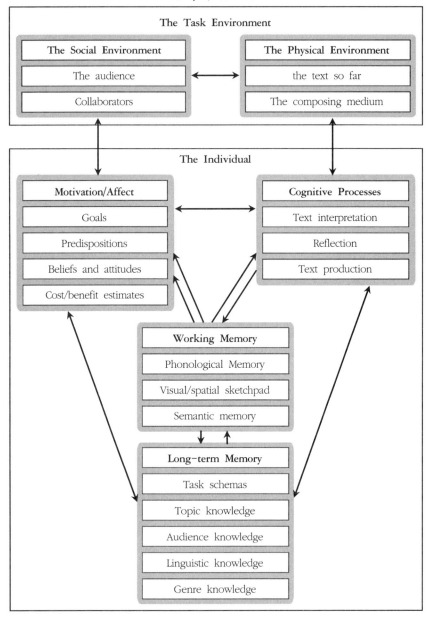

과정과 함께 다뤘다. 쓰기능력이 발달할 때, '태도' 역시 함께 발달하며 작동됨을 고려한 것이다. 이와 같은 자기효능감과 같은 태도의 중요성은 현재 쓰기교육에서 상위인지전략과 쓰기능력 등과 유의미한 상관성이 있다(이소영, 2013:78). 초기 모델에서 사용된 계획하기는 반영하기 (Reflection)로, 작성하기는 텍스트 생산하기(Text Production)로, 마지막 수정하기는 텍스트 해석하기(Text Interpretation)로 각각 용어가 바뀌었다. 작문 과제 환경(The Task Environment)도 개인적인 것(The Individual)과 나누고, 이를 사회적인 환경과 물리적인 환경으로 나누었는데, 사회적인 환경(Social Environment)이라는 용어가 들어간 것은 앞서 언급했듯이 사회 구성주의적 경향을 반영한 것이다. 이 사회적인 환경에는 독자(The Audience)와 공동 협력자(Collaborators)가 있고, 물리적인 환경에도 작문을 위한 매체(The Composing Medium)가 있는데, 이러한 요소들이 과제 환경에 추가된 것은 각 개인 필자가 텍스트를 완성하면서 자신이 속한 사회의 예상독자들과 장르적 특성을 고려한 협력자와의 협업, 그리고 해당 장르의 완성물은 여러 매체 등을 고려해야 함을 보여주는 것이다. 특히 이 모형은 쓰기과정에서 작업 기억(Working Memory)을 중심으로 동기(Motivation)와 정서(Affect), 인지적 과정(Cognitive Progresses), 장기 기억(Long-Term Memory) 간의 상호 역동적인 움직임을 보여주는데, 이는 이전 모형에서 쓰기과정이 '일방향'으로 '해석'될 여지가 있다는 비판을 수용한 것이다.

〈그림 2-4〉 Hayes(2012)의 쓰기과정 모형
(Hayes, 2012 : 371)

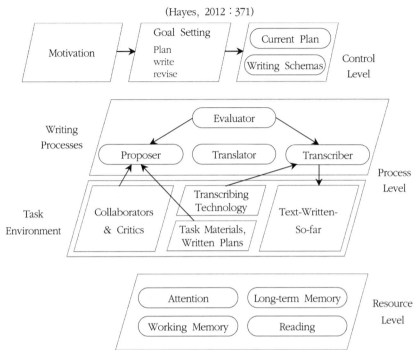

Hayes(2012)의 가장 큰 변화는 조절 차원(Control Level), 과정 차원(Progress Level), 자원 차원(Resource Level) 등 3차원으로 쓰기과정을 구성되었다는 점이다. 특히 과정 차원(Progress Level)에는 쓰기과정(Writing Processes)과 과제 환경(Task Environment)으로 구성되는데, 쓰기과정(Writing Processes)에는 '제안된 생각(Proposer)'이 쓰기과정에서는 평가(Evaluator)의 과정을 거치고 과제 환경에서는 공동 협력자(Collaborators)와 비평자(Critics), 그리고 과제 자료들(Task Materials)과 작성된 계획(Written Plans)에 영향을 받아 번역(Translator)된다. 특히 제안된 아이디어(Proposer)는 공동 협력자(Collaborators), 비평자(Critics), 과제 자료들(Task Materials)과 작성된 계획(Written Plans)에 따라서 다양하게 조성되는데, 이

는 쓰기 교육에서 '사회 구성주의' 요소를 보다 명확히 반영한 것이다. 특히 조절 차원(Control Level)은 상위 인지적 차원으로 조정(Monitor)보다 더 상위 개념인 조절(Control)로 대체했는데, 쓰기 스키마(Writing Schemas) 를 이전의 장기 기억이 아니라 조절 차원(Control Level)에 넣으면서 쓰기 에서 '전략'이 '자원'의 수준이 아니라 상위 인지적으로 '조절' 가능한 차 원으로 구성했다. 조절 차원(Control Level)에는 동기(Motivation)를 그 출발 점으로 넣어서 강한 동기가 강한 상위 인지적 조절을 일으킬 수 있음을 명시했다. 이는 Hayes(1996)에서 설명되지 않았던 정의적 태도와 상위 인지적 차원의 관련성을 구체화한 것이다. 앞서 언급한 제안된 아이디 어(Proposer)와 쓰기 스키마(Writing Schemas)의 구성은 쓰기 교육이 필자 의 저자성을 향상시키는 데 주요한 역할을 할 수 있음을 보여주는 것이 다. 다만 계획하기, 수정하기와 같은 Hayes & Flower(1980) 이후 유지되 어 온 용어와 개념은 사라졌는데, Hayes(2012:375-376)는 계획하기 (Planning)와 수정하기(Revision/Reviewing)를 하위과정(Subprocesses)으로 설 정하지 않은 이유로 '학교 과제(School Essay)'나 '논문 형식의 보고서 (Articles)'와 같은 '공식적인 글쓰기(Formal Writing)'에서는 '계획하기와 수 정하기'가 글쓰기 하위 과정으로 들어가는 것이 아니라, 계획하기 (Planning)와 수정하기(Revision/Reviewing)가 곧 글쓰기의 특별한 활동 (Specialized Writing Activity)이라고 설명했다.13) 즉 그 개념을 작성하기와 결합해서 사용하는 것이지 용도 폐기한 것(Abolition of Use)은 아니라는 설명이다.

　본 연구는 계획하기와 수정하기에서 나타나는 대학원 유학생 필자 들의 저자로서의 특징을 살펴보는 연구이나, Hayes(2012)의 지적처럼 쓰 기의 하위과정(Subprocesses)으로서의 계획하기와 수정하기가 아니라, 계

---

13) Hayes(2012:376)는 "계획하기(Written Plan)와 수정하기(Revising Written Text)를 글쓰 기의 특별한 활동(Specialized Writing Activity)"으로 전제한다.

획하면서 쓰는 단계, 그리고 수정하면서 쓰는 단계를 특정한 글쓰기 (Writing)로 보고 계획하기와 수정하기를 중심으로 유학생 필자들의 특징을 살펴보려고 한다.

지금까지 쓰기과정의 일반적 모형을 중심으로 필자의 인지적 과정만을 중시하던 모형이 점차 사회 구성주의의 입장을 수용하여 변모해 왔음을 정리했다. 이를 통해 계획하기와 수정하기라는 '하위과정'은 사라졌지만, 오히려 계획하기와 수정하기는 각각 특별한 글쓰기로 변모해 왔고, 특히 보고서와 논증적 글과 같은 공식적 글쓰기에서 이와 같은 특징이 두드러짐을 확인했다. 조금 더 논의를 확장하자면 '학술적 글쓰기'는 '계획하기 글쓰기'와 '수정하기 글쓰기'의 결합으로 구성되는 것이다. 그렇다면 이어서 계획하기와 수정하기가 어떤 의미인지 보다 자세하게 탐색해 보도록 하겠다. 이를 위해서 계획하기와 수정하기를 글쓰기와 결합해서 진행된 연구와 이를 글쓰기의 하위과정으로 전제하고 진행된 연구를 함께 정리하면서 본 연구에서 집중하는 계획하기와 수정하기의 범위를 제한해 보도록 하겠다.

2.2. 계획하기와 과제표상

Hayes & Flower(1980), Hayes(1996), Hayes(2012) 등에서 쓰기과정의 일 방향성이 소멸되고, 상위인지전략에 '정의적 태도'가 강조되었으며, '사회 구성주의'의 영향으로 다양한 매체와 그 특징 그리고 협력자의 역할이 중시되는 방향으로 변화되는 모습이 있다. 계획하기와 수정하기를 별도의 글쓰기 하위과정으로 놓지 않고 그 자체를 글쓰기로 재개념화하는 모습이 나타났다.

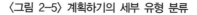

〈그림 2-5〉 계획하기의 세부 유형 분류
(Hayes & Nash, 1996:45)

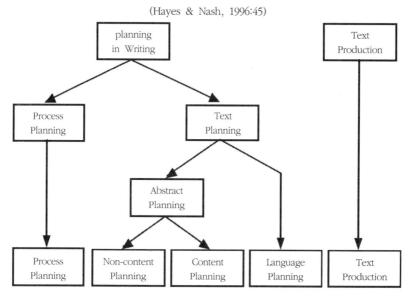

Hayes & Nash(1996)은 글쓰기 계획하기(Planning in Writing)를 과정 계획하기(Process Planning)와 텍스트 계획하기(Text Planning)로 분류하고, 텍스트 계획하기(Text Planning)는 추상적 계획하기(Abstract Planning)와 언어 계획하기(Language Planning)로 다시 세분화되고, 추상적 계획하기(Abstract Planning)는 내용과 무관한 계획하기(Non-Content Planning)와 내용 계획하기(Content Planning)로 다시 분류하였다. Hayes & Nash(1996)은 이와 같은 계획하기의 하위과정들은 텍스트 생산의 과정에서 무엇을 계획해야 하는가에 대한 대답이 될 것이라고 지적했다.

그런데 이렇게 세분화할 수 있는 '계획하기'는 그 명칭도 매우 상이하다. 아래 〈그림 2-6〉은 글쓰기의 계획하기에 대한 글쓰기 연구자들이 사용한 용어를 정리한 것이다.

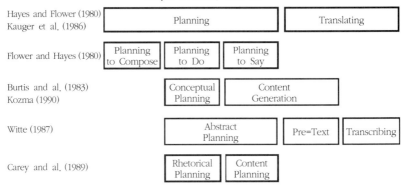

〈그림 2-6〉계획하기의 유형의 명칭 분류
(Hayes & Nash, 1996:45)

Hayes & Flower(1980)과 Kaufer et al(1986)은 계획하기(Planning)와 번역하기(Translating)로 나누었고, 계획하기(Planning)의 세부적인 명칭은 없었다. Flower & Hayes(1980)은 계획하기를 글을 쓰는 계획하기(Planning to Compose), 행위 계획하기(Planning to Do), 말하기 계획하기(Planning to Say)로, Burtis et al(1983)과 Kozma(1990)은 개념적 계획하기(Conceptual Planning)와 내용 생성(Content Generation)으로, Witte(1987)은 추상적 계획하기(Abstract Planning), 사전 텍스트(Pre-Text), 그리고 전사하기(Transcribing)로, Carey et al(1989)는 수사적 계획하기(Rhetorical Planning), 내용 계획하기(Content Planning)로 각각 세분화하여 다른 명칭을 사용했다. 이에 대해서 김혜연(2014:33)는 용어가 일치되지 않아서 혼란스럽고, 무엇보다 "계획하기와 표현하기의 경계가 모호하다"는 점을 들어 비판했다. '계획하기와 표현하기의 모호성'은 Hayes(2012)에서 계획하기와 표현하기가 사실은 하나의 글쓰기 활동으로 포함된 것과 같은 맥락의 지적이다. 이는 본 연구에서 설정한 '계획하기와 수정하기'의 개념과 일치한다.

앞서 언급하였듯이 본 연구도 인지주의 글쓰기 연구에서 그간 보편적으로 사용해 왔던 글쓰기 하위과정에서의 계획하기가 아니라, 계획하기와 표현하기가 하나로 진행되는 '특별한 글쓰기 활동'으로 전제하고, 계획하며 쓰는 과정에서 발생하는 '선택'을 중심으로 연구를 진행한다.

〈그림 2-7〉 담화 구조의 개념적 모형

(Flower, 1987:2)

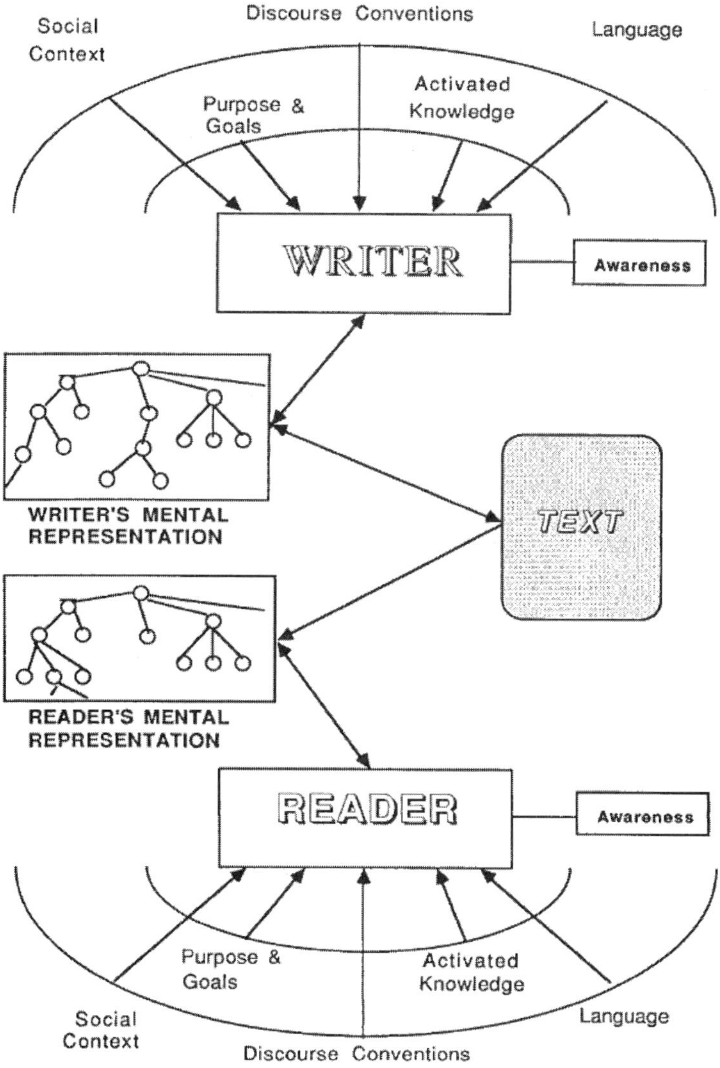

〈그림 2-7〉은 필자(Writer)의 입장에서 담화의 구조가 어떻게 형성되어있는가에 대한 모형이다. 이 모형에서 필자는 사회·문화적 맥락(Social Context), 담화 관습(Discourse Conventions), 언어(Language)로 구성된 맥락적 요인과 목적과 목표(Purpose & Goals), 그리고 활성화된 지식(Activated Knowledge)으로 구성된 인지적 요인들에 영향을 받고 있음을 알 수 있다. 이와 같은 요인들은 같은 과제에 대한 글을 쓰더라도 필자에 따라서 텍스트의 구성과 내용이 다를 수 있음을 보여주는 것이다. 또한 필자와 텍스트 사이에서 상호교섭의 역할을 하는 것이 있는데, 이것이 바로 필자의 표상(Writer's Mental Representation)이다. 이는 본 연구에서 주요하게 다루는 과제표상(Task Representation)으로 보통 과제를 받았을 때 과제를 해석하고 계획을 하는 계획하기 단계에서 주요하게 다뤄진다.[14] 즉 앞서 계획하기 단계에서 일어나는 다양한 계획하기 용어와 세분화된 하위용어들을 살펴봤는데 이 모든 계획들이 텍스트에 반영될 때는 필자의 과제표상에 의해서 선택되고 조절되는 것이다.

Flower(1987)은 대학에서 부여되는 학술적 담화종합 과제에[15] 대한 학부생과 대학원 유학생의 담화종합 과제 수행 과정에서 구술한 프로토콜을 분석하여, 과제표상에서의 핵심적인 특질들을 목록화한 것이다.

---

14) Witte(1985)는 Flower(1987)의 '과제표상'과 유사한 개념의 개념을 '쓰기 전 텍스트'라는 용어로 설명했다. 이 쓰기 '전' 텍스트의 '전'은 이 개념이 주로 본격적으로 쓰기가 시작되기 전인 계획하기 단계에서 일어나는 표상을 전제하고 있음을 알 수 있다. 본 연구는 계획하기를 '작성하기'의 전 단계가 아니라 '계획하면서 작성하기', '수정하면서 작성하기'의 내용 생성 단계로 전제하고 '계획하기'와 '수정하기'에서의 과제표상을 모두 분석한다.
15) Flower(1993; 원진숙·황정현 역, 1998:164)은 대학교에서 담화종합 과제를 받았을 때 "과제가 요구하는 바를 크게 세 가지 심리적 작용 – 무엇인가를 정의하고, 비교하며, 맥락과 연관지어 보는 – 일 것이라고 예측하는 것"이 필요하다고 말한다. 즉 담화종합 과제는 정해진 답이 없는 상태에서 필자가 주도적으로 문제를 해결해 가야 하는 특징을 가진 과제이다.

〈그림 2-8〉 담화종합 과제표상의 핵심 특질 (Flower, 1987)

A) Major Source of Information	B) Text Format and Features
- Text	- Note/Summary
- Text + My Comments	- Summary + Opinion
- What I already knew	- Standard School Theme
- Previous Concepts + Text	- Persuasive Essay

C) Organizing Plan for Writing
▶ To Summarize the Readings
▶ To Respond to The Topic
▶ To Review and Comment
▶ To Synthesize with a Controlling Concept
▶ To Interpret for a Purpose of My Own

D) Strategies	E) Other goals
- Gist & List	- Demonstrate understanding
- Gist & List & Comment	- Get a good idea or two
- Read as Springboard	- Present what I learned
- Tell it in My Own Words	- Come up with something interesting
- Skim & Respond	- Do the minimum and do it quickly
- Dig out an Organizing Idea	- Fulfill the page requirement
- Divide into Camps	- Test my own experience
- Choose for Audience Needs	- Cover all the key points
- Use for My Own Purpose	- Be original or creative
	- Learn something for myself
	- Influence the reader
	- Text something I already knew

A) 정보 제공 자료(Major Source of Information)

텍스트(Text)

텍스트 + 자신의 견해(Text + My Comments)

자신이 이미 알고 있는 내용(What I already knew)

자신이 이미 알고 있는 내용 + 텍스트(Previous Concepts + Text)

정보 제공 자료(Major Source of Information)는 텍스트를 구성할 때 읽기 자료 중에서 어떤 자료를 사용할 것인지, 그리고 필자의 생각과 이미 알고 있는 지식 등을 고려할지 등을 판단하는 과제표상 영역이다. '텍스트'는 텍스트를 구성할 때 정보텍스트만을 의지하는 것이고, '텍스트+자신의 견해'는 텍스트의 내용과 자신의 견해를 종합하여 사용하는 것이다. '자신이 이미 알고 있는 내용'은 화제에 대한 자신의 지식만으로 텍스트의 내용을 구성하는 것이고, 여기에 '텍스트의 내용'을 추가할 수 있다.

B) 텍스트의 형식과 특징(Text Format and Features)

노트/요약(Note/Summary)

요약/견해(Summary + Opinion)

일반적인 글의 형식(Standard School Theme)

설득적 에세이(Persuasive Essay)

텍스트의 형식과 특징(Text Format and Features)은 앞서 선택한 자료들을 어떤 형식(Format)과 특징(Features)으로 구성할 것인가에 대한 과제표상 영역이다. 일반적인 글의 형식(Standard School Theme)은 영어로는 'School'이 들어가는데 이를 Flower(1993; 원진숙·황정현 역, 1998:157)은 "서론·본론·결론" 형식의 글이라고 했고, 이는 보편적 주제를 다루는 '특징'을 갖는 글을 말한다. '설득적 에세이'가 필자의 주장과 논증에 큰 부분을 할애하고 예상독자를 고려해서 수사적 전략을 삼는 것과 비교하면, '일반적인 글의 형식'과 '설득적 에세이'는 전혀 다른 형식(Format)의 과제표상이다.

C) 글쓰기의 구성 계획(Organizing Plan for Writing)
읽기자료를 읽고 요약하기(To Summarize the Readings)
화제에 대해 반응하기(To Respond to The Topic)
검토하고 논평하기(To Review and Comment)
통제 개념을 사용하여 종합하기(To Synthesize with a Controlling Concept)
나 자신의 목적을 위해 해석하기(To Interpret for a Purpose of My Own)

글쓰기의 구성 계획(Organizing Plan for Writing)은 과제표상의 핵심 특질 중에서도 제일 중요한 특질이다. 필자는 정보 제공 자료(Major Source of Information)와 텍스트의 형식과 특징(Text Format and Features)을 과제로 표상했다면, 본격적으로 글쓰기의 구성 계획(Organizing Plan for Writing)을 통해서 읽기 자료를 읽고 글쓰기의 텍스트 구성을 계획하게 된다. '읽기자료를 읽고 요약하기'는 제목과 동일하게 읽기자료를 읽고 요약을 하는 것이다. '화제에 대한 반응하기'는 필자가 스스로 정한 '화제(Topic)'를 중심으로 그 화제에 대한 자신의 의견을 열심히 개진하는 것이다. Flower(1987)은 이 같은 구성 계획에 대해서 필자가 이미 알고 있는 지식과 읽기 자료의 내용 간의 통합에 '어긋난 것(Sidesteps)'이라고 지적했다. '검토하고 논평하기'는 읽기자료를 읽고 요약하기를 진행한 후에 필자의 생각을 추가한 유형이다. 이윤빈(2013:34)은 '읽기자료를 읽고 요약하기', '검토하고 논평하기', '화제에 대해 반응하기'는 모두 학술적 글쓰기에서 지양해야 할 '글쓰기 구성 계획'이라고 평했다. '통제 개념을 사용하여 종합하기'에서는 '통제 개념(Controlling Concept)'을16) 사용하여 필자의 생각과 자료의 내용을 종합(Synthesize)하는 것이다. 단순히 읽기 자료를 요약하는 것이 아니기 때문에 '읽기자료를 읽고 요약하기'와 구별

---

16) '통제 개념(controlling concept)'은 텍스트 상에 분명하게 나타나며, 많은 아이디어로 텍스트를 지배하고 정보의 선택과 텍스트의 조직화에 기여하는 것을 말한다(Flower, 1987).

되고, 자신의 생각을 표현하는 수준이 아니라 읽기 자료의 내용을 통제 개념을 통해 자신의 생각과 종합하기 때문에 '화제에 대해 반응하기'와 도 구별된다. '나 자신의 목적을 위해 해석하기'는 텍스트 구성의 '나 자신의 목적'을 중심으로 읽기 자료를 분석하고, 이를 논증 구조로 활용 하는 것을 말한다.[17]

전략(Strategies)과[18] 그 밖의 목표(Other Goals)는[19] 사실 '과제표상'의 핵심 자질 중에서 주요하게 다뤄지지는 않는다. 다만 이는 계획하기 글 쓰기에서 텍스트를 완성할 때, 필자가 어떤 전략과 목표를 상정하고 쓰 기과정을 완성하는지를 파악하기에 유용하다. 그렇지만 본 연구에서는 '정보 제공 자료', '텍스트의 형식과 특징', '글쓰기의 구성 계획'을 중심 으로 논의를 전개하기 때문에 다루지 않는다.

본 연구는 계획하기 글쓰기에서 대학원 유학생 필자들의 과제 표상 양상을 중심으로 계획하기 양상을 살펴보려고 한다. 또한 계획하기 글 쓰기에서 나타나는 필자의 인지적 변화 양상도 '자유글쓰기'를 통해서 살펴보려고 한다.

---

17) 다만 본 연구는 '틀 세우기'를 추가하여 연구를 진행했다. 이는 학습자가 자신에게 익숙한 글의 거시구조를 미리 염두하고 그 구조에 맞춰서 글을 진행한 것을 말한다(이 윤빈·정희모, 2010:476).

18) 'D) 전략(Strategies)'의 세부 내용은 '1) 요지를 목록화하기, 2) 요지를 목록화하고 논평 하기, 3) 도약대로써 읽기, 4) 내 자신의 언어로 말하기, 5) 훑어보고 반응하기, 6) 조직 을 위한 아이디어 찾기, 7) 여러 부문으로 나누기, 8) 독자의 요구를 위해 선택하기, 9) 나 자신의 목적을 위해 이용하기' 등이다.

19) 'E) 그 밖의 목표(Other goals)'의 세부 내용은 '1) 자료를 이해했음을 드러내기, 2) 하나 이상의 좋은 아이디어 얻기, 3) 무엇을 배웠는지 드러내기, 4) 흥미로운 내용을 제시하 기, 5) 최소의 노력으로 신속히 끝내기, 6) 요구된 분량 충족시키기, 7) 나 자신의 경험 을 검증해보기, 8) 모든 핵심 사항을 다루기, 9) 개성적이고 창의적이기, 10) 나 자신을 위해 학습하기, 11) 독자에게 영향 주기, 12) 내가 이미 알고 있는 것 검증하기' 등이다.

2.3. 수정하기와 수정의 범위

앞서 계획하기의 이름, 하위개념, 역할, 그리고 과제표상 등의 개념을 살펴보고, 이를 통해서 본 연구가 계획하기 단계에 주목해서 '과제표상'에 집중하는 근거를 마련해 보았다. 이어서 수정하기에 대한 이론적 분석을 실시하고, 본 연구가 수정하기 쓰기 단계에서 상정한 '수정(Revision)'의 개념을 보다 명확히 해 보고자 한다.

〈그림 2-9〉 수정하기에서의 인지적 과정

(Flower et al, 1986:24)

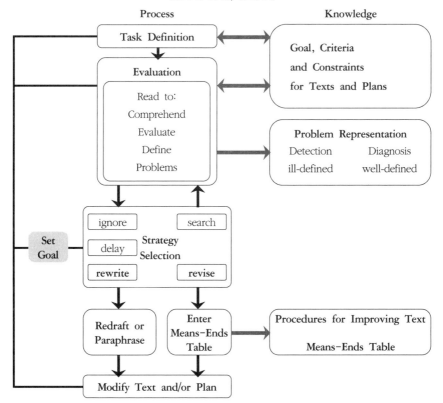

〈그림 2-9〉에서 중요한 부분은 수정하기(Revise)가 전략 선택(Strategy Selection)으로 들어가 있다는 점이다. 수정하기(Revise)는 과제 정의(Task Definition), 즉 텍스트와 텍스트의 계획을 위한 목적, 기준, 제약 등을 전제로 평가(Evaluation)가 진행되고, 이 과정을 통해서 문제표상(Problem Represetation)을 지식(Knowledge)으로 삼아 전략(Strategy)적으로 선택되는 것이다. 이렇게 수정하기(Revise)를 도식화하고 나면 단순히 검토하기(Reviewing)의 하위개념으로 들어가 있는 수정하기(Revising)가 아니라, 평가하고 문제를 발견하는 과정 전반을 아우르는 확장된 수정(Revision)으로 그 개념이 넓어졌음을 알 수 있다.

이는 단순히 텍스트의 오류 수정에만 관심을 두는 한국어 교육 쓰기에 시사하는 바가 크다. 글쓰기의 과정인 '텍스트'만을 대상으로 '형태'에만 주안점을 두는 수정이 한국어 교육에서는 일반화되어 있기 때문이다. 그렇지만 '수정'이란 텍스트가 완성되는 과정 속에서도 지속적으로 진행되는 것이다(Flower et al, 1986). 이렇게 수정을 정의하고 나면, 수정의 시작과 끝이 어디인지 규정하기가 어려워진다. 왜냐하면 텍스트가 완성되는 과정이라는 것은 필자의 '생각'을 가리키기 때문이다. 필자의 머릿속에서 나타나는 변화의 과정까지 모두 포함하여 연구를 진행하는 것은 사실상 불가능하기 때문이다.

이에 대해서 정희모(2008가)는 '의미생산'으로서의 수정과 '의미수정'으로서의 수정을 구분해야 한다고 지적한다. 즉 "의미를 생산하기 위해 이루어지는 수정"과 "이미 완성된 의미를 새롭게 고치기 위해 이루어지는 수정"을 구분하고 "의미를 생산하기 위해 이루어지는 수정"은 고쳐쓰기로 연구 대상에서 제외해야 한다는 것이다(정희모, 2008가:339-341). 이는 '글쓰기'가 곧 '의미생산'을 위한 '수정'이라는 주장에 대한 반론이다.

〈그림 2-10〉 지식 구성 모형의 원리
(Galbraith, 1999:44)

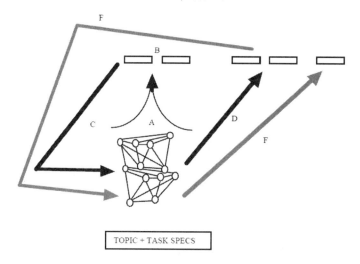

Galbraith(1999:144)에서 (A)는 그물망으로 존재하는 인지적 요소들이고, (B)는 언어화된 텍스트를 말한다. (C)는 필자의 자의적인 과정으로 필자가 생성한 텍스트 (B)가 역으로 '의미 생성'에 관여하는 것을 말해준다. (D), (E), (F)는 이 과정의 순환이고, 이런 과정을 통해서 텍스트가 최종적으로 완성된다. 전형길(2016:38)은 이것이 "초고 작성 중 무의식적으로 일어나는 선형적 수정 등의 원인을 설명해주는 실마리를 제공"하는 것이라고 주장한다. 그렇기 때문에 전형길(2016)은 수정을 초고 작성부터 무의식적으로 일어나는 행위 모두를 가리킨다고 정의한다. 그렇지만 Galbraith(1999)의 추상성과 복잡성 때문에 김혜연(2014:31)는 실증적 뒷받침이 없다는 한계를 지적했다. 정희모(2008가:341)는 Galbraith(1999)의 지식 구성 모형이 시사하는 바와 같이 '의미를 생산하기 위해 이루어지는 고쳐쓰기'가 글쓰기과정의 '회귀적 활동' 모두를 보여 줄 수 있다는 것에 동의한다. 그렇지만 이 부분까지 수정하기 연구의 범주에 넣게 되면 수정 연구가 지나치게 복잡해지기 때문에, 실증적 연구에서는 '완성된 의미를 새로운 의미로 고치는 수정'만을 다뤄야 한다고 지적한다.[20] 본 연구도 1차 텍스트를 대상으로 진행되는 수정만을 연구 대상으로 삼아야 쓰기교육 차원에서 방법론적인 고찰이 가능하다는 측면에서 정희모(2008가)의 주장에 동의한다. 따라서 본 연구 역시 '수정'의 범위를 '완성된 의미를 새로운 의미로 고치기 위한 수정'만으로 한정하고 논의를 전개한다.

그렇다면 수정의 범위를 완성된 초안 텍스트에 가해지는 것으로 한정할 때 주요하게 다뤄져야할 것이 무엇인지 살펴볼 필요가 있다. Flower et al(1986:42)은 텍스트의 문제를 인지하는 과정을 탐색(Detection)과 진단(Diagnosis)으로 나눴다.

〈그림 2-11〉 수정하기에서 탐색과 진단의 전략

(Flower et al, 1986:42)

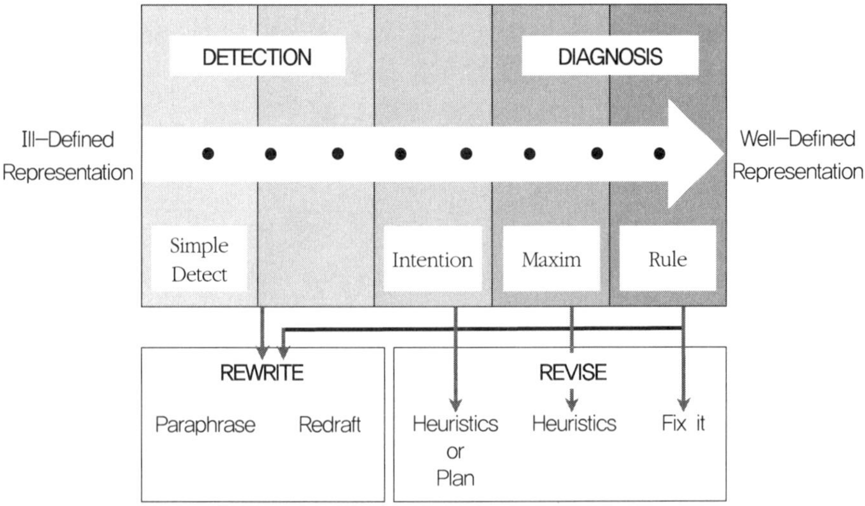

20) Chenoweth & Hayes(2001:94-96)은 제2언어 필자들은 텍스트 작성을 모두 마친 후에 수정을 더 잘한다는 연구 결과를 도출했다. 이는 이 연구가 단순히 연구의 편의를 위해서 수정하기의 범위를 제한했다기보다는 유학생들의 실제적 수정 양상에 근거한 결정임을 보여준다.

〈그림 2-9〉에서 Flower et al(1986:24)이 지식(Knowledge)에 불분명한 문제표상(Ill-Defined Representation)과 분명한 문제표상(Well-Defined Representation)을 넣은 이유는 탐색(Detection)과 진단(Diagnosis)에서 각각 요구하는 지식(Knowledge)이 다르기 때문이다. 탐색에서는 텍스트의 문제를 잘 '찾는 것'과 관련된 지식이 필요하고, 진단의 경우에는 진단된 문제를 해결하기 위한 '해결책'으로서의 지식이 필요하기 때문이다. 〈그림 2-11〉에서 불분명한 문제표상(Ill-Defined Representation)은 다시쓰기(Rewrite)로 전략을 선택하고, 분명한 문제표상(Well-Defined Representation)은 고쳐쓰기(Revise)를 선택한다. 물론 화살표 방향을 보면 '분명한 문제표상'도 결국 '다시쓰기'로 전략을 선택할 수 있지만, 일반적으로는 전략을 고쳐쓰기로 선택한다. 특히 탐지와 진단, 그리고 다시쓰기와 고쳐쓰기 사이의 화살표 방향으로 보면 불분명한 문제표상(Ill-Defined Representation)에서 분명한 문제표상(Well-Defined Representation)으로 향하고 있다. 이는 의도(Intention), 지침(Maxim), 규칙(Rule)을 고려해서 수정을 할수록 문제 표상이 명확해짐을 나타낸 것이다. 결론적으로 진단(Diagnosis)을 잘하는 것이 곧 분명한 문제표상(Well-Defined Representation)을 확보한 것으로 이해된다.

그런데 이 진단이 정확하게 되기 위해서는 우선 '텍스트에 대한 자기중심성'을 극복해야 한다. 이 '텍스트에 대한 자기중심성'은 일종의 선입관으로서 이를 극복하기 위해서는 수정하는 과정에서 텍스트와 필자 사이에 일정한 거리가 객관적으로 유지되어야 한다. 다만 필자들이 '텍스트에 대한 자기중심성'을 극복하기 위해서 수정하기 단계에서 어떤 전략을 사용하는지를 확인하는 것은 대학원 유학생의 학술적 글쓰기 양상을 밝히기 위해서 중요한 과정이다.

본 연구는 앞서 언급한 바와 같이 '수정'의 범위를 초고 작성 후에 진행된 것으로 한정하고 이 과정에서 유학생 필자들이 파악한 진단 양상과 수정 전략, 그리고 실제 수정 방법 등을 어떻게 실행했는지를 조사했다. 또한 이 계획하기 글쓰기와 수정하기 글쓰기에서 진행한 과제 표상이 변화했는지도 살펴본다. 마지막으로 수정하기에서 구체적 독자를 설정하고 어떤 전략을 활용했는지, 그리고 '텍스트에 대한 자기중심성'을 극복하기 위해서 어떤 전략을 사용했는지도 함께 밝혀보겠다.

3. 학술적 글쓰기와 담화종합의 관계

앞에서는 본 연구에서 학술적 글쓰기를 '계획하기'와 '수정하기'로 제한하는 이유에 대한 그 이론적 근거를 마련했다. 그리고 여기에서는 '학술적 글쓰기'의 결과물로 '학술적 텍스트'의 개념을 분명히 하고, 분석 방법에 대한 주요 연구들을 검토해 보도록 하겠다.

3.1. 학술 담화공동체와 학술적 텍스트

아래 글은 Tribble(1999; 김지홍 역, 2003:85)에 나온 '장르적 제약'을 '준수하는 글'과 '그렇지 않은 글'의 예시이다.

(A) "제가 귀하에게 보낸 불평의 편지에 대한 회신을 2주도 넘게 기다린 뒤에, 얼마나 제가 실망하였였는지를 알리기 위해 귀하에게 다시 편지를 써야겠다고 생각했습니다."

(B) "귀하께서 저에게 배당해 준 편의시설이 저는 아주 언짢습니다. 이미 개인적으로 따졌지만 허사였습니다. 이곳 화장실은 더럽고, 샤워기는 작동하지 않으며 더욱이 보안 시설이 전혀 없습니다."

본 연구에서 Tribble(1999; 김지홍 역, 2003:85)을 제시한 이유는 '장르적 제약'을 준수하는 것에 대한 타당성을 먼저 제시하기 위함이다. '장르'

가 존재한다는 것은 그 장르를 준수해야 한다는 것인데, 준수했을 때와 준수하지 않았을 때의 차이점을 먼저 제시한다면, 본 연구의 타당성이 확보가 될 것으로 판단했기 때문이다.

(A)에서 "제가 귀하에게 보낸 불평의 편지에 대한 회신을 2주도 넘게 기다린 뒤에"는 메시지를 만든 본인이 전달하려고 하는 메시지를 제시하기에 앞서 독자와의 공동의 경험을 먼저 제시하고 있고, (B)는 전달하고자 하는 내용을 처음부터 제시하고 있다. Tribble(1999)는 (A)와 (B) 중에서 (A)를 더 적합한 장르로 '인식'하고 있음을 전하면서, 독자와의 경험을 먼저 제시하고 이 '관계'를 통해서 전달하고자 하는 내용을 전달하는 유형이 더 정형성을 갖고 있는 장르라고 결론을 내린다. 여기에서 주목해야 할 부분은 '독자와의 경험'이다. 이 장르에 대한 결론과 그 장르만의 '수사적 전략(Rhetorical Strategies)'은 결국 이 텍스트를 읽을 '독자'가 누구냐는 관점에서 결론이 내려진다. 대학의 학술 담화공동체에서 텍스트를 생산하는 필자라면 독자를 '학술 담화공동체'의 구성원이라고 예상하고 텍스트를 완성해야 한다.

〈표 2-2〉 대학에서 요구하는 과제의 특징[21]

연구물	특징
Flower et al(1990)	- 자료들의 정보와 필자의 지식을 통합해야 한다. - 수사적 목적에 따라 자료를 해석하고 구성해야 한다.
Leki & Carson(1994)	- 참고 자료를 적절하게 이용해야 한다. - 참고 자료들을 재구성해서 텍스트를 완성한다.

---

21) Greene & Lidinsky(2014)도 비슷한 지적을 하는데, 학술적 글쓰기를 필자로서 읽고, 독자로서 쓰는 능력, 다양한 자료들의 주장들 속에서 논점을 발견하는 능력, 발견한 논점을 그대로 수용하지 않고 필자의 주장을 수립할 수 있는 능력, 그리고 자료들을 효과적으로 사용하여 재구성할 수 있는 능력이 요구되는 글쓰기로 개념화한다.

Chitose Asaoka & Yoshiiko(2003)	- 학습자에게 높은 수준의 '인지력'을 요구한다. - 참고해야 할 텍스트를 찾고 평가해야 한다. - 평가 후에 참고 텍스트를 해석하고 재구성해야 한다.

Flower et al(1990)과 Leki & Carson(1994)는 모국어 학습자를 대상으로 한 연구이고, Chitose Asaoka & Yoshiiko(2003)은 EAL 목표어 학습자를 대상으로 진행된 연구이다. 〈표 2-2〉에서 중요한 부분은 학습자가 모국어 대학생이건 목표어 대학생이건 학술적 텍스트는 자료(텍스트)를 읽고 이를 분석하며 높은 인지력을 동원하여 수사적 전략을 사용해서, 이를 자신의 생각과 종합하여 '재구성'하는 것이다. 우리가 모든 텍스트를 쓸 때 위와 같은 과정을 거치지 않는다고 전제할 때, Tribble(1999)의 지적처럼 학술적 텍스트도 그 나름의 장르적 특성이 분명하다. 박정하(2012)는 학술적 텍스트를 논증적인 성격의 글로 전제하고, 이 성격의 글에 부합하는 리터러시가 요구되며 기타 '분석적 이해', '비판적 평가', '창의적 적용 능력'이 요구되는 장르로 설명한다. 이 장르에서 요구하는 리터러시의 역량을 발휘해야 '학술 담화공동체'에서 학업적응을 무난하게 할 수 있다.

그렇다면 학술 담화공동체란 무엇인가에 대한 설명이 필요하다. 최초의 담화공동체(Discourse Community)의 결속 요인은 '지적 환경(intellectual climate)'에[22] 기반한 학문 목적 영어(EAP: English for Academic Purpose)의 요구 때문이었다(Hyland, 2006:40). '학문 목적 영어'가 비슷하게 말하고 생각하고 쓰는 '지적 환경'이 '담화공동체'의 특징이라고 규정했다면, 이보다 전에 Goffman(1959)는 특징적 장르를 반복적으로 사용하는 '구성원(Membership)'

---

22) Hyland(2006:40)은 사회 구성주의가 '학자들이 살고 일하는 지적 환경'이 구성원들이 조사하는 문제, 구성원들이 사용하는 방법, 구성원들이 보는 결과, 그리고 구성원들이 사용하는 방법 등을 결정한다고 말하면서, 이것이 구성원들을 성공적 적응의 길로 인도한다고 지적한다.

에 의해서 '담화공동체'가 결속, 강화될 수 있음을 밝혔다. '학제적 담화 (Disciplinary Discourses)'에 한 개인이 참여하려면, 이 장르에 대한 '훈련'을 통해서만 가능한데, Swales(1998:112)은 학술 담론(Academic Discourse)을 '공동체에서 사용하는 텍스트그라피(Textography)'로 설명한다. '텍스트그라피'는 보통 '문자학'이라는 용어로 사용된다. Swales(1998:112-113)은 '텍스트그라피'를 특정 문화를 공유하는 공동체의 구성원들이 주로 사용하는 단어, 문장 등을 민족학적(Ethnographic) 작업으로 분석하고 정리한 개념을 말한다. 그렇지만 Swales(1998:112)은 이것만을 목적으로 연구를 진행한 것이 아니라, 오히려 구성원들이 문맥에 내포된 '담론적 실천(Discursive Practices)'을 탐구함으로써 '공동체 구성원'들이 사용하는 텍스트(Text), '공동의 양식'을 설명하기 위함이라고 밝혔다. 특정 텍스토그라피가 통용되는 공동체는 사회 집단의 구성원들과도 이 특정 '장르'를 통한 '의사소통'을 독려하기 때문이다. Swales(1990)은 이러한 담화공동체를 '집단적 목표' 또는 '목적'을 가지는 것으로 정의했지만, Barton(1994:57)는 '공유된 목표'보다는 '공통의 이익'이 담화공동체의 소속감에 더 중요한 역할을 한다고 주장했다. 이는 나은미(2012:115)가 장르의 정형성을 지켜야 하는 이유를 필자의 '이익'으로 설명한 것과 일치하는 주장이다. Cutting(2002:3)는 모두가 볼 수 있는 '상황 맥락', 세상과 삶에 대해서 구성원 서로가 알고 있는 '배경 지식 맥락', 구성원 서로가 서로 이야기하는 것에 대해서 아는 '상호 텍스트적 맥락'을 담화공동체의 특징으로 본다. Hyland(2006:41)은 담화공동체란, 작가(Writer), 독자(Reader)들이 함께 이러한 '여러 맥락'을 공유하면서 텍스트(Text)의 '제약'과 '규칙'들을 지키며 '의사소통' 하는 '공동체'로 정의한다. 본 연구도 이 제약과 규칙을 어느 정도 인식하고 있는지가 곧 대학원 유학생의 저자성의 기준이라고 전제한다.

이렇게 EAP 이론부터 Goffman's(1959), Swales(1990), Barton(1994), Swales(1998), Cutting(2002), Hyland(2006)까지 담화공동체의 정의 양상들

을 살펴보면, 결국 '학술 담화공동체'란, '상황 맥락', '배경 지식 맥락', '상호 텍스트적 맥락' 등 공동체를 결속시킬 수 있는 다양한 맥락 (Context)들을 공유하는 '필자이면서 독자'인 구성원들의 모임이다. 그리고 이 구성원들이 특정 장르의 텍스트를 의사소통 수단으로 삼아 텍스트의 제약과 규칙을 지키면서 그 결속력을 유지·강화해 가는 모임이 '학술 담화공동체'라는 것을 알 수 있다.

그렇다면 여기서 또 하나 주목해야 할 것은 텍스트(Text)이다. 학술 담화공동체에서 텍스트의 중요성은 학술적 텍스트로서의 '장르적 특징' 때문에 중요한 역할을 한다는 것을 인정하지만, 이것만으로 텍스트 분석을 통해서 대학원 유학생 필자들의 저자성을 살펴봐야 하는 근거가 되지는 못한다. 그래서 이에 대한 구체적인 설명이 추가적으로 필요하다.

Barthes(1973; 김희영 역, 2002:35)이 "이제 우리는 글쓰기에 그 미래를 되돌려주기 위해 글쓰기의 신화를 전복시켜야 한다는 것을 안다. 독자의 탄생은 저자의 죽음이라는 대가를 치러야 한다."라고 선언한 이후 '저자'라는 용어보다 '저자성'이라는 용어를 쓰게 되었다. 이에 대해서 최문규(2014:58)는 저자의 개념은 개인의 독창성과 창의성을 인정하는 주체 철학에서 태동했지만, 현재는 포스트모더니즘의 맥락에서 이해되어야 한다는 것, 다양한 의미를 확장하는 열린 텍스트와 그 텍스트의 의도는 온전히 독자의 몫이라는 탈구조주의적 이론의 등장했다는 것, 집단적 저자성으로 대변되는 다성악적(多聲樂的) 경향이 증가했다는 것 등을 그 이유로 설명했다. 최문규(2014:83)는 저자주체에 내포된 양가성을 언급하면서 "저자라는 역사적 인물은 텍스트를 묶어내는 주석적 가면 뒤로 사라진다. 그래서 저자주체는 글쓰기를 통해서 간직되는 동시에 지워진다."라고 지적한다. 이는 '저자주체(Autorsubject)'가 결국 필자 자신일 수도 있지만, 글을 쓰는 과정에서 텍스트로 이양될 수 있음을 보여주는 것이다. 결국 저자를 필자로만 제한해서 분석할 경우 텍스트

밑에 숨어버린 인물로서의 저자만을 파악하게 된다. 본 연구는 텍스트 위에 나타나는 저자성을 텍스트 분석을 통해서 살펴보고 싶은 것이다.

본 연구에서는 저자를 저자성과 '등치관계'로 보지만, 저자성을 텍스트 뒤에 있는 저자와 텍스트 위에 존재하는 '저자주체'로 재개념화한다. 그리고 '저자주체'가 텍스트를 완성해 가는 과정과 이 과정을 통해 완성된 텍스트까지를 저자성의 개념으로 포함시킨다. 이와 같은 저자성의 개념으로, 본 연구는 학술 담화공동체에 소속된 대학원 유학생 필자들을 대상으로 이들의 학술적 글쓰기에서 나타나는 저자성 양상을 살펴본다. 이때 텍스트 밑에 있는 저자는 '학습자 개별성'으로 구체화하는 방향으로 논의를 전개하고 텍스트 위에 있는 저자성은 계획하기와 수정하기, 그리고 담화분석을 종합적으로 고려하여 구체화하겠다.

3.2. 담화종합과 학술적 텍스트 분석

본 연구는 유학생의 학술적 글쓰기의 여러 국면의 선택 양상을 통해서 대학원 유학생의 '저자성'을 살펴보는 연구이다. 따라서 학술적 글쓰기의 완성, 학술적 텍스트를 어떻게 분석하느냐는 본 연구에서 매주 중요하다. 보통 텍스트 분석을 위한 연구 방법은 세 가지로 나눈다. 첫째는 총체적 평가(Holistic Evaluation)이고, 둘째는 원소적 평가(Atomistic Evaluation)이며, 셋째는 분석적 평가(Analytic Evaluation)이다.

'총체적 평가'는 한 편의 텍스트의 질을 판단할 때, 숙련된 평가자가 해당 텍스트를 읽고 내용의 일관성, 창의성을 총체적으로 판단하는 방법을 말한다. White(1984:400)는 총체적 평가의 '총체주의(Holisticism)'를 언급하면서 '하위 점수(Sub-Scores)나 '분리 가능한 양상(Separable Aspects)'이 아닌 학생의 글쓰기를 하나의 '구성단위(Unit)'로 평가하고 반응하는 것을 강조했다. 이와 같은 이유로 White(1984:400)는 전체 구성단위를 총

체적으로 평가하지 않고 '부분'으로 분리해서 분석적으로 평가하는 것
에 '반대 입장(in opposition to)'을 분명히 한다. 그렇지만 총체적 평가는
학습자 텍스트의 순위만을 알 수 있을 뿐 평가 결과에 대한 텍스트의
세부 정보를 알 수가 없다. 정희모·이재성(2009:253-254)는 그럼에도 불
구하고 총체적 평가가 글쓰기 평가 방법으로 많이 사용되는 이유 중에
하나로 경비와 시간적인 측면에서의 경제성을 지적한다. 이와 같은 텍
스트의 총체적 평가 방법은 이와 같은 문제점을 극복하기 위해서 수사
적 구성, 문법, 관용 표현, 어휘, 철자법, 문장 부호 등에 대한 분석적
평가도 함께 진행된다(김성숙, 2011:29). 김성숙(2011)은 한국어가 목표어
인 유학생들에게 이와 같이 글의 전반적인 인상에 근거한 총체적 평가
방법이 적절하지 않다고 지적했다. 그렇지만 의사소통 목적의 일반 목
적 한국어 학습자가 아니라 학문 목적 학습자의 경우라면 적절한 평가
방법이 될 수 있다. 왜냐하면 유학생의 경우에는 언어 숙달도가 높고
무엇보다 자신들이 필자로서 완성한 텍스트에 대한 전문 평가자들의
총체적인 평가가 새로운 글쓰기의 동기 부여가 될 수 있고 자극이 될
수 있기 때문이다.

　'총체적 평가'가 텍스트의 총체적 수준을 채점자 집단의 훈련된 숙련
도에 맞추는 특징이 있다면, '원소적 평가'는 텍스트의 총체적 수준이
아닌 텍스트의 '특정 속성'을 측정하기 위한 방법이다. 박영목(1999:12)는
'원소적 평가'라고 명명하지는 않았지만, 이 평가 방법을 '문장의 복잡
성'과 '통사적 성숙도'가 기준이 되는 방법이라고 설명하며, 문장의 평
균 길이, 문장 종결 성분의 평균 길이, 수식어의 성분 비율 등을 계량적
으로 판단하는 방법이라고 했다. 다만 이 원소적 평가의 경우에도 맞춤
법의 정확도, 어휘 수 등만을 계량적으로 알 수 있을 뿐, 문장 단위를
넘어서는 텍스트 수준의 평가 방법으로는 좋은 평가를 받고 있지 않다.
또한 정희모·김성숙(2008:419)은 원소적 평가의 준거로 쓰이는 지표들

의 효용성을 검증했는데, 응집성 지표나 화제 진행 방식 등에서는 유의미한 통계적 특징을 찾을 수 없었다. 이는 원소적 평가가 통계적으로 타당하게 처리되는 것이 어렵기 때문으로 보인다(김성숙, 2011:31). 통계적 처리의 어려움, 그리고 원소적 평가의 유효한 지표들의 유의미하지 않은 통계적 결과 등의 이유를 근거로 본 연구 역시 원소적 평가를 통해서 연구를 진행하지 않았다.

마지막으로 분석적 평가 방법은 문법, 구성, 내용 등 준거 요소별로 정량 평가를 진행하는 방식을 말한다. 이 방법은 문법 등에 치중된 원소적 평가와 달리 텍스트와 관련 요소에 대한 세부 평가가 가능하고, 무엇보다 학습자들에게 피드백으로서의 기능이 부족했던 총체적 평가의 한계도 극복할 수 있다는 장점이 있다. 다만 문제는 분석적 평가의 기준이 되는 준거 요소들이 텍스트의 질과 문제들을 온전히 담고 있지 못하다는 비판이 있다는 것이다(정희모·이재성, 2009:256). 또한 목표어 학습자들이 산출한 텍스트의 경우에는 원소적 평가에서 사용되는 문법적 오류 등과 관련한 준거 요소들이 비교적 텍스트 평가 구인으로서 큰 역할을 하는 역설적인 상황도 발생한다(김성숙, 2011:33). 이와 같은 이유로 본 연구는 원소적 평가와 분석적 평가 방법을 연구 방법에서 배제한다. 그리고 대학원 유학생이 작성한 텍스트를 글쓰기 전문가 3인에게 맡겨 총체적 평가를 진행한다. 그리고 이를 기준으로 대학원 유학생 필자의 1차와 2차 텍스트 수준을 나누고, 2차 텍스트의 담화종합 수준별 구체적인 특징을 형식과 내용, 그리고 오류 양상으로 나눠서 살펴본다.

본 연구는 학술적 글쓰기를 학술 담론공동체에서 요구하는 장르 형식(format)에 맞춰서 구성하는 '담화종합'으로 정의했다. 이 때문에 총체적 평가는 대학원 유학생의 학술적 텍스트 수준을 나누는 방법으로 사용하고, 텍스트 분석은 이윤빈(2013)을 따른다. 물론 이 방법 역시 '분석적 방법'이라고 판단될 수 있지만, '정해진 구인'을 토대로 채점자가 텍스트

를 읽고 평가하는 분석적 방법과는 그 성격이 다르다. 이윤빈(2013)은
Spivey(1984)의 텍스트 분석 방법의 한계를 지적하고, 이를 극복하는 방향
으로 텍스트의 총체적 질 평가 방법을 개선하였다. Spivey(1984)가 평가
대상으로 삼은 텍스트는 모두 '학술적 텍스트(Discourse Synthesis Text)'를
상정한다.[23] 본 연구에서 학술적 텍스트를 분석하면서 '담화종합'이라
한 이유는 '학술적 글쓰기'가 기본적으로 담화종합이기 때문이다(김혜연,
2016:31). '학술적 글쓰기'를 Spivey(1984; 1997)은 '담화종합'이라고 했지만,
Segev-Miller(2004)는 '자료로부터의 글쓰기(Writing from Sources)'라고 했고,
Flower, et al(1990)은 '쓰기 위한 읽기(Reading to Write)'라고 했다. 용어에
상관없이 김혜연(2016), Spivey(1984), Segev-Miller(2004), Flower, et al(1990)
등에서는 모두 읽기와 쓰기가 혼합된 글쓰기로 담화종합, 즉 학술적 글
쓰기를 상정하고 있음을 알 수 있다. 그러므로 학술적 글쓰기를 분석하
는 것은 곧 담화종합 글쓰기를 분석하는 것과 같은 것이다. 사실 이 학술
적 텍스트의 학술적 텍스트의 분석 틀을 유일하게 제공해 주는 연구가
Spivey(1984)이다. 그러므로 이윤빈(2013)을 설명하기 전에 Spivey의 주요
연구들을 우선적으로 정리할 필요가 있다.

　Spivey(1984)는 대학생을 이해 능력을 기준으로 20명씩 나누고, 하나
의 주제를 가지고 3개의 자료를 활용하여 하나의 텍스트를 완성하도록
했다. Spivey(1984)는 대학생들의 텍스트에 나타난 변형을 조직(Organize),
선택(Select), 연결(Connect)의 유형으로 나누고, 그 결과물을 분석하였다.
분석 결과 독해 수준 상위에 있는 집단이 하위 집단보다 텍스트의 총체
적 질이 높았고, 쓰기의 양 역시 월등히 풍부했다. 또한 독해 상위 집단

---

23) Spivey는 '텍스트(Text)'가 '담화(Discourse)'를 '재료(Sources)'로 종합하여 만들어지는
　　것으로 정의했다(Nelson, 2001:379). 따라서 담화는 텍스트를 완성하기 위해 필요한 모
　　든 언어적 재료를 말하고, 텍스트는 결과물로서의 문어 자료를 말한다. 그러므로
　　Spivey에게 모든 텍스트는 '담화종합'으로 구성된 것들을 말한다.

의 대학생은 독해 하위 집단의 대학생들에 비해서 내용의 '연결'에서 높은 점수를 받았다.

Spivey & King(1989)는 읽기 능력의 수준별을 고려한 Spivey(1984)와 달리, 학년별로 수준을 나누어 담화종합 양상을 살핀 연구이다. Spivey & King(1989)는 학년별로 발달연구를 진행했는데, 세 가지 참고 텍스트를 주고 하나의 글을 완성하는 실험이었다. 실험 결과 고학년 학습자들이 저학년 학습자들보다 글의 총체적 수준이 높았고 양도 더 많았다. Spivey(1984)의 '선택(Select)'과 '연결(Connect)'의 경우 학년별로 그 양상이 달랐는데, 선택하기는 고학년 학습자의 글이 더 상호텍스트적 지식을 많이 포함하고 있었고 연결하기는 저학년 학습자의 글이 연결 단서의 제공이 부족한 모습이었다. 이는 학습자의 인지적 수준에 따라서 담화종합의 양상이 달라짐을 보여준 연구이다. Spivey(1991)은 대학생을 대상으로 텍스트를 참고하여 주제를 비교하는 글을 생산하는 과제를 제시했다. 연구결과에서는 '텍스트의 초점화'가 무엇을 지향하느냐에 따라서 담화종합의 양상이 달랐다. 즉 대상 그 자체에 초점을 두는 것과 자료에 나타난 대상의 양상에 초점을 두느냐에 따라서 글의 구조와 담화 통합의 양상이 달랐다.

Spivey(1984; 1989; 1991)은 다양한 변인들을 고려해서 텍스트의 담화종합 양상을 연구했다는 면에서 그 의의가 크다. 그렇지만 이윤빈(2013)은 이런 의의에도 불구하고, Spivey의 텍스트 분석 방법의 한계점을 몇 가지 밝힌다. 우선 Spivey(1984)는 내용단위(Content Unit)를 '명제'로 설정하는데, 그로 인해서 방법과 절차가 복잡하고, Spivey(1984)는 자료 텍스트로부터 나온 지식의 양상만 알 수 있을 뿐 필자의 지식으로부터 나온 정보는 파악할 수 없음을 지적했다. 또한 텍스트의 형식에서 '연결'의 다양한 국면을 알 수 없고, 내용에서 필자의 '반응'을 알 수 없으며, 텍스트의 구조 역시 Meyer(1975)에 기대고 있고, 실제 필자들의 텍스트 구

조를 밝혔다고 볼 수 없다고 밝혔다.[24)]

이와 같은 한계를 보완하기 위해서 이윤빈(2013:68-99)은 명제 단위의 내용 단위를 '문장'으로 바꿨다. 이 문장 선별의 조건으로 '완결된 의미체'와 '독립된 의미체'를 세우고, 이를 근거로 단문, 포유문, 종속접속문은 문장의 종지부를 기준으로 문장 단위를 설정하고, 대등접속문만 각 절을 분석단위로 설정한다. 특히 문장을 주제와 진술 구조로 놓고 주제를 통해 주제 깊이와 주제 유형을 밝힐 수 있도록 해서 텍스트의 형식적 특징을 파악할 수 있도록 했다. 진술을 통해서는 의사소통 목적에 따라서 정보전달적 진술, 논증적 진술, 표현적 진술로 나누고, 논증적 진술의 경우에는 Williams & Colomb(2007)이 Toulman(1958)의 모형을 수정·보완한 논증 구조 모형을 중심으로 전제(Warrant), 주장(Claim), 이유(Reason), 근거(Ground), 반박 수용과 반박(Acknowledgments and Responses)으로 세분화했다. 그리고 정보의 기원과 성격을 판단하기 위해서 텍스트의 문장을 자료 무변형, 자료 일부 변형, 필자의 지식으로 나눈다. 이를 통해서 텍스트의 내용적 측면을 평가할 수 있게 된다.

본 연구는 채점자의 총체적 평가를 통해 2차 텍스트의 수준을 나누고, 텍스트 수준별로 주제, 진술, 오류 등 텍스트의 형식적, 내용적, 표현적 특징들을 살펴보려고 한다. 본 연구에서는 학술적 글쓰기를 계획하기와 수정하기로 정의했고, 학술적 텍스트는 그 결과물로 제한했다. 이 학술적 글쓰기와 학술적 텍스트의 분석을 통해서 대학원 유학생의 학술적 글쓰기 특징을 밝힌다. 또한 학술적 글쓰기와 학술적 텍스트의 '필자가 행하는 선택의 국면'을 발견, 표상, 전략, 구현 등 4가지로 한정

---

24) 이윤빈(2013)은 Spivey(1984)의 한계를 분명하게 밝히면서도 몇몇 연구 방법은 그대로 유지하는데 문장 단위의 수, 주제 덩이(Topical Chunk)의 수, 조직 긴밀도 등이 그것이다. 본 연구 역시 텍스트의 총체적 질을 판단하기 위해서 문장 단위의 수, 주제 덩이(Topical Chunk)의 수, 조직 긴밀도 등도 사용해서 대학원 유학생의 학술적 텍스트 특징을 살핀다.

하고 담화종합 수준별 저자성을 밝힌다. 이와 같은 연구의 전체 과정을
도식화하면 〈그림 2-12〉와 같다.

〈그림 2-12〉 학술적 글쓰기 양상과 저자성 분석을 위한 연구 모형

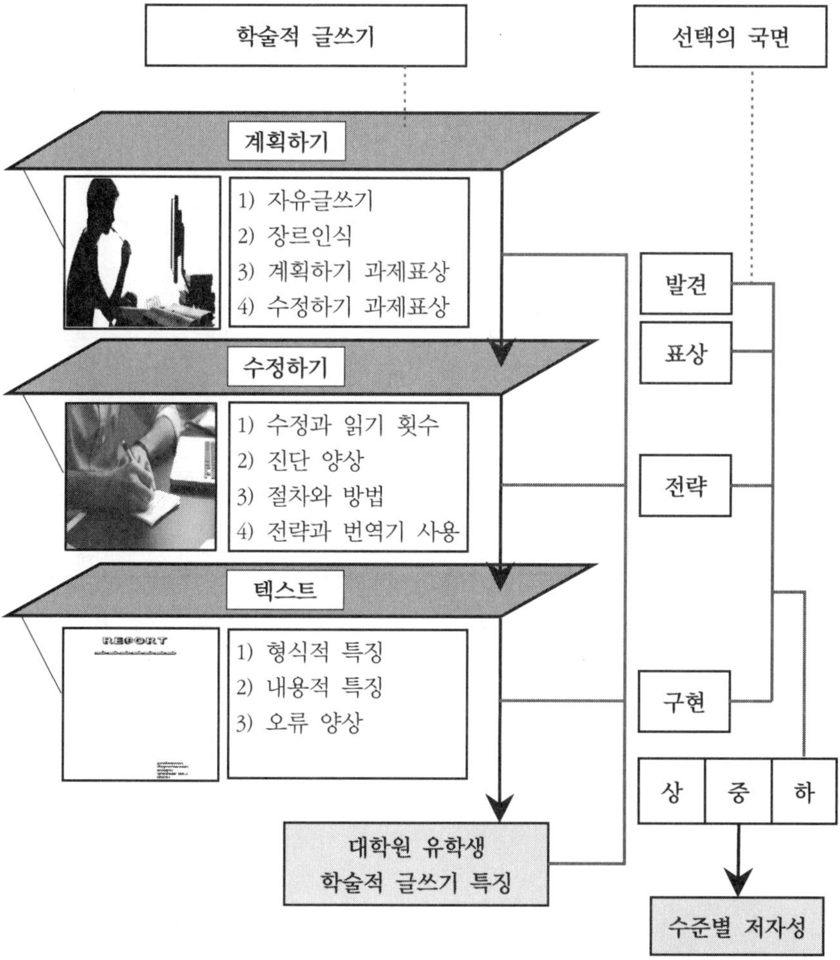

본 연구는 대학원 유학생의 학술적 글쓰기의 양상을 계획하기와 수
정하기를 통해 살펴보고, 학술적 텍스트에서 발견된 형식(From)적 특징

을 분석하다. 그리고 학술적 글쓰기와 학술적 텍스트에 저자성을 판단하기 위한 '국면'을 설정하고, 이 국면에서 발생하는 저자의 선택이 텍스트의 총체적 질을 결정한다고 전제한다. 이 국면별 선택들을 중심으로 담화종합 수준별 '선택의 양상', 즉 '저자성' 양상과 특징을 밝혀 보겠다.

이와 같은 방법을 통해서 '학술적 글쓰기 특징와 저자성 양상'을 살필 때의 장점은 무엇보다 학술적 글쓰기에서의 '결정적 순간'을 자세하게 살필 수 있다는 것이다. 이는 '선천적' 능력과 '개인적' 경험이 필자의 쓰기능력을 결정한다는 제한된 저자성의 정의에서 벗어나기 위한 방법이다. 글쓰기의 다양한 국면에서의 양상을 종합해서 '학술적 글쓰기의 특징'과 담화종합 수준별 저자성을 분석하면, 그 저자성의 원인 규명이 분명해진다. 예를 들면 하위 저자가 계획하기에서 최초 쓰기를 시작할 때 지나치게 '쓰기 내용'에만 집중하는 경우, 계획하기와 수정하기의 선택의 국면에서 이를 구체적으로 확인할 수 있고, 이를 해결하기 위한 특정한 교육적 방법도 제시가 가능해진다. 본 연구에서 설계한 저자성 분석 방법의 특징은 계획하기와 수정하기에서 나타나는 저자성의 부정적 양상과 긍정적 양상을 모두 확인할 수 있다는 것이고, 무엇보다 텍스트 수준에 따라 저자성의 양상을 분류해서 수준별 교육적 처치가 가능한 결과와 자료를 제공해 줄 수 있다는 점이다.

학술적 글쓰기에서
저자성 분석을 위한 연구 방법

 이 장에서는 연구 방법의 세부 과정을 개괄한다. 본 연구는 크게 과정상 3단계를 거친다. 1단계에서는 계획하기와 수정하기에서 나타나는 대학원 유학생의 학술적 글쓰기 양상을 살피고, 2단계에서는 학술적 텍스트, 즉 담화종합에서 나타나는 대학원 유학생의 저자성을 살핀다. 마지막 3단계에서는 질적연구를 통해서 대학원 유학생의 저자성 양상을 분석하고 종합한다.

 자세한 연구 방법의 개괄에 앞서 본 연구의 목표를 분명히 하자면, 본 연구는 대학원 유학생의 학술적 글쓰기에서의 특징을 살피고, 이를 통해 대학원 유학생의 저자성을 분석하는 연구이다. 또한 대학원 유학생의 학술적 텍스트를 총체적 평가를 기준으로 나누고, 담화종합 수준별로 나타나는 저자성의 특징을 확인한다. 이 연구는 학술적 글쓰기 양상을 살펴보기 전에, 대학원 유학생의 '기초 정보'를 중심으로 학습자 개별성을 살펴본다. 본 연구의 '기초 정보'에서 다루는 내용은 4장의 대학원 유학생의 학술적 글쓰기 양상과 5장의 대학원 유학생 필자의 담화종합 수준별 저자성 양상을 밝힐 때 구체적인 근거로도 활용된다.

1. 대학원 유학생의 특징

본 연구의 연구 대상은 2017년 8월 28일부터 12월 12일까지 D대학교에서 진행된 〈한류문화읽기〉 강의에 '선수 강의'를 듣기 위해 참여한 석사과정 1학기와 2학기 대학원 유학생들이다. 〈한류문화읽기〉는 D대학교의 전공수업으로 내국인 대학생을 대상으로 개설된 강의인데, 석사 대학원 유학생 40명이 선수강으로 신청했다. 다만 연구 대상자 중에 1명의 한국인 대학원 유학생과 1명의 6학기 대학원 유학생은 연구 대상에서 제외했고, C대학교 대학원 국어국문학과 2학기 대학원 유학생 2명을 추가하여, 40명의 외국인 석사 대학원 유학생을 본 연구의 연구 대상으로 확정했다.

〈한류문화읽기〉의 학습 목표는 학습자가 '한류'에 대한 '텍스트'들을 찾아 읽고, 이 텍스트에서 발견되는 '문화적 현상'을 학술 담화공동체가 요구하는 학술적 텍스트 양식(Style)에 따라서 학술적 글쓰기를 하도록 하는 것이다.[1] 본 연구의 연구 대상인 대학원 유학생 필자들의 기초 정보를 간단하게 정리하면 아래 표와 같다.[2]

---

1) 본 연구에서 한류를 주제로 한 텍스트를 가지고 학술적 글쓰기와 학술적 텍스트 연구를 진행하는 이유는 '한류'가 '담론적 구성물(dialogics)'로서 다양한 텍스트들의 혼종적 양상을 보이는 '문화 현상'이기 때문이다(김성혜, 2016:134-135). 그렇기 때문에 필자에게 학술적 텍스트의 내용과 화제로 삼을 만한 상이한 읽기 자료들을 제공하기에 수월하고, 무엇보다 본 연구는 담화종합을 학술적 텍스트의 주요한 특징으로 파악하기에 '한류'가 적절한 과제가 될 수 있다고 판단했다.
2) 이 절에서 다루는 대학원 유학생의 '기초정보'와 '정의적 요소' 그리고 '자아효능감'의 내용은 본 연구에서 실시한 '설문 조사지'의 결과들이다. '설문 조사지'에 대한 자세한 설명은 '연구 도구'를 개괄할 때 제시하도록 하며, 이 항에서는 설문 조사지의 결과를 중심으로 논의를 전개한다.

〈표 3-1〉 대학원 유학생 필자의 기초 정보3)

기초정보	내용	N	%
대학교 전공	어학	12	30.0
	교육학	18	45.0
	현대문학	1	2.5
	문화	2	5.0
	기타	7	17.5
	총계	40	100.0
출신국	중국어권	37	92.5
	비중국어권	3	7.5
	총계	40	100.0
졸업대학교	국외	34	85.0
	국내	6	15.0
	총계	40	100.0
교양 글쓰기 수강여부	수강	21	52.5
	미수강	19	47.5
	총계	40	100.0
거주기간	1년 미만	12	30.0
	1년 이상~2년 미만	14	35.0
	2년 이상~3년 미만	11	27.5
	3년 이상~4년 미만	3	7.5
	총계	40	100.0
토픽(Topik)급수	4급	5	12.5
	5급	23	57.5
	6급	12	30.0
	총계	40	100.0
토픽의 읽기 점수	50-59점	1	2.5

3) 본 연구에 참여한 대학원 유학생에게는 사전에 '설문 조사지', '중간고사 답안지', '계획하기 점검지', '기말고사 보고서', '수정하기 점검지', '수정 프로토콜' 등에 대한 자세한 설명을 제공하고, 이 자료들과 대학원 유학생의 개인 정보가 연구 목적으로 학위논문에 사용될 수 있음을 공지하고 사전 동의를 받았다.

	60-69점	3	7.5
	70-79점	13	32.5
	80-89점	18	45.0
	90-100점	5	12.5
	총계	40	100.0
토픽의 쓰기 점수	0-49점	4	10.0
	50-59점	17	42.5
	60-69점	13	32.5
	70-79점	5	12.5
	80-89점	1	2.5
	총계	40	100.0
글쓰기 정도	전혀 안 함	2	5.0
	안 함	16	40.0
	보통	19	47.5
	많이 함	3	7.5
	총계	40	100.0

〈표 3-1〉은 본 연구의 대상자에 대한 기초정보이다. 위 표에는 나타
나지 않지만 연구 대상자는 모두 '여성'이다. 이는 '외국어로서의 한국
어 교육'이라는 전공의 특수성 때문으로 보인다.[4] 대학원 유학생의 학
부 전공은 어학이 12명(30%), 교육학이 18명(45%), 문학이 1명(2.5%), 문
화가 2명(5%)이었고 기타가 7명이었다. 기타는 미디어학과, 회계학과,
관광학과, 신문방송학과로 모두 4개 전공이 있었다.

출신 국가는 중국어권 출신이 37명(92.5%)이고 비중국어권 출신이 3
명(7.5%)이다. 중국어권의 경우 중국 학생이 35명, 대만 학생이 2명이고,

---

4) 연구 대상에서 제외한 6학기 대학원 유학생은 다른 대상자들과 달리 고학기 유학생
   이라서 연구 대상에서 제외했지만, 성별이 '남성'이라는 측면에서도 다른 연구 대상자
   들과 비교했을 때 이질적인 측면이 있었다. 복합적인 고려로 6학기 대학원 유학생은
   본 연구의 실험 대상자에는 적합하지 않다는 결론을 내리고 연구 대상에서 제외했다.

비중국어권의 경우 러시아가 1명, 몽골이 1명, 인도가 1명이다. 그리고 연구 대상자 중에서 6명은 한국에서 대학교를 졸업한 후에 대학원에 입학했고, 나머지 34명은 유학생들의 모국에서 대학교를 졸업한 후에 대학원에 입학했다.

대학교에서 글쓰기 수업을 수강한 학생은 21명(52.5%)이고, 글쓰기 수업을 수강하지 않은 학생은 19명(47.5%)이다. '대학교'에서의 '쓰기 경험'은 김성숙(2007)의 '반복 숙련 모형'처럼[5] 학습자가 학술적 글쓰기를 '반복'해서 할 수 있는 기회를 제공받았는지를 결정할 수 있는 중요한 요소이다. 대학교에서 글쓰기 수업을 들었다고 응답한 21명에게 글쓰기 수업을 들으면서 어떤 도움을 받았냐고 물었다. 21명 중에서 11명 (52.4%)은 글쓰기 수업을 듣고 나서 텍스트를 완성할 때 필요한 자료를 찾고 선택하는 부분이 향상되었다고 답했다. 하지만 찾은 자료를 어떻게 배열하고, 예상독자를 고려해서 수사적 전략을 사용하고, 수정하기를 하면서 어떤 방법을 활용하는지에 대한 도움은 거의 못 받았다고 답했다. 반대로 대학교에서 글쓰기 수업을 듣지 않았다고 응답한 19명에게 글쓰기 수업을 미수강한 이유를 물었다. 19명 중에서 9명(47.4%)은 대학교에 글쓰기 수업이 없었다고 했고, 5명은 '필수'가 아니라서 듣지 않았다고 답했다. 특히 한국 대학교에 편입을 한 유학생 3명도 글쓰기 수업이 필수가 아니라서 듣지 않았다고 답했다. 편입학 유학생을 위해서 제도적으로 글쓰기 수업 이수를 위한 교육과정의 보완이 필요해 보인다.[6]

---

5) 김성숙(2007:26)은 '반복 숙련 모형'을 초보 필자가 '반복 숙련'을 통해서 '숙련 필자'로 나아가는 '성숙의 과정'을 표현한 것으로 설명한다. '반복'이 '성숙의 과정'이 되어 '숙련'으로 이끈다는 '반복 숙련 모형'은 Freedman(1987:101)이 직감(Felt Sense)을 설명하면서 '글쓰기'의 '반복'이 '장르 지식'을 형성시킨다고 한 것과 연결해서 생각해 보면, '숙련'이란 '장르'에 대한 높은 친연성을 말하는 것이다.

6) 특히 대학원에 입학한 후에 '학술적 글쓰기'에서 경험하는 '어려움'을 선택하라는 질

한국에 거주한 기간은 '1년 미만'이 12명(30.0%)이고, '1년 이상, 2년 미만'이 14명(35.0%)이며, '2년 이상, 3년 미만'이 11명(27.5%)이고, '3년 이상'이 3명(7.5%)이다. 학기의 경우 1학기 대학원 유학생이 24명, 2학기 대학원 유학생이 16명이었는데, 보통 1학기 대학원 유학생이 2년 미만에 분포한다.

'대학원 유학생'의 토픽(Topik) 급수는 급수가 낮은 1급부터 3급은 없고, 4급이 5명(12.5%), 6급이 12명(30.0%)이고 5급이 23명(57.5%)으로 가장 많았다. 한국어 쓰기교육의 단계별 목표를 보면(김신정 외, 2012:158), 토픽 3급과 4급에 해당하는 '중급'부터 '사회적 소재', '텍스트 요약', '자신의 주장을 논리적으로 구성' 등과 같은 학술적 글쓰기에 대한 '훈련'이 포함되어 있다. 그리고 토픽 5급과 6급에 해당하는 '고급'부터는 '묘사, 서술, 요약, 의견, 주장' 등 다양한 목적과 수사적 전략을 활용해서 글쓰기를 하도록 되어 있다. 이 고급 학습자를 위한 쓰기교육의 단계별 목표가 함의하는 것은 본 연구의 대상자가 모두 토픽 4급 이상이기 때문에 학술적 글쓰기를 진행하는 데 전혀 문제가 없다는 것이다.[7]

토픽 읽기 점수는 50점부터 59점까지가 1명(2.5%), 60점부터 69점까지가 3명(7.5%), 70점부터 79점까지가 13명(32.5%), 80점부터 89점까지 18명(45.0%), 90점부터 100점까지 5명(12.5%)이었다. 80점부터 89점까지가 18명으로 제일 많았고, 90점부터 100점까지도 5명으로 그 점수가 전반적으로 높았다. 반대로 쓰기는 0점부터 49점까지 4명(10.0%), 50점부터

문에 40명 중에서 29명(72.5%)이 '한국의 학술적 텍스트에 부합하는 수사적 전략 활용하기'를 선택했다. 이는 대학원 교육과정 차원에서도 대학원 유학생을 위한 글쓰기 수업의 운영 필요성을 방증하는 것으로 보인다.

7) 물론 민진영(2013)의 지적처럼 토픽의 높은 급수가 바로 대학원에서 높은 수준의 학술적 글쓰기를 감당할만한 수준의 한국어 능력이라고 단정을 지을 수는 없다. 민진영(2013)에 참여한 8명의 연구 대상자들은 모두 토픽 6급을 가지고 있었지만, 대학원에서 요구하는 한국어에 어려움을 느꼈고, 특히 '학위논문' 작성에서 어려움을 보였기 때문이다.

59점까지가 17명(42.5%), 60점부터 69점까지가 13명(32.5%), 70점부터 79점까지가 5명(12.5%), 80점부터 89점까지 1명(2.05%)이었다. 쓰기는 50점부터 59점이 17명으로 가장 많았고, 90점부터 100점까지는 한명도 없었다. 대학원 유학생 필자들은 토픽 읽기의 등급이 쓰기의 등급보다 높거나 같다. 이는 대학원 유학생이 '쓰기'를 다른 한국어 영역보다 더 어려워한다는 것을 의미한다.

'글쓰기 정도'는 평소에 쓰기를 어느 정도 하냐는 질문에 대한 대답인데 '전혀 하지 않는다'는 대답이 2명(5.0%), '안 한다'는 대답이 16명(40.0%), 보통이라는 대답이 19명(47.5%), 마지막으로 '많이 한다'는 대답이 3명(7.5%)이었다. 특히 '보통'이라는 대답과 '많이 한다'고 대답한 22명은 세부적으로 어떤 환경에서 글쓰기를 하냐는 질문에 'SNS'와 '문자 메시지'라고 대답했다. 그런데 'SNS', '문자 메시지'가 모두 '문어'를 기반으로 하는 쓰기활동이라기보다는 '구어'를 기반으로 하는 쓰기활동이다. 민현식(2007:67)은 구어와 문어를 '구어체 구어', '문어체 구어', '구어체 문어', '문어체 문어'로 분류한다. '구어체 구어'가 '일상 대화'로 가장 구어성이 강하고, '문어체 문어'는 가장 문어성이 강하다. '문어체 구어'가 비교적 미리 준비된 글을 보고 읽는 형식을 취하는 '연설문'이라고 봤을 때, 대학원 유학생들의 '한국어 쓰기'는 구어성이 강한 '구어체 문어'에 해당된다. 하지만 대학원 유학생에게 학술 담화공동체가 요구되는 '한국어 쓰기'는 '문어체 문어'에 해당된다. 그러므로 대학원 유학생이 한국어로 경험하는 쓰기 활동이 '문자 메시지'와 'SNS"와 같은 구어성이 강한 글쓰기라는 사실은 대학원 유학생의 학술적 글쓰기에 부정적 영향을 줄 것으로 판단된다.

이어서 '정의적 요소'에 대한 결과이다. Coleman(1995)는 외국어 학습에서 인간의 '인지능력'만을 상대적으로 강조하고, '정의적 요인'은 비이성적 요소로 간주하여 크게 집중하지 않는 경향이 있음을 비판했다. 본 연구

역시 대학원 유학생의 인지능력뿐만 아니라 정의적 요소들도 같이 고려
해야 '학습자 개별성'을 분명히 파악할 수 있다고 판단했다. 그래서 '글쓰
기에 대한 흥미', '글쓰기에 대한 자신감', '글쓰기에 대한 인내력'을 중심으
로 대학원 유학생의 정의적 요소에 대한 양상을 살펴보도록 하겠다.

〈표 3-2〉 대학원 유학생의 정의적 요소와 자아효능감

정의적 요소와 자아효능감	내용	N	%
흥미	아주 낮다	3	7.5
	낮다	8	20
	보통	**27**	**67.5**
	높다	1	2.5
	아주 높다	1	2.5
	총계	40	100
자신감	아주 낮다	5	12.5
	낮다	15	37.5
	보통	**17**	**42.5**
	높다	2	5.0
	아주 높다	1	2.5
	총계	40	100
인내력	낮다	1	2.5
	보통	**19**	**47.5**
	높다	12	30.0
	아주 높다	8	20.0
	총계	40	100
자아효능감 쓰기	아주 낮다	2	5.0
	낮다	12	30.0
	보통	**20**	**50.0**
	높다	6	15.0
	아주 높다	0	0.0
	총계	40	100

	아주 낮다	0	0.0
	낮다	2	5.0
자아효능감	보통	6	15.0
읽기	**높다**	**28**	**70.0**
	아주 높다	4	10.0
	총계	40	100

흥미는 '아주 낮다'가 3명(7.5%), '낮다'가 8명(20%), '보통'이 27명(67.5%), '높다'가 1명(2.5%), '아주 높다'가 1명(2.5%)이었다. 자신감은 '아주 낮다'가 5명(12.5%), '낮다'가 15명(37.5%), '보통'이 17명(42.5%), '높다'가 2명(5.0%), '아주 높다'가 1명(2.5%)이었다. 인내력은 '아주 낮다'는 없고, '낮다'가 1명(2.5%), '보통'이 19명(47.5%), '높다'가 12명(30.0%), '아주 높다'가 8명(20.0%)이었다. 흥미와 자신감, 인내력에 대해서 기술통계를 진행한 결과, 흥미의 평균은 2.73, 자신감의 평균은 2.48, 인내력의 평균은 3.70으로 대학원 유학생들은 정의적 요소 중에서 인내력이 제일 높았다.

Bandura(1986)은 자아효능감(Self-Efficacy)을 '목표를 이루기 위해서 본인이 할 수 있는 능력에 대한 판단의 정도'라고 정의했다. 이와 같은 자기효능감을 한국어 읽기와 쓰기에서 대학원 유학생을 대상으로 살펴봐야 하는 이유는 학술적 글쓰기가 읽고 쓰는 글쓰기이기 때문이다. 쓰기에 대한 자아효능감은 '아주 낮다'가 2명(5.0%), '낮다'가 12명(30.0%), '보통'이 20명(50.0%), '높다'가 6명(15.0%), '아주 높다'는 없었다. 읽기에 대한 자아효능감은 '아주 낮다'는 없었고, '낮다'가 2명(5.0%), '보통'이 6명(15.0%), '높다'가 28명(70.0%), '아주 높다'는 4명(10.0%)이다. 쓰기는 '아주 높다'가 없는 반면에, 읽기는 '아주 낮다'가 없다. 이런 경향은 쓰기 자아효능감과 읽기 자아효능감의 기술통계에서도 나타나는데, 쓰기 자아효능감의 평균이 2.75인 반면에 읽기 자아효능감의 평균은 3.85로 나타났다. 기본적으로 대학원 유학생들은 쓰기를 읽기보다 어려워한다.

종합하면 대학원 유학생은 다음과 같은 학습자 개별성을 갖는다. 첫째, 대학원 유학생은 학술적 글쓰기를 수행하기에 문제가 없는 공인된 수준의 한국어 능력을 갖고 있다. 그렇지만 세부적으로는 쓰기 수준이 읽기 수준보다 낮다. 둘째, 모국에서 학부를 졸업한 대학원 유학생은 별도의 리터러시 교육을 받지 못했다. 특히 한국 대학으로 편입학한 유학생의 경우에도 학술적 글쓰기와 관련된 교육을 받지 못했다. 또한 일반적으로 '문어적 구어'에 해당하는 SNS, 문자 메시지를 한국어 쓰기의 주된 활동으로 인식하고 있었다. 이러한 특성은 학술적 텍스트의 수준에 부정적 영향을 줄 것으로 보인다. 셋째, 글쓰기에 대한 정의적 요소 분석에서는 흥미와 자신감보다는 인내력이 높았다. 특히 '흥미'는 제일 낮았는데, 한국어 영역에 대한 자아효능감에서도 쓰기는 읽기보다 어렵게 인식되는 것으로 나타났다. 한국어 능력과 연결해서 생각하면, 대학원 유학생은 쓰기능력, 쓰기 경험, 쓰기에 대한 정의적 요소가 모두 낮게 나타났다. 그렇지만 읽기 능력, 쓰기에서의 인내력, 읽기에 대한 정의적 요소에서는 높게 나타났다. 본 연구에서 학술적 글쓰기는 읽고 쓰는 글쓰기라고 전제했다. 대학원 유학생은 잘 읽고 끝까지 쓸 수 있는 학술적 태도를 갖고 있기 때문에, 텍스트 완성도에 긍정적인 결과를 가져올 수 있는 선택의 방법을 전략적으로 가르쳐 줄 수 있다면, 쓰기 능력, 쓰기 경험, 쓰기에 대한 정의적 요소와 자아효능감을 긍정적으로 개선될 수 있을 것으로 판단된다.

2. 저자성 분석을 위한 도구

본 연구에서 적용된 연구 도구는 크게 네 가지이다. 첫째는 유학생들을 대상으로 진행되는 '설문 조사지'이고, 둘째는 학생들이 학술적 텍스트 작성을 위해서 받게 될 '과제'와 그 과제에 포함된 '읽기 자료'이다. 셋째는 계획하기에서 대학원 유학생의 과제표상과 자유글쓰기, 그리고 학술적 텍스트에 대한 장르 인식 양상을 파악하기 위한 '계획하기 점검지'이다. 넷째는 1차 텍스트를 2차 텍스트로 수정하면서 진단, 수정 전략, 수정 방법 등을 점검하도록 한 '수정하기 점검지'이다.

2.1. 설문 조사지와 채점자 평가지

가장 먼저 설명할 연구 도구는 대학원 유학생에게 배부된 설문 조사지이다. 설문 조사지의 내용은 대학원 유학생의 기초 정보를 파악하기 위한 것과 정의적 요소와 자아효능감을 살펴보기 위한 것으로 나뉜다.

〈표 3-3〉 유학생의 기초 정보 관련 설문지 내용

1) 현재 다니는 학교는 어디입니까?
2) 석사 몇 학기입니까?
3) 이름은 무엇입니까?
4) 대학교 전공은 무엇이었습니까?
5) 출신 국가는 어디입니까?
6) 졸업한 대학교는 어디에 있습니까?
7) 한국의 거주 기간은 어느 정도입니까?
8) 한국 대학교로 편입하였습니까?
9) 현재 토픽 급수는 몇 급입니까?
10) 토픽 읽기 점수는 몇 점입니까?
11) 토픽 쓰기 점수는 몇 점입니까?

〈표 3-3〉의 내용은 연구 대상자들의 기초 정보를 알기 위한 설문지의 질문들이다. 연구 대상이 '대학원 유학생'이라는 점을 감안하여 토픽

관련 내용과 대학교 전공, 그리고 국내와 해외 중 어디에서 대학교를 졸업했는지 여부를 묻는 내용으로 구성했다.

〈표 3-4〉는 대학원 유학생의 쓰기 경험, 정의적 태도, 자아효능감 등의 양상을 파악하기 위한 설문지이다.[8] 노복동(2013)은 한국어 학습자들의 정의적 요인들을 문헌 연구를 통해서 도출하고, 이 요인들과 자율 학습과의 상관관계를 살핀 연구이다. 본 연구에서는 정의적 요인을 '학습동기', '학습태도', '불안감', '자신감', '성격'으로 종합하는데, 본 연구의 성격과 목표를 고려해서 '학습태도'와 '자신감'을 중심으로 대학원 유학생의 정의적 태도를 살펴보았다. 특히 노복동(2013)은 '학습 태도'를 Krech & Ballachey(1962)를 근거로 '인지', '감정', '의향'으로 나눴다. 본 연구에서는 인지가 교육 과정에 대한 이해 정도를 의미하기 때문에 본 연구의 성격과 맞지 않는다고 판단해서 제외했고, '흥미'를 나타내는 '감정'과 '끈기와 인내력' 중심의 '의향'을 토대로 정의적 요소를 구성했다. 정의적 요인의 척도는 '아주 낮다' 1점에서부터 '아주 높다' 5점까지 리커트(Likert) 5점 척도로 설계했고, 문항의 신뢰도는 .63로 나타났고, 동일하게 리커트(Likert) 5점 척도로 설계된 자기효능감 쓰기와 읽기는 신뢰도가 .64로 나타났다.

---

8) Csikszentmihalyi(1996)은 한 개인이 특정 분야에 관심도가 높아야 참여도가 높고, 이 것이 한 개인의 창의성 발현을 높일 수 있다고 지적했다. 이는 학습자가 목표어에 대한 정의적 태도가 개방적일수록 그 목표어로 쓴 글의 내용과 수준이 보다 더 높음을 의미하고, 텍스트의 분량 역시 증가할 수 있음을 나타낸다.

〈표 3-4〉 유학생의 쓰기경험, 정의적 태도와 자아효능감 설문지 내용

12) 졸업한 대학교에서 별도의 글쓰기 강의를 들었습니까?
13) 대학원 과정에서 글쓰기를 할 때 가장 어려운 점은 무엇입니까?
14) 이 문제를 해결하기 위해서 본인은 무엇을 하고 있습니까?
15) 한국어 읽기와 쓰기를 얼마나 잘할 수 있다고 생각합니까?
16) 평소 글쓰기를 많이 합니까?
17) 평소 글쓰기에 대한 흥미는 어떻습니까?
18) 평소 글쓰기에 대한 자신감은 어떻습니까?
19) 어려운 과제를 하더라도 끝까지 포기하지 않습니까?

12)부터 14)가 대학원 유학생의 쓰기 경험을 알아보기 위한 객관식 선택형 질문이고, 15)가 한국어의 '읽기', '쓰기'에 대한 '자아효능감'을 살펴보기 위한 질문이다. 마지막으로 16)부터 19)까지는 글쓰기에 대한 대학원 유학생의 정의적 요인 양상을 알아보기 위한 질문이다. 15)부터 19)까지는 1점부터 5점까지 리커트(Likert) 5점 척도로 평가하였다.

'쓰기 경험' 관련 질문은 '학술적 텍스트'가 학술 담화공동체에서 요구되는 '장르'이기 때문에 대학원 유학생의 최초 학술 담화공동체인 '대학교'에서의 교양 글쓰기 경험을 중심으로 구성했다. '자아효능감' 관련 질문은 대학원 유학생들 스스로가 학술적 글쓰기와 연관된 한국어 읽기, 쓰기에 대해서 어떻게 생각하고 있는지를 살펴보는 내용으로 구성했다. 마지막으로 '정의적 요인'을 확인하기 위한 질문은 대학원 유학생들이 글쓰기에 대해서 어느 정도 친숙함을 보이는지를 확인하기 위해 포함되었다.

2.2. 과제와 읽기 자료

대학원 유학생 필자들의 1차 텍스트는 '과제'와 '읽기 자료'를 읽고, 직접 발견한 '화제'를 구체화하기 위해서 '읽기 자료'와 '배경지식'을 종합하여 작성한 것이다. 그리고 2차 텍스트는 대학원 유학생이 1차 텍스트에 대해서 '수정하기'를 통해 완성한 텍스트를 말한다.

특수 목적 영어(ESP: English for Specific Purpose)의 범주에 속하는 학문 목적 영어(EAP: English for Academic Purpose)는 학술적 텍스트의 세부 장르를 '학술 논문', '메모', '보고서' 등으로 분류한다(Hyland, 2004:50). 이는 학문과 관련해서 학습자가 작성하는 모든 텍스트가 학술적 텍스트라는 것을 의미한다. 본 연구 역시 학문 목적 영어(EAP)의 '학술적 텍스트'에 대한 개념을 수용했는데, 이유는 본 연구 역시 유학생을 대상으로 진행하는 '학문 목적 한국어 글쓰기 연구'에 해당하기 때문이다.

〈표 3-5〉 초안 텍스트와 완성 텍스트 작성 시기

종류	성격	시기	내용
1차 텍스트	초안	〈한류문화읽기〉 9주차	〈한류문화읽기〉 중간시험
2차 텍스트	완성	〈한류문화읽기〉 16주차	〈한류문화읽기〉 기말과제

본 연구는 〈표 3-5〉와 같이 1차 텍스트는 '중간시험'의 형태로 강의실에서 작성하도록 했고, 2차 텍스트는 '기말과제'의 형태로 보고서로 완성하도록 했다. 이처럼 '시험 답안지'와 '보고서'의 형태로 학술적 텍스트를 작성하도록 한 이유는 본 연구가 학문 목적 영어(EAP)가 취하는 학술적 텍스트의 장르적 성격과 장르 예시를 수용했기 때문이다. '시험 답안지'의 경우 객관식 시험의 형태가 아니라 논증을 요구하는 학술적 과제, 즉 담화종합 과제에 대한 답안지이기 때문에 이 역시 기말과제와 동일한 성격을 갖는다. 그런데 1차 텍스트를 2차 텍스트와 동일하게 보고서 과제의 형태로 제시하지 않고 '중간시험'을 통해서 작성한 이유는 유학생 쓰기에서 빈번하게 노출되는 문제를 해소하기 위함이다. 먼저 첫 번째 문제는 유학생이 모국어를 사용해서 글을 완성한 후에 번역기

를 사용해서 글을 변형하는 것이다. 두 번째 문제는 유학생의 쓰기 과제를 다른 한국어 친구나 우월한 유학생에게 부탁하여 대필하는 것이다(고연, 2018:1).9) 이를 해결하기 위해서 '중간시험'의 형태로 '통제된 공간'에서 대학원 유학생들에게 '초안'의 성격을 갖는 1차 텍스트를 완성하도록 하였다. '번역기' 사용, 동료와의 대화 등을 모두 통제한 상황에서 다만 본인이 생각한 학술적 텍스트에 부합하는 방향으로 텍스트를 완성하도록 했고, '쓰기 시간'은 통제하지 않았다.10) 번역기 사용을 제한하면서 휴대폰 사용에 제약을 두었으나, 제공된 읽기 과제 이외에 자료를 이용하고 싶은 대학원 유학생의 경우에는 관련 '내용'을 검색할 목적으로 휴대폰 사용을 허락했다. 또한 읽기 과제에서 모르는 단어가 있는 경우에도 사전을 사용할 목적으로 휴대폰 사용을 허락했다.11) 이는 본 연구에서 번역기의 사용과 한국 동료의 대필이라는 두 가지 문제를 방지하기 위해 통제 장치를 마련했지만, 반대로 이 두 가지 요소를 제외하고는 자연스러운 쓰기 환경을 보장해 주기 위함이기도 했다.

반면 2차 텍스트를 기말 과제로 제시한 이유는 1차 텍스트를 통해서

---

9) 본 연구에서 고연(2018:1)을 인용한 이유는 다른 연구들에서는 없는 내용 즉 "여전히 상당수의 대학생들이 과제를 수행할 때 친구 혹은 선배들의 과제를 빌려 '베끼거나' 살짝 수정"한다는 지적처럼 유학생 필자들이 '필자'로서의 위치에서 스스로 벗어나는 문제를 간접적으로나마 표현했기 때문이다. 기타 '표절'과 '연구 윤리' 등을 다른 논의들에서는 텍스트를 유학생이 작성했다는 전제에서 표절의 유형과 연구 윤리의 방향을 제안하지만 근본적으로 유학생들은 고연(2018)의 지적처럼 필자로서의 위치를 포기하고 전적으로 우월한 동료에게 기대어 쓰기를 완료하는 경우가 더 일반적이다.

10) 김지영(2015:56)는 시간제한이 글쓰기에 영향을 미치며 시간제한을 두지 않은 상황에서 필자들이 더 많은 전략을 사용함을 실험을 통해서 밝혔다. 본 연구 역시 이와 같은 이유로 시험의 형식을 취하지만, 시간제한은 하지 않았다.

11) 실제 수업은 6시에 시작해서 8시에 끝나지만 시험 날 당일에는 9시 25분까지 시험을 보고 귀가한 학생도 있었다. 이는 본 연구가 시간을 제한할 때 학술적 텍스트의 수준에 어떤 차이가 있는지를 살피는 연구가 아니라 자연스런 학술적 글쓰기에서 나타나는 대학원 유학생의 저자성을 살피는 연구이기 때문에 글쓰기 시간을 따로 통제 요인으로 삼지 않았다.

초안에 해당하는 텍스트가 이미 완성되었기 때문이다. 또한 1차 텍스트의 '학술적 글쓰기'와는 다르게 2차 텍스트의 경우에는 수정하기 전략으로 한국 동료, 유학생 동료의 도움과 번역기 사용 정도 등을 포괄적으로 살펴 수정하기에서 나타나는 대학원 유학생의 학술적 글쓰기 양상을 살펴보기 위해서였다.

과제의 내용은 1차 텍스트와 2차 텍스트가 모두 동일했는데, 1차 텍스트와 2차 텍스트의 과제는 아래 표와 같다. 다만 한국 대학의 과제 형태, 즉 학술 담화공동체의 '실제성'을 확보하기 위해서 과제에 대한 별도의 번역본을 제공하지 않았다. 이 과제를 읽고 이해하는 것은 온전히 대학원 유학생의 몫으로 남겼다. 이는 한국어로 제공된 읽기 자료를 읽고 이해하는 것부터가 본 연구가 목표로 삼고 있는 '학술적 글쓰기'와 '저자성' 진단의 시작이기 때문이다.

〈표 3-6〉 담화종합 과제 내용

과제	다음은 '한국 드라마'와 관련된 다양한 입장을 보여주는 자료들입니다. 이 자료들을 잘 읽고, 이 자료와 본인이 알고 있는 지식들을 '종합적으로 고려하여 본인만의 '화제'를 부각하고 본인이 생각하는 '학술적 텍스트'의 형태로 한 편의 글을 완성하세요. (휴대폰과 사전을 사용해도 괜찮습니다. 그렇지만 번역기는 쓰기 마세요. 확인 시에 불이익을 받습니다.)

Flower(1993; 원진숙·황정현 역, 1998:164)은 대학교에서 보고서를 쓰라는 과제를 받았을 때, "과제가 요구하는 바를 크게 세 가지 심리적 작용 - 무엇인가를 정의하고, 비교하며, 맥락과 연관 지어 보는 - 일 것이라고 예측하는 것"이 필요하다고 말한다. 이는 주어진 읽기 자료들과 자신의 지식을 비교해가면서 보고서의 화제를 떠올려보라는 것이다. '학술적 과제'에서는 읽기 자료들을 읽으면서 필자가 알고 있는 지식들과 읽기 자료를 비교해 가며 '화제'를 확정해야 한다. 이와 같은 이유로 본

연구의 과제도 텍스트를 읽어 나가면서 대학원 유학생 필자들이 스스로 가지고 있는 관련 지식들과 비교해서 '화제'를 직접 정하고, 이를 학술적 텍스트의 형태로 쓸 것을 요구하는 특징을 갖고 있다. 그리고 Flower(1993; 원진숙·황정현 역, 1998:159)은 이런 과제일수록 '필자 자신의 역량'이 중요함을 강조하고, 필자가 정한 '화제'가 부각되도록 '필자'가 적절한 '수사적 맥락'을 고려하여 읽기 자료들과 본인이 알고 있는 지식들을 전략적으로 '구성'해야 한다고 언급했다. 본 연구의 과제 역시 한류 중에서 '한국 드라마'를 중심으로 다섯 개의 읽기 자료를 제시하고, 대학원 유학생 필자가 '한국 드라마'에 대해 알고 있는 지식과 읽기 자료를 통해 얻게 된 지식을 종합하여 '화제'를 직접 선정하도록 했다. 그리고 이를 수사적 맥락에 근거해서 적절하게 구성·배열하도록 했다. 특히 본 연구는 필자들이 평소에 갖고 있던 '학술적 텍스트'에 대한 장르적 인식과 차이점을 파악하기 위해서 과제의 발문을 '학술적 텍스트의 형태로 완성'하라고 명시적으로 제시했다.

본 연구에서 다루는 과제는 대학원 유학생 필자들이 학술적 텍스트를 어떻게 이해하고 있고 이를 기반으로 과제표상의 양상이 어떻게 형성되며, 이를 바탕으로 글을 써 나가면서 어떻게 읽기 자료의 '지식'과 필자가 이미 알고 있는 '지식'을 바탕으로 화제를 정하고 글을 완성해 나가는지를 파악하기 위한 것이다. 특히 이때 과제와 함께 제시되는 읽기 과제 역시 그런 의미에서 대학원 유학생 필자들에게 화제 선정의 자극을 주고 학술적 글쓰기를 진행할 수 있도록 선정된 텍스트들이어야 한다.[12] Hartman & Hartman(1995:7)는 '다중 텍스트'의 구성 방식을 '보완

---

12) [자료 1]은 유럽의 시청자들의 한국드라마 시청동기를 분석하고 이에 대한 효용성을 설명한 소논문이다. [자료 2]는 한국드라마가 아시아에서 인기가 많은 이유를 아시아 신중산층 여성의 '욕망'으로 해석한 소논문이다. [자료 3]은 〈대장금〉을 예로 들면서 이국에 대한 호기심과 흥미를 '전통 요리'로 구현했다는 한류드라마의 성공 이유를 분석한 소논문이다. [자료4]는 〈대장금〉을 예로 한류드라마가 아시아에서 인기가 있는

(Complementary)', '논쟁(Conflicting)', '통제(Controlling)', '대화(Dialogic)', '상징
(Synoptic)'으로 분류했다.

본 연구에서 학생들에게 제시한 읽기 과제는 '한류 드라마'라는 큰
주제 속에서도 모두 다양한 화제를 중심으로 다른 의견들을 담고 있는
것들이다. '보완', '논쟁', '통제', '상징'과 달리, '대화(Dialogic)'는 읽기 자
료들이 모두 '특정 화제'를 중심으로 보완, 논쟁, 통제, 상징 관계에 있
지 않고, 각기 다른 관점에서 소통(대화)하는 것이 특징이다. 본 연구 역
시 미리 예상한 화제나 기준이 되는 화제 없이 필자들이 스스로 화제를
찾아서 글쓰기를 수행하도록 계획했기 때문에 '대화 관계(Dialogic Texts)'
의 다중 텍스트로 읽기 자료를 구성하였다.

2.3. 계획하기 점검지와 수정하기 점검지

과제표상은 '계획하기 점검지'를 통해서 진행된다. 다만 연구 방향에
서 '계획하기 점검지'와 '수정하기 점검지'는 각각 계획하기와 수정하기
에 따른 세부 내용을 함께 포함한다.

먼저 '계획하기 점검지'에서는 학습자의 '과제표상' 이외에 두 가지를
더 조사하는데, 첫째는 학습자가 생각하고 있는 학술적 텍스트에 대한
'장르 인식' 조사이고, 둘째는 학습자가 쓰기를 시작하면서 가장 먼저
고려했던 것이 무엇인지를 자유롭게 쓰는 것이다. 이는 학습자들이 생
각하고 있는 학술적 텍스트에 대한 인식의 양상을 이해하는 것이 대학
원 유학생 필자들의 학술적 텍스트를 분석할 때 유용하기 때문이다. 이
문항은 Knapp & Watkins(2005)의 장르 과정 모델을 중심으로 구성되었

이유는 문화적 새로움 때문일 수도 있지만 문화근접성에 따른 것일 수도 있다고 지적
하며, 같은 아시아일지라도 그 이유가 다를 수 있음을 주장한 소논문이다. 마지막 [자
료5]는 한류드라마의 성공 이유를 트렌디드라마와 한류스타의 캐스팅에서 찾은 소논
문이다.

는데, 대학원 유학생이 학술적 글쓰기를 어떤 과정의 장르로 인식하고
글쓰기를 하는지를 판단하는 데 근거를 제공할 것이다.

〈표 3-7〉 학술적 텍스트 장르 인식에 대한 조사 내용

① **묘사하기** - 대상을 상식이나 전문적인 의미에 의존하여 질서화하는 과정입니다.
② **설명하기** - 현상을 시간적이나 인과적인 관계에 따라 전개하는 과정입니다.
③ **지시하기** - 독자가 해야 할 행위나 행동을 논리적으로 전개하는 과정입니다.
④ **주장하기** - 독자에게 특정 입장을 수용하도록 명제를 확장하는 과정입니다.
⑤ **서사하기** - 인물이나 사건을 시간과 공간적 순서에 따라 전개하는 과정입니다.

〈표 3-7〉은 Knapp & Watkins(2005; 주세형 외 공역, 2007:15)이 장르의
개념을 정의한 것이다. 본 연구에서는 대학생 필자들에게 본인이 생각
하는 '학술적 텍스트'의 장르적 성격을 선택하도록 했다.[13] 그리고 조금
더 세부적으로 학술적 텍스트의 장르적 인식 양상으로 알기 위해서 모
국의 학술적 텍스트와 한국의 학술적 텍스트의 차이점과 공통점을 한
문장으로 쓰도록 했다. 또한 글을 쓰기 전에 쓰기 내용의 선정, 정확한
언어 사용, 문단의 구성 등 어떤 부분에 주안점을 두고 글쓰기를 시작
하는지를 파악하기 위해서 과제를 읽고 쓰기를 시작하기 전에 떠오르
는 생각을 자유글쓰기(Freewritng)의 형식으로 모두 쓰도록 했다.[14] 이를
통해서 유학생들이 어느 부분에 주안점을 두고 쓰기를 진행하는지 알

13) Knapp & Watkins(2005:25-29; 주세형 외 공역, 2007:15)은 각 장르의 세부적 산물을
다음과 같이 분류한다. **묘사하기:** 개인적, 일상적, 전문적 묘사와 알림, 과학 보고서
/ **설명하기:** 방법, 이유에 대한 설명, 상술, 예시, 풀이, 설명적 에세이 / **지시하기:** 절
차, 지시, 매뉴얼, 요리법, 안내문 / **주장하기:** 주장 에세이, 논술, 토론, 논쟁, 해석,
평가문 / **서사하기:** 개인적, 역사적 사건 나열, 이야기, 동화, 신화, 우화, 서사물.
14) 실제로 1차 텍스트를 대학원 유학생 필자들이 쓸 때 과제표상 기록표 안에 '자유글쓰
기'를 먼저 쓰고 텍스트 쓰기를 시작하도록 했다. 이는 쓰기과정 중에 즉시회상 녹음
을 하거나, 쓰기가 끝난 후에 면담을 진행할 경우 자연스러운 쓰기를 방해하거나 실
제성이 떨어지는 내용을 말할 수 있기에 이를 방지하기 위함이다.

수 있을 것이다.

　종합하면 본 연구에서 '계획하기 점검지'는 Flower(1987)의 '과제표상'에서 '정보 제공 자료', '텍스트의 형식과 특징', '글쓰기의 구성 계획'과 Knapp & Watkins(2005)의 '장르'에 대한 '인식', 그리고 Elbow(2000)이 필자의 목소리를 자유롭게 표현하도록 고안한 자유글쓰기(Freewriting)를 중심으로 구성된다. 자유글쓰기의 내용을 통해서, 대학원 유학생이 학술적 과제를 해결할 때 최초에 무엇을 가장 중요하게 고려하는지를 확인할 수 있을 것이다.

　'수정하기 점검지'에도 '계획하기 점검지'와 동일하게 Flower(1987)의 '과제표상'에서의 '정보 제공 자료', '텍스트의 형식과 특징', '글쓰기의 구성 계획'이 포함되었다. 이는 수정하기에서 글쓰기를 할 때도 '시작점'이 있고, 이 시작점에서는 수정하기에서의 '계획하기'가 있을 것이라 판단한 결과이다. 본 연구는 정희모(2008가)를 근거로 초안 작성 이후에 이루어지는 수정만을 다루기로 했기 때문에 '수정하기'에서 대학원 유학생의 1차 텍스트 문제점 진단, 그리고 수정하기의 절차, 수정하기 방법과 전략 등을 중점적으로 다뤘다. 또한 '번역기 사용' 등에도 주안점을 두었는데, 이는 어떤 이유로 번역기를 사용하는지를 확인하기 위해서이다. 진단은 거시구조와 미시구조에 주안점을 둔다. 수정하기 전략은 Flower et al(1986)을 근거로 다시쓰기와 고쳐쓰기로 문항을 구성했고, 고쳐쓰기 방법은 Faigley & Witte(1981)을 근거로 유지, 분리, 접합, 단순변환, 복합변환, 재배열, 단순첨가, 복합첨가, 대체, 삭제로 구성했다. 특히 수정하기 점검지에는 '예상독자'를 적고 그 이유를 쓰도록 했는데, 계획하기 점검지와 달리 수정하기 점검지에만 '예상독자'를 넣은 이유는 다음과 같다. '표현하기(Expressivism)' 글쓰기 운동의 주창자로 대변되는 Elbow는 "기본적으로 글쓰기의 초기 단계에는 독자에 대한 인식을 잠시 미루어둠으로써 좀 더 생산적인 사고에 닿을 수 있음을 강조하였다(김보연, 2011:248)."

본 연구도 계획하기 단계에서는 내용 생성과 표현에 대학원 유학생이 집중하도록 예상독자와 관련해서는 질문을 하지 않았고, 예상독자를 고려해서 수사적 전략을 선택해야 하는 수정하기 단계에서 예상독자에 대한 표상을 물었다. 과제표상은 계획하기에서의 과제표상과 어떤 차이점이 있는지를 보기 위함이고, 문제점 진단에 대한 분석은 대학원 유학생의 학술적 텍스트 수준에 따라서 거시구조와 미시구조 중에서 어디에 주안점을 두는가를 판단하기 위함이다. 전략과 방법은 대학원 유학생들이 진단한 문제를 해결하기 위해서 어떤 전략과 문제를 선택하는지를 보고, 이 선택이 최종 텍스트 수준에 영향을 주는지를 판단하기 위함이다. 특히 최종 학술적 텍스트의 담화종합 수준에 따라서 전략과 방법 선택에서 유의미한 차이점이 있는지를 살펴보는 것은 대학원 유학생의 저자성의 수준과 양상을 판단하는 데 중요한 역할을 할 것으로 보인다.

3. 학술적 텍스트 분석을 위한 방법

본 연구는 대학원 유학생의 최종 학술적 텍스트에 해당하는 '2차 텍스트'를 대상으로 다음과 같이 3단계의 텍스트 분석 과정을 거친다.

1단계는 대학원 유학생의 학술적 텍스트를 대상으로 '문장 단위', '주제 덩이', '조직 긴밀도' '주제 유형' 등 형식적 특징에 대한 분석을 진행하는 것이다.

〈표 3-8〉 담화종합의 주제 분석 단위

① **병렬적 진행(P)** - 후행 주제와 선행 주제가 같다.
② **순차적 진행-의미 점증(S1)** - 주제는 다르지만 주제를 심화시킨다.
③ **순차적 진행-의미 인접(S2)** - 주제는 다르지만 관련성이 있다.
④ **순차적 진행-의미 무관(S3)** - 주제도 다르고 관련성도 없다.
⑤ **확장된 병렬적 진행(EP)** - 중단된 선행 주제가 다시 나타난다.

〈표 3-8〉은 이윤빈(2013)의 학술적 텍스트 분석 방법에서 형식적 특징을 분석하기 위해서 적용되었던 주제 분석 단위이다.

〈표 3-9〉 학술적 텍스트의 형식적 특징 분석 예시

〈WH-1〉

1. **한국드라마[1]**는 중국에서 인기가 아주 많다.
2. 2000년부터 **한국드라마[1:P]**는 중국에서 인기가 생겼다.
4. 그러면 한국드라마가 중국에서 인기가 많은 원인(**한국드라마-중국-인기 -원인)[2:S1]**은 무엇일까?
7. **대중 매체의 개방적인 것[1:S3]**은 날이 갈수록 많아졌다.
8. **그렇기(대중 매체-개방)[1:P]** 때문에 한류가 중국에서 확대하게 되었다.
9. **2005년에 중국은[1:S3]** 방송국에게의 제한을 개방하게 되었다.
10. 즉 **중국 방송국이[1:S2-인과]** 한류에 대한 프로그램을 제작할 수 있다.
28. 이때 **한국드라마는[1:EP(1)]** 논리성이 강하지 않고

〈표 3-9〉는 상위 필자 1번의 2차 텍스트 일부이다.15) 각 문장 앞에 있는 번호는 문장 단위 번호인데, P, S1, S2, S3, EP를 예를 들어 설명하고자 연속되는 문장은 아니지만 함께 제시했다. 문장 1과 문장 2를 보면 '한국드라마'로 주제가 동일하다. 이렇게 동일한 주제가 연달아 나오면 '병렬적 연결(P)'로 연결하고 선행 문장의 '주제 깊이'와 동일하게 [1:P]로 표시한다. 문장 2와 문장 4를 보면, 문장 2의 주제는 '한국드라마'인데 문장 4의 주제는 '한국드라마가 중국에서 인기가 많은 원인'으로 주제가 함의하는 내용이 추가된 것을 확인할 수 있다. 이것은 '한국드라마'에 '중국에서의 인기 원인'이 추가된 것으로 '순차적 진행-의미

---

15) 본 연구에서 담화종합 수준은 상위 필자(WH), 중위 필자(WM), 하위 필자(WL)로 나눈다. 다만 텍스트나 자료에서는 WH/WM/WL으로 표시하고 본문에서는 상위/중위/하위로 기술한다. 예를 들어 '상위 수준 필자 1번'의 경우, 자료 제시에서는 'WH-1'으로 나타내고 본문에서는 '상위 필자 1번'으로 기술한다. 본격적인 담화종합 수준별 텍스트 분석과 이에 따른 저자성의 특징은 뒤에서 자세하게 다룬다.

점증(S1)'을 의미한다. '의미 점증'이기 때문에 선행 문장의 주제 깊이에 '+1'해서 [2:S1]로 표시한다. 문장 4의 주제는 '중국에서의 한국드라마 인기 원인'인데, 이 흐름이 문장 6까지 이어진다. 그런데 문장 7은 '대중 매체의 개방적인 것'이 주제이다. 이 두 주제는 완전히 다른 것으로 '순차적 진행-의미 무관(S3)'에 해당한다. 이 경우 후행 문장의 주제는 '-1'이 되고 [1:S3]으로 표시한다. 문장 9와 문장 10은 주제가 '중국 정부'와 '중국 방송국'이다. 주제만 보면 이 두 주제는 관련성이 없어서 S3로 표시해야 할 것 같지만, '중국 정부'가 '원인'이 되어 '중국 방송국'이 한류 프로그램을 소개한다는 '결과'의 구성을 갖기 때문에, 이 경우에는 S3로 보지 않고 '순차적 진행-의미 인접(S2)'의 '인과'로 본다.[16] 그렇지만 이 경우에는 주제가 '깊어지는 것'이 아니라 '넓어지는 것'으로 해석하고, 주제 수준은 선행 문장과 동일한 [2:S2]라고 표시한다. 즉 정부의 규제 완화로 인해서 중국 방송국들이 취한 이익이 무엇인지를 자세하게 설명하기 때문에 '넓어지는 것'으로 본다. 마지막 문장 28번의 주제는 '한국드라마'이다. 이 주제는 앞서 문장 1번에서 이미 나왔던 주제와 같다. 이 경우에는 '확장된 병렬적 진행(EP)'으로 보고 최초에 주제가 나타난 문장번호를 같이 써 준다. 주제의 깊이도 최초 주제가 등장했을 때 수준으로 돌아간다. 이는 [1:EP(1)]으로 나타낸다.

이어서 2단계는 대학원 유학생의 학술적 텍스트에서 '진술'을 중심으로 '정보전달적', '논증적', '표현적' 등 내용적 특징에 대한 분석을 진행하는 것이다. 그 이유는 본 연구가 집중하고 있는 '텍스트의 구성 유형'과 '텍스트의 지배적인 성격' 양상을 복합적으로 확인할 수 있기 때문이다.

---

16) S2의 의미적 관련성 기준은 인과(Casual) 이외에 조건(Conditional), 대조(Contrastive), 평가(Evaluation), 예증(Exemplification), 설명(Explanation), 유사(Similarity)가 있다.

<표 3-10> 담화종합의 진술 분석 단위

① **정보전달적(I)** - 필자가 정보전달을 목적으로 진술하는 것이다.
② **논증적-주장(A1)** - 필자의 주장이다.
③ **논증적-이유(A2)** - 주장을 뒷받침하는 진술이다.
④ **논증적-근거(A3)** - 이유를 뒷받침하는 진술이다.
⑤ **논증적-전제(A4)** - 주장과 이유의 관계를 진술하는 것이 전제이다.
⑥ **논증적-반론인식 및 재반론(A5)** - 주장에 대한 반박을 인식하고 재반론을 하는 것이다.
⑦ **표현적(EX)** - 필자가 주관적 정서를 표현하는 것이다.

<표 3-10>은 이윤빈(2013)의 학술적 텍스트 분석 방법에서 내용적 특징을 분석하기 위해서 적용된 진술 분석 단위이다. ①부터 ⑦은 '정보 기원'에 따라서 자료를 변형 없이 똑같이 사용하면 (-), 일부 변형해서 텍스트에 반영하면 (0), 필자의 지식만으로 내용을 구성하면 (+), 이렇게 세 가지로 다시 분류된다. 이 경우에 '21가지 진술(7*3=21)'이 나올 수 있는데, 이를 예를 들어 설명하면 다음과 같다.

<표 3-11> 학술적 테스트의 내용적 특징 분석 예시: 정보전달적

<WH-5>
1. 한류드라마는 대중매체의 한 가지로서 한국문화의 전파 역할을 했다.(+)(I)
6. 여성들 특히 여학생들은 인기배우나 가수를 캐스팅하는 **드라마에 흥미가 많이 있다.(+)(A1)**
7. 현실에서 존재할 가능이 없는 '트렌디드라마'에서 허구적인 사랑을 추구하고 싶어서 **한류드라마에 들어가고 만족을 찾았다.(0)⑤(A2)**

<표 3-11>은 상위 필자 5번의 2차 텍스트 일부이다. 문장 1의 주제인 '한국드라마'가 '한국 문화의 전파 역할을 한다'는 진술을 담고 있다. 문장 1의 성격은 정보전달적이라서 T라 표시하고, 읽기 자료의 내용과 무관하

기 때문에 (+)가 붙는다. 문장 6과 문장 7을 보면, 문장 6은 한국드라마가 여성들에게 인기가 많다는 주장(A1)이고, 문장 7은 그 이유가 무엇인지에 대한 진술을 담고 있어서 이유(A2)이다. 문장 6의 주장은 필자의 지식에서 나온 것이기 때문에 (+)가 붙지만, 문장 7의 "현실에서 존재할 가능이 없는 '트렌디드라마'에서 허구적인 사랑을 추구"라는 진술이 '읽기 자료 ⑤'의 내용 일부를 필자가 변형한 것이기 때문에 (0)으로 표시한다. 그래서 문장 6은 '(+)A1'이고 문장 7은 '(0)⑤A2'로 각각 나타낸다.

〈표 3-12〉 학술적 테스트의 내용적 특징 분석 예시: 논증적

〈WL-4〉
15. 자기가 실현할 수 없는 꿈은 <u>드라마에서는 찾을 수 있다.</u>(+)(A1)
17. 남녀노소를 막론하고 누구나 매일 <u>반복적인 단조로운 일상으로부터의 일</u> <u>탈을 시도한 적이 있다.</u>(+)(A2)
18. 따라서 어떻게 하면 <u>무미건조한 생활(무미건조한 생활-개선법)[1:E3]을</u> <u>개선할 수 있을까?</u>(+)(I)
19. 바로 <u>(무미건조한 생활-개선법)</u> 드라마를 보는 것이다.(+)(A4)
36. <u>예스로운 주제도 시청자들의 흥미를 끌기가 힘들다.</u>(+)(A1)
37. 왜냐하면 시청자 아무리 아름다운 것도 <u>그 주제를 반복하고 시청하다가</u> <u>보면 싫증날 수도 있다.</u>(+)(A2)
38. 내 친구도 <u>예스로운 주제 한국드라마를 질려서 보지 않는다.</u>(+)(A3)

〈표 3-12〉는 하위 필자 4번의 2차 텍스트 일부이다. 문장 15번은 한국 드라마를 보면서 실현할 수 없는 꿈을 실현할 수 있다는 '주장'이 담겨있다. 문장 17은 그 이유를 '단조로운 일상으로부터의 탈출 때문'이라고 밝힌다. 문장 19번은 바로 이 '주장-이유'가 작동하게 하는 전제가 된다. 즉 무미건조한 삶의 개선은 드라마를 보는 것으로 해소가능하다. 물론 이 전제는 텍스트에 명시적으로 나타나지 않는 경우가 많기 때문에 이윤빈(2013:91)은 '전제'와 '반론수용과 반박'은 논증의 필수 요소로

보지 않았다.

이어서 문장 36부터 문장 38을 보면, 문장 36번은 한국드라마 중에서 사극의 경우 시청자들의 흥미를 끌기가 어렵다고 주장한다. 즉 '주장(A1)'에 해당한다. 필자는 그 이유로 시청자들이 비슷한 내용의 한국 사극을 '반복'해서 보게 되면 '싫증'을 느낄 수 있다고 이유를 제시한다. 그리고 그 이유에 대한 근거로 필자의 친구 이야기를 제시하는데, 이는 이유에 대한 이유 즉 근거(A3)로 나타낸다.

〈표 3-13〉 학술적 테스트의 내용적 특징 분석 예시: 표현적

〈WH-5〉

29. 학생이니까 이런 지나친 행동이 **정말 이해될 수 없는 행동이다.**(+)(EX)
39. 〈대장금〉 등과 처럼 여러 년 뒤에 여전히 널리 알릴 수 있는 **진정한 경쟁력을 가진 인상적인 한류드라마를 기대하고 있다.**(+)(A1)
40. 이런 관점은 **한류드라마 중에 현대화 요소를 버리는 뜻이 아니고**(+)(A5)
41. (이런 관점은) **현대적인 요소와 전통적인 문화 요소 다 중시하고**(+)(A5)
42. (이런 관점은) **가치가 있는 오래 오래 전파할 수 있는 한류드라마를 창작하는 것이 중요한다는 뜻이다.**(+)(A5)

〈표 3-13〉은 상위 필자 5번의 2차 텍스트 일부이다. 문장 29는 '정말 이해될 수 없는 행동이다.'에서 알 수 있듯이 필자의 주관적 정서를 나타내는 표현적(EX) 진술이다. 문장 39는 〈대장금〉과 같은 사극이 오랜 시간이 지나도 경쟁력을 갖춘 드라마라고 주장한다. 그런데 이럴 경우 사극이 아닌 드라마, 즉 현대적인 요소가 들어 있는 드라마를 경시한다는 '비판'을 받을 수 있기 때문에, 문장 40번은 '반론을 수용'하고 문장 41번과 42번은 '반론'에 대해서 '재반론'을 하는 것이다.

1단계와 2단계는 '문장'을 분석 단위로 설정하고 문장을 '주제'와 '진술'로 나눠서 각각 '주제'의 전개 양상과 '진술' 내용의 특징과 '성격'을

분석하는 단계이다.17) 마지막 3단계는 텍스트의 오류를 중심으로 최종 학술적 텍스트의 분석이 진행된다. 3단계는 고은선(2016)의 오류 기준을 중심으로 오류 양상을 살핀다. 이는 번역기 사용과 연결해서 5장에서 대학원 유학생의 저자성 숙련도를 구체화하기 위해서이다.

〈표 3-14〉 오류 유형 분석 기준

유형	세부유형
대치	- 어휘의 대치(선택오류, 과용오류, 신조어, 코드전환) - 문법의 대치(조사, 어미, 시제, 높임법)
생략	- 어휘의 생략(필수적인 요소, 부차적인 요소) - 문법의 생략(조사, 어미, 시제, 높임법)
첨가	- 어휘의 첨가(덧붙임 오류, 반복 오류) - 문법의 첨가(조사, 어미, 시제, 높임법)
맞춤법	- 어휘, 조사, 어미, 시제, 높임법 오류 - 띄어쓰기, 문장부호
문장	- 주어, 목적어, 서술어 등의 어순이 잘못된 경우 - 수식, 피수식 관계가 잘못된 경우

〈표 3-14〉는 고은선(2016:49-50)의 오류 유형 분석 기준이다. 본 연구에서 고은선(2016)을 가지고 학술적 텍스트의 오류 분석을 실시한 이유는 다음과 같다. 이 오류 분석 기준은 조철현 외(2002), 이정희(2003), 이인택(2008)의 오류 유형을 종합하여 영역별로 1차로 분류한 후에 2차로 '어휘와 문법 사용이 많아지는 수준 높은 텍스트'에 적용 가능한 오류 유형으로 재분류한 기준이기 때문이다. 즉 이 오류 유형 분석 기준은 기존 연구에서 나온 오류의 재분류를 통해서 '수준 높은 텍스트'에 사용하도록 만들어진 것이다. 본 연구 역시 학술 담화공동체에서 통용되는

---

17) 내용적 분석 방법을 포함한 학술적 텍스트 분석 방법은 이윤빈(2013:68-91)을 참고하기 바란다.

학술적 텍스트를 대상으로 오류 양상을 분석하기 때문에 고은선(2016)의 기준을 사용했다.

본 연구는 2차 텍스트의 총체적 평가를 기준으로 텍스트의 수준을 상위, 중위, 하위 수준으로 나누고, 이를 대학원 유학생의 쓰기능력과 동일시한다. 그리고 이를 기준으로 2차 텍스트에서 나타나는 텍스트의 특징을 주제, 내용과 성격,18) 오류를 중심으로 살핀다. 그리고 학술적 글쓰기 발견-표상-전략-구현의 각 국면별로 담화종합을 진행하는 수준을 분석함으로써 이 필자들의 '선택'을 '저자성'이라고 전제하고 '선택'의 양상과 해당 선택의 '이유'를 분석하고자 한다.

---

18) 본 연구에서는 '내용'을 통해서 다음 두 가지를 분석한다. 첫째는 2차 텍스트의 내용적 특징을 살피는 것으로 필자가 텍스트에 반영한 수사적 목적을 알아내기 위함이다. 둘째는 이 수사적 목적이 곧 2차 텍스트의 전반적인 '성격'을 형성한다고 판단하고 Flower at el(1990)의 텍스트 구성 계획과 비교 · 분석하는 것이다.

학술적 글쓰기에서
대학원 유학생의 저자성 양상 분석

이 장에서는 유학생의 학술적 글쓰기 양상을 상세화하기 위해 실시한 세 가지 차원의 연구 결과들을 종합한다. 이 세 가지 차원은 계획하기, 수정하기, 학술적 텍스트이고, 기술 통계와 양적 연구 방법을 통해서 대학원 유학생의 학술적 글쓰기에서 나타나는 특징을 구체화하도록 하겠다.

1. 계획하기에서의 저자성 양상

계획하기에서는 계획하기 점검지를 통해서 확인한 것들 중심으로 논의를 전개한다.[1] 대학원 유학생이 읽기 자료를 읽은 후에 작성한 '자유글쓰기(Freewriting)'의 내용을 중심으로 과제를 읽고 무엇을 생각했는지를 분석해 보도록 하겠다.

1.1. 자유글쓰기에 나타난 관찰 양상

Elbow(1989:42)는 '자유글쓰기'를 글쓰기에서 가장 우선적으로 고려되어야 하는 것으로, 쉽고, 가장 낮은 수준의 텍스트이며, 복잡하지 않아

---

1) 부록 [3] 계획하기 점검지 참조.

서 글쓰기를 처음 시작할 때 유용한 역할을 한다고 설명한다. 이와 같은 자유글쓰기는 필자들에게 표현하는 법을 가르치기에 좋고, 교사들에게는 글쓰기와 관련된 유용한 정보를 제공하기에 좋다. 본고에서도 이 자유글쓰기로 대학원 유학생에게 과제와 읽기 자료를 읽고, 머릿속의 '생각', '느낌', '목표' 등을 '자유롭게' 쓰도록 했다. 사실 이와 같은 내용의 질문은 '사후 면담'이나 '프로토콜 분석' 등을 통해서 진행되는 것이 일반적이다. 그렇지만 이 질문을 쓰기과정을 모두 마친 후에 면담이나 회상 프로토콜 분석으로 진행하지 않고 본격적인 쓰기에 앞서 자유롭게 쓰도록 한 이유는 가장 자연스러운 쓰기과정을 훼손하고 싶지 않았기 때문이다. 또한 사후 면담을 진행하게 되면 글쓰기가 끝난 후에 기억을 되살려야 해서 대답의 실제성, 정확성 측면에서 신뢰도가 낮아지기 때문이다. 이와 같은 문제를 해결하기 위해서 대학원 유학생들에게 본격적인 글쓰기를 시작하기 전에 '자유글쓰기'를 반드시 수행하라고 공지했다. 이 대학원 유학생들이 수행한 자유글쓰기의 결과를 요약하면 아래와 표와 같다.

〈표 4-1〉 대학원 유학생의 자유글쓰기 내용

자유글쓰기 내용		N	%
텍스트 내용	1. 내용의 수사적 전략	6	15.0
	2. 내용의 거시구조	2	5.0
	3. 내용의 선정	10	25.0
	4. 주제와 화제	2	5.0
	총계	20	50
5. 글쓰기 절차 개괄		8	20.0
6. 텍스트 완성의 목표(글을 쓰는 이유)		4	10.0
7. 과제/읽기 자료 검토 후의 정서적 태도		7	17.5
8. 글쓰기와 무관한 내용		1	2.5
총계		40	100

〈표 4-1〉은 대학원 유학생이 본격적으로 글을 시작하기에 앞서 과제와 읽기 자료를 읽은 후에 쓴 자유글쓰기의 내용을 목록화한 것이다. '1. 내용의 수사적 전략', '2. 내용의 거시구조', '3. 내용의 선정', '4. 주제와 화제'는 모두 '텍스트 내용'과 관련된 것들이다.

'1. 내용의 수사적 전략'은 '중국의 드라마와 비교(WM-1)'처럼 어떤 전략으로 텍스트를 완성할지를 적은 것이다. '2. 내용의 거시구조'는 서론, 본론, 결론으로 나눠서 세부 내용을 기술한 것이다. '3. 내용의 선정'은 '한국 드라마의 긍정적인 점과 부정적인 점을 읽기 자료에서 찾고 내가 생각하는 한국 드라마 유행 이유를 쓰자(WM-14)'처럼 텍스트에 쓸 내용거리를 구체적으로 쓴 것이다. '주제와 화제'는 '주제는 한국 드라마이다.(WM-8)'처럼 어떤 주제를 중심으로 글을 전개하겠다고 쓴 것이다. 결국 이 자유글쓰기의 내용은 전부 '텍스트의 내용'을 담고 있다. '5. 글쓰기 절차 개괄'은 "먼저 휴대폰에서 자료를 찾고 그 다음에 쓰면서 사전에서 단어를 찾고 모두 쓴 후에 읽으면서 내용을 고친다."처럼 자신의 텍스트 완성의 절차를 요약 제시한 것을 말한다. '텍스트 완성의 목표'는 이 텍스트를 완성하기 위해서 '이 글을 다 쓰고 나면 나에게 도움이 될 것 같아서(WH-1)'처럼 필자가 이 글쓰기를 써야 하는 목표를 말한다. '과제/읽기 자료 검토 후의 정서적 태도'는 '읽기 자료를 읽고 무엇을 써야 할지 막막했다. 아무 생각도 안 난다.(WM-11)'처럼 필자들이 느낀 '쓰기 공포'나 '자신감 표현' 등 필자의 정서적 반응을 담은 내용을 말한다. 마지막으로 '글쓰기와 무관한 내용'은 '다른 사람에게 가르침을 청하라(WL-3)처럼 의미를 알 수 없는 내용을 적은 것을 말한다.

〈표 4-1〉과 같이, 대학원 유학생 20명이 텍스트의 내용을 어떻게 제시하고, 배열하고, 선정하고, 주제와 화제는 무엇인지 등 '내용'에 주안점을 두고 글쓰기를 시작하는 모습이 나타났다. 글쓰기 절차에 대해서 생각을 한 대학원 유학생도 8명이 있었고 과제와 읽기 자료를 읽은 후

에 느낀 긍정적, 부정적 정서 표현도 7명이 있었다. 텍스트 완성과 텍스트 완성의 이유 등을 쓴 대학원 유학생은 4명이 있었고, 이해할 수 없는 내용을 쓴 학생은 1명이 있었다. 이 자유글쓰기에서 알 수 있는 계획하기에 나타난 대학원 유학생의 특징은 '내용'에 큰 주안점을 두고 있다는 점이다. '계획하기'가 무엇을 써야 하는가에 대한 답을 찾는 과정이라면, 대학원 유학생들 중에서 50%는 이에 부합하는 생각을 하고 있는 것으로 보인다. 반대로 글쓰기 '절차', 글쓰기 '목표', 글쓰기에 대한 '정서적 반응' 등을 쓴 19명의 대학원 유학생과 의미를 알 수 없는 내용을 쓴 1명의 유학생은 '무엇을 쓸까'와는 상관이 없는 생각을 하고 있었다. 계획하기가 계획하면서 쓰기 행위를 지속하고 궁극적으로 1차 텍스트를 완성하는 과정이라고 전제했을 때, 텍스트 '내용' 창안을 고민하지 않은 20명의 대학원 유학생 필자들은 '쓰기 공포', '내용 생성의 어려움' 등을 경험했을 가능성이 높다.

1.2. 학술적 텍스트에 대한 장르 인식

이어서 대학원 유학생이 학술적 텍스트를 어떤 장르로 인식하고 있는지에 대해서 살펴보도록 하겠다. 이 학술적 텍스트에 대한 장르 인식이 중요한 이유는 평소 가지고 있는 학술적 텍스트에 대한 인식이 실제 글쓰기과정에서 '과제표상', '수사적 전략 선택' 등에 영향을 주기 때문이다.

〈표 4-2〉의 내용은 Knapp & Watkins(2005)의 장르 과정 모델에 기초하고 있다. 즉 Knapp & Watkins(2005)의 장르 과정 모델을 통해, 유학생이 학술적 텍스트를 묘사하기, 설명하기, 지시하기, 주장하기, 서사하기 등 어떤 과정을 통해서 산출된다고 인식하는지를 확인하고자 하였다. 이 결과는 '주장하기' 과정을 거쳐서 완성되는 장르로 대답한 유학생이 23명(57.5%)으로 가장 많았다. 상위 필자 4번은 '서사하기' 과정을 거쳐

〈표 4-2〉 학술적 텍스트 장르 인식

장르	세부 장르	N	%
① 묘사하기	② **일상적 묘사**	3	7.5
	③ 전문적 묘사	1	2.5
	총계	4	10
② 설명하기	② 이유에 대한 설명	3	7.5
	③ 설명적 에세이	3	7.5
	총계	6	15
③ 지시하기	① 절차	1	2.5
	④ 지시	5	12.5
	총계	6	15
④ 주장하기	① 에세이	2	5.0
	② 논술	15	37.5
	③ 해석	4	10.0
	④ 논쟁	1	2.5
	⑥ 평가	1	2.5
	총계	23	57.5
⑤ 서사하기	③ **이야기**	1	2.5

서 완성되는 장르가 '학술적 텍스트'라고 인지하고 있었고, '설명하기'와 '지시하기'를 거쳐서 완성되는 장르로 '학술적 텍스트'를 이해하고 있는 필자들도 각각 6명(15%)이 있었다. 러시아 출신의 하위 필자 1번과 인도 출신의 중위 필자 18번, 그리고 몽골 출신의 하위 필자 3번도 모두 학술적 텍스트의 장르적 성격으로 4번 '주장하기'를 선택했다. 주장하기를 선택한 필자 23명 중에 중국 출신 필자는 20명이다. 그렇다면 37명의 중국어권 필자 중에서 17명은 '주장하기'를 선택하지 않았다는 것인데 이는 주장하기를 학술적 텍스트로 생각하는 중국인 유학생도 많지만 이런 인식이 일반적이지 않다는 것을 나타낸다. 실제로 이 결과는 텍스트의 수준, 즉 쓰기능력의 수준에 따라서 다른 양상으로 나타난다. 이

와 관련된 내용은 5장에서 자세히 다루겠다. Knapp & Watkins(2005)는 '주장하기'를 '텍스트를 읽는 독자들에게 특정 입장을 설득시키기 위해서 명제를 확장하는 과정'으로 정의했는데, 대학원 유학생 필자들은 학술적 텍스트를 '설득'을 목적으로 하는 '명제의 확장' 장르로 인식하고 있었다. 본 연구에서 복수 응답을 배제하고 단 한 개의 과정에만 표시하도록 했기 때문이지, 사실상 대학원 유학생 필자들은 학술적 텍스트를 완성하기 위해서는 '주장하기'와 '지시하기' 그리고 '설명하기'의 과정을 거쳐야 하는 것으로 이해하고 있다고 해석할 수 있다.

〈표 4-2〉에는 대학원 유학생 필자들이 자신들의 선택한 '장르 과정'에 해당되는 세부 장르를 선택한 결과도 있는데, 묘사하기의 경우 '일상적 묘사'를 고른 필자가 3명이었다. 이는 대학원 유학생 필자들이 어떤 화제에 대해서 자신들이 알고 있는 일상적 지식을 바탕으로 '묘사하는 과정'으로 학술적 텍스트를 이해하고 있음이 드러난다. 설명하기의 경우 '이유에 대한 설명'과 '설명적 에세이'가 각각 3명으로 나타났는데, 이는 대학원 유학생 필자들이 학술적 글쓰기에서 나타나는 주장을 입증하기 위한 설명에 주안점을 두고 선택했음을 알 수 있는 대목이다. 지시의 경우에는 '지시'라는 항목이 5명으로 제일 많았는데 이는 '지시하기'가 텍스트로서 행위나 행동을 '논리적으로' 전개하는 것을 의미하기에 이 '논리성'에 초점을 두고 선택한 것이다. '주장하기'의 경우에는 '논술'을 선택한 필자들이 15명으로 제일 많았다. 이는 대학원 유학생 필자들의 인식 속에 학술적 텍스트가 갖는 대표적 특징이 '논술'임을 보여주는 것이다. 김영건(2009)는 '논술'을 문제가 되는 주제에 대해서 필자가 믿는 주장을 독자에게 설득하기 위해서 타당한 근거를 동원하여 명백하게 제시하는 글이라고 정의하였다. 이는 일반적으로 학술적 텍스트의 내용과 구성에 가장 주요한 특징 중에 하나로(손동현, 2006), 유학생들이 한국 대학의 학술 담화공동체에서 요구하는 학술적 텍스트에 대한 장르적 특징

중 '논리성'에 대해서는 일부 인식하고 있음이 나타난다. '서사하기'는 1명이 선택했는데, 중국 학생인 이 필자는 서사하기 과정을 거친 학술적 텍스트의 대표적인 장르로 '이야기'를 선택했다. 이는 조인옥(2017:17)이 중국 논설 텍스트의 특징으로 '논박 가능성을 내포하지는 않는다는 것'과 '논리적인 글 외에 감성적이고 문학적, 생활적인 텍스트들도 범주에 들어가는 점'을 한국 논설 텍스트와의 차이점으로 말한 것에서 그 해답을 찾을 수 있다. 즉 이 필자는 아직 한국 대학에서 요구하는 학술적 텍스트의 성격에 대한 직감이 형성되지 못한 것이다.[2]

실제로 대학원 유학생 필자에게 '모국의 학술적 텍스트'와 '한국의 학술적 텍스트'의 '차이점'과 '공통점'을 쓰라는 질문에 대한 결과를 살펴보면 조인옥(2017)의 주장을 뒷받침하는 답변들을 많이 발견할 수 있었다.

〈표 4-3〉 모국의 학술적 텍스트와 한국의 학술적 텍스트 차이점에 대한 답변

- WM-1: 한국어가 중국어보다 논리적인 것이 더 요구된다.
- WM-4: 한국의 학술적 글쓰기가 더 글쓰기 분량이 많고 더 논리적이다.
- WM-6: 한국의 글이 중국보다 더 글의 격식을 따진다.
- WL-2: 한국의 글이 형식적으로 더 복잡하다.
- WM-9: 한국의 글이 중국보다 더 일관적이다. 중국의 글은 더 다양하고 화려하다.
- WM-10: 한국의 글이 더 격식을 중시하고 엄격하다.
- WM-13: 한국의 글이 더 논리적인 것을 요구한다.
- **WH-4: 중국의 글은 묘사가 중시된다. 그렇지만 한국은 더 논리적이다. 중국의 글은 보통 일기식이라 일상적인데 대비된다.**
- WM-15: 한국의 글은 정해진 룰이 너무 엄격하다. 가르쳐 주지도 않으면서 말이다.

---

2) 실제 이 상위 필자 4번은 중국에서 대학을 나와서 한국 대학원에 진학한 유학생으로 한국에 거주한 기간이 1년이 안 되는 1학기 대학원 유학생이었다.

- WL-6: 한국의 글이 더 학술적 성격이 강하고 예시가 풍부해서 중국의 글과는 완전 다르다.
- **WH-9: 한국의 글은 중국보다 형식을 엄격하게 요구한다.**
- WM-17: 한국의 글은 중국보다 더 양식을 중시한다.
- WH-11: 한국의 글은 자신 생각만 쓰는 게 아니고, 그 생각에 대한 근거도 풍부해야 한다. 더 창의적이고 일상적으로 쓰는 중국과는 차이다.
- WL-10: 중국보다 한국의 글은 형식이 더 중요하다. 특시 서론에서 필자의 창의성을 보여주는 게 다릅니다.

〈표 4-3〉은 모국의 학술적 텍스트와 한국의 학술적 텍스트의 차이점에 대해 대학원 유학생 필자들이 기술한 내용 중에서 '논리성'과 '유연성'을 기준으로 쓴 것만 정리한 것이다. 상위 필자 4번 등 위에 제시한 필자들은 모두 중국 학생들인데, 그 내용을 보면 한국의 학술적 텍스트를 '형식적으로 엄격'하고 '강한 논리성을 요구'하는 장르로 인식하고 있었고, 중국의 학술적 텍스트는 보다 '유연하고 일상적인 묘사 수준'으로 인식하고 있었다. 이를 통해 앞서 학술적 텍스트에 대한 장르 인식에서 '묘사하기'의 비중이 높았던 이유도 설명이 가능하다. 이 대학원 유학생들에게는 '어떻게 묘사하느냐'가 곧 학술적 텍스트의 성공 요인이 되는 것이다. 그리고 '묘사하기'를 선택한 유학생들이 모두 중국 출신의 유학생들이라는 것도 그 이유가 분명해진다. 즉 중국 유학생들은 모국의 학술적 텍스트에 대한 장르 인식을 여전히 고수하고 있음이 나타난다. 이어서 '모국의 학술적 텍스트'와 '한국의 학술적 텍스트'의 '공통점'에 대한 내용이다.

〈표 4-4〉 모국의 학술적 텍스트와 한국의 학술적 텍스트 공통점에 대한 답변

- WM-1: 글의 구조는 비슷하다.
- WM-3: 글의 구조가 비슷하다.
- WM-4: 서론/본론/결론의 구조가 비슷하다.
- WM-5: 글의 조직이 비슷하다.
- WM-8: 논문의 구조가 같다.
- WM-9: 글의 구조가 중요한 점은 같다.
- WH-2: 서론/본론/결론 순으로 구성된다.
- WH-3: 한국의 글은 중국처럼 서론/본론/결론 순으로 구성된다.
- WL-5: 글의 내용 구조가 비슷하다.
- WM-14: 글쓰기 전략과 글의 구조가 비슷하다.
- WH-4: 한국의 학술적 텍스트는 서/본/결론 구조를 갖는다.
- WH-4: 한국의 글은 중국처럼 글의 구조와 형식을 다 중시한다.
- WM-16: 전반적으로 글의 구조가 같다.
- WH-7: 글의 구조가 같고 서론/본론/결론으로 이어진다.
- WH-9: 글의 구조가 같고 서론/본론/결론이 있다.
- WM-17: 보고서의 경우 서론/본론/결론이 다 있고 주어진 자료를 요약하는 부분이 비슷하다.
- WH-10: 글의 구조가 같고 서론/본론/결론으로 구성된다.
- WL-9: 서론/본론/결론으로 글의 구조가 있다.
- WL-10: 글의 구조가 같고 서론/본론/결론으로 이어진다.

〈표 4-4〉는 학술적 텍스트의 공통점에 대한 응답 중에서 '글의 구조'
와 '서론/본론/결론'이라는 용어를 쓴 대학원 유학생들의 의견만 선택적
으로 제시한 것이다. 이정현(2016:360)은 한국어 논증 텍스트의 최상위구
조를 Van Dijk(1978; 정시호 역, 2000:213)의 텍스트의 생성과 전개를 근거
로 서론/본론/결론이라고 지적한다. 조인옥(2017:35) 역시 중국어 논설문
의 예시를 설명하면서 서론/본론/결론의 구성을 장점으로 인정하는데,
이는 중국 역시 학술적 텍스트가 서론/본론/결론으로 구성되는 장르적
특성을 갖고 있음을 알게 한다. 중국 출신의 유학생들은 이런 부분을
인식하고 한국의 학술적 텍스트와 중국의 학술적 텍스트의 공통점으로

서론/본론/결론의 구조를 언급한다.[3]

종합하면, 대학원 유학생 필자들은 한국의 학술적 텍스트에 대한 '장르 인식'에서 '논증'과 '설득'에 치우친 비교적 동일한 표상을 하고 있음을 알 수 있었다. 그렇지만 학술적 텍스트의 장르 인식 범주에서 생각할 수 없는 '묘사하기(4명)'나 '서사하기(1명)'를 선택한 학생들도 있었다. 이들은 모두 모국이 중국인 유학생들로 중국에서 형성된 학술적 텍스트의 장르 인식을 유지해서 한국의 학술적 텍스트에 대한 직감이 형성되지 않은 학생들이다. 이와 같은 사실을 근거로 대학원 유학생 필자의 저자성을 생각해 보면, 우선 학술적 텍스트를 구성할 때 중국 유학생의 경우 서론/본론/결론 등의 구조에 주안점을 두고 글을 쓸 것으로 보이고, 일부의 중국 유학생을 제외하면 기본적으로 학술적 텍스트를 논증과 설득으로 인식하고 수사적 전략과 목표 설정이 있을 것으로 보인다.

1.3. 학술적 과제에 대한 과제표상

학술적 과제에서 '과제표상(task representation)'은 필자가 과제의 요구 사항이 무엇인지 그리고 어떤 전략을 통해서 이 과제를 해결할지에 대한 '심적 이미지'를 말한다(이윤빈·정희모, 2010). 이 심적 이미지는 고정된 것이 아니라 유동적으로 확장·변형되는 것으로 과제표상은 이 확장과 변형까지 모두 아우르는 '총체적 이미지'를 가리킨다(Flower et al, 1990:35-36). 학술적 글쓰기에서 이 '과제표상'이 주요하게 다루어져야 하는 이유는 학술 담화공동체에서 요구하는 과제표상이나 과제를 제공한

---

3) 다만 몽골 국적의 하위 필자 3번, 러시아 국적의 하위 필자 1번, 인도 국적의 중위 필자 18번은 서론/본론/결론의 구조에 대한 언급을 하지 않았다. 하위 필자 1번은 쓰지 않았고, 하위 필자 3번은 논문을 쓰는 형식이 비슷하다고 언급했으며, 중위 필자 18번은 글의 내용에서 논증이 필요하다는 것과 맞춤법을 중시하는 것을 언급했다.

교수자의 과제표상과 대학원 유학생의 과제표상의 양상이 상이할 경우 텍스트의 수준이 떨어질 수 있기 때문이다. 이 경우 '평가'에서 낮은 점수를 받게 된다.

본 연구에서 '과제표상'의 내용은 Flower(1987)이 담화종합 과제를 수행하는 대학원 유학생이 해결 과정을 녹음한 프로토콜 분석을 통해 도출한 핵심 자질인 '정보 제공 자료(Major Source of Information)', '텍스트의 형식과 특징(Text format and features)', 그리고 '글쓰기의 구성 계획(Organizing plan for writing)'이다. 본 연구에서는 이를 각각 '정보 제공', '텍스트의 형식', '구성 계획'으로 줄여서 사용하는데, 이 선택항에 대한 결과는 〈표 4-5〉에 있다. 대학원 유학생들은 1차 텍스트를 완성한 후에 계획하기 점검지에서 각 영역별로 1개씩 선택을 했다. 본 연구에서 의도하는 '과제표상'은 '주요 정보원'의 경우 '읽기 자료'만을 내용으로 사용하지 않는 것, '텍스트 형식'의 경우 '학문 공동체'를 고려할 것, 마지막으로 '구성 계획'은 '통제 개념을 사용하여 종합하기', '나 자신의 목적을 위해 해석하기'처럼 '논증적' 성격이 주가 되는 구성 계획이다. 얼마나 많은 대학원 유학생이 본 연구에서 의도한 과제표상을 떠올리는지를 확인해 보는 것은 이 과정을 거쳐 완성되는 학술적 텍스트의 장르적 성격을 가늠하는 주요한 기준이 될 것이다. 대학원 유학생 필자의 '계획하기'에서 나타난 과제표상 양상의 결과는 다음과 같다.

〈표 4-5〉 계획하기에서의 과제표상 결과

영역	선택항	N	%
정보 제공	① 읽기 자료	2	5.0
	② 읽기 자료 + 내 생각	28	70.0
	③ 화제에 대해 이미 알고 있는 것	4	10.0
	④ 화제에 대해 이미 알고 있는 것 + 읽기 자료	6	15.0
	총계	40	100

텍스트의 형식	① 읽기 자료 요약	3	7.5
	② 읽기 자료 요약 + 간략한 내 생각	20	50.0
	③ 일반적인 독자를 고려한 설명적 보고서 형식	6	15.0
	④ 학술 담화공동체를 고려한 논증적 글의 형식	11	27.5
	총계	40	100
구성 계획	① 읽기 자료의 내용을 요약하기	3	7.5
	② 주제에 대해서 자유롭게 반응하기	13	32.5
	③ 검토하고 반응하기	9	22.5
	④ 통제 개념을 사용하여 종합하기	7	17.5
	⑤ 나 자신의 목적을 위해 해석하기	8	20.0
	총계	40	100

정보 제공에 대한 결과에서는 '② 읽기 자료의 내용 + 내 생각'이 70%로 제일 높았다. 이는 대학원 유학생 필자들이 1차 텍스트의 내용으로 한류에 대해 필자가 알고 있는 내용보다는 '읽기 자료의 내용'을 선호하는 것을 나타낸다. '텍스트의 형식'은 '② 읽기 자료 요약 + 간략한 내 생각'이 가장 많았다. 과제에 "본인이 생각하는 '학술적' 텍스트"라는 문장이 있지만 대학원 유학생 필자들은 '④ 학술 담화공동체를 고려한 논증적 글의 형식'보다 '② 읽기 자료 요약 + 간략한 내 생각'으로 '텍스트 형식'을 표상했다. '학술적 텍스트'라는 문구가 과제에 노출되었음에도 '④ 학술 담화공동체의 구성원을 고려한 논증적 글의 형식'을 선택하지 않은 것은 학술적 텍스트를 '② 읽기 자료 요약 + 간략한 내 생각'으로 생각하고 있는 것으로 해석될 수 있다. 이 경우 해석 중심의 논증보다는 설명과 소개 중심의 요약이 주가 되기 때문에 학술적 텍스트로서의 장르적 성격이 약해질 것이다.

'글쓰기 구성 계획'은 Flower at el(1990)의 지적처럼 필자의 과제표상에서 핵심이 되는 영역이다. 대학원 유학생 필자들은 주로 '② 주제에 대해서 자유롭게 반응하기(12명, 30%)'로 과제를 표상했다. '② 주제에 대해서 자유롭게 반응하기'로 텍스트가 구성되려면 필자의 글과 읽기 자료의 내용이 직접적인 관련을 맺고 있지 않아야 한다. 그렇지만 앞서 주요 정보원에서 읽기자료에 크게 의존하는 성향이 나타났기 때문에, 대학원 유학생 필자가 읽기자료를 거의 사용하지 않고 필자의 지식과 경험으로만 내용을 생성해서 글을 쓸 수 있는가는 텍스트 분석을 통해서 입증이 필요한 부분이다. 본 연구에서 구성 계획의 과제표상으로 의도한 '통제 개념을 사용하여 종합하기'는 9명, '나 자신의 목적을 위해 해석하기'는 8명으로 모두 17명(42.5%)으로 나타났다. 이는 구성 계획의 경우 '주제에 대해서 자유롭게 반응하기(12명, 30%)'가 제일 많았지만, 학술적 텍스트에 부합하는 구성 계획(17명, 42.5%)을 선택한 대학원 유학생이 더 많음을 나타낸다.

대학원 유학생들의 과제표상 양상은 '주요 정보'의 경우 '읽기 자료의 내용과 내 생각'을 정보 제공으로 삼는다. '텍스트의 형식'은 '읽기자료를 요약하면서 필자의 생각을 간단히 첨가하는 유형'으로 표상했다. 구성 계획은 '② 주제에 대해서 자유롭게 반응하기'가 제일 높았지만, 본 연구에서 상정한 한국 대학의 담화공동체에서 통용되는 구성 계획도 42.5%로 높은 양상을 보였다.

다음은 수정하기에서의 '과제표상' 양상이다. 계획하기에서의 '과제표상'이 내용생성에 중심이 있기 때문에 '읽기 자료'를 선택한 대학원 유학생이 많았다. 그렇지만 수정하기에서는 '내용의 창안'보다는 내용의 수정, 즉 비평의 관점에서 새로운 지식 등을 대학원 유학생이 본인의 텍스트에 반영하는 것이 중요하다. 또한 텍스트 형식(Format)의 경우에도 계획하기에서 보다 '논증적 형식'으로 바꾸고, '구성 계획'도 '통제 개념을 사용하여 종합하기', '나 자신의 목적을 위해 해석하기'처럼 논증적 텍스트의 전형적인 구성 방식으로 표상되어야 한다. 수정하기에서의 과제표상 결과는 아래와 같다.

<표 4-6> 수정하기에서의 과제표상 결과

영역	선택항	N	%
정보 제공	① 읽기 자료의 내용	3	7.5
	② 읽기 자료의 내용 + 내 생각	14	35.0
	③ 화제에 대해 이미 알고 있는 것	8	20.0
	④ 화제에 대해 이미 알고 있는 것 + 읽기 자료의 내용	15	37.5
	총계	40	100
텍스트의 형식	① 읽기 자료 요약	1	2.5
	② 읽기 자료 요약 + 간략한 내 생각	29	72.5
	③ 일반적인 독자를 고려한 설명적 보고서 형식	4	10.0
	④ 학술 담화공동체를 고려한 논증적 글의 형식	6	15.0
	총계	40	100
구성 계획	① 읽기 자료의 내용을 요약하기	4	10.0
	② 주제에 대해서 자유롭게 반응하기	15	37.5
	③ 검토하고 반응하기	9	22.5
	④ 통제 개념을 사용하여 종합하기	7	17.5
	⑤ 나 자신의 목적을 위해 해석하기	5	12.5
	총계	40	100

수정하기에서의 과제표상을 '정보 제공'부터 살펴보면 '④ 화제에 대해 이미 알고 있는 것 + 읽기 자료의 내용'이 제일 많고, '② 읽기 자료의 내용 + 내 생각'이 그 다음이다. '④ 화제에 대해 이미 알고 있는 것 + 읽기 자료의 내용'은 계획하기보다 9명이 더 선택한 수치로 본 연구의 수정하기 과제표상과 부합하는 변화이다. '④ 화제에 대해 이미 알고 있는 것 + 읽기 자료의 내용'을 많이 선택한 부분에서도 대학원 유학생이 자신의 지식을 적극 활용해서 텍스트를 수정하려는 저자로서의 모습임을 확인할 수 있기 때문이다. 수정하기에서는 보고서 형태의 과제로 텍스트를 제출해야 하기에 '정보 제공'에서 대학원 유학생이 참고한 '학술 자료'나 '신문기사 자료'를 표시하도록 했다. 대학원 유학생 10

명이 학술 자료와 신문기사 자료를 참고했다고 선택했는데, 모두 정보 제공에서 '④ 화제에 대해 이미 알고 있는 것 + 읽기 자료의 내용'을 선택한 유학생이었다. 즉 이들은 자신이 찾아서 읽은 논문이나 기사 자료의 내용을 '이미 내가 알고 있는 것'에 포함시켜서 표상한 것이다. 중위 필자 2번은 한국어 기사 2개, 중위 필자 4번은 한국어 학술논문 1개와 중국어 기사 1개, 중위 필자 7번은 중국어 기사 2개, 중위 필자 9번은 중국어 기사 2개, 상위 필자 2번은 중국어 기사 5개와 중국어 학술논문 1개, 중위 필자 14번은 중국어 기사 1개, 상위 필자 6번은 한국어 논문 1개와 한국어 기사 1개, 하위 필자 8번은 대만 논문 1개와 중국어 기사 2개, 중위 필자 18번은 인도(영어) 기사 2개, 중위 필자 19번은 한국어 블로그 기사 1개, 한국어 기사 1개, 네이버 지식백과를 각각 사용했다. 이 학술 자료와 신문기사의 개수는 실제 10명의 대학원 유학생의 2차 텍스트를 검토하고 확인한 결과이다. 주목할 만한 부분은 본 연구에서 만든 설문지는 학술자료와 신문기사 중 1개만 선택하도록 되어 있는데, 학술자료를 활용한 4명(중위 필자 4번, 상위 필자 2번, 상위 필자 6번, 하위 필자 8번)은 신문기사를 주로 활용했음에도 불구하고 학술자료를 활용했다고 표시를 한 것이다. 대학원 유학생 필자가 실제로 신문기사는 지엽적으로 활용하고 학술자료를 직접적으로 활용했기 때문에 이와 같이 표시했을 수도 있으나, 실제 2차 텍스트의 각주를 확인한 결과 학술자료보다 신문기사를 더 많이 활용한 것으로 나타났다. 이는 대학원 유학생 필자 스스로 학술 담화공동체에서 '새로운 자료'를 찾아서 텍스트에 반영할 때 학술자료가 학술적 텍스트에 부합하는 '정보 제공'이라고 인식하고 있음을 나타낸다. 또한 중위 필자 2번과 5번, 그리고 38번, 상위 필자 26번은 모국어 텍스트가 아니라 한국어 텍스트를 참고해서 내용을 추가했다는 점도 인상적이다. 인도 학생, 대만 학생이 각각 인도와 대만의 텍스트를 자료로 이용한 것처럼, 모국어 텍스트를 활용해서 내용을 수정·보강하는 것이 일반적이지만, 이들은 목표어 텍스트를 활용해서 내용을 수정·보강하였다.

종합하면 수정하기 과제표상에서 첫째, 학술적 텍스트에 자료를 수정·보강할 때 '학술자료'에 권위를 부여하고 이를 중심으로 과제에 반영하려는 인식의 양상을 확인할 수 있었고, 둘째, 학술적 텍스트에 자료를 수정·보강할 때 모국어 자료가 아니라 목표어 자료를 반영하려는 양상도 확인할 수 있었다. 이 두 가지 양상에 포함된 대학원 유학생 필자는 모두 6명인데, 이 6명이 2차 텍스트를 작성하고 받은 총체적 평가의 점수 평균은 7.44점으로 상위 수준에 해당하는 점수가 나왔다. 이는 이와 같은 '인식'을 하고 글쓰기를 하는 대학원 유학생의 텍스트가 총체적 평가에서 높은 점수를 받는다는 것이고, 이것은 곧 학술적 텍스트에 부합하는 방향으로 텍스트가 완성되었다는 것을 의미한다.

수정하기 과제표상에서 '텍스트의 형식'은 '② 읽기 자료 요약 + 간략한 내 생각'이 29명(72.5%)으로 계획하기에서와 마찬가지로 제일 많았다. 2차 텍스트를 완성하는 과정에서도 '③ 일반적인 독자를 고려한 설명적 보고서 형식'과 '④ 학문 공동체의 구성원을 고려한 논증적 글의 형식'을 선택하지 않은 것이다. 이는 대학원 유학생 필자들이 2차 텍스트를 완성하는 과정에서 자신들이 속한 '학문 공동체'와 자신들의 글을 읽을 '독자'에 대해서 고려할 계획이 없음을 나타내는 것이다. 오히려 '④ 학술 담화공동체를 고려한 논증적 글의 형식'은 25%에서 15%로 더 줄었다. 이는 대학원 유학생 필자들이 '수정하기'를 장르에 부합하는 방향으로 '텍스트의 성격'을 바꿀 목적이 아닌 단순히 '어법'과 '문법'에 치우친 '교정'4) 수준으로 인식하고 있음을 확인할 수 있는 대목이다.

앞 절에서 다룬 필자 요인 등을 종합적으로 고려해서 수정하기 과제

---

4) 김정자(2006:141-142)은 '수정'을 주로 내용의 변화를 의미하는 것으로, 파악하고 '교정'을 맞춤법, 띄어쓰기 같은 형식적 '수정'으로 구별했다.

표상의 '텍스트의 형식(Format)'의 결과를 분석하면 다음과 같다. 대학원 유학생 필자는 독자를 고려한 수사적 전략 사용에 둔감하고 '글쓰기의 두려움'을 호소하는 필자들이다. 그 결과 학술적 텍스트를 완성하는 '수정하기'에서도 '담화공동체'를 고려하지 않았고, '텍스트의 형식'도 요약하기에 해당하는 '② 읽기 자료 요약 + 간략한 내 생각'으로 과제표상을 했다.

수정하기 과제표상에서 구성 계획은 앞서 분석한 '정보 제공'과 '텍스트의 형식'을 어떻게 종합하여 학술적 텍스트를 완성할지에 대한 구체적 '구상'을 의미하는 것으로 Flower at el(1990)은 과제 표상의 영역 중에서 제일 핵심이 되는 영역이라고 했다. 대학원 유학생 필자들은 계획하기와 동일하게 '② 주제에 대해서 자유롭게 반응하기'가 15명(37.5%)으로 제일 많았다.[5] 실제 이와 같은 식으로 담화종합이 되었는가를 2차 텍스트에서 확인한 결과 9명의 텍스트만이 '자유롭게 반응하기'에 해당하는 텍스트로 나타났다. 이는 절반에 해당하는 대학원 유학생만이 과제표상에서의 구성 계획을 실제 텍스트에 구현했고, 나머지는 구현에 실패한 것이다. 또한 본 연구에서 학술적 글쓰기의 과제표상으로 의도된 '통제 개념을 사용하여 종합하기', '나 자신의 목적을 위해 해석하기' 등의 구성은 12명(30.0%)으로 계획하기 단계의 17명(42.5%)보다 감소했다. 이는 대학원 유학생 필자들이 본인의 텍스트를 독자 입장에서 읽고, 이에 대한 '비평'을 근거로 수정에 돌입하는 특성을 고려할 때 수정하기에서는 필자 본인에게 익숙한 구성인 '주제에 대해서 자유롭게 반

---

5) 이와 같은 현상이 '주제에 대해 자유롭게 반응하기'에 대한 오독에서 벌어진 선택이라 생각하고, 각각 이에 대한 상세한 설명을 다시 중국어, 몽골어, 러시아어, 영어로 번역해서 각각의 유학생들에게 질문해 보았는데, 모두 동일하게 '② 주제에 대해 자유롭게 반응하기'를 똑같이 다시 선택했다. 이는 질문에 대한 오독이 원인이라기보다는 실제 이와 같은 텍스트를 상정하고 대학원 유학생 필자들이 학술적 글쓰기를 시작한다는 '경향'으로 판단된다.

응하기'로 과제표상을 한 것으로 판단된다.

<표 4-7> 학술적 글쓰기 '과제표상' 양상 비교

영역	선택항	계획하기		수정하기	
		N	%	N	%
정보 제공	③ 화제에 대해 이미 알고 있는 것	4	10.0	8	20.0
	④ 화제에 대해 이미 알고 있는 것 + 읽기 자료의 내용	6	15.0	15	37.5
	총계	10	25.0	23	57.5
텍스트 형식	③ 일반적인 독자를 고려한 설명적 보고서 형식	6	15.0	4	10.0
	④ 학문 공동체의 구성원을 고려한 논증적 글의 형식	11	27.5	6	15.0
	총계	17	42.5	10	25.0
구성 계획	④ 통제 개념을 사용하여 종합하기	7	17.5	7	17.5
	⑤ 나 자신의 목적을 위해 해석하기	8	20.0	5	12.5
	총계	15	37.5	12	30.0

<표 4-7>은 계획하기와 수정하기에서 본 연구에서 의도한 '학술적 텍스트의 과제표상' 결과만을 비교한 것이다. '정보 제공'은 계획하기보다 수정하기에서 더 학술적 글쓰기 과제표상에 부합하는 방향으로 바뀌었다. 이는 교수자가 제공한 '읽기 자료'의 사용을 대학원 유학생이 지양하고, '한류'와 '한국 드라마'에 대한 자료를 찾아서 학술적 텍스트에 반영하는 양상이 강하게 나타난 것이다. '텍스트의 형식' 범주에서는 일반적 독자를 고려한 '보고서'와 학술 공동체 구성원을 고려한 논증적 글의 형식 모두 수정하기 단계에서 감소했다. 그리고 요약하기가 주가 되는 '읽기 자료 요약과 간략한 내 생각'이 30명(75%)으로 증가했다. 이는 대학원 유학생이 '내 생각'을 텍스트에 간략하게 제시하는 것만으로도 '학술적 텍스트'에 부합하는 형식으로 수정된 것으로 판단했기 때문이다. '구성 계획' 범주에서는 본 연구에서 의도한 학술적 글쓰기와 부합하는 과제표상이 감소했다. 그리고 비학술적 글쓰기 과제표상에 해당하는 '주제에 대해서 자유롭게 반응하기'가 수정하기에서 15명(37.5%)

으로 가장 많았다.

〈표 4-8〉 대학원 유학생 필자의 2차 텍스트 구성 양상

비학술적 텍스트 구성				학술적 텍스트 구성	
42.5%				57.5%	
표현적	설명적			논증적	
자유반응	요약	검토논평	틀	목적해석	통제개념
9	0	8	15	7	1
22.5%	57.5%			20.0%	

  대학원 유학생의 2차 텍스트 '실제' 구성 양상을 살펴보면, 본 연구
에서 학술적 텍스트로 의도한 경우가 57.5%로 그렇지 않은 텍스트보다
그 비중이 높았다. 학술적 텍스트의 경우에는 '틀'이 37.5%로 가장 많았
고, 비학술적 텍스트의 경우에는 '자유롭게 반응하기'가 22.5%로 가장
많았다. 특히 세부적으로는 설명적 텍스트의 경우 '요약하기'에 해당하
는 텍스트는 없었고, '검토논평', '틀'로 수정·완성한 필자가 57.5%이었
다. '자유롭게 반응하기'의 경우 22.5%이었고, '논증적 텍스트'의 경우
20.0%이었다. 결론적으로 대학원 유학생의 학술적 텍스트는 '설명적 성
격'이 강한 양상이었고, 종합적으로 분석해 본 결과 저자성 면에서 상
위 필자의 학술적 텍스트일수록 논증적 텍스트의 성격이 강했다.
  과제표상과 연결해서 논의를 해 보면, 학술적 글쓰기로 구성 계획을
표상하고 실제 학술적 텍스트로 구현한 대학원 유학생은 모두 11명
(27.5%)이었고, 비학술적 글쓰기로 구성 계획을 표상하고 비학술적 텍스
트로 구현한 대학원 유학생은 11명(27.5%)이었다. 반면에 학술적 글쓰기
로 구성 계획을 표상했지만 비학술적 텍스트로 구현한 대학원 유학생
은 6명(15.0%)이었고, 비학술적 글쓰기로 구성 계획을 표상했지만 학술
적 텍스트로 구현한 대학원 유학생은 12명(30.0%)이었다. 앞서 비학술적

글쓰기로 과제표상을 하고 실제 텍스트도 비학술적 텍스트로 구현한 대학원 유학생들에게는 한국 대학교라는 학술 담화공동체에서 요구하는 '과제 표상'을 명시적으로 알려줄 필요가 있다. 그렇지만 표상은 비학술적 글쓰기로 했는데, 학술적 텍스트로 구현한 대학원 유학생들의 경우에는 보다 '논증'에 주안점을 둘 것을 명시적으로 알려줄 필요가 있다. 이들이 생성한 학술적 텍스트는 '틀'이 9개, '목적 해석'이 3개였다. 따라서 학술적 텍스트는 맞지만, 주로 '설명적' 성격의 학술적 텍스트로 구현된 것이다. 특히 이 9명은 수정하기 구성 계획을 모두 '자유롭게 반응하기'로 표상했는데, 이는 이 대학원 유학생 필자들이 자신의 생각을 특정 틀에 넣어서 '설명적'으로 구현한 원인이 된다. 이 대학원 유학생들에게 과제표상을 학술적 글쓰기에 부합하는 방향으로 가르치는 것과 설명적 성격의 텍스트를 논증적 성격으로 구현하는 방법을 가르치는 것이 필요해 보인다.

2. 수정하기에서의 저자성 양상

이어서 학술적 글쓰기 '수정하기'에서 나타나는 대학원 유학생 필자의 '수정' 양상에 대한 결과이다. 이 결과는 '수정하기 점검지'에 대학원 필자들이 직접 표시한 것으로 수정하기 점검지의 내용을 중심으로 논의를 전개한다. 본격적으로 논의하기에 앞서, 수정하기 점검지에 들어가 있는 '항목'을 정리하면 다음과 같다.

〈표 4-9〉 수정하기 점검지 항목6)

항목	내용
기초 자료	1. 수정하기 전에 초고(10월 24일 작성)을 읽을 때 무엇에 집중했습니까? 2. 자신의 초고(10월 24일 작성)을 수정하면서 몇 번 읽었습니까? 11. 수정을 몇 번 하였습니까? 12. 수정하면서 본인의 '번역기' 사용 정도는 어느 정도였습니까?
진단	4. 자신의 초고를 읽은 후 발견한 문제는 무엇입니까?(복수 표시 가능) 18. 문제를 알고 있지만 해결하지 못한 문제가 있습니까? 그 이유는 무엇입니까?
수정 전략과 방법	3. 자신의 초고를 수정할 때 어떤 절차로 했습니까? 9. 글을 수정하면서 어떤 방법을 사용했습니까? 10. 글을 쓰는 동안 내가 사용한 '수정 전략은 무엇입니까?(복수 표시 가능) - 1) 처음부터 다시쓰기를 한 이유가 무엇입니까? - 2) 고쳐쓰기에서 가장 많이 사용한 방법은 무엇입니까?

　　수정하기 점검지에서 수정하기의 과제표상을 제외하고, 대학원 유
학생 필자들의 텍스트 진단과 수정에 대한 설문은 크게 세 가지로 나눈
다. '기초 자료', '진단', '수정 전략과 방법'이 그것이다. '기초 자료'는 대
학원 유학생 필자가 수정하기에서 사용한 기초적인 전략에 관한 것이
고, 수정의 횟수, 수정 단계에서 1차 텍스트를 읽은 횟수 등에 대한 내
용이다. '진단'은 대학원 유학생 필자가 발견한 문제가 무엇인지에 대한
양적 그리고 질적 문항이고, '수정 전략과 방법'은 앞서 '진단'한 부분을
어떤 '전략'을 사용해서 해결해 나가는지에 대한 질문이다.

2.1. 수정과 읽기 횟수

　　'기초자료'는 대학원 유학생 필자가 2차 텍스트를 완성하기 위해서
1차 텍스트를 수정할 때 1차 텍스트를 어떻게 활용했는지에 대한 내용

---

6) 부록 [4] 수정하기 점검지 참조

이다. 이 정보들이 대학원 '유학생' 필자의 학술적 글쓰기 양상을 통해
서 저자성을 확인하는데 주요한 역할을 할 것이다.

〈표 4-10〉 수정하기 기초정보

영역	선택항		N	%
1차 텍스트 진단의 양상	① 형식		10	25.0
	② 구성		0	0
	③ 내용과 주제		27	67.5
	④ 안 읽음		3	7.5
	총계		40	100
수정하면서 1차 텍스트 읽은 횟수	1번	① 1차 텍스트에 충분히 만족해서	5	12.5
		② 1번 읽고 정확한 문제점을 찾아서	18	45.0
		③ 읽기가 부담이 되어서	7	17.5
		총계	30	75
	2번	④ 텍스트의 정확한 문제점을 못 찾아서	0	0.0
		⑤ 읽을수록 문제점이 더 나타나서	2	5.0
		⑥ 보다 확실한 진단을 위해서	8	20.0
		총계	10	25
2차 텍스트 수정 횟수	① 1회		9	22.5
	② 2회		14	35.0
	③ 3회		14	35.0
	④ 4회		3	7.5
	총계		40	100
번역기 사용 정도	① 거의 사용 안 함		7	17.5
	② 조금 사용함		15	37.5
	③ 보통 사용함		13	32.5
	④ 많이 사용함		5	12.5
	총계		40	100

2.1.1. 1차 텍스트 진단의 양상

'1차 텍스트 진단의 양상'은 뒤에서 집중적으로 논의되는 '문제와 진단'에서 다루지 않고 '기초정보'로 넣었다. 그 이유는 본격적인 수정하기에서의 읽기가 아니라 그 과정 전에 대학원 유학생 필자가 1차 텍스트를 읽었는지를 확인하기 위함이기 때문이다. 그리고 읽었다면 대학원 유학원 필자가 어디에 주안점을 두고 읽었는지를 확인하기 위함이다. 이는 본격적으로 '문제와 진단' 양상을 다루기에 앞서 진단의 '경향'을 확인할 목적으로 '기초정보'에 포함시켰다.

'1차 텍스트 진단의 양상'에서 '형식'은 맞춤법과 같은 '교정'에 주안점을 둔 읽기이고, '구성'은 단락의 전체적인 구조와 수사적 전략이 자연스러운지에 주안점을 둔 읽기이며, '내용과 주제'는 글이 담고 있는 문장과 주제가 응집성이 있는지를 확인하며 읽는 것이다. '1차 텍스트 진단의 양상' 결과, 대학원 유학생들은 주로 '내용과 주제(62.5%)' 그리고 '형식(25.0%)'을 중심으로 읽는 것으로 확인되었다. '구성'을 선택한 대학원 유학생은 단 한 명도 없었는데, 이 결과는 대학원 유학생들이 수정을 할 때 텍스트의 구성에는 전혀 관심이 없다는 것을 의미한다. 1차 텍스트를 읽지 않은 대학원 유학생의 경우 그 이유를 '어차(피*연구자 첨삭) 읽어도 문제점을 알 수 없을 것 같아서', '중간고사를 다시 읽으면 또 스트레스입니다.', 그리고 '1차 텍스트가 과제의 교수의 의도에 벗(어난*연구자 첨삭)다는 사실을 알어서'라고 썼다. 따라서 2명은 부족한 언어능력 때문에, 나머지 1명은 과제표상의 잘못으로 인해서 1차 텍스트를 읽지 않은 것이다. 사실 한국인 필자라면 수정하기에 앞서 자신의 텍스트를 읽는 것이 당연한 일이겠지만, 유학생 필자의 경우에는 반드시 그런 것은 아니었다. 다만 본 연구에서 '교수의 의도에 벗어난다는 사실을 알어서'라고 쓴 상위 필자 4번은 읽기 능력의 부족으로 읽지 않은 게 아니라 '전략적 선택'으로 읽지 않았기 때문에 다른 2명의 필자와 달리 그 이유가 합리적이다. 즉 1차 텍스트는 '과제'를 잘못 읽고 잘못 완성된 것이라고 느꼈기 때문에 1차 텍스트를 다시 읽는 것이 아니라 과제와 읽기 자료를 다시 읽으면서 새롭게 전략을 세운 것으로 보인다.

2.1.2. 수정하면서 1차 텍스트 읽은 횟수

수정하기에서 대학원 유학생 필자가 자신의 1차 텍스트를 읽은 횟수는 1번이 30명, 2번 이상이 10명이었다. 1차 텍스트를 읽은 횟수가 앞의 '1차 텍스트 진단의 양상'에서의 읽기 횟수와 다른 이유는 '부분적으로' 수정을 하면서 읽은 횟수가 아니라, '진단'과 '수정'을 멈추고 2차 텍스트 '전체'를 다시 읽은 횟수를 말하기 때문이다. 1번만 읽었다는 대학원 유학생은 자신의 '1차 텍스트에 만족'해서 빠르게 한번만 읽었다는 응답이 5%, 1번 다시 읽고 나니까 '자신의 텍스트의 문제점을 확실하게 알 수 있어서' 한번만 읽었다는 응답이 45.0%, 마지막으로 '읽기에 대한 부담'이 있어서 1번만 읽었다는 응답이 17.5%였다. 특히 이 중에 한 학생은 '기타'에 자신의 텍스트 분량이 적어서 1번만 읽었다고 썼는데, 사후 면담 결과 1번만 읽어도 2차 텍스트의 결함을 쉽게 알 수 있기 때문이라고 밝혀서 '1번 읽고 정확한 문제를 찾아서'에 추가했다.

2번 이상의 경우에는 10명의 학생이 응답했는데, 읽기의 어려움 혹은 진단의 어려움 때문이 아니라, 읽을수록 문제점이 많이 보이거나 '보다 완벽한 진단'을 위해서 2번 이상을 읽은 것으로 나타났다. 특히 2번 이상을 선택한 경우에는 실제로 몇 번 읽었는지를 쓰도록 했는데, 상위 필자 2번, 5번, 6번은 각각 6번, 8번, 10번을 읽었다고 적었다. 실제로 이 3명의 필자는 모두 채점자의 총체적 평가에서 높은 평가를 받았다. 여러 차례 읽으면서 1차 텍스트의 '진단'의 수준이 높아졌음을 방증하는 결과이다. 이 3명의 결과로 유추해보면, 대학원 유학생은 텍스트의 문제점을 모르기 때문에 많이 읽는 것보다 '텍스트의 문제점'을 더 확실하게 알고, 텍스트를 완벽하게 수정하고 싶어서 읽는 것으로 판단할 수 있다. 읽고 쓰는 능력이 부족한 유학생의 경우에는 1번 읽는 것도 인지적으로 큰 부담이 된다.

2.1.3. 2차 텍스트 수정 횟수

대학원 유학생 필자의 2차 텍스트에 대한 수정 횟수를 보면, 보통 2회에서 3회 수정을 실시한다. 본 연구에서는 대학원 유학생에게 수정 횟수를 1회부터 4회까지 표시하도록 하고 그 이유를 쓰라고 했는데, 1회와 2회를 선택한 유학생들은 보통 '1회만 하고 다시 읽어 보니까 만족스러웠다.'는 수정 후 만족도나 수정의 이유에 초점을 두고 있었다. 또한 1회와 2회를 선택한 대학원 유학생들은 '맞춤법, 틀린 말 찾기'처럼 '형식'에 치우친 내용을 많이 썼다. 반면에 3회와 4회를 선택한 대학원 유학생들은 1회부터 4회까지 수정을 하면서 각 회별 수정의 '주안점'이 무엇이었는지에 대한 자세한 과정을 서술했다. 즉 3회 이상을 수정한 대학원 유학생들은 수정하기에서 자신들이 알고 있는 쓰기 전략을 활용하여 계획, 조직, 표현, 수정을 조절하고 인지하는 '상위 인지 전략'을 사용한 것이다(이소영, 2013:8).

〈표 4-11〉 수정하기 3회와 4회의 이유

修改3次的理由就是我是按照这样修改的：首先，通读全文把握文章内容结构同时修改一些简单的拼写问题。然后，再读一遍修改问 题严重的句子和段落。最后，修整完后在通篇阅读同时在修改之前未修改到的部分。3번 수정한 이유는 바로 다음과 같다 : 우선 전문적인 내용을 파악하면서 간단한 철자 문제를 동시에 수정해 나간다. 그러고 나서 다시 한 번 수정을 하면서 문제가 심각한 문장과 단락을 수정했다. 이 수정을 마친 뒤 처음부터 끝까지 손대지 않았던 부분을 수정하고 수정했던 부분도 다시 읽으면서 수정했다.

3회 수정 - 〈WM-8〉

1. 초고를 읽으면서 총체적으로 맞춤법으로 고친다.
2. 다시 읽으면서 불필요한 내용은 배고 단락을 자세하게 고친다.
3. 거의 완성된 글을 처음부터 읽으면서 앞뒤 문장과 자연스럽게 고친다.
4. 마지막으로 제목을 수정하고 세소한 문제 있는지 전체 몇 번 더 확인하다.

4회 수정 - 〈WH-2〉

3회 수정한 중위 필자 8번과 4회 수정한 상위 필자 2번은 각각 그 이유를 설명하면서 회별 주안점을 적었는데, 중위 필자 8번은 3회 수정하면서 1회에는 '단어'의 맞춤법, 2회에는 '문장과 단락'의 수정, 3회에는 텍스트를 '전체적으로' 수정을 하면서 수정된 내용도 점검했다. 4회 수정한 상위 필자 2번은 1회에는 '맞춤법', 2회에는 '단락'과 '내용', 3회에는 '문장', 4회에는 '제목'과 '전체적으로 사소한 문제'에 대한 진단을 실시했다. 학생들의 전반적인 경향이 처음에는 '형식'에 집중을 하고, 수정하기를 거듭하면서 문장과 단락에 초점을 두며, 마지막에는 제목이나 사소한 문제들이 없는지 혹은 자신이 수정한 부분이 올바르게 수정이 되었는지를 확인하는 과정을 거쳤다. 그런데 이 수정은 〈그림 4-1〉의 과정 중심 글쓰기과정(김선정 외, 2012:198)에서 교사가 하는 일반적인 수정과정과 동일함을 알 수 있다.

〈그림 4-1〉 한국어 글쓰기에서의 과정 중심 글쓰기

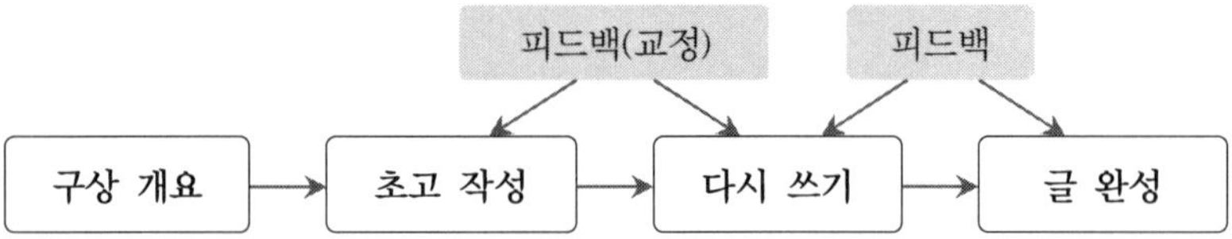

〈그림 2-2〉와 동일한 〈그림 4-1〉을 보면 과정 중심 글쓰기에서는 '초고 작성'과 '피드백(교정)'만이 운영되는 오류 수정 중심의 '결과 중심 글

쓰기' 양상이 나타난다는 문제점을 확인할 수 있다. 본 연구는 이 대목에 집중하고자 하는데, 수정의 횟수가 높은 대학원 유학생은 어학원에서 경험했던 '초고 작성'과 '피드백(교정)'을 넘어서는 수정하기, 즉 자신의 텍스트를 읽으면서 불필요한 '내용'을 빼거나 넣고, 전체적인 내용을 고려해서 문장을 수정하는 방식의 수정하기를 한다는 것이다. 이 연구는 대학원 유학생 필자의 수정 과정을 구체화하는 연구가 아니다. 그렇지만 대학원 유학생 40명 중에서 17명(3회-14명, 4회-3명)은 어학원의 교실 현장과 같은 '부족한 과정 중심 글쓰기'와는 구별되는 모습이다. 이는 1, 2회만 수정하기를 진행한 대학원 유학생 23명의 수정하는 목적이 '교정'에 있는 것과 비교하면, 그 차이점이 더 분명해진다.[7] 다만 본 연구에서는 수정의 횟수가 적은 대학원 유학생 필자보다 수정의 횟수가 많은 대학원 유학생 필자들이 수정하기에서 분명한 목적이 있다는 것에 주목한다. 횟수의 증가는 양적 차원의 증가를 의미하지만, 수정하기의 질적 수준도 높일 수 있는 근거가 되기 때문이다. 물론 높은 수정의 횟수가 높은 텍스트의 질을 보장할 수는 없지만, 각 회별 목적을 가지고 여러 차례 수정을 하는 경우 텍스트의 질은 높아진다.

2.1.4. 번역기 사용 정도

다음은 수정하기에서 '번역기 사용 양상'에 대한 내용이다. 이 조사는 리커트 척도로 진행되었다. 현재 유학생이 텍스트를 쓸 때 번역기

---

7) 국내 어학원 과정을 이수하고 국내 대학교를 졸업한 후에 대학원에 입학한 6명의 대학원 유학생(하위 필자 2번과 10번, 중위 필자 14번과 15번, 상위 필자 6번과 8번) 중에서 5명(하위 필자 2번과 10번, 중위 필자 14번과 15번, 상위 필자 8번)은 2회 수정을 했고 수정하기 1회와 2회의 목적이 '교정'에 있다고 했다. 이 5명 중에서 하위 필자 2번과 10번, 중위 필자 14번은 국내 대학교에 편입학한 유학생으로 국내 어학원은 수료했지만, 별도의 교양 글쓰기 수업은 듣지 않은 유학생들이다. 어학원에서 경험한 쓰기 경험이 학술 담화공동체에서의 글쓰기에 어떤 '전이(Transfer)' 양상을 나타내는지에 대한 연구가 필요해 보이는 대목이다.

사용 양상에 대한 연구는 진행되어 있지 않다. 번역기를 쓰더라도 어떤 '문제' 그리고 어느 '과정'에서 번역기를 사용하게 되는지, 과제를 읽을 때 사용하는지, 과제를 읽고 쓸 때 사용하는지에 대한 그리고 각각의 텍스트 질과의 상관성 등, 번역기와 관련된 대학원 유학생 필자에 대한 연구가 필요하다. 다만 본 연구는 유학생 필자들을 대상으로 '수정하기' 과정에서 번역기를 어느 정도 사용하는지 표시하도록 했고, 주로 무엇을 할 때 사용하는지를 표시하도록 했다. 대학원 유학생 필자 중 17.5%가 번역기를 전혀 사용하지 않았다고 응답했는데, 그 이유로는 '읽기에서 과제의 내용과 본인 텍스트의 내용을 이미 충분히 알고 있기 때문에'가 1명, '쓰기에서 평소에 쓰고자 하는 내용을 한국어로 잘 써 왔기 때문에'가 3명, '번역기가 번역한 문장을 믿을 수 없기 때문에'가 3명이었다. '번역기가 번역한 문장을 믿을 수 없기 때문에'를 선택한 필자들은 쓰기에 대한 자신감보다 학술적 텍스트에서 번역기를 사용하는 것이 본인 텍스트에 불이익을 줄 수 있기 때문에 사용하지 않은 것으로 나타났다. 쓰기과정에서 조금이라도 번역기를 사용하는 33명의 필자들에게 그 이유를 다시 물었는데, 그 이유는 다음과 같다.

〈표 4-12〉 수정하기에서 번역기 사용의 목적

선택항	N	%
① 읽기 자료의 이해를 위해서	8	24.2
② 본인이 쓰려고 하는 생각을 한국어로 바꾸기 위해서	13	39.4
③ 모국어로 써 놓고 이를 한국어로 바꾸기 위해서	10	30.2
④ 내가 쓴 초고를 더 잘 이해하기 위해서	1	03.1
⑤ 내가 쓴 한국어 문장이 정확한지 확인하기 위해서	1	03.1
총계	33	100

대학원 유학생 필자들은 번역기 사용 이유로 '② 쓰려고 하는 생각을 한국어로 바꾸기 위해서'가 39.4%로 제일 많았다. 즉 ②에 해당하는 필자들은 번역기에 여러 차례 머리에 떠오르는 쓰기 내용을 모국어로 쓴 후에 이를 한국어로 바꾸는 과정을 거친다. ③은 ②와 비슷해 보이지만 ③은 모국어로 이미 쓴 후에 완벽한 모국어 문장에 대한 '번역'의 과정을 거친다는 차원에서 ②와 구별된다. ②는 쓰려고 하는 단어와 문장을 모국어로 거칠게 번역기에 쓰고 이를 가지고 한국어로 조합하는 과정을 거친다면, ③은 그런 과정 없이 번역기로 나온 한국어를 그대로 사용한다는 측면이 있다. ②와 ③은 모두 모국어를 한국어로 바꾸지만 모국어 텍스트의 수준에서 차이를 보인다. ①과 ④처럼 '읽기'를 위해서 즉 한국어를 모국어로 번역하기 위해서 읽는 필자도 각각 24.2%, 3.1%였다. 다만 어려운 단어가 많이 들어가 있는 '읽기 자료'에 대한 번역기 사용이 더 많았는데, 이때 '사전(Dictionary)'을 사용하지 않고 '번역기(Translator)'를 사용했다는 점이 특이하다. 사전은 단어 한 개만을 입력할 수 있지만 번역기는 그 번역의 신뢰도 차원을 떠나서 문장 단위, 혹은 단락 단위로 입력해서 모국어로 변환할 수 있기 때문으로 보인다. '⑤ 내가 쓴 한국어 문장이 정확한지 확인하기 위해서' 번역기를 사용한다는 필자는 1명이었다. 연구 대상이 유학생이기 때문에 ⑤에 대한 응답이 제일 많을 것으로 기대했으나, 대학원 유학생 필자라 할지라도 최초 문장 생성부터 번역기를 사용해서 작문을 하는 필자들이 많았다.

유학생에게는 단어 하나, 문장 하나라도 번역기를 거치지 않고 목표어로 표현하도록 하는 '태도 형성' 교육이 필요해 보인다. 전체 문장을 한국어로 모두 쓸 수는 없더라도, 모국어로 쓴 후에 한국어로 번역해서 텍스트의 전체를 구성하는 글쓰기는 지양될 필요가 있기 때문이다. 특히 텍스트 분석에서 하위 수준으로 나타난 필자들의 경우에는 번역투의 문장이 '총체적 질' 판단에서 불리하게 작용한 경우가 많았다. 그만

큼 통사적으로 어색한 문장, 맞춤법 오류가 많은 단어, 어색한 구와 수
식어 등이 많았기 때문이다. 번역기가 학술적 수준의 문장을 오류 없이
번역하는 것이 기술적인 문제로 어렵고, 무엇보다 특정 단어와 구를 처
음부터 번역어와 번역구로 접할 경우에 개별 어휘를 사전으로 접하는
것보다 오류어와 오류구에 익숙해질 가능성이 높다. 이는 부정적 전이
로 이어져서 대학원 유학생에게 잘못된 '습관'을 형성하도록 영향을 준
다. 그러므로 교수자가 질문을 하면 번역을 위한 앱(Application)부터 열
어야 안심하는 대학원 유학생들에게 '좋은 습관', '좋은 글쓰기 태도 형
성'을 위한 교육이 필요해 보인다.

　지금까지 대학원 유학생의 수정하기 글쓰기에서 수집한 '기초정보'
에 대한 결과에 대해서 논의를 진행했다. 이어서는 대학원 유학생의 수
정하기 글쓰기에서 나타난 양상과 텍스트 수준 사이의 회귀분석 결과
를 살펴보도록 하겠다. 대학원 유학생의 2차 텍스트에 대한 '중다회귀
분석'에 대한 분산분석표는 〈표 4-13〉과 같다.

〈표 4-13〉 회귀모형에 대한 분산분석표

	제곱합	df	평균제곱	F	유의확률
선형회귀분석	30.975	4	7.744	10.631	.000
잔차	23.310	32	.728		
합계	54.285	36			
$R^2(adj, R^2) = .571(.517)$					

　〈표 4-13〉은 '수정 중 읽기', '수정 횟수', '번역기 사용 정도', '수정 전
읽기 목적'을 독립변수로 대학원 유학생의 학술적 텍스트 평가를 측정
하는 모형에 대한 통계적 유의성 검정결과이다. 검정결과 '수정 중 읽
기', '수정횟수'는 유의미한 결과가 나온 반면에 '번역기 사용정도'와 '수
정 전 읽기 목적'은 유의하지 않게 나타났다. 이 모형의 F통계값은

10.631, 유의확률은 .000으로 모형에 포함된 독립변수는 유의수준 .001
에서 성취도 평가가 유의했으며, 성취도 총변화량의 57%(수정 결정계수
에 의하면 52%)가 모형에 포함된 독립변수에 의해 설명되고 있다. 이는
수정을 하면서 텍스트를 반복해서 읽으면 텍스트의 질이 향상될 수 있
음을 나타낸다.

〈표 4-14〉 성취도 점수에 대한 중다회귀분석

독립변수	비표준화계수		표준화 계수	t	유의확률
	B	표준오차			
수정 중 읽기	1.034	.187	.686	5.523	.000
수정 횟수	-.353	.168	-.248	-2.096	.044
번역기 사용 정도	.162	.178	.119	.911	.369
수정 전 읽기 목적	-.012	.168	-.009	-.069	.945
(상수)	5.511	.643		8.569	.000

〈표 4-14〉는 개별 독립변수의 종속변수에 대한 '영향력'과 '통계적 유
의성'을 검증한 결과이다. 독립변수 중에서 '수정 중 읽기'(t =5.523,
p〈001), '수정 횟수'(t=-2.096, p〈.05)가 텍스트의 수준에 영향을 미치는 것
으로 나타났다. '수정 중 읽기'와 달리 '수정 횟수'는 t값이 '-값'이기 때문
에 수정 횟수가 증가할수록 텍스트의 수준이 떨어진 사례가 많음을 알
수 있다. 이는 '수정 중 읽기'를 하면서 정확하게 텍스트의 문제를 진단
하지 못할 경우 횟수는 증가했지만 텍스트의 수준은 떨어질 수 있음을
의미한다. '번역기 사용 정도'와 '수정 전 읽기 목적'은 유의미하지 않게
나타났다.

2.2. 초고의 문제와 진단 양상

이어서 대학원 유학생 필자가 자신의 2차 텍스트를 읽고 발견한 문제의 '진단' 양상을 살펴보도록 하겠다. 물론 대학원 유학생도 '외국인'이기 때문에 외국인이 내린 진단이라는 측면에서 그 진단의 신뢰성에 의문점이 들 수 있다. 그렇지만 '언어'를 문제로 외국인 유학생의 '진단'을 문제 삼게 되면, 결국 외국인 유학생의 학위논문을 한국인 대학생이 대필해주는 현상을 인정해야만 하는 형국이 된다. 본 연구의 출발점은 대학원 유학생을 학술적 한국어를 사용하는 학술 담화공동체, 즉 대학교의 '구성원'으로 '인정'하고, 이 유학생들이 학술적 글쓰기에서 보이는 저자성의 양상을 살피는 것이다. 그러므로 이 연구는 '진단'의 정확성의 문제보다는 '진단'의 양상 즉 무엇에 진단을 내리는지에 초점을 두고 논의를 전개하도록 하겠다.

〈표 4-15〉 유학생이 진단한 2차 텍스트 문제 진단 양상

내용			N	%
과제		① 쓰기 과제를 잘못 이해함.	19	13.4
읽기 자료		② 드라마에 대한 읽기 자료의 오독	7	5.0
		③ 드라마에 대한 읽기 자료를 똑같이 사용함.	3	2.1
필자		④ 내 지식을 드러내는 전략에 실패함.	9	6.4
		⑤ 필자가 텍스트의 화제를 잘못 선정함.	8	5.7
전략		⑥ 필자가 정한 화제에 맞게 논리적으로 쓰지 못함.	29	20.6
독자		⑦ 내 텍스트를 읽을 독자를 고려하지 않았음.	0	0
텍스트	연결	⑧ 텍스트의 구성이 유기적으로 연결되지 못함.	6	4.3
		⑨ 문장과 문장, 단락과 단락의 잘못된 연결됨.	11	7.8
	오류	⑩ 문장의 오류가 많았음.	21	14.9
		⑪ 단어의 맞춤법과 띄어쓰기의 오류가 많았음.	28	19.9
총계			141	100

　대학원 유학생이 본인의 텍스트를 읽고 발견한 문제점에 대한 '진단 양상'은 '복수 응답'이 가능했기에 141개의 진단이 나왔다. 대학원 유학생 필자 1명당 평균 '4(4.525)'개의 진단을 내린 것이다. 진단 양상을 조사하는 설문지는 과제, 읽기 자료, 필자, 전략, 독자, 텍스트 이상 6가지 영역에서 11개의 질문으로 구성되었다. 결과에서는 '⑪ 단어의 맞춤법과 띄어쓰기의 오류가 많았음.'이 19.9%로 제일 많았다. 영역 구분에서도 '오류'가 '49명(34.8%)'으로 다른 영역보다 압도적으로 높았다. 이는 앞서 분석한 요인의 논의와 비슷하게 대학원 유학생 필자들이 수정하기를 기계(Mechanical)적인 '교정'으로 인식하는 것에 그 원인이 있다. 그 다음은 문장과 문장, 단락과 단락의 '연결'이 '17명(12.1%)'으로 나타났다. 과제를 잘못 이해했다는 대답도 '19명(13.4%)'으로 높았다. 이 진단 양상은 실제로 대학원 유학생 필자의 완성 텍스트가 이 정도 수준의 문제점을 안고 있다는 사실이 아니라, 대학원 유학생 필자들이 스스로 자신의 텍스트를 진단할 때 어디에 '주안점'을 두느냐는 '저자성' 때문에 중요하다. 이들은 텍스트를 진단하면서 '텍스트'의 오류와 내용적 오류에 집중한 반면, '독자'에 대한 고려는 크게 하지 않는다는 특징이 있다. 면담 과정에서 대학원 유학생 필자들에게 "독자에 대한 고려를 왜 하지 않냐?"고 질문을 했는데, 대학원 유학생 필자들의 대답은 "우리가 왜 독자를 고려해야 합니까?"라는 것이었다. 이 대학원 유학생 필자들은 텍스트를 종합하면서 독자를 고려하지 않기 때문에 텍스트에 나타나는 오류에만 집중할 수 있는 것이다. '전략'은 '29명(20.6%)'으로 높게 나타났지만, 이는 피상적 진단에 머무를 가능성이 높다. 왜냐하면 필자가 텍스트를 구성하면서 독자를 고려한다는 것은 그 독자와 필자 자신이 속한 담화공동체를 전제로 부합하는 수사적 전략을 사용한다는 것을 의미한다. 그렇지만 대학원 유학생 필자들의 경우, 이에 대한 고려가 없기 때문에 이 '수사적 전략 실패'에 대한 자가 진단은 수정하기 과정에서 텍스트에 반영되기 어렵게 된다.

본 연구에서는 추가적으로 대학원 유학생 필자들에게 '2차 텍스트의 문제점을 진단했으나, 수정하기에서 해결하지 못한 것이 무엇인지 쓰고, 그 이유'를 쓰도록 했다. 여기서 중요한 점은 문제를 해결하지 못하게 만든 그 '이유'에 있다.

〈표 4-16〉 2차 텍스트 진단과 미해결의 이유

어떤 단어를 한국어로 어떻게 번역해야 하는지 잘 모릅니다. **전문단어** 때문입니다. 〈WH-5〉
번역기를 참조했는데 **한국에서 주로 쓰이는 표현**들을 알 수 없었습니다. 〈WM-6〉
한국 문장 스타일을 더 깊게 이해하고 문장을 더 잘 쓰고 싶은데 **표현**할 수 없어서 좀 문제가 있어요. 〈WL-2〉
문장의 **화제가 약하고, 필요한 정보**를 찾는 능력도 강화되어야 하며, **한국 글쓰기 방법**을 많이 습득해야 한다. 〈WM-8〉
한국어로 글을 구사하는 능력이 부족하고, **학술 글을 쓰기**에는 사유의 틀이 명료하지 않다. 〈WM-9〉
한국어로 문장을 쓸 때 **쓸 내용**이 없다. 평소 문자 말고 한국어 경험이 없어서 쓸 내용이 생각에 없다. 〈WM-10〉
텍스트의 내용을 충실하지 못하고 쓰고 싶은 내용이 있었었지만 평소 글쓰기 축적이 부족해서 **기술이 떨이고** 쓰고 싶은 내용을 텍스트에 쓰지 못한다. 〈WM-11〉
한국어 화자처럼 다양한 표현법을 구사할 방법이 없다. 한국어 대화 연습이 너무 적다는 이유에서였다.한국의 생활 환경에 완전히 녹아들지 않았다. 〈WM-12〉
한국 텍스트에 맞는 문장 구조는 점차적으로 향상된 느낌이 없다. 〈WM-14〉
한국인처럼 표현능력이 부족한 것 같습니다. 한국어 능력과 글쓰기능력도 부족합니다.

〈WH-4〉

내 텍스트에 내 생각이 조금 많이 없습니다. **한류 지식도 없고 옮기는 방법**도 모르겠습니다.

〈WH-6〉

내 텍스트의 마지막 **결론 어떻게** 자연스럽게 쓴지 모른다.

〈WM-16〉

글을 쓸 때 **어색한 표현**이 있다는 것이다. 이유는 한국어로 글을 작성하는 것이 아직 서투르다.

〈WH-8〉

텍스트 보강 위해 읽기 자료 읽으나 이해가 안 됩니다. 그리고 이해해도 내가 **어떻게 종합**해서 쓸까요?

〈WH-9〉

외국인으로서 **한국식으로 표현**하기 어렵습니다.

〈WH-11〉

〈표 4-16〉은 본 연구에서 '문제를 진단했지만 해결하지 못한 내용과 그 이유'를 쓰라고 했으나 글쓰기를 하면서 전반적으로 어려웠던 점 위주로 쓴 대학원 유학생의 답변을 제외하고, '그 이유'를 명확하게 쓴 것만 정리한 것이다. 기본적으로 유학생들은 한국인 필자들이 학술적 텍스트에서 사용하는 단어, 문장, 표현 등에 대해서 알지 못하는 것으로 문제를 진단했으나 정확한 해결방법은 모르고 있었다. 이와 관련된 내용은 기본적으로 위에 제시한 15명의 필자에게서 모두 발견된다. 특히 중위 필자 16번은 결론을 어떻게 써야 할지 모른다고 말해서 텍스트에서 최상위구조에 대한 수사적 전략에 대한 무지를 원인으로 적었고, 중위 필자 9번은 논증 구조를 모른다고 말해서 수사적 전략에 대한 무지가 텍스트의 수정을 완벽하게 해내지 못했다고 지적했다. 본 연구에 참여한 연구 대상자가 '2차 텍스트 진단과 미해결 과제의 이유' 문항에 해당 내용을 썼다는 것은 이 대상자들이 유학생이라는 것을 고려하면 당연한 결과이다. 그렇지만 이 유학생이 대학원에 소속된 유학생이라면

당연하지 않은 결과이다. 어학원과 대학교를 거치면서 이와 관련된 쓰기능력이 형성되지 못했다는 것을 의미하기 때문이다.

2.3. 수정 절차와 방법 및 전략

이어서 대학원 유학생 필자들이 어떤 전략을 사용하는지에 대해서 논의해 보도록 하겠다. 우선 '절차', '방법', '전략'이라는 세 가지 층위로 조사가 진행되었다. 본 연구에서는 '절차'를 '모국어와 한국어의 사용 범위와 순서'로, '방법'은 수정할 때 '동료나 자료 등의 이용 양상'으로, '전략'은 '다시쓰기(Rewriting)'와 '부분적으로 고쳐쓰기(Revising)'를 기준으로 텍스트 상에서 '유지', '분리'와 같은 실질적인 사용 방법으로 각각 구분한다.

〈표 4-17〉 수정하기에서의 절차, 전략, 방법

수정	선택항	N	%
절차	① 모국어로 먼저 다 쓴 후 한국어로 번역했다.	6	15.0
	② 모국어로 거의 쓴 후 번역하고 문장과 문단 몇 개만 한국어로 썼다.	2	5.0
	③ 한국어로 거의 쓴 후 어려운 문장 몇 개만 모국어로 써서 번역했다.	15	37.5
	④ 한국어로만 썼다.	17	42.5
	총계	40	100
방법	① 혼자서 수정하기	33	51.6
	② 유학생의 도움을 받아 수정하기	3	4.7
	③ 한국 학생의 도움을 받아 수정하기	5	7.8
	④ 교사의 지도에 따라서 수정하기	1	1.6
	⑤ 참고 자료나 기사 등을 참고하여 수정하기	22	34.4
	총계	64	100

전략 및 이유	다시 쓰기	① 과제 읽고 새로운 아이디어가 생각나서	1	2.5
		② 초고에 너무 많은 오류가 있어서	3	7.5
		③ 과제를 잘못 이해해서 바꾼 화제로 쓰기 위해서	7	17.5
	고쳐 쓰기	① 다시쓰기를 하고 싶지만 한국어실력이 부족해서	3	7.5
		② 수정하기를 계획하면서 정확한 문제를 확인해서	18	45.5
		③ 초고에 만족해서 부분적 추가만 필요해서	8	20.5
총계			40	100

〈표 4-17〉에서 대학원 유학생 필자들의 수정하기 절차를 보면 대학원 유학생은 주로 한국어로 쓰고 필요에 따라서 모국어로 먼저 쓴 후 한국어로 번역했다. 한국어로만 쓴 것은 대학원 유학생 필자들이 수정하기를 교정과 동일시하기에 짧은 구와 절을 교정한 것을 '④ 한국어로만 썼다'로 인식한 것이다. 이는 '③' 역시 마찬가지다. 쉬운 교정은 한국어로만 하고, 길고 어려운 내용을 추가해야 하는 교정은 모국어로 먼저 하고 나서 한국어로 번역한 것이다.

대학원 유학생 필자들이 글쓰기과정에서 나타나는 '자기중심성'을 극복하기 위해 사용하는 방법을 확인하려고 '수정방법'을 조사했는데, 본 연구에 참여한 대학원 유학생 필자는 주로 혼자 수정하는 방법을 사용했다. 원해영(2016:261)은 PBL(Problem-Based Learning)을 중심으로 대학교 유학생에게 협력적 글쓰기를 통한 쓰기 수업을 진행했다. 이 과정을 통해서 유학생들이 쓰기에 대한 전문적인 지식과 자기 주도성을 확보했다는 연구결과를 도출한다. 이 연구에서 부분적으로 유학생들이 서로의 텍스트를 읽고 문제점을 진단해주는 역할을 했을 수도 있지만 명시적이지 않다. 원해영(2016:261)의 지적처럼 "협력적 글쓰기를 통해 개인의 글쓰기능력이 향상되고 개인이 작성했을 때보다 공동의 작업으로 훨씬 더 우수한 결과물을 도출"된다는 결과가 유학생의 학술적 글쓰기,

'수정하기' 단계에서도 동일하다는 연구 결과는 아직 없다. 그렇기 때문에 대학원 유학생 필자가 주로 '혼자서 수정'을 한다고 해서 이 방법이 문제가 되지는 않는다. 한국인 필자들도 글쓰기를 혼자 하는 과정으로 인식하고 혼자 글쓰기를 완성한다.

다만 문제가 되는 부분은 유학생, 한국 학생, 교사 등 '글쓰기 조언자'로서 결정적인 도움을 줄 수 있는 동료와 함께 '수정하기' 전략을 사용한 대학원 유학생 필자가 적다는 것이다. 이는 유학생이 학술 담화공동체의 한국인 구성원과의 관계 형성에서 어려움을 보이는 것과 연결해서 생각해 볼 수 있다. 김지훈·이민경(2011)은 한국 대학생도 처음 대학에 입학하면, 생소한 학술적 경험으로 인해서 어려움을 경험하게 되는데, 이때 선후배 관계를 통해서 어려움을 극복할 수 있다고 주장한다. 이는 유학생들에게도 동일한 것으로, 대학원 유학생들도 학술적 글쓰기과정의 중요한 국면에서 학술 담화공동체의 구성원으로부터 도움을 받는다면, 글쓰기의 어려움을 해소하고 텍스트의 질을 향상시킬 수 있을 것이다. 하지만 Sherry, Thomas & Chui(2010:35)는 외국인 유학생들이 보통 이와 같은 '관계' 형성에 어려움을 보인다고 지적한다. 유학생들은 학술 담화공동체의 목표어가 모국어인 구성원이 아니라 언어권별로 어울리면서 향수병(homesickness)에 걸리고, 이와 같은 이유로 학업 적응에 어려움을 보인다고 지적했다(Sherry, Thomas & Chui, 2010:43). 실제로 본 연구에 참여한 대학원 유학생 필자 중에서 학술 담화공동체에 한국인 구성원으로부터 도움을 받은 대학원 유학생의 2차 텍스트는 1차 텍스트보다 좋은 평가를 받았다. 종합하면 유학생이 소속되어 있는 학술 담화공동체의 동료들과 '수정하기'를 함께 하는 전략은 매우 유용하다.

본 연구에 참여한 대학원 유학생 필자들 중에서 다시쓰기를 한 필자는 11명(27.5%)이고, 고쳐쓰기를 한 필자는 29명(72.5%)이었다. 다시쓰기를 진행한 필자는 과제를 잘못 이해해서 화제를 바꾼 경우가 제일 많았고, 고쳐쓰기는 수정하기에서 정확한 진단으로 이에 대한 해결책이 분명한 경우가 제일 많았다. 정희모(2008가:351)는 다시쓰기의 이유로 '초고에 너무 많은 오류가 있어서'가 제일 주요한 원인일 것으로 판단했는데, 대학원 유학생 필자들은 처음에 '과제'부터 표상의 오류가 있어서 다시쓰기를 진행한 경우가 더 많았다. 정희모(2008가:351)는 과제의 이해여부는 다시쓰기 선택의 이유에서 빠져있었는데, 대학원 유학생 필자는 '과제 이해의 오류'로 인한 다시쓰기가 있었다. 이는 대학원 유학생의 읽기 능력과 연관되어 있는데, 정희모(2008가:351)는 '다시쓰기'로 수정 전략을 삼는 것이 반드시 텍스트의 높은 수준을 담보하지 않는다고 지적했다.

〈표 4-18〉 대학원 유학생의 2차 텍스트의 '고쳐쓰기' 방법

내용	N	%
① 내용 유지: 기존의 문장이나 구를 아무런 변형 없이 그대로 사용하는 것	25	18.7
② 분리: 기존의 문장을 내용의 변화 없이 두 개 이상으로 나누는 것	0	0.0
③ 접합: 두 개 이상의 기존 문장들을 활용하여 새로운 문장 만들기	7	5.2
④ 단순변환: 기존의 문장을 변형하여 의미가 같거나 비슷한 문장으로 바꾸는 것	28	20.9
⑤ 복합변환: 기존의 문장을 변형하되 의미를 변화시키는 것	7	5.2
⑥ 재배열: 단락 내에서 기존 문장의 위치를 바꾸거나 단락들의 배치를 재조정하는 것	4	3.0
⑦ 단순첨가: 새로운 구나 문장을 집어넣는 것	23	17.1
⑧ 복합첨가: 새로운 구나 문장을 집어넣어 문장 간의 맥락을 변화시키거나 개선하는 것	4	3.0
⑨ 대체: 기존의 문장이나 구가 문제가 있다고 생각하여 새로운 문장이나 구를 바꾸는 것	10	7.5
⑩ 삭제: 기존의 문장을 사용할 수 없다고 판단하여 그냥 버리는 것	25	19.4
총계	134	100

고쳐쓰기를 한 29명의 대학원 유학생 필자를 대상으로 고쳐쓰기에서 사용한 '고쳐쓰기' 방법을 조사했다. 29명의 대학원 유학생 필자의 총 수정 방법은 134개를 사용했고, 이는 평균적으로 4(4.62)개를 사용해서 고쳐쓰기를 한 것으로 나타났다. 이 대학원 유학생 필자들은 '① 내용유지', '④ 단순변환', '⑦ 단순첨가', '⑩ 삭제' 등 주로 4가지 방법으로 고쳐쓰기를 하는 것으로 나타났다. '① 내용유지'는 고쳐서 쓰는 과정에서 필요한 문장을 그대로 두는 것이고 '⑩ 삭제'는 불필요한 문장을 삭제하는 것이다. 그리고 '④단순변환'과 '⑦단순첨가'의 경우에도 짧은 구나 문장을 비슷한 의미로 바꾸거나 첨가하는 것이다. 이와 같은 결과는 '고쳐쓰기'에서 대학원 유학생 필자들이 '단순'한 수정에 주안점을 두고 있음을 나타낸다. 반대로 대학원 유학생 필자들은 문장이나 단락 차원에서 고려되어야 하는 복합적 수정이나 첨가 등과 같은 방법은 사용하지 않았다. 또한 단락을 재배열하거나 완전히 새로운 내용을 추가하는 것도 대학원 유학생 필자는 거의 사용하지 않았다.

지금까지 수정하기 점검지에서 과제표상을 제외한 수정하기의 진단 양상과 수정 절차, 방법 그리고 수정 전략들의 적용 이유를 분석해 보았다. 종합하면 대학원 유학생은 주로 오류와 내용에 주안점을 두고 수정을 시작하는 것으로 나타났다. '수정 중 읽기 목적', '1차 텍스트를 읽은 횟수', '2차 텍스트 수정 횟수', '번역기 사용' 중에서 '1차 텍스트를 읽은 횟수'는 2차 텍스트의 총체적 질에 긍정적 영향을 주지만, '2차 텍스트 수정 횟수'는 부정적 영향을 주는 것으로 나타났다. 특히 전반적인 수정하기의 경향이 기계(Mechanical)적인 교정에 주안점을 두는 것으로 나타났다. 그리고 한국인 대학원생과의 관계 미형성으로 대학원 유학생 필자는 학술 담화공동체에서 요구하는 학술적 글쓰기에 어려움을 나타냈다. 이러한 어려움은 대학원 유학생 필자가 수정하기에서 자기 중심성을 극복하지 못하게 만드는 원인이 되고, 학술적 텍스트의 총체적 질도 하락시키는 원인이 되었다.

3. 학술적 텍스트에서의 저자성 양상

이 절에서는 대학원 유학생 필자의 2차 텍스트를 중심으로 채점자 집단의 총체적 평가의 결과와 2차 텍스트에 대한 형식적 분석의 결과를 분석한다. 본 연구에서 2차 텍스트의 채점자 평가 결과는 대학원 유학생 필자의 쓰기능력과 동일시된다. 이는 텍스트의 총체적 평가 결과를 기준으로 담화종합 수준을 나누고 담화종합 수준별 저자성을 분석하는 본 연구의 연구 방법에 타당성을 제공한다.

3.1. 학술적 텍스트의 수준 분류

채점자 집단이 실시한 총체적 평가는 9점 만점으로 진행됐고, 40명의 대학원 유학생 필자를 대상으로 2차 텍스트에 대해서 3명의 채점자가 진행했다. 이 채점자가 부여한 점수의 평균, 표준편차, 최저점수 그리고 최고점수는 〈표 4-19〉와 같다.

〈표 4-19〉 채점자에 의한 논술형 시험 기술통계

	채점자 1	채점자 2	채점자 3	전체
평균(M)	7.35	6.97	6.73	7.02
표준편차(SD)	1.251	1.143	1.171	1.128
최저점수	3	3	3	3
최고점수	9	9	9	9

3명의 채점자가 부여한 학술적 텍스트 점수의 전체 평균은 7.02점이고, 표준편차는 1.128이었으며, 최저점수는 3점이고 최고점수는 9점이

었다. 3명의 채점자 중 첫 번째 채점자가 7.35로 가장 높았고, 가장 평균점수가 낮은 채점자는 세 번째 채점자로서 6.73이었다. 채점자들이 각기 채점한 점수들의 표준편차는 유사했다.

채점자 간 신뢰도를 추정하기 위하여 채점자들이 대학원 유학생 필자에게 부여한 점수의 상관계수는 〈표 4-20〉과 같다.

〈표 4-20〉 채점자들이 부여한 점수의 상관계수

	채점자 1	채점자 2	채점자 3
S1	1		
S2	.848**	1	
S3	.866**	.838**	1

p〈.01

채점자들이 부여한 점수들의 상관계수는 .838~.866으로 매우 높게 나타났다. 이는 이 채점자들의 총체적 평가를 기준으로 텍스트의 수준을 나누고 그 수준별 텍스트의 특징을 통해서 대학원 유학생 필자의 저자성을 살펴보는 본 연구의 신뢰성을 담보한다.

본 연구에서 총체적 평가의 결과는 곧 대학원 유학생 필자의 '쓰기 능력'과 동일하게 간주하지만, '성취수준'과도 동일한 것으로 전제한다. 먼저 40명의 대학원 유학생이 작성한 2차 텍스트 수준을 나누기 위해서 '수준별 성취수준'이 중심이 되는 연구들의 연구 방법을 검토했다. 김동일 외(2015)는 성취수준을 '저성취', '평균', '고성취'로 나눴는데, 이는 25%, 50%, 25%를 기준으로 나눈 것이다. 송경환·김종필(2012)는 24.8%, 50%, 25.2%를 기준으로 학생들의 학업성적을 상, 중, 하로 나눴다. 이를 기준으로 본 연구도 상위 25%, 중위 50%, 하위 25%로 대학원 유학생의 총체적 평가 결과를 구분하고 각 집단의 담화종합 수준을 분석하였다. 다만 총체적 평가에서 7.67점을 받은 대학원 유학생 필자가

3명이라서 상위 텍스트의 범위를 상위 25%로 맞출 수가 없었기 때문에 상위 텍스트는 25%가 아니라 27.5%가 되었고 상위 필자는 10명이 아니라 11명이 되었다. 따라서 상위 필자는 7.33점 초과에 해당하는 11명 (27.5%)이고 하위 필자는 6.67점 미만에 해당되는 10명(25%)이다. 중위 필자는 7.33점 이하 6.67점 이상에 해당하는 19명(47.5%)이다.[8]

본 연구는 연구 방법에서 밝혔듯이 채점자의 총체적 평가를 기준으로 텍스트의 형식(Form), 내용, 오류 등의 특징을 살핀다. 그리고 텍스트의 수준에 따른 담화종합 양상과 저자성 양상을 '분석'하는 연구이다. '담화 종합 양상'의 핵심 내용은 Spivey(1997; 신헌재 외 공역, 2002:304)의 지적처럼 '조직'과 '선택'과 '변형'이다. 4.3.2.에서는 텍스트의 '조직', 즉 텍스트의 연결과 '응집성'을[9] 알 수 있는 '형식(Form)'을 중심으로 살펴본다.

3.2. 학술적 텍스트의 수준별 담화종합 양상

이 항에서는 대학원 유학생의 2차 텍스트의 담화종합 양상을 학술적 텍스트에 나타난 형식(Form)을 중심으로 살펴본다. 학술적 텍스트에서 담화종합 양상을 분석하는 이유는 본 연구가 학술적 텍스트의 특징을 '담화종합'을 전제하고 '학술적 텍스트'와 동일한 것으로 정의했기 때문이다. 텍스트의 담화종합 양상은 '어절 단위석 수', '문장 단위 수', '주제 덩이(Chunk) 수', '조직 긴밀도', '주제 깊이'와 '주제 유형'을 다룬다. 2차 텍스트의 담화종합 양상과 학술적 텍스트 수준별 특징을 종합하면 아래 표와 같다.

---

8) 이 결과 '0.33점' 차이로 7.67점을 받은 대학원 유학생 필자 3명은 상위 수준이 되었고, 7.33점을 받은 대학원 유학생 필자 6명은 중위 수준이 되었다. 이는 본 연구의 수준별 범주 설정이 경계면에 위치한 필자들을 고려하지 못한 획일적 구획이라는 한계를 갖게 한다.

9) 이는 Spivey(1984), 이윤빈(2013)이 주제의 연결과 주제의 심화를 통해서 텍스트 상의 '주제적 응집성(Coherence)'을 텍스트의 총체적 질에서 중요한 요소로 보기 때문이다.

〈표 4-21〉 학술적 텍스트의 형식적 요소의 평균

		전체 텍스트	상위 텍스트	중위 텍스트	하위 텍스트
어절 단위 수		430.46	458.27	422.32	410.80
문장 단위 수		38.64	38.53	38.27	37.40
주제 덩이 수		24.30	23.91	24.53	26.30
조직 긴밀도		0.64	0.62	0.63	0.69
주제 깊이		1.86	2.25	1.88	1.46
주제 유형	P	8.70	9.36	8.84	7.90
	EP	5.65	4.27	6.68	6.00
	S1	4.52	5.45	5.11	3.00
	S2	15.21	16.36	14.47	14.80
	S3	3.60	3.64	2.47	4.70

〈표 4-21〉은 대학원 유학생 필자의 학술적 텍스트에 나타난 '어절 단위 수'와 '문장 단위 수' 그리고 '주제 덩이 수'와 '조직 긴밀도',[10] 마지막으로 '주제 깊이'와 '주제 유형'에 대한 결과이다. 대학원 유학생의 학술적 텍스트에 나타난 '어절 단위 수'는 평균 '430.36'이다. 이는 평균 430개의 단어로 대학원 유학생의 학술적 텍스트가 구성되는 것을 나타낸다. '문장 단위 수'는 평균 36.84로 나타났다. 이는 텍스트가 평균적으로 37개 정도의 문장으로 구성되었다는 것을 의미한다. 대학원 유학생 필자의 평균적 '주제 덩이 수'는 24.30이다. 보통 24개의 주제 덩이로 대학원 유학생의 학술적 텍스트가 구성된다. 문장 단위 수와 주제 덩이 수를 살펴보면, 문장 단위 수에 비해서 주제 덩이 수가 많다. 주제 덩이 수가 많은 것은 문장 단위들과 의미적 종합체를 이루는 '주제 덩이'가 적은

---

10) 조직 긴밀도(Organization)는 텍스트에 포함된 '단위 수(Number of Content)'에 대한 '주제 덩이 수(Number of Thematic Chunks)'의 비율(Ratio)로 측정한다(Spivey, 1984). 본 연구는 텍스트 분석 단위를 Spivey(1984)의 명제가 아니라 이윤빈(2013)의 문장(주제-진술)으로 설정했기 때문에 '주제 긴밀도'는 전체 문장 단위 수로 주제 덩이 수를 나눈 값이 된다.

단위로 구성되었다는 것을 의미한다. 즉 적은 수의 문장이 하나의 주제를 표현하고 있다는 것이다. 이는 '조직 긴밀도'에서도 확인되는데, 대학원 유학생 필자들의 텍스트의 조직 긴밀도는 '0.64'이다. 이 조직 긴밀도는 '1'과 가까울수록 텍스트의 긴밀함이 떨어지고, '1'에서 멀어질수록 텍스트의 긴밀함이 높아진다. 이윤빈(2013:123)은 한국인 대학생을 대상으로 진행했는데, 단위 수가 '39.68'이고 '주제 덩이 수'는 '17.8'이었다. 반면 '조직 긴밀도'는 '0.45'로 1보다는 0에 가까웠다. 즉 대학원 유학생의 학술적 텍스트는 한국인 대학생의 학술적 텍스트와 비교하면, 문장 단위 수에 비해서 주제 덩이의 수가 높다. 이는 조직 긴밀도를 1과 가깝게 만들어서 학술적 텍스트의 총체적 질에 좋지 않은 영향을 준다.

상위 텍스트의 어절 단위 수는 평균 458.27이다. 중위 텍스트 422.32보다 35.95 어절 높고, 하위 텍스트 430.46보다는 47.47 어절 많다. 텍스트의 수준이 높아질수록 텍스트가 양적으로 증가하는 경향은 문장 단위 수를 분석해도 동일하다. 상위 텍스트의 문장 단위 수는 평균 38.53이다. 중위 텍스트 38.27보다 .27 문장 단위 수가 많다. Spivey(1984), Spivey & King(1989)는 텍스트의 수준이 높을수록 '문장의 길이'와 '텍스트의 양'도 증가한다고 했다. 어절 단위 수의 증가는 '문장의 길이'와 관련이 있고, 문장 단위 수의 증가는 '텍스트의 양'과 관련이 있다. 즉 본 연구에서 나타난 대학원 유학생 필자의 담화종합 양상은 Spivey(1984), Spivey & King(1989)의 주장과 같다.

주제 덩이는 상위 텍스트가 23.91로 제일 적은데, 이는 하나의 주제에 많은 단위들이 하나의 '덩이'처럼 연결되어 있음을 나타낸다. 이렇게 텍스트의 양이 많은데 주제 덩이가 적을 경우에는 텍스트에 '응집성'이 강함을 나타낸다. 따라서 문장 단위 수가 많고 주제 덩이 수가 적은 경우에는 텍스트 수준에 긍정적인 영향을 미친다. 중위 텍스트의 주제 덩이 수는 24.53인데, 이는 상위 텍스트보다 0.62 많은 값이다. 그렇지만 중위 필자도 상위 텍스트 수준의 주제 덩이 수를 텍스트에 구현하는 데 성공했다. 반면에 하위 텍스트의 주제 덩이는 26.30으로 다른 집단의 필자들보다 낮다. 하위 텍스트의 경우 문장 단위의 수도 제일 적었다. 즉 하위 필자는 적은 문장으로 적은 주제를 텍스트에 구현한 것이다. 이 경우 텍스트의 수준에 부정적인 영향을 줄 수 있음이 나타났다.

조직 긴밀도의 값이 0에 가까울수록 글의 내용과 조직이 긴밀함을 나타내고 이 값이 1에 가까우면 글의 내용과 조직이 엉성함을 나타낸다. 상위 텍스트의 조직 긴밀도가 0.62로 제일 0에 가깝다. 이는 텍스트의 조직이 응집성을 갖췄음을 보여주는 결과이다. 중위 텍스트도 0.63으로 상위 텍스트와 비슷한 수준이다. 이는 중위 텍스트 역시 문장 간의 긴밀함이 텍스트에 구현된 것으로 판단된다. 반면에 하위 텍스트는 0.69로 세 집단 중에서 조직 긴밀도 값이 제일 1에 가까웠다. 이는 텍스트를 구성하는 각 문장들이 조직적으로 묶여서 텍스트에 구현되지 못했음을 나타낸다.

'주제 깊이'는 상위 텍스트가 평균 2.25까지 올라가고, 중위 텍스트는 1.88, 하위 텍스트는 1.46까지 올라간다. 주제의 깊이를 높이는 것이 의미점증(S1)과 병렬적 진행(P)이고, 주제의 깊이를 낮추는 것이 의미무관(S3)과 확장된 병렬적 진행(EP)이다. 의미점증(S1)과 병렬적 진행(P)을 더한 값을 A라고 하고, 의미무관(S3)과 확장된 병렬적 진행(EP)을 더한 값을 B라고 하면, 상위 텍스트는 'A'가 14.81이지만 중위 텍스트는 13.95이고 하위 텍스트는 10.90이다. 'B'는 상위 텍스트가 7.91인데 중위 텍스트는 9.15이고 하위 텍스트는 10.70이다. '주제의 깊이', '텍스트의 연결' 차원에서 보자면, 상위 텍스트는 주제도 제일 깊고 텍스트의 연결도 자연스럽다. 그렇지만 하위 텍스트는 '주제의 깊이'도 낮고 텍스트의 연결도 부자연스럽다. 중위 텍스트에서는 상위 텍스트보다 의미무관(S3)이 적었다. 그렇지만 주제의 깊이를 낮추는 확장된 병렬적 진행(EP)은 상위 텍스트보다 높았

다. 따라서 의미무관(S3)이 평균적으로 낮음에도 불구하고 중위 텍스트는
텍스트의 수준이 높아지지 못하고 중위 수준에 머물렀다. 중위 텍스트는
비교적 연결이 자연스럽지만, 앞에서 제시한 이야기를 뒤에서 다시 제시
함으로써 텍스트의 총체적 질을 하락시키는 특징이 있다.

〈그림 4-2〉 담화종합 수준별 대표 필자 선정

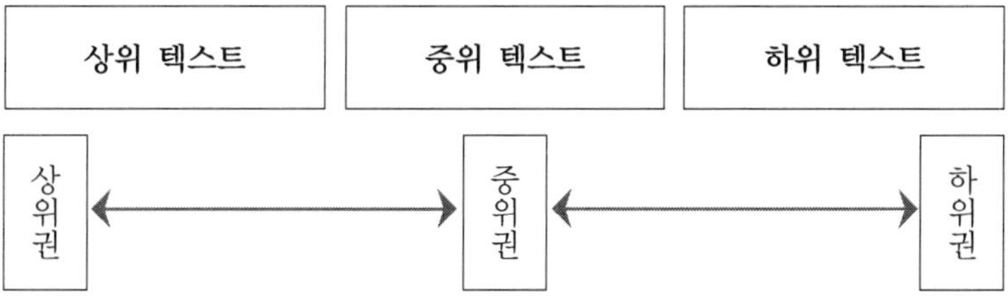

이어서 각 수준별 대표 텍스트의 주제 깊이와 유형을 살펴보기 위해
서 그림으로 텍스트의 형식(Form)을 나타내려고 한다.11) 〈그림 4-2〉는
수준별 대표 필자를 선정하기 위한 기준을 나타낸 것인데, 상위 필자는
상위 집단에서도 최상위권에 있는 필자이고 하위 필자는 하위 수준에
서 최하위권에 있는 필자이다. 반면에 중위 필자는 중위 수준을 다시
상위, 중위, 하위로 나눌 때 중위 수준에 있는 필자를 선정했다. 그 이
유는 도해화가 담화종합 수준 집단별 양상을 비교하는 목적도 있지만,
전체 대학원 유학생 40명의 '최상위 필자', '중위 필자', '최하위 필자'의
텍스트를 비교하는 목적도 있기 때문이다. 도해화의 이유는 주제의 '깊
이'와 단위 간의 '연결'을 쉽게 확인할 수 있고 이 깊이와 연결의 양상을
통해서 담화종합 수준별 '차이점'을 확인할 수 있다는 것이다.

도해화를 진행할 상위 필자는 상위 필자 4번이다. 이 필자는 채점자

---

11) 본 연구에서 사용하는 도해화의 방법은 Spivey(1983)과 이윤빈(2013)과 다르다. 본 연
구에서는 주제의 연결과 주제의 깊이를 담화종합 수준별로 제시·분석하는 것에 중점
을 두기 때문에 이 두 가지 요소만 드러나는 방향으로 도식화를 진행했음을 밝힌다.

평가에서 8.67점을 받았다. 이 평가는 9점 만점이기 때문에, 상위 필자 4번은 최상위에 위치한다. 이 필자의 텍스트는 어절 456개, 문장 36개, 주제 덩이 24개이고 조직 긴밀도는 0.63이다. 주제의 유형을 살펴보면 주제 깊이는 2.31이고 병렬적 진행(P) 8개, 확장된 병렬적 진행(EP) 3개, 순차적 진행 의미 점증(S1) 4개, 순차적 진행 의미 관련(S2) 20개, 순차적 진행 의미 무관(S3) 0개 등으로 구성된다. 이 필자의 텍스트를 도해화하면 다음과 같다.

〈그림 4-3〉 WH-4 텍스트의 도해[12]

	1	2	3	4		S1 1	P 2	S3 3	EP 4
1	1				20				4:P
2	1:P				21			3:S2	
3	1:S2				22			3:S2	
4	1:P				23			3:S2	
5		2:S1			24			3:S2	
6		2:S2			25				4:EP(19)
7		2:S2			26		2:EP(7)		
8		2:S2			27		2:S2		
9		2:S2			28		2:S2		
10			3:S1		29			3:S1	
11			3:S2		30			3:S2	
12			3:P		31			3:S2	
13			3:P		32			3:S2	
14			3:P		33			3:P	
15			3:S2		34			3:P	
16			3:S2		35			3:EP(29)	
17			3:S2		36			3:S2	
18			3:S2		37				
19				4:S1	38				

〈그림 4-3〉에서 세로는 문장 단위의 번호이고, 가로는 단위들이 나타내는 주제의 깊이를 나타낸다. 상위 수준 필자에 해당하는 상위 필자 4번을 보면 주제 깊이가 4수준까지 나아가는 것을 확인할 수 있다. 앞서 설명했듯이 주제의 수준이 1수준에서 바로 4수준으로 나아갈 수 없고 1에서 +1씩 점진적으로 갈 수 있다. 상위 필자 4번의 학술적 텍스트는 필자가 정한 화제를 점진적으로 심화시키는 특징을 갖는다. 이런 특징은 텍스트의 질을 높였다. 상위 필자 4번은 앞 문장과 상관없는 의미무관(S3)이 텍스트에서 단 한 개도 나타나지 않고, 주제의 깊이를 +1시키는 의미점증(S1)의 개수는 4개나 있었다. 의미점증(S1)이 4개인데 의미무관(S3)이 0개이기 때문에 주제의 깊이는 4까지 갈 수 있다. 그리고 앞에 나왔던 주제로 돌아가는 확장된 병렬(EP)의 경우 3개밖에 없었다. 이는 상위 필자가 앞에서 언급한 주제를 뒤에서 다시 거론하지 않는 경향이 있음을 의미하고, 이로써 구조가 단일 화제를 중심으로 긴밀해지는 구성을 갖출 수 있었다.

이어서 도해화를 진행할 중위 필자는 중위 필자 8번이다. 이 필자는 채점자 평가에서 7.00점을 받았다. 중위 수준의 범위가 7.33점부터 6.67점까지기 때문에 중위 수준에서도 중간에 위치한 필자이다. 이 필자의 텍스트는 어절 301개, 문장 38개, 주제 덩이 24개이고, 조직 긴밀도는 0.63이다. 주제의 유형을 살펴보면 주제 깊이는 1.42이고, 병렬적 진행(P) 9개, 확장된 병렬적 진행(EP) 11개, 순차적 진행 의미 점증(S1) 5개, 순차적 진행 의미 관련(S2) 8개, 순차적 진행 의미 무관(S3) 4개로 구성된다. 상위 텍스트와 비교했을 때 확장된 병렬적 진행(EP)과 순차적 진행 의미 무관(S3)의 개수가 높음을 알 수 있다. 이 필자의 텍스트를 도해화하면 다음과 같다.

---

12) 상위 필자 4번 2차 텍스트의 학술적 텍스트 분석 결과와 전문은 [부록 5]를 참고한다.

〈그림 4-4〉 WM-8 텍스트의 도해13)

	1	2	3	4		S1 (1)	P (2)	S3 (3)	EP (4)
1	1				20	1:S3			
2	1:P				21	1:P			
3		2:S1			22		2:S1		
4		2:P			23		2:S2		
5	1:S3				24	1:EP(21)			
6	1:P				25		2:EP(4)		
7	1:P				26		2:S2		
8		2:S1			27	1:EP(12)			
9		2:S2			28	1:EP(1)			
10		2:S2			29	1:S2			
11		2:EP(4)			30	1:EP(1)			
12	1:S3				31		2:S1		
13	1:P				32		2:S2		
14	1:EP(1)				33		2:S2		
15	1:P				34	1:EP(1)			
16	1:S2				35	1:S3			
17	1:P				36	1:EP(1)			
18		2:EP(4)			37		2:S1		
19	1:EP(1)				38		2:P		

중위 필자 8번은 주제 깊이가 2까지밖에 나아가지 못한다. 앞서 상위 필자 4번이 4까지 깊어졌던 것과 대비되는 부분이다. 중위 필자 8번의 텍스트는 앞 문장과 상관없는 의미무관(S3)이 4개나 있다. 종합하면, 주제의 깊이를 +1시키는 의미점증(S1)의 개수는 5개로, 4개인 상위 필자 4번보다 한 개가 더 많지만, 의미무관(S3)으로 인해서 텍스트의 주제가

---

13) 중위 필자 8번 2차 텍스트의 학술적 텍스트 분석 결과와 전문은 [부록 6]을 참고한다.

더 깊어지지 못하고 정체했다는 특징이 있다. 앞에 나왔던 주제로 돌아가는 확장된 병렬(EP)의 경우 11개나 있다. 즉 중위 필자 8번의 학술적 텍스트는 앞 문장의 주제를 심화시키는 주제를 사용해서 꾸준하게 의미점증(S1)함에도 불구하고, 확장된 병렬(EP)의 수가 많아서 주제가 심화되지 못하고, 앞서 언급한 주제들을 다시 주제로 삼아 뒤에서 중복 서술하는 전개 양상이 나타나는 것이다.

마지막으로 도해화를 진행할 하위 필자는 하위 필자 7번이다. 이 하위 필자는 채점자 평가에서 5.67점을 받았다. 하위 수준에서 3점을 받은 하위 필자 1번이 있지만, 문장 단위 수를 상위 텍스트, 중위 텍스트와 동일한 조건에서 분석하기 위해서 하위 필자 7번을 대표 필자로 선택했다. 이 필자 역시 하위 수준에서는 최하위군에 포함되는 필자이다. 이 필자의 텍스트는 어절 486개, 문장 38개, 주제 덩이 33개이고, 조직 긴밀도는 0.87이다. 주제의 유형을 살펴보면 주제 깊이는 1.19이고, 병렬적 진행(P) 5개, 확장된 병렬적 진행(EP) 8개, 순차적 진행 의미 점증(S1) 0개, 순차적 진행 의미 관련(S2) 15개, 순차적 진행 의미 무관(S3) 9개로 각각 구성된다. 중위 텍스트와 비교했을 때 순차적 진행 의미 점증(S1)의 개수가 0개인 것이 특징이다. 이 필자의 텍스트를 도해화하면 다음과 같다.

〈그림 4-5〉 WL-7 텍스트의 도해[14]

	1	2	3	4		S1 / 1	P / 2	S3 / 3	EP / 4
1	1				20	1:S2			
2	1:S2				21	1:S2			
3	1:P				22	1:EP(4)			
4	1:S2				23	1:S2			
5	1:S2				24	1:EP(7)			
6	1:P				25	1:S3			
7	1:S2				26	1:S2			
8	1:P				27	1:EP(7)			
9	1:P				28	1:S2			
10	1:P				29	1:EP(4)			
11	1:S2				30	1:S2			
12	1:S2				31	1:EP(7)			
13	1:S2				32	1:S2			
14	1:EP(7)				33	1:EP(4)			
15	1:S3				34	1:S3			
16	1:S3				35	1:S3			
17	1:S3				36	1:EP(4)			
18	1:S3				37	1:S3			
19	1:S2				38	1:S3			

〈그림 4-5〉를 보면, 하위 필자 7번은 주제 깊이가 1수준을 벗어나지 못하는 것을 알 수 있다. 이는 하위 필자의 경우 문장 단위의 수는 상위 필자와 중위 필자와 비슷하지만, 각 단위들의 담화적 연결성이 떨어지기 때문이다. 실제로 하위 필자 7번의 학술적 텍스트에서는 의미무관(S3)이 9개나 있었다. 이는 개별적인 주제를 함의하는 문장들을 '단순

---

14) 하위 필자 7번 2차 텍스트의 학술적 텍스트 분석 결과와 전문은 [부록 7]를 참고한다.

나열'한 것으로 해석된다. 앞에 나왔던 주제로 돌아가야 하는 확장된 병렬(EP)의 경우 7개가 있다. 그리고 의미점증(S1)은 단 한 개도 없고, 주제 깊이는 1수준에서 더 깊어지지 못한다. 하위 필자 7번의 텍스트에는 확장된 병렬(EP)이 8개나 있다. 텍스트의 주제가 깊어지는 것을 방해하는 의미무관(S3)과 확장된 병렬(EP)을 합하면 17개인데, 전체 문장 38개 중에서 17개 문장의 주제 유형이 텍스트의 깊이를 저해하는 문장들이다. 하위 필자들은 문장에서 어떤 주제를 중심으로 텍스트를 개진해야 하는가에 대한 주제 선정, 내용 심화 등에 대한 작문 교육이 필요해 보인다.

종합하면 텍스트 수준별 대학원 유학생 필자의 학술적 텍스트의 형식적 특징은 그 차이점이 분명했다. 하위 텍스트에서 상위 텍스트로 갈수록 새로운 주제를 통해서 주제의 깊이가 증가했고, 텍스트의 주제 심화에 관여하는 의미점증(S1)이 많이 나타났다. 그렇지만 상위 텍스트에서 하위 텍스트로 갈수록 텍스트의 주제 심화를 방해하는 의미무관(S3)과 확장된 병렬(EP)이 많이 나타났고, 텍스트의 주제 깊이는 1 수준을 넘지 못했다. 결론적으로 상위 필자는 텍스트의 수준을 높이기 위해서 확장된 병렬(EP)을 '전략'적으로 활용할 수 있는 교육이 필요해 보인다. 중위 필자는 주제를 일관되게 유지하기 위해서 의미무관(S3)을 줄이는 전략 교육이 필요하다. 하위 필자는 앞뒤 문장의 연결과 주제의 깊이를 종합적으로 고려해서 텍스트를 구성할 수 있도록 하는 작문 교육이 필요해 보인다. 다만 하위 필자는 쓰기와 읽기 능력이 다른 집단의 필자들보다 부족하기 때문에, 의미인접(S2)을 활용해서 필자들이 최대한 의미무관(S3)과 확장된 병렬(EP)을 사용하지 않고 주제에 대한 내용을 심화할 수 있도록 하는 교육이 필요할 것이다.

학술적 글쓰기에서 담화종합 수준별
대학원 유학생의 저자성 분석

이 장에서는 양적 연구 결과들을 중심으로 학술적 글쓰기에서 대학원 유학생의 '저자성'을 학술적 텍스트 수준별로 구체화한다. 본 연구는 학술적 글쓰기에서의 '저자성'을 필자가 리터러시 상황에서 하게 되는 '선택'의 연속으로 정의하고, '발견-표상-전략-구현'으로 개념화하였다. '발견'은 필자가 계획하기에서 학술적 과제를 읽고 무엇을 '발견'하고 수정하기에서 본인의 초고 텍스트를 읽고 무엇을 '진단(발견)'하는지를 말한다. '표상'은 필자가 계획하기와 수정하기에서 교수자의 의도를 어떻게 파악해서 '과제표상'을 하느냐를 말한다. '전략'은 '수정하기'에서 수정하기 전략으로 '예상독자'를 설정하는지, 그리고 그 이유는 무엇인지, 또 어떤 '방법'으로 수정을 하는지를 말한다. 마지막으로 '구현'은 필자가 텍스트를 어떤 '내용'으로 구성하는가를 의미하는데, 이때 텍스트의 구성 방식이나 오류의 양상 등을 포함한다.

2장의 〈그림 2-12〉에서 학술적 글쓰기 양상 분석 방법을 모형으로 제시했는데, 양상의 특징을 종합해서 '발견-표상-전략-구현'의 양상을 구체화하면 대학원 유학생의 저자성을 분석할 수 있다. 다만 저자성에서 발견(Discovery)은 대학원 유학생 필자가 계획하기에서 과제와 읽기 자료를 읽고 무엇을 찾았느냐, 그리고 수정하기에서 1차 텍스트를 읽고 무엇을 진단했느냐를 다룬다. 표상(Representation)에서는 이 '발견'을 토

〈그림 5-1〉 학술적 텍스트 수준별 저자성 분석 모형

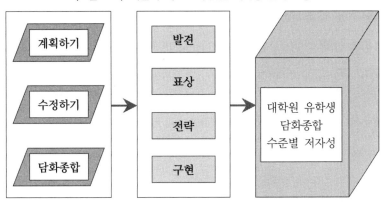

대로 대학원 유학생 필자가 계획하기와 수정하기에서 세운 '과제표상 (Task Represetation)'의 양상을 다룬다. 학술적 글쓰기에서 발견과 표상이 분명하게 구획되는 국면이 아니고 계획하기와 수정하기를 거치면서 '발견한 것'이 '표상'으로 연결되기도 한다. 그럼에도 불구하고 본 연구에서 이 두 국면을 나눠서 논의를 전개하는 이유는 '발견'이 '자료의 선택'에서 나타나는 '양상'을 의미한다면, '표상'은 '과제의 해석'에서 나타나는 '양상'을 의미하기 때문이다. 연구 방법도 '발견'은 무엇을 찾았는지를 구체적으로 찾기 위해서 대학원 필자들이 직접 쓴 '자유글쓰기'와 수정하기에서 녹음한 내용에 대한 '프로토콜'을 분석한다. 하지만 '표상'은 대학원 유학생 필자가 과제를 읽고 해석한 내용이 학술 담화공동체에서 요구하는 방향과 부합하는지를 살피기 위해서 Flower et al(1990)의 '과제표상'의 내용을 가지고 양적 연구로 진행된다. 본 연구에서 표상은 곧 과제표상이다.

4장에서는 여러 사례들을 중심으로 기술 통계와 양적 연구의 방법을 사용해서 40명의 대학원 유학생 집단에서 나타나는 '현상'에 대한 분석을 진행했다. 계획하기와 수정하기 그리고 학술적 텍스트의 수준 분

류 등에서 40명의 학술적 글쓰기와 학술적 텍스트의 양상과 특징을 분석하고자 했다. 그렇지만 집단별로 적은 사례수로 인해서 '여러 사례의 종합과 보편화'를 목적으로 하는 양적 연구(Reichardt & Cook 1979; Nunan, 1992:5 재인용)의 어려움이 있었다. 따라서 5장은 이와 같은 양적 연구의 한계를 극복하기 위해서 개별 사례의 깊이 있는 분석을 지향하는 질적 연구를 중심으로 논의를 전개하도록 하겠다.

1. 발견 국면에서의 저자성

질적 연구에서 개별 사례를 분석할 때 사용되는 표본 추출 전략을 Miles & Huberman(1994; 박태영 외 공역, 2009:53)는 16가지로 소개한다.[1] 이 중에서 본 연구는 '최대 변량(Maximum Variation)' 전략을 사용해서 개별 사례에 대한 질적 분석을 실시한다. 이 전략은 여러 사례를 모두 분석할 수 없는 조건에서 '편차'가 존재하는 대표 사례를 추출하고 이 사례들을 중심으로 분석하는 것이다. 이 전략은 공통적인 패턴이나 다른 급간과의 차이점을 드러내는데 유용하다. 본 연구에서 5장은 담화종합 수준별로 계획하기와 수정하기에서 나타나는 '공통적 패턴'을 확인하고 다른 수준의 텍스트와의 '차이점'을 드러내는데 목적이 있다. 이와 같은 이유로 본 연구는 질적 연구에서 '표본'이 되는 사례를 추출하는 16가지

---

1) 질적 연구에서 주로 쓰이는 전략은 최대 변량(Maximum Variation), 동질 표본추출 (Homogeneous), 주요 사례(Critical Case), 이론 기반(Theory based), 확증·비확증 사례 (Confirming and disconfirming cases), 눈덩이 또는 연쇄(Snowball), 극단 또는 일탈적 사례(Extreme or deviant case), 전형적 사례(Typical Case), 집중(Intensity), 정치적으로 중요한 사례, 무작위 목적적(Random Purposeful), 층화 목적적(Stratified Purposeful), 준거(Criterion), 기회적(Opportunistic), 조합이나 혼합(Combination or Mixed), 편의 (Convenience) 등이 있다. 자세한 내용은 Miles, M. B., & Huberman, A. M.(1994; 박태영 외 공역, 2009:53)를 참고 바란다.

전략 중에서 '최대 변량' 전략을 사용해서 논의를 전개한다. 담화종합 수준별로 최대 변량 전략을 적용해서 대표 사례를 각 1개씩 추출하고, 이 필자들의 질적 자료를 중심으로 분석을 실시한다. 그리고 담화종합 수준별 대표 사례 이외의 자료들은 각 수준별 자료를 분석하고, 저자성을 도출하는 과정에서 근거 자료로 추가하여 논의를 확장하도록 하겠다. 이를 간단하게 종합하면 다음 그림과 같다.

<그림 5-2> '발견'의 담화종합 수준별 사례 추출

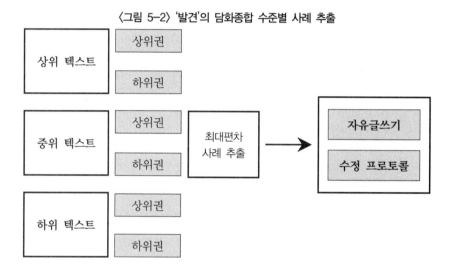

본 연구의 '발견'에서는 계획하기에서의 '자유글쓰기'와 수정하기에서의 녹음 내용에 대한 프로토콜 분석을 중심으로 논의가 진행된다. '자유글쓰기'와 '수정 프로토콜'을 중심으로 대학원 유학생 필자가 과제와 읽기 자료, 그리고 1차 텍스트에서 '발견'한 것이 무엇인지를 질적 연구로 밝혀낸다.

우선 본 연구에서 저자성의 국면으로 정한 '발견'의 범위를 확정할 필요가 있다. '자유글쓰기'는 '계획하기'에서 초고를 작성하기 전에 쓴 것으로 읽기 자료와 과제만 읽고 대학원 유학생이 생각한 것들을 기술한 것이다. 이는 '과제 표상'이 초고 텍스트를 완성하고 나서 대학원 유학생이 계획하기 글쓰기를 점검하고 회상하면서 작성한 것이라는 점과 차이가 있다. 그러므로 본 연구에서는 계획하기에서의 '발견'을 대학원 유학생이 읽기 자료와 과제를 읽고 찾은 '과제의 요구사항', '읽기 자료의 중심 내용', '화제 설정' 등으로 제한한다. 대학원 유학생 필자는 '과제의 요구사항', '읽기 자료의 중심 내용', '화제 설정' 등을 통해서 추상적인 글쓰기 '계획'을 기술하거나 떠올리기도 하는데, 이는 추상적이지만 최초 '발견'이라는 측면에서 연구할 가치가 있다. '수정하기'에서의 '발견'은 2차 텍스트를 수정하면서 1차 텍스트의 문제점을 찾기 위해 탐색하고 진단한 것들에 대한 '발견'으로 정의한다.[2] 따라서 수정하기에서의 발견은 대학원 유학생이 1차 텍스트를 읽고 찾아낸 '문제점'을 가리킨다.

1.1. 계획하기에서의 발견

담화종합 수준별로 대학원 유학생 필자의 '발견' 양상을 구체적으로 살펴보기 전에 '자유글쓰기 내용'에 대한 기술 통계 내용을 먼저 제시하면 다음 〈표 5-1〉과 같다.

---

[2] 본 연구에서 수정하기의 '진단'을 '발견'으로 넣은 이유는 필자 인지의 결과물인 텍스트가 곧 상위인지의 준거점이 되기 때문이다(이아라, 2008:419). 본 연구는 필자의 저자성을 계획하기와 수정하기에서의 '선택'으로 정의했는데, 결국 이 선택은 필자의 상위인지의 결과이다. 이와 같은 이유로 본 연구는 대학원 유학생 필자가 본인이 작성한 1차 텍스트를 읽고 내린 판단을 주요한 '발견'이라 판단하여 저자성 판단의 국면으로 넣었다.

〈표 5-1〉 대학원 유학생의 자유글쓰기 내용

내용		상	중	하	전체	%
텍스트 내용	내용의 수사적 전략	2	4	0	6	15.0
	내용의 거시구조	0	1	1	2	5.0
	내용의 선정	1	5	4	10	25.0
	주제와 화제	1	1	0	2	5.0
	총계	4	11	5	20	50.0
글쓰기 절차 개괄		4	2	2	8	20.0
텍스트 완성의 목표(글을 쓰는 이유)		2	2	0	4	10.0
과제/읽기 자료 검토 후의 정서적 태도		1	4	2	7	17.5
글쓰기와 무관한 내용		0	0	1	1	2.5
총계		11	19	10	40	100

〈표 5-1〉에서 상위 필자를 보면, 본격적인 글쓰기에 앞서 '텍스트 내용', '글쓰기 절차', '텍스트 완성을 위한 목표'에 집중하고 있음이 나타난다. 상위 필자는 무슨 내용을 텍스트에 반영할지 선택하고, 이를 어떤 절차를 통해 완성하고, 그 이유가 무엇인지를 고려하고 있는 것이다. 중위 필자의 자유글쓰기에는 '텍스트 내용', '과제/읽기 자료 검토 후의 정서적 태도'에 대한 내용이 많았다. 중위 필자는 텍스트에 어떤 내용을 넣을지를 생각하면서 이 과정을 수행하는 것에 대한 정서적 태도를 드러냈다. 이 정서적 태도의 경우에는 긍정적인 태도가 2명, 부정적인 태도가 2명이었다. 마지막으로 하위 필자는 '텍스트 내용', '글쓰기 전체 개괄', '과제/읽기 자료 검토 후의 정서적 태도'에 대한 내용이 주를 이루었다. 하위 필자들은 어떤 내용을 텍스트에 넣을지, 그리고 어떤 과정이 필요한지, 현재 글쓰기에 참여하는 자신의 기분이 어떠한지를 주로 떠올린 것이다. 특히 정서적 태도의 경우에는 부정적인 태도만 2명이 있었다.

상위 필자는 '내용의 거시구조', 즉 '서론, 본론, 결론'에 대해서는 최초 글쓰기에서 나타나지 않았고, 중위 필자와 마찬가지로 '글쓰기'에 대한 생각만을 하고 있었다. 이는 '글쓰기와 무관한 내용'을 쓴 필자가 한 명도 없는 것에서 나타난다. 반면 하위 필자는 '수사적 전략'이나 '주제와 화제', '텍스트 완성에 대한 목표'에 대해서는 전혀 생각하지 않는 모습이었다. 하위 필자는 '글쓰기와 무관한 내용'을 생각하거나 부정적인 정서적 태도를 나타냈다.

다음은 최대 변량으로 추출된 수준별 대표 필자의 자유글쓰기 내용 분석이다. 상위 필자는 모두 11명인데, 이 중에서 질적 연구 대상 필자는 총체적 평가에서 8.67을 받은 상위 필자 4번과 총체적 평가 7.67을 받은 상위 필자 2번이다. 이 두 명의 대학원 유학생 필자는 상위 수준 집단에서도 각각 상위권과 하위권에 위치한다.

〈WH-4〉

텍스트가 좀 올드하고 **최근의 추세 유행과 비교**하고 싶습니다. **목표**를 이야기하면 텍스트는 일부적인 관점에만 한해져 **다른 관점을 써서 널리 알리고** 싶은 마음입니다.

상위 필자 4번은 읽기 자료를 읽고 자료가 다루는 내용이 최근 드라마나 최근 드라마에서 파생된 현상이 아니라 오래 전의 드라마임을 '발견'했다. 이 발견은 텍스트를 쓸 때 읽기 자료의 내용이 아니라 최근 유행하고 있는 드라마와 이 드라마와 관련된 유행(현상)을 텍스트에 넣고자 하는 최초의 글쓰기 '계획'으로 이어졌다. 또한 '비교'라는 단어에서 알 수 있듯이 최근 유행하는 드라마의 내용을 자신의 2차 텍스트에 어떤 수사적 목적을 고려해서 사용할지도 적었다. 이 필자는 학술적 글쓰기의 '목표'도 적었는데, 읽기 자료의 논지가 '일방향'임을 '발견'하고 다른 방향에서 최근 한류 드라마와 관련된 내용을 추가하여 이를 '알리는 것'이 '목표'라고 적었다. 다른 사람들에게 이와 같은 내용과 주장을 '알리는 것'이 글쓰기 목표라고도 밝혔기 때문에 이 필자의 텍스트가 '논증적' 형태의 텍스트로 완성될 가능성을 함의한다. 실제 이 필자의 2차 텍스트는 '목적해석' 즉 논증적 성격의 장르로 판명됐다.

〈WH-2〉

중국에서도 한국 드라마를 많이 시청하고 있다. 그런데 기사를 볼 때나 주변 사람과 이야기 나눌 때는 **한국 드라마에 대한 부정적인 생각**이 있었다. **한국 드라마 확실히 좋은 점이 많은데** 지금 전세계에서 큰 영향을 미치고 있어서 부정적인 영향에 대해 더 조심하게 다루지 않을까?

상위 필자 2번은 읽기 자료와 과제를 읽고 나서, 평소 본인이 한국 드라마를 많이 보지만 그럼에도 불구하고 '부정적인 생각'이 있었음을 발견했다. 특히 이 자유글쓰기 내용에는 "한국 드라마 확실히 좋은 점이 많은데"라는 내용이 있다. 이것은 필자가 '부정적인 생각'에서 벗어나 한국드라마를 긍정적으로 재인식하게 만든 내용이 읽기 자료에 있었음을 나타낸다. 즉 상위 필자 2번은 한국드라마의 '장점'을 읽기 자료를 읽으면서 '발견'한 것이다. 이와 같은 이유로, 필자는 '부정적인 영향'에 대해서만 다루는 것보다는 좋은 점과 함께 "조심해서 다루지 않을까?"라고 썼다. 이는 한 대상의 일면만을 보고 비판할 것이 아니라 다른 면에서 나타나는 양상을 고려해서 신중하게 다룰 필요가 있음을 나타낸다. 종합하면 상위 필자 2번은 읽기 자료를 읽고 평소 한국 드라마에 대해 스스로가 갖고 있던 부정적 인식을 '발견'하는 계기가 되었다. 또한 읽기 자료의 내용을 통해서 한국 드라마의 좋은 점이 있다는 것도 '재인식'하게 되었다. 필자는 이 발견을 통해서 한국 드라마의 단점과 장점을 종합적으로 다루는 텍스트 구성 방향을 선택하게 된다.

상위 필자는 읽기 자료의 내용이나 주제를 무비판적으로 수용하는 것이 아니라 필자의 분석과 판단을 근거로 변용해서 수용한다. 이는 논증적 글쓰기에서 요구되는 '비판적 사고'로서 적극적인 필자로서의 특징을 확인할 수 있다.[3] 또한 읽기 자료의 내용을 통해서 대학원 유학생 필자가 반성적 사고를 하고 이를 근거로 텍스트의 수사적 목적을 설정하는 모습도 나타난다. 글쓰기를 통해서 저자주체로서의 자신을 반성적으로 돌아보고, 학술적 텍스트의 주제와 그 주제를 배열할 수사적 전략을 선택하는 것이다. 이러한 양상은 상위 필자의 '발견'이 적극적인 태도와 비판적 사고에서 도출되는 것임을 나타낸다.

이어서 중위 필자는 모두 19명인데, 이 중에서 질적 연구 대상 필자는 총체적 평가에서 7.33을 받은 중위 필자 11번과 총체적 평가 6.67을 받은 중위 필자 13번이다. 이 두 필자의 점수 차이는 0.66에 불과하지만 이 두 필자는 중위 수준 집단에서 각각 상위권과 하위권에 위치한다.

〈WM-11〉

서류를 보고 먼저 중심 사상을 찾았다. 쓸 만 한 주제를 정하고 그 다음에는 문장을 어떻게 써야할지 고민했다. 하지만 서류 내용도 너무 많아 가지고 내가 아는 범위도 아니라서 **스트레스 좀 받았네요.** 많은 주제가 있지만 내가 다 못 쓸 것 같다. 독해 능력과 상관없고 한국어 능력이 부족한거도 아닌 것 같다. **그냥 나의 스스로 문제이다. 나의 인지가 너무 부족해서 그러다.**

중위 필자 11번은 읽기 자료를 읽고 읽기 자료가 강조하는 중심 내

---

3) 권오상(2017:51)은 논증적 글쓰기에서 비판적 사고를 강조하면서 특히 글쓰기에서는 토론보다 비판적 사고가 더 결정적 역할을 한다고 지적한다. 특히 텍스트를 읽으면서 비판적 사고의 과정을 거칠 경우에는 이 비판적 사고의 결과물이 글쓰기의 형식으로 전이(transfer)될 수 있기 때문에 읽고 쓰는 활동에서 '비판적 사고'는 매우 중요하다고 지적했다. 그런데 권오상(2017:51)은 이러한 전이가 글쓰기의 충분한 훈련이 없이는 성취될 수 없는 것이라고 지적했다. 따라서 상위 필자에서 나타나는 '비판적 사고'는 많은 쓰기 경험과 글쓰기 훈련으로 성취된 저자성으로 보인다.

용을 찾아 읽고 이것을 통해서 자신의 텍스트에 사용할 주제를 '발견'했
다. 이 필자는 교수자가 제공한 읽기 자료를 주제 '발견'을 위해서 읽은
것으로 판단된다. 이 '발견'은 읽기 자료의 주제를 가져다가 동일하게
사용할 '계획'이기 때문에 새로운 발견은 아니다. 그러므로 먼저 제시한
상위 수준 필자의 '발견'과 비교하면 읽기 자료의 '적극적' 사용이 아니
라 '수동적' 사용에 해당한다. 중위 필자 11번은 '인지'에 대한 언급을 하
면서 부정적인 정서적 반응도 표출한다. 이 역시 먼저 제시한 상위 수
준 필자의 '발견'과도 차이가 있다. 상위 필자 2번은 읽기 자료를 읽은
후에 한국 드라마에 대해서 필자 본인이 가지고 있던 일방향의 태도를
'발견'하고 이에 대한 비판적 사고 과정을 거쳤다. 여기서 유추할 수 있
는 정서적 반응은 '반성'과 '부끄러움'이다.[4] 그렇지만 중위 필자는 읽기
자료를 읽으면서 알게 된 내용을 바탕으로 본인이 가지고 있는 인식과
태도에 대한 '발견'을 하지 못하고, '나의 인지가 너무 부족해서 그러다.'
와 같은 '반성적 사고'가 나타난다. 이는 읽기 자료의 특정 내용에 부합
하는 '반성'과 '추상적 계획 형성'이라는 상위 필자의 반성 양상과 달리
한국어 글쓰기 전반에 대해서 갖고 있는 대학원 유학생의 부정적인 정
서 반응으로 보인다.

〈WM-13〉

이 서류를 보고 나서 먼저 이 서류들과 비슷한 것도 있지 않을까 생각한
다. 모두 한국 드라마에 대한 얘기지만 나는 그 것을 세 부분으로 나누
었다. 첫째: 아시아 사람들이 한국 드라마에 평가 및 이유. 둘째: **유럽**

---

4) 원만희(2015:228)는 학술적 과제의 경우 '분석', '문제해결', '비판'과 같은 능력이 필요
하다고 지적한다. 그리고 이러한 능력들은 '비판적 사고'를 형성하는 '반성적', '분석적',
'논리적' 사고로부터 발생되는 실천적 기능임을 밝혔다. 그러므로 상위 필자에게서 나
타나는 이런 '반성적' 사고는 상위 필자가 학술적 과제에서 요구되는 '비판적 사고'를 하
고 있음을 나타내는 것이다.

사람들이 한국 드라마에 견해. 셋째: 드라마를 출연한 배우들에 관심, 그래서 이걸대로 5개 서류들이 서류2,4 / <u>서류1,3</u> / 서류 5 로 나누었다. 사실은 이 과제는 조금 어려웠다. 나는 먼저 문장을 쓰고 그 다음에는 내가 쓴 문장으로 체목을 정한다. 왜냐면 처음부터 체목이 없으니 내 생각대로 쓰면 되니까. 중간에 모든 서류 중에 내 생각을 검증할 수 있는 것을 베껴 쓸 거야.

중위 필자 13번은 읽기 자료를 읽고 나서 읽기 자료를 내용을 기준으로 분류한다. 이 필자는 읽기 자료를 읽으면서 각 자료 별로 핵심 내용을 찾고 이를 다른 텍스트와 비교하면서 분류할 기준을 '발견'한 것이다. 필자는 읽기 자료 1과 3을 "유럽 사람들이 한국 드라마에 견해"라고 분류했지만 읽기 자료 3에는 '유럽'과 관련된 내용이 명시적으로 나타나지 않는다. 다만 유럽이라고 생각할 수 있는 내용이 읽기 자료 3에 있는데, 그것은 "외국 시청자"라는 부분이다. 즉 필자는 실제로 '유럽'이라는 내용의 공통성을 통해서 읽기 자료를 묶은 것이 아니라 본인의 텍스트에 '유럽'에서의 한류 드라마 내용을 추가할 '계획'으로 자료 1과 3을 묶은 것이다. 자유글쓰기 내용을 보면, 읽기 자료들을 필자 본인의 생각을 '검증'하는 목적으로 사용하겠다고 읽기 자료의 사용 '계획'을 밝힌다. 이것은 대략적인 글쓰기 '계획'에 해당한다. 즉 분류한 읽기 자료들은 그 분류 '기준'에 따라서 필자의 텍스트에 들어가는데, 들어가는 맥락은 본인의 생각을 '검증'하는 위치이다. 중위 필자 13번이 읽기 자료를 읽으면서 '발견'하고 설정한 '계획'은 '능숙한 저자성'에 해당한다. 그렇지만 중위 필자 13번은 상위 수준에 들어가지 못했다. 이는 성공적인 학술적 텍스트를 완성하기 위해서는 발견-표상-전략-구현에서 능숙한 저자로서의 역량이 '일정' 수준으로 나타나야 함을 방증한다. 이 필자는 계획하기의 '발견'에서는 능숙한 필자였지만, '구현'에서 그렇지 못했다.

중위 필자는 '관찰'에서 읽기 자료의 내용을 읽고 본인의 학술적 텍스트에 활용할 수 있는 내용을 '발견'하는 양상을 나타낸다. 그런데 텍스트에 활용할 목적으로 읽기 자료의 내용을 분류하기도 하지만, 이 '발견'에서 읽기 자료에 대한 '비판적 태도'는 나타나지 않는다. '수동적'으로 읽기 자료의 내용을 수용하고 자신의 텍스트에 '배치'할 '목적'만을 발견하려 노력한다. 또한 정서적 반응은 읽기 과제의 높은 난이도를 '발견'하고 나온 '반응'으로 부정적이었다. 이러한 '중위 필자'의 저자성은 학술적 '읽기 자료'를 읽고 분석하고 필요한 내용을 찾는 것에 '어려움'과 '두려움'을 나타내는 것이다.[5] 물론 중위 필자 중에서 중위 필자 4번과 19번은 긍정적인 반응을 보였다. 중위 필자 4번은 "이 과제를 보고 아주 쉽고 쓸 수 있는 점이 많다고 생각했다."라고 했고, 중위 필자 19번은 "휴대폰을 쓸 수 있어서 다행이다. 나는 공부한 만큼 생각나는 대로 문장을 쓸 것이다."라고 적었다. 긍정적 정서적 반응을 보면 중위 필자 4번은 '쓸 수 있는 점이 많다'와 '공부한 만큼 생각나는 대로 문장'이라는 내용에 주목할 필요가 있다. 이 두 필자가 긍정적 반응을 할 수 있었던 이유는 과제와 읽기 자료의 난이도에 주목한 것이 아니라 본인이 갖고 있는 '배경지식'에 주목했기 때문이다. 즉 과제와 읽기 자료의 난이도가 높지만, 과제와 읽기 자료와 관련된 '배경지식'이 충분하기 때문에 학술적 글쓰기에 대한 긍정적 반응이 나올 수 있었던 것이다. 이는 글쓰기에 대한 부정적 정성 반응이 주를 이루는 필자들에게 글쓰기의 방법과 내용에 대한 배경지식을 꾸준히 교육시켜야 하는 근거가 된다.

---

5) 이 두려움은 앞서 밝힌 대학원 유학생의 글쓰기에 대한 두려움과 그 성격이 다르다. 앞서 제시한 두려움은 외국인 유학생이 말하기, 듣기, 읽기, 쓰기를 비교했을 때 쓰기를 어려워한다는 의미의 두려움이다. 이는 '인식' 차원의 두려움으로 학업에서 표출되는 전반적인 경향이다. 그렇지만 지금 논의되는 중위 필자의 '글쓰기에 대한 어려움'은 어떤 이야기를 어떻게 표현해야 할까에 대한 복합적 고민을 말하는 것이다(이혜경, 2017:83). 즉 글쓰기 과정의 여러 국면에서 '선택'의 어려움을 호소하는 두려움이다.

마지막으로 하위 필자는 모두 10명인데, 이 중에서 질적 연구 대상
필자는 총체적 평가에서 3.00을 받은 하위 필자 1번과 총체적 평가 6.33
을 받은 하위 필자 4번이다. 이 두 필자의 점수 차이는 3.33으로 점수
간 차이가 크다. 이 두 필자는 하위 수준 집단에서 각각 상위권과 하위
권에 위치한다.

〈WL-1〉

드라마를 보는 이유, 문화에 대한 정보, 드라마를 보면서 느끼는 감정,
드라마의 내용이 다 똑같다.

하위 필자 1번의 자유글쓰기 내용에서 "드라마를 보는 이유"는 읽기
자료 1의 내용이고, "문화에 대한 정보"는 읽기 자료 2의 내용이다. 읽
기 자료 1은 유럽의 시청자가 한국 드라마를 시청하는 이유에 대한 내
용이고, 읽기 자료 2는 한국 드라마에는 여성의 욕망을 표출하는 내용
이 담겨 있다는 내용이다. 그런데 "드라마를 보는 이유"는 읽기 자료 1
의 중심 내용이 맞지만, "문화에 대한 정보"는 읽기 자료 2의 내용은 맞
아도 중심 내용이 아니다. "드라마를 보면서 느끼는 감정"은 읽기 자료
3과 관련되어 있고, "드라마의 내용이 다 똑같다."는 읽기 자료 5를 읽
고 필자의 느낌을 적은 것이다. 왜냐하면 읽기 자료 5의 내용은 한국
드라마의 스토리텔링에서 유명한 한류 배우가 반드시 포함된다는 내용
인데, 이를 필자가 드라마의 내용이 모두 똑같아서 '배우라도 교체하는
것'이라고 생각한 내용을 적은 것이기 때문이다.

하위 필자 1번이 쓴 "드라마를 보는 이유"는 읽기 자료 1의 중심내용,
"문화에 대한 정보"와 "드라마를 보면서 느끼는 감정"은 읽기 자료 2, 3의
중심 문장은 아니지만 포함된 내용, "드라마의 내용이 다 똑같다."는 읽
기 자료 5를 읽고 생각한 내용이다. 하위 필자 1번의 자유글쓰기의 내용

이 읽기 자료의 중심내용과 포함된 내용, 그리고 읽기 자료를 읽고 들었던 생각으로 정리된다. 그런데 필자는 이 내용들을 '발견'만 하고 구체적으로 어떻게 배치할까에 대한 수사적 전략이나 목적에 대해서는 자유글쓰기에 적지 않았다. 실제로 이 하위 필자 1번의 텍스트는 검토·논평으로 구성되었는데, 이는 요약하기가 주가 되고 간단하게 자기 생각을 추가한 구성을 말한다. 수사적 전략이나 목적이 없기 때문에 읽기 자료의 내용을 그대로 가져다가 넣고 요약을 한 것이다. 특히 이 필자는 읽기 자료 중심의 요약하기로 학술적 텍스트를 완성하면서 읽기 자료 2와 3은 중심 내용이 아닌 주변 내용을 넣어서 텍스트의 질을 떨어트리는 결과를 낳았다. 즉 '발견'한 것이 구체적인 '계획'이나 '표상'으로 연결되지 못하면, 텍스트를 '요약'하는 양상으로 '구현'된다.

〈WL-4〉

아무 생각도 없고 … 쓸 것이 많은데 나는 아직 한국어 잘 하지 못 해서 내 생각을 제대로 표현하지 못했다. 만약에 중국어로 쓰면 내가 더 잘 할 수 있다.

하위 필자 4번은 "아무 생각도 없고"라고 썼다. 이 필자도 중위 필자 21번처럼 부정적인 정서적 반응을 나타냈다. 다만 중위 필자 13번은 구체적으로 읽기 자료를 관찰하면서 '발견'한 내용을 쓰고 그 과정에서 '정서적 반응'을 보인 반면에 하위 필자 4번은 자유글쓰기 내용이 전부 '정서적 반응'이다. 이 필자는 '관찰'만 하고 읽기 텍스트의 어려운 '이해', 과제 해결의 '어려움' 등만을 '발견'했다. 과제와 읽기 자료를 읽고 느낀 '문제의식'이나 '해결'에 초점을 둔 '발견'은 없었다. 이는 완성된 학술적 텍스트의 낮은 총체적 질로 귀결되었다.[6]

---

6) 이혜경(2017:83)은 '글쓰기의 두려움'을 어떤 이야기를 어떤 식으로 표현해야 하는지

하위 필자는 텍스트의 내용 생성을 위한 '발견'이 없다는 특징이 있다. 하위 필자의 자유글쓰기에는 읽기 텍스트와 과제를 읽고 느낀 부족한 언어 능력을 비관하는 내용과 읽기 자료의 일부를 요약하거나 읽고 들었던 생각이 나타났다. 하지만 난이도의 어려움에도 주어진 과제를 해결하기 위한 전략 사용에 대한 구체적인 '발견'은 나타나지 않았다. 하위 필자의 '발견'에서는 미성숙한 필자로서의 면모를 보였다.

1.2. 수정하기에서의 발견과 진단

이어서 수정하기에서의 '발견'을 살펴본다. 계획하기에서 발견은 자유글쓰기에 나타난 과제와 읽기 자료에서의 '발견한 것'이었다. 수정하기에서 발견은 프로토콜 분석으로 나타난 1차 텍스트의 '진단' 양상이나 과제와 읽기 자료에서 새롭게 '발견한 것'이다. 상위 필자 11명 중에서 수정 프로토콜 분석은 2차 텍스트 총체적 평가에서 8.33을 받은 상위 필자 11번과 총체적 평가 7.67을 받은 상위 필자 7번이다.7) 이 두 명의 대학원 유학생 필자는 상위 수준 집단에서도 각각 상위권과 하위권에 위치한다.

〈WH-11〉
처음에는 **서류를 너무 많이 주셔서 어떻게 써야할지 몰랐지만** 지금은

에 대한 복합적 고민이 발생시키는 것으로 정의한다. '어떤 이야기'는 '화제'일 수도 있고, 인용하고자 하는 '담화'일 수도 있다. '어떤 식으로 표현'은 텍스트의 구성, 자료의 배열과 관련된 전략을 말한다. 따라서 하위 화자의 '글쓰기 두려움'은 복합적 고민의 과정을 통해 '전략'을 선택해야 하는 상황에 대한 거부감이나 부담감 등으로 정의할 수 있다. 하위 필자는 거부감과 부담감의 정도가 중위 필자보다 더 심각한 것으로 나타난다.

7) 상위 필자 11번은 1차 평가에서 6.67점을 받아서 상위 수준에 있었고, 상위 필자 7번은 4.00점을 받아서 하위 수준에 있었다. 11번 필자는 1, 2차 총체적 평가에서 '상위 수준'에 있었고, 7번 필자는 '하위 수준'에서 '상위 수준'으로 상승 이동했다.

알게 되었다. **서류를 다 보고 중간시험을 버리고 문장을 다시 썼다.** 쓰기 전에는 요약과 내 생각 중요했다. 그렇지만 지금은 서류 중에 나타난 내가 모르는 단어와 문법을 다 읽어보았고 **인기의 이유를 분석하는 것으로 조절했다.** 근데 아무래도 중국어가 아니기 때문에 이해 할 수 없는 부분도 있었다. **일단은 서류의 중심 생각을 대충 알았다.** 사실 나는 중국 사람만 한국 드라마를 엄청 좋아하는 줄 알았는데 서류를 보고 한국 드라마가 유럽에서도 인기가 많다는 것을 알게 되었다. 이런 현상이 정말 재미있다.

상위 필자 11번은 수정하기 전략으로 '다시쓰기'를 선택한 필자이다. 이 필자는 수정하기에서 1차 텍스트를 읽고 "서류를 너무 많이 주셔서 어떻게 써야할지 몰랐다"에서 알 수 있듯이 교수자가 원하는 텍스트를 쓰는 데 실패했음을 '발견'했다. 즉 5개의 읽기 자료를 '어떻게' 활용할지 전략을 몰랐다는 의미로 해석된다. 이 '발견'은 수정하기 전략으로 '다시쓰기'를 선택하도록 했다. 상위 필자 11번은 1차 텍스트를 읽고 발견한 내용도 중요하지만, 그 발견이 수정하기 '전략'으로 이어졌다는 것이 더 중요하다. '다시쓰기'는 텍스트를 처음부터 다시 쓰기 때문에 '과감한 결단'이 요구되는데, 이 결단은 1차 텍스트의 문제점을 정확하게 '발견'해야 가능한 결정이다. 그리고 필자는 '한국 드라마의 인기 이유'와 '읽기 자료의 중심 내용'을 '발견'하기 위해서 읽기 자료를 다시 읽는다. 이 '발견'을 위한 읽기는 '축어적 읽기'와는 구별되는 것으로 본인의 학술적 텍스트에 활용할 수 있는 내용을 '읽기 자료'에서 발견하기 위한 읽기이다. 상위 필자 11번은 1차 텍스트를 읽으면서 텍스트의 문제를 정확하게 '발견'했고, 이를 근거로 수정하기 전략을 선택했다. 그리고 읽기 자료를 다시 검토하면서 한국 드라마의 인기 이유와 각 자료의 중심 내용을 발견하기 위한 읽기를 했다.

내가 문장을 수정하기 전에는 선생님이 주신 서류를 여러 번 보았다. **근데 선생님이 주신 서류는 이해가 잘 안되며** 선생님이 어떤 문장을 원하시는지도 모르겠다. 왜냐하면 나는 이런 문장을 써 본 적이 없기 때문이다. 그래서 **1~5개의 서류 중에 내가 가장 이해가 잘 되는 것을 선택하여 문장을 썼다.** 문장을 다 쓰고 내가 쓴 문장을 다시 봤는데 내가 쓴 문장이 선생님이 주신 서류와 연결되는 것이 없는 것 같다. 그래서 나의 문장은 수정할 것이 많다. **일단 한국 드라마의 장점과 단점을 보강했다.** 문장 중에 단어적으로, 문법적으로 틀린 것을 다 고쳤다. 〈생략〉 **장점과 단점을 쓰면서 떠오르는 생각도 다 보충하였다.**

　상위 필자 7번은 수정하기에서 읽기 자료를 읽으면서 읽기 자료의 수준이 높음을 발견한다. 여기까지의 양상은 계획하기의 자유글쓰기에서 나타난 하위 필자의 모습과 유사하다. 그렇지만 상위 필자 7번은 그 이유를 학술적 텍스트를 읽고 분석하여 완성하는 글쓰기 경험이 없기 때문으로 인식하고, 새로운 읽기 전략을 생각해 낸다. 그 읽기 전략은 본인이 가장 잘 이해할 수 있는 내용이 담긴 읽기 자료를 주로 활용하는 것이다. 하위 필자와 상위 필자는 읽기 자료의 내용을 이해하는 것이 어렵다는 사실을 동일하게 발견했지만, 이 발견에 대한 '해결 방법'에는 차이가 있다. 계획하기의 자유글쓰기에 나타난 하위 필자는 부정적인 정서적 반응을 하고 추가적인 전략이나 방법을 생각하지 못했다. 반면에 수정하기의 수정 프로토콜에 나타난 상위 필자는 발견된 문제를 해결하기 위해서 읽는 방법을 수정하고, 본인이 이해할 수 있는 내용만 선별해서 텍스트를 구성하는 전략을 사용하기로 계획을 세운다. 적절한 해결방법의 '발견'에서 나타나는 차이가 하위 수준과 상위 수준을 결정지은 것으로 예상할 수 있다.

　Bereiter & Scardamalia(1987:7-13)에는 쓰기과정 모형, '지식 서술 모형

(Knowledge Telling Model)'과 '지식 변형 모형(Knowledge Transforming Model)'
에 대한 설명이 나온다. 지식 서술 모형의 '서술(Telling)'과 지식 변형 모
형의 '변형(Transforming)'의 차이점을 중심으로 살펴보면 '지식 변형 모형
(Knowledge Transforming Model)'으로 글쓰기를 하는 필자가 능숙한 필자이
다. '지식 변형 모형'으로 텍스트를 완성하는 필자들은 텍스트나 초고를
내용적 지식(Content Knowledge)에 의한 '내용 문제 공간(Content Problem
Space)'과 담론적 지식(Discourse Knowledge)에 의한 '수사적 문제 공간
(Rhetorical Problem Space)'으로 재분석하고, 여기서 나온 지식을 토대로 내
용을 '변형(Transforming)'하면서 글쓰기를 한다. 수정 프로토콜에 나타난
상위 필자들은 1차 텍스트와 읽기 자료를 '내용 문제 공간', 그리고 '수
사적 문제 공간'으로 설정하고 전략적으로 고려하는 모습이 나타난다.

　이어서 중위 필자 19명 중에서 수정 프로토콜 분석은 총체적 평가에
서 7.33을 받은 중위 필자 14번과 총체적 평가 6.67을 받은 중위 필자
17번이다.[8] 이 두 명의 대학원 유학생 필자는 중위 수준 집단에서도 각
각 상위권과 하위권에 위치한다.

〈WM-14〉

　제가 원래 쓴 제목은 한국 드라마가 왜 인기가 많을까로 썼는데 다시
읽어 보니까 제 내용은 한국드라마의 인기가 많은 것만 쓰는 게 아니
여서 **다시 제 제목은 한국드라마가 중국에 주는 영향으로 바꿨습니다.**
그래서 우선 한국 드라마가 중국에서 어떻게 발전했는지를 설명에 넣었
습니다. 〈중략〉 **외국 시청자를 중국시청자로 바꿨습니다. 주제랑 맞추
기 위해 아시아로 썼는데 다 중국으로 바꿨습니다.**

---

8) 중위 필자 17번은 1차 평가에서 5.67점을 받아서 상위 수준에 있었고, 중위 필자 14번
　은 3.67점을 받아서 하위 수준에 있었다. 17번이 '상위 수준'에서 '중위 수준'으로 하강
　이동한 필자이고, 14번은 '하위 수준'에서 '중위 수준'으로 상승 이동한 필자이다.

중위 필자 14번은 1차 텍스트를 읽으면서 1차 텍스트의 문제점 두 가지를 '발견'한다. 첫째는 제목과 내용 간의 상관성이 떨어지는 것이다. 처음에는 "한국 드라마가 왜 인기가 많을까?"가 제목이었는데, 1차 텍스트를 검토하니까 '인기 요인' 이외의 내용이 많이 들어가 있음을 '발견'했다. 그래서 제목을 '한국 드라마가 중국 드라마에 주는 영향'으로 바꾸고 이 '영향'에 주목해서 관련 내용을 추가했다. 둘째는 본인의 학술적 텍스트에서 다루고 있는 범위가 넓다는 것이다. 이 범위 문제를 해결하기 위해서, 외국 시청자를 아시아로 좁히고 다시 최종적으로는 중국으로 바꿨다. 중위 필자 14번이 본인의 텍스트 범주를 좁혀서 논의 대상으로 설정한 이유는 수정한 '제목'과 내용을 맞추기 위해서이다. 중위 필자 14번은 수정하며 글을 쓸 때 1차 텍스트의 내용과 제목이 상관성이 떨어짐을 '발견'하고, 이를 보완하는 방향으로 수정 전략을 '계획'한다. 그리고 그 '계획' 대로 수정하기를 진행하면서 연쇄적으로 논의의 범주로 좁혀 나간다. 학술적 글쓰기를 쓸 때, 앞문장의 수정이 뒷문장의 수정을 자연스럽게 요구하는 상황이 발생한다. 이와 같은 수정은 대개 '교정'이 필요한 문제를 '발견'했을 때가 아니라 '내용이나 구성'의 수정이 요구되는 문제를 '발견'했을 때 요구되는 수정 전략이다. 이는 중위 필자 14번이 '내용'이나 '구성' 중심의 문제점 '발견'에 집중해서 수정하며 글쓰기를 했다는 근거가 된다.

〈WM-17〉

중간시험의 문제점은 잘 모르겠다. 그렇지만 **자료 1부터 내용을 추가할 필요가 있다.** 자료 1의 자료내용을 요약하며 유럽의 한류 수용자들이 한국드라마를 시청하는 동기는 정보습득, 드라마 경쟁력, 휴식, 사교, 배우 매력성 등 5개 요인으로 나타났다. 나의 의견으로 우선 한국 드라마의 회수는 미국이나 유럽드라마보다 짧다고 생각한다. 〈생략〉 따라서 한국 드라마의 유럽드라마의 제일 큰 차이는 회수라고 생각한다. 자국

드라마의 완전히 다른 느낌으로 즐기는 한국 드라마는 유럽 시청자들이 새로운 영향을 미치는 것으로 확인되었다. 또한 한국 드라마는 유럽드라마보다 더 편하고 달콤한 느낌으로 시청자에게 휴식이라고도 할 수 있다고 본다.

그렇지만 모든 중위 수준 필자들이 중위 필자 17번처럼 정확하게 문제를 발견하고, 이를 수정하는 것은 아니다. 중위 필자 17번은 1차 텍스트를 읽고 자신의 텍스트가 갖고 있는 문제점을 발견하지 못했다. 그래서 텍스트의 문제점을 발견하지 못한 한계를 해결하기 위해서 읽기 자료 1부터 5까지 내용 분석을 다시 실시한다. 그리고 이 내용 분석에 대한 자신의 생각을 추가하는 방향으로 수정하기 전략을 선택한다. 그렇지만 이 내용 분석은 1차 텍스트의 문제점을 해결하기 위한 분석이 아니기 때문에 일반적인 수준의 '요약'이 될 가능성이 높다. 즉 진단의 구체성이 부족하기 때문에 무목적으로 1차 텍스트를 다시 읽고 읽기 자료의 내용을 텍스트에 종합하게 될 가능성이 높다.

중위 필자 14번의 '발견'은 텍스트 전체를 아우르는 내용과 배치, 그리고 상관성에 대한 것을 포함한다. 그렇지만 중위 필자 17번의 '발견'은 "문제점은 잘 모르겠다."에서 알 수 있듯이 불분명하다. 중위 필자 17번은 텍스트의 문제점을 적확하게 발견하지 못했기 때문에 특별한 목적 없이 읽기 자료를 차례대로 검토하기 시작한다. 진단한 내용을 해결하기 위한 계획 설정의 경우에도 중위 필자 14번이 더 적확하고 능숙한 반면에 중위 필자 17번은 무목적성의 모습을 보인다. 그렇지만 문제점을 발견하지 못했지만, 적극적으로 읽기 자료를 검토한 중위 필자 17번의 태도는 능숙한 저자로서의 모습이다. 읽기 자료를 반복해서 검토하면서 텍스트에 적용할 수 있는 내용이나 수정 방향 등이 생각날 여지가 있기 때문이다.

마지막으로 하위 필자 10명 중에서 수정 프로토콜 분석은 총체적 평가에서 6.00을 받은 하위 필자 6번과 총체적 평가 3.00을 받은 하위 필자 1번이다.[9] 이 두 명의 대학원 유학생 필자는 하위 수준 집단에서도 각각 상위권과 하위권에 위치한다.

〈WL-6〉

중간시험 볼 때에는 내가 먼저 문장의 주제를 정하였다. '언제까지 한국 드라마가 중국에서 인기가 많을 수 있는지'(시청자의 관심을 사로잡을 수 있는지) 그래서 첫 번째는 한국 드라마 〈대장금〉〈겨울연가〉로 시작했다. 한국은 중국이랑 가깝기 때문에 한국 드라마가 중국에 들어오는 것이 어렵지 않다고 생각한다. **그 다음에는 서류 1~5를 읽어보니 시험을 볼 때에는 내 생각대로 썼는데 이것이 틀렸다고 한다.** 그래서 수정하고 싶다. 그리고 문장 중에는 내가 한국 드라마를 좋아하긴 하지만 연기 방식과 줄거리가 뻔해서 안 봐도 내용을 다 알 것 같다고 했다. 그래서 **문장을 수정할 때에는 주로 서류 3으로 수정하려고 한다.** 세 번째 서류의 중심 생각은 한국 드라마의 특성과 경쟁률이라고 한다. **내가 세 번째 서류를 하는 이유는 내가 문장을 쓸 때 나의 생각을 인정해 줄 수 있는 것이라서 선택하였다.**

하위 필자 6번은 1차 텍스트의 문제점으로 필자가 정한 주제를 드러내기 위해서 사용한 근거들이 읽기자료와 상관성이 떨어지고, 전부 필자의 생각을 근거로 쓴 것이라는 것을 '발견'했다. 특히 이 '발견'에는 도움을 준 동료가 있어 보이는데, 근거는 "이것이 틀렸다고 한다."라는 진술이다. 하위 필자 6번은 자신의 생각에 정당성을 줄 수 있는 자료로

---

9) 하위 필자 6번은 1차 평가에서 4.33점을 받아서 중위 수준이었는데, 2차 평가에서 6.00점을 받아서 하위 수준으로 하강 이동한 필자이다. 반면 하위 필자 1번은 1차 평가에서 2.00점을 받아서 하위 수준이었는데, 2차 평가에서도 3.00점을 받아서 동일하게 하위 수준으로 무이동한 필자이다.

읽기 자료 3을 선택하고 이 자료 3의 내용을 중심으로 수정하기 전략을 세운다. 1차 텍스트의 문제를 발견하고 수정 전략을 세워서 텍스트에 반영하기까지 문제가 없어 보인다. 그렇지만 하위 필자 6번의 2차 텍스트를 보면 한국 드라마의 보편성과 특수성을 설명한 '자료 3'보다 한국 드라마의 트렌디 드라마로서의 특징을 설명한 '자료 5'의 내용이 지배적이다. '자료 3'이 '중국에서 한국 드라마 전성시대 얼마나 남았을까'라는 필자가 정한 제목에 부합하는 근거로 활용 가치가 있다면, 자료 5는 반대로 '중국에서 한국 드라마의 인기 이유'에 정당성을 주는 근거로 활용 가치가 있다. 즉 필자는 자료 3을 중심으로 한국 드라마의 전성시대가 얼마 남지 않았음을 주장하는 내용을 보강하려고 했지만, 실제로는 자료 5를 중심으로 '한국 드라마의 인기 이유'에 대한 내용을 수정·보강한 것이다. 이는 잘못된 '발견'이 초래한 결과이다. 즉 이 필자는 읽기 자료 3을 '선택'해서 수정을 했지만, 실제로는 읽기 자료 5가 본인의 텍스트에 더 부합하는 내용을 담고 있었기 때문이다. 이 혼란은 필자가 수정하기에서 읽기 자료를 다시 검토할 때 읽기 자료들의 중심 내용이나 수정에 필요한 내용을 잘못 '발견'하고 선택을 했기 때문에 발생한 결과이다.

〈WL-1〉

안녕하세요. 녹음 하겠습니다.

전 세계에서 한국드라마가 인기 있다는 것은 부인 할 수 없습니다. 그 인기의 원인이 무엇이냐면 드라마를 시청하는 사람들이 그 드라마를 보면서 자신의 관심사를 찾을 수 있기 때문입니다. 외국인들은 낯선문화에 대한 호기심을 가지고 드라마를 가지고 한국에 대해 동경과 문화를 간접적으로 경험 할 수도 있고 역사드라마를 통해서는 우리는 동양역사와 자기나라를 다르게 보는 유교사상에 대해 알 수 도 있습니다. 한국드라마가 현실로 재현할 수 있는 매개체로 역할을 한다고 할 수 있습니다. 드라마에서 나오는 영원한 사랑 완벽한 인간관계를 보며 주인공과 같은 감정을 느끼면서 자신의 감정을 만족시킨다고 보는 사람도 있습니다. 또한 한류에 관심이 있는 아이돌을 좋아하는 청소년들의 시청률을 얻기 위해서 인기배우나 가수를 캐스팅 하는 것이 보인다.

제 생각에는 한국드라마는 높은 완성도와 짜임새를 가지고 있기 때문에 유행이 되었다고 생각합니다. 현실에서 다른 문화를 재미있게 보는 것이 큰 역할을 가지고 있다고 봅니다. 그렇지만 시간이 갈수록 내용이 똑같은 드라마가 많이 지면서 한국드라마의 인기가 감소되는 것 같습니다 호기심을 얻기 위해서 제작사나 연기배우나 가수를 고르거나 새 시청자를 얻기 위해서 웹드라마 같은걸 만듭니다.

나는 틀린 단어만 바꿨습니다.

위 내용은 하위 필자 1번의 수정 프로토콜 전문이다. 대략 9분 정도 녹음한 파일을 보냈는데, 맨 첫 문장 "안녕하세요. 녹음 하겠습니다."와 맨 마지막 문장 "나는 틀린 단어만 바꿨습니다."를 제외하고 나머지 내용은 본인의 2차 텍스트의 내용과 동일했다. 요약하면 이 프로토콜의 내용은 쓰기체로 완성된 본인의 텍스트를 구어체로 바꿔서 녹음한 것이다. 짧지만 그 이유를 맨 마지막 문장에서 확인할 수 있었는데, 그 이유는 '단어'만 수정했기 때문이다. 앞서 하위 필자 6번은 1차 텍스트의 문제를 정확하게 '발견'했지만, 이를 해결하기 위해서 읽기 자료에서 관련 내용을 찾을 때는 자료를 잘못 '선택'했다. 반면에 하위 필자 1번은 맞춤법 이외에 '발견'이 없다. 이 필자가 발견한 유일한 내용은 '틀린 단어'이다 이는 본인의 텍스트를 수정할 때 수정을 곧 교정으로 인식하고 있기 때문에 나타나는 양상이다. 즉 글쓰기에서 '발견'은 필자가 가지고 있는 글쓰기 지식의 양과 질이 결정한다. 그런데 하위 필자 1번이 갖고 있는 글쓰기 지식에서는 수정은 곧 '교정'으로 저장되어 있는 것이다. 이 때문에 필자는 오류에 치우친 '발견'만 하게 되고, 이 '발견'은 곧 오류의 해결이라는 수정 전략을 '계획'으로 세우게 만든다. 결국 이렇게 수정되어 완성된 텍스트는 총체적 평가에서 낮은 평가를 받게 된다. 이는 '학술적 과제'를 고려해서 의도된 '수정'이 없기 때문이다.

하위 필자는 수정하기에서 잘못된 '발견'을 하거나 수정을 '교정'으로만 인식해서 내용과 구성에 대한 '발견'이 없었다. 이 두 가지 문제를 해결하기 위해서는 읽기 자료를 내용 중심으로 읽는 것이 아니라 본인 학술적 텍스트의 근거를 '발견'하기 위해서 읽는 연습이 필요하다. 또한 전반적인 글쓰기 교육을 하면서 교정의 범위를 넘어서는 수정과 전략 등을 명시적으로 가르칠 필요가 있다. 같은 주제를 다른 구성과 내용으로 쓰도록 하는 글쓰기 연습이 이와 같은 수정에 대한 획일적 인식을 개선하는 데 도움을 줄 것으로 보인다.

2. 표상 국면에서의 저자성

여기에서는 대학원 유학생 필자의 '표상', 즉 과제에 대한 '해석'을 중심으로 담화종합 수준별 차이점을 찾아보려고 한다. 다만 본 연구는 '표상'을 '발견'의 구체화된 계획이라고 정의하고, 이를 Flower(1993)의 '과제표상'을 통해서 살펴본다.

과제표상은 '정보 제공 자료', '텍스트의 형식(Format)', '글쓰기의 구성 계획'으로 구성된다(Flower, 1993).[10] 이 과제표상은 계획하기와 수정하기에서 모두 확인했는데, 교수자가 의도한 과제표상과 비교분석하는 과정을 거친다. 이 과정을 통해서 담화종합 수준별로 과제표상에 어떤 변화가 있는지를 확인한다. 특히 텍스트 수준별로 과제표상의 양상이

---

10) 본 연구에서 과제표상의 기술통계는 [부록 3]의 '계획하기 점검지'와 [부록 4]의 '수정하기 점검지'를 통해 종합된 설문 결과를 대상으로 진행되었다.

교수자의 과제표상과 얼마나 동일한지를 확인한다. 이를 통해서 본 연구에서는 담화종합 수준별로 학술 담화공동체의 구성원이 표상하는 과제표상과의 차이점을 살펴보려고 한다.

앞서 '발견'은 계획하기와 수정하기에서 과제와 읽기 자료, 그리고 1차 텍스트를 읽고 '발견'이나 '진단'한 내용을 근거로 '계획'하는 것이 중요했다. '표상'에서는 이 구체화되지 못한 '계획'을 인지적으로 '구체화'시킨 '표상'의 양상이 중요한데, 학술 담화공동체에 소속된 구성원임을 고려해서 교수자의 과제표상과 비교분석을 하려고 한다.

〈그림 5-3〉 '표상'의 담화종합 수준별 저자성 연구 방법

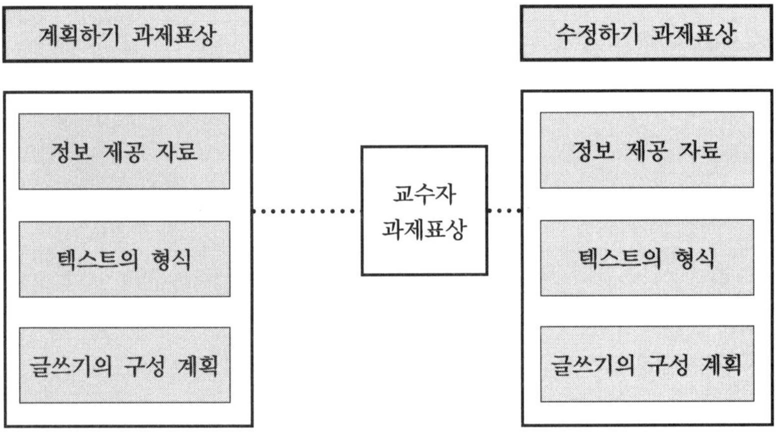

계획하기 과제표상		수정하기 과제표상
정보 제공 자료	교수자 과제표상	정보 제공 자료
텍스트의 형식		텍스트의 형식
글쓰기의 구성 계획		글쓰기의 구성 계획

〈그림 5-3〉을 보면 대학원 유학생의 과제표상과 교수자의 과제표상 간의 '거리'가 나타난다. 교수자의 과제표상과의 거리는 계획하기 과제표상보다 수정하기 과제표상과 더 가까운 것을 확인할 수 있다. 이는 계획하기에서는 대학원 유학생들이 필자 중심의 과제표상을 하더라도, 수정하기에서는 교수자의 의도를 파악해서 이를 중심으로 '과제표상'할 것을 기대했기 때문이다. 이 절은 계획하기와 수정하기에서 이 거리를 텍스트 수준별로 확인하는 과정이다.

2.1. 계획하기에서의 과제표상

먼저 과제표상의 요소 중에서 '정보 제공 자료'부터 살펴보겠다. '정보 제공 자료'에는 '읽기 자료의 내용', '읽기 자료의 내용과 내 생각', '화제에 대해 알고 있는 것', '화제에 대해 아는 것과 읽기 자료의 내용'이 있다. 교수자는 '화제에 대해 알고 있는 것'과 '화제에 대해 아는 것과 읽기 자료의 내용'으로 쓰라고 과제를 제시했다.

〈표 5-2〉 담화종합 수준별 계획하기 '정보 제공 자료' 과제표상

내용	상위		중위		하위		교수자
	N	%	N	%	N	%	
읽기 자료의 내용	0	0.0	1	5.3	1	10.0	
읽기 자료의 내용과 내 생각	11	100	11	57.8	6	60.0	
총계	11	100	12	63.1	7	70	
화제에 대해 알고 있는 것	0	0.0	2	10.5	2	20.0	●
화제에 대해 아는 것과 읽기 자료의 내용	0	0.0	5	26.4	1	10.0	●
총계	0	0	7	36.9	3	30	

계획하기에서 대학원 유학생들의 과제표상 중 '정보 제공 자료'에 대한 인식 결과이다. 상위 필자는 11명(100.0%)이 모두 '읽기 자료의 내용과 내 생각'을 선택했고, 중위 필자는 11명(57.8%)이 '읽기 자료의 내용과 내 생각'을 선택했다. 5명(26.4%)은 '화제에 대해 아는 것과 읽기 자료의 내용'을 선택했다. 이는 읽기 자료의 내용을 사용하지만, 필자가 화제에 대해 알고 있는 것이 주가 된다는 특징이 있다. 하위 필자는 6명(60.0%)이 '읽기 자료의 내용과 내 생각'을 선택했다. 본 연구에서 '정보 제공 자료'는 '화제에 대해서 알고 있는 것'을 반드시 포함해야 한다. 왜냐하면 과제 지시문에 '자료 내용과 내 지식을 종합적으로' 사용하라고 명시했기 때문이다. 학술적 텍스트를 완성하면서 자료의 내용만을 사용하

거나 간단한 필자의 생각을 추가하는 것은 타당하지 않은 과제표상이라고 판단된다. 그런데 텍스트 수준별로 모든 집단에서 교수자가 의도한 과제표상과 거리가 먼 '읽기 자료의 내용', '읽기 자료의 내용과 내 생각'이 가장 높았다. 교수자와 동일한 과제표상을 한 집단은 중위 필자로 7명(36.9%)이었다. 반면 하위 필자는 3명(30%)이고, 상위 필자는 없었다.

상위 필자의 계획하기에서 '발견' 내용을 살펴보면, 읽기 자료를 읽고 비판적으로 사고하는 경향이 강했다. 그리고 읽기 자료를 집중해서 읽고, 자신의 텍스트에 활용할 텍스트를 선별하는 양상도 나타났다. 이처럼 상위 필자는 읽기 자료를 중심으로 과제표상을 했기 때문에, 화제에 대한 배경지식을 활용해서 텍스트에 반영할 생각을 하지 못한 것으로 보인다. 반면에 중위 필자와 하위 필자는 읽기 자료를 읽고, 텍스트의 높은 난이도를 발견하여 과제 해결에 어려움을 호소하는 필자들이 있었다. 이런 이유로 읽기 자료의 내용을 포기하고, 필자 본인이 알고 있는 한국 드라마 관련 지식들을 중심으로 과제표상을 한 것으로 보인다. 특히 본 연구에서 휴대폰으로 번역기 사용은 통제했지만 인터넷 검색은 통제하지 않았는데, 인터넷 검색을 허가한 것이 이런 과제표상에 영향을 주었을 것으로 판단된다.

이어서 과제표상의 요소 중에서 '텍스트의 형식(Format)'을 살펴보겠다. 텍스트의 형식에 대한 인식조사는 '읽기 자료 요약', '읽기 자료 요약과 간략한 내 생각', '일반적인 독자를 고려한 설명적 보고서 형식', '공동체의 구성원을 고려한 논증적 글의 형식'이 있다. 교수자는 '공동체의 구성원을 고려한 논증적 글의 형식'으로 과제를 작성할 것을 지시했다. 교수자가 언급한 '공동체'는 학술 담화공동체를 의미한다.

〈표 5-3〉 담화종합 수준별 계획하기 '텍스트의 형식' 과제표상

내용	상위		중위		하위		교수자
	N	%	N	%	N	%	
읽기 자료 요약	0	0.0	1	5.3	2	20.0	
읽기 자료 요약과 간략한 내 생각	1	9.1	11	57.8	8	80.0	
일반적인 독자를 고려한 설명적 보고서 형식	4	36.4	2	10.5	0	0.0	
총계	5	45.5	14	73.6	10	100	
공동체의 구성원을 고려한 논증적 글의 형식	6	54.5	5	26.4	0	0.0	●
총계	6	54.5	5	26.4	0	0.0	

〈표 5-3〉은 계획하기에서 대학원 유학생들의 과제표상 중 '텍스트의 형식'에 대한 설문 결과이다. '읽기 자료 요약'은 상위 필자는 없었고, 중위 필자는 1명(5.3%), 하위 필자는 2명(20.0%)이 있었다. '읽기 자료 요약과 간략한 내 생각'은 중위 필자가 11명(57.8%)으로 제일 많았고, 하위 필자는 8명(80.0%)으로 그 다음이었으며 상위 필자는 1명(9.1%)이었다. 그렇지만 수준별 비율을 기준으로 보면 하위 필자가 가장 많이 선택했다. '일반적인 독자를 고려한 설명적 보고서 형식'은 상위 필자가 4명(45.5%)으로 제일 많았고, 중위 필자는 2명(10.5%)이었고, 하위 필자는 없었다. 마지막으로 교수자가 의도한 '공동체의 구성원을 고려한 논증적 글의 형식'은 상위 필자가 6명(54.5%)으로 제일 많았고, 중위 필자도 5명(26.4%)이 있었다.

중위 필자와 하위 필자는 '읽기 자료 요약과 간략한 내 생각'으로 보고서의 '형식(Format)'을 표상하고 있었다. 이는 앞서 '정보 제공 자료'에 대한 설문에서도 '읽기 자료의 내용과 내 생각'을 많이 선택했던 것과 연결된다. 상위 필자는 텍스트의 정보는 읽기 자료에서 가지고 와도 텍

스트의 형식은 설명적, 논증적 등 수사적 성격이 분명한 형식을 선택했다. 반면에 중위 필자와 하위 필자는 정보 제공 자료와 동일하게 '읽기 자료 요약과 간략한 내 생각'으로 표상했다. 여기서 수준별로 구분되는 점은 상위 필자는 읽기 자료를 수사적 목적을 고려해서 사용하려고 하지만 하위 필자에게서는 이와 같은 양상이 나타나지 않는다는 점이다. 또한 중위 필자도 하위 필자보다는 정보를 본인의 텍스트에 어떤 형식으로 구현할지를 고민하지만, 상위 필자보다는 그 정도가 약한 모습이다. 상위 필자 중에서 설명적, 논증적처럼 수사적 성격이 없는 '단순 요약과 내 생각'을 선택한 필자는 1명밖에 없다.

마지막으로 과제표상의 요소 중에서 '글쓰기의 구성 계획'을 살펴보겠다. 글쓰기의 구성 계획에는 '읽기 자료 요약', '주제에 대해서 자유롭게 반응하기', '검토하고 반응하기', '통제 개념을 사용해서 종합하기', '나 자신의 목적을 위해 해석하기'가 있다. 교수자는 '검토하고 반응하기', '통제 개념을 사용해서 종합하기', '나 자신의 목적을 위해 해석하기'를 과제로 제시하였다. 이렇게 과제를 안내해야 실제 텍스트가 학술적 텍스트로 구현되기 때문이다.

〈표 5-4〉 담화종합 수준별 계획하기 '글쓰기 구성 계획' 과제표상

내용	상위		중위		하위		교수자
	N	%	N	%	N	%	
읽기 자료의 내용을 요약하기	0	0.0	1	5.3	2	10.0	
주제에 대해서 자유롭게 반응하기	4	36.3	7	36.7	2	20.0	
총계	4	36.3	8	42.0	4	30.0	
검토하고 반응하기	2	18.1	5	26.4	2	20.0	●
통제 개념을 사용하여 종합하기	2	18.1	1	5.3	4	40.0	●
나 자신의 목적을 위해 해석하기	3	27.5	5	26.4	0	0.0	●
총계	7	63.7	11	58.0	6	60.0	

〈표 5-4〉는 계획하기에서 대학원 유학생들의 과제표상 중 '글쓰기 구성 계획'에 대한 설문조사 결과이다. '읽기 자료의 내용을 요약하기'는 상위 필자는 없었고 중위 필자가 1명(5.3%), 그리고 하위 필자가 2명(20.0%)이 있었다. '주제에 대해서 자유롭게 반응하기'는 중위 필자가 7명(36.7%)으로 제일 많았고 상위 필자가 4명(36.3%)으로 그 다음으로 많으며, 하위 필자는 2명(20.0%)이 있었다. 교수자가 의도한 과제는 '검토하고 반응하기', '통제 개념을 사용하여 종합하기', '나 자신의 목적을 위해 해석하기'이다. Flower et al(1990)은 과제표상의 '글쓰기 구성 계획'의 '검토하고 반응하기'가 실제 텍스트의 과제유형으로 구현되면, '틀'과 '검토반응'으로 나타난다고 지적했다. '틀'은 필자가 상정한 '서술 구조' 속에 읽기 자료의 내용이 들어가 있는 것으로 자료의 요약과 필자의 생각을 추가하는 '검토반응'보다 체계적이다. 다만 과제표상에서는 '검토하고 반응하기'가 텍스트에서 '틀'로 나타날지, 동일하게 '검토반응'으로 나타날지 알 수 없기에 표상의 국면에서는 학술적 글쓰기의 바람직한 과제표상으로 포함시켰다. '통제 개념을 사용하여 종합하기'와 '나 자신의 목적을 위해 해석하기'는 모두 논증적 글쓰기에 해당되는 텍스트이다. '검토하고 반응하기'는 중위 필자가 5명(26.4%)으로 제일 많았고, 상위 필자는 2명(18.1%), 하위 필자도 2명(20.0%)이 있었다. '통제 개념을 사용하여 종합하기'는 하위 필자가 4명(40.0%)으로 제일 많았고, 상위 필자는 2명(18.1%), 중위 필자는 1명(5.3%)이었다. '나 자신의 목적을 위해 해석하기'는 집단 내 비율을 고려하면 상위 필자가 27.5%(3명)로 제일 많았고, 중위 필자가 26.4%(5명)로 그 다음이었으며, 하위 필자는 없었다.

교수자가 의도한 과제표상에 부합하는 정도를 살펴보면, 상위 필자가 7명(63.7%)으로 제일 많은 비율이었고, 하위 필자가 6명(60%)으로 그 다음이었다. 중위 필자는 제일 낮았는데, 결과는 11명(58.0%)이었다. 계획하기에서 과제표상의 '글쓰기 구성 계획'에 대한 설문 결과는 평균

60%에서 +3.7%, -2.0%를 나타냈다. 이는 계획하기에서는 담화종합 수준별로 차이가 없는 글쓰기 구성 계획을 과제로 표상하고 있음이 입증된 것으로 〈표 5-5〉와 같이 정리된다.

〈표 5-5〉 담화종합 수준별 계획하기 과제표상

내용	상위		중위		하위	
	N	%	N	%	N	%
정보 제공 자료	0	0.0	7	36.9	3	30
텍스트의 형식	6	54.5	5	26.4	0	0.0
글쓰기 구성 계획	7	63.7	11	58.0	6	60.0

앞서 계획하기에서 담화종합 수준별 대학원 유학생의 과제표상 양상을 살펴보았다. '정보 제공 자료'에 대한 설문에서는 상위 필자가 교수자의 과제표상과 일치하지 않았고, '텍스트의 형식(Format)'에 대한 설문에서는 하위 필자가 교수자의 과제표상과 일치하지 않았다. 그렇지만 '글쓰기 구성 계획'에 대한 설문에서는 담화종합 수준별로 비슷하게 교수자의 과제표상과 일치하는 모습이었다.

과제표상의 '정보 제공 자료'의 설문 결과를 보면, 상위 필자는 읽기 자료의 내용을 변형해서 사용하는 특징이 있다. 중위 필자는 텍스트에 넣을 내용을 생성할 때 읽기 자료도 사용하지만, 필자가 화제에 대해서 알고 있는 지식도 많이 사용하는 것으로 나타났다. 이 경우 필자가 알고 있는 화제에 대한 지식이 필자 본인의 '경험'이라면, 2차 텍스트는 '자유반응'의 양상을 보일 가능성이 높다. 반면에 화제에 대한 지식이 학술 담화공동체에서 용인될 수 있는 내용이라면, 논증적 성격의 학술적 텍스트로 나타날 가능성이 높다. 이는 마지막 '구현'에서 확인해 보도록 하겠다. 하위 필자는 글쓰기 구성 계획에서 중위 필자보다 더 '학술적 글쓰기'에 부합하는 텍스트 구성 양상을 표상했다. 이는 대학원 유학생의 학습자

특수성으로 판단될 수 있다. 텍스트의 총체적 질이 낮을지라도 모국에서의 쓰기 경험, 모국의 학술 담화공동체의 소속 경험 등을 가진 대학원 유학생이라면, 전략과 구현 이전의 발견과 표상에서는 상·중위 필자들과 동등한 수준의 양상을 나타낼 수 있다. 그렇지만 텍스트의 총체적 질이 '하위'로 평가 받았기 때문에 이런 좋은 과제표상을 텍스트에 구현하는 데는 실패한 것으로 보인다. 이는 텍스트의 총체적 질이 낮을지라도 풍부한 쓰기경험을 가진 필자의 경우에는 계획하기에서의 '발견', 수정하기에서의 '진단'에 대한 글쓰기 교육보다 한국의 학술 담화공동체에서 통용되는 계획하기와 수정하기에서의 '전략' 사용에 대한 글쓰기 교육이 요구됨을 나타낸다.

2.2. 수정하기에서의 과제표상

앞서 계획하기에서 대학원 유학생의 담화종합 수준별 과제표상의 특징을 살펴보았다. 이어서 수정하기에서의 과제표상 양상에 대한 설문조사 결과를 살펴보겠다. 제일 먼저 '정보 제공 자료'에 대한 인식부터 살펴보겠다. 수정하기 과제표상의 경우에는 교수자가 '읽기 자료 이외에 학술/신문자료의 내용'이라는 조건을 추가했다.

〈표 5-6〉은 수정하기에서 대학원 유학생들의 과제표상 중 '정보 제공 자료'에 대한 설문조사 결과이다. '읽기 자료의 내용'은 상위 필자와 하위 필자는 없었고, 중위 필자만 3명(15.8%)이 있었다. '읽기 자료의 내용과 내 생각'은 하위 필자가 6명(60%)으로 제일 많았고, 중위 필자는 5명(26.3%)으로 그 다음이었으며, 상위 필자는 3명(27.3%)으로 제일 적었다. 교수자가 의도한 과제표상에 해당하는 '화제에 대해 알고 있는 것'은 중위 필자가 5명(26.3%)으로 제일 높았고, 상위 필자가 2명(18.1%), 하위 필자가 1명(10.0%)이었다. '화제에 대해 아는 것과 읽기 자료의 내용'은 상위 필자는 3명(27.3%)으로 제일 높았고, 중위 필자는 1명(5.3%), 하위 필자도 1명(10.0%)

〈표 5-6〉 담화종합 수준별 수정하기 '정보 제공 자료' 과제표상

내용	상위		중위		하위		교수자
	N	%	N	%	N	%	
읽기 자료의 내용	0	0.0	3	15.8	0	0.0	
읽기 자료의 내용과 내 생각	3	27.3	5	26.3	6	60.0	
총계	3	27.3	8	42.1	6	60.0	
화제에 대해 알고 있는 것	2	18.1	5	26.3	1	10.0	●
화제에 대해 아는 것과 읽기 자료의 내용	3	27.3	1	5.3	1	10.0	●
읽기 자료 이외에 학술/신문자료의 내용	3	27.3	5	26.3	2	20.0	●
총계	8	72.7	11	57.9	4	40.0	

이었다. 수정하기의 과제표상에 추가된 '읽기 자료 이외에 학술/신문자료의 내용'은 상위 필자가 3명(27.3%)으로 제일 높았고, 중위 필자는 5명(26.3%)으로 그 다음이었으며, 하위 필자는 2명(20.0%)으로 제일 낮았다.

본 연구에서는 '표상'의 양상이 대학원 필자의 '선택'이라고 전제한다. 그리고 필자들은 학술적 글쓰기를 하는 동안 '발견-표상-전략-구현'이라는 '선택'의 국면을 지속적으로 경험하게 된다. 그러므로 본 연구는 학술적 글쓰기의 각 국면에서 능숙한 필자로서의 선택을 해야 학술적 텍스트의 질이 높아진다고 전제한다. 수정하기에서의 정보 제공 자료의 양상을 보면 교수자가 의도한 대로 과제표상을 한 비율이 상위 필자 8명(72.7%)으로 제일 높았고, 중위 필자는 11명(57.9%)으로 두 번째로 높았으며, 하위 필자는 4명(40.0%)으로 제일 낮았다. 상위 필자는 11명 중에서 8명이 '표상'의 국면에서 교수자와 동일한 '선택' 즉 동일한 '표상'을 했다. 수정하기의 과제표상에서 상위 필자는 필자가 화제에 대해서 알고 있는 것, 그리고 학술자료나 기사 자료 등을 종합적으로 사용해서 텍스트를 완성하려는 과제표상을 하고 있었다.

〈표 5-7〉 담화종합 수준별 수정하기 '텍스트의 형식' 과제표상

내용	상위		중위		하위		교수자
	N	%	N	%	N	%	
읽기 자료 요약	0	0.0	1	5.3	0	0.0	
읽기 자료 요약과 간략한 내 생각	7	63.6	12	47.4	10	100.0	
일반적인 독자를 고려한 설명적 보고서 형식	2	18.2	2	10.5	0	0.0	
총계	9	81.8	15	63.2	10	100	
공동체의 구성원을 고려한 논증적 글의 형식	**2**	**18.2**	**4**	**21.0**	**0**	**0.0**	●
총계	2	18.2	4	21.0	0	0.0	

이어서 '텍스트의 형식(Form)'을 살펴보겠다. 교수자는 '공동체의 구성원을 고려한 논증적 글의 형식'으로 과제표상을 요구했다. 이는 대학원 유학생이 소속된 '공동체'가 학술 담화공동체이기 때문이다.

〈표 5-7〉은 수정하기에서 대학원 유학생들의 과제표상 중 '텍스트의 형식'에 대한 결과이다. '읽기 자료 요약'은 상위 필자와 하위 필자는 없었고, 중위 필자는 1명(5.3%)이 있었다. '읽기 자료 요약과 간략한 내 생각'은 하위 필자가 10명(100.0%)으로 제일 많았다. 즉 하위 필자는 전원이 '읽기 자료 요약과 간략한 내 생각'으로 과제표상을 한 것이다. 상위 필자가 7명(63.6%)으로 그 다음으로 높았고, 중위 필자가 12명(47.4%)으로 제일 적었다. '일반적인 독자를 고려한 설명적 보고서 형식'은 상위 필자가 2명(18.2%)으로 제일 높았다. 중위 필자는 2명(10.5%)이었으며, 하위 필자는 없었다. 마지막으로 교수자가 과제표상한 '공동체의 구성원을 고려한 논증적 글의 형식'은 중위 필자가 4명(21.0%)으로 제일 높았고 상위 필자가 2명(18.2%)이었고, 하위 필자는 없었다.

'텍스트의 형식'에서 주목할 결과는 하위 필자가 텍스트의 형식을 '읽기 자료 요약과 간략한 내 생각'으로 하고 있다는 것과 '읽기 자료 요약과 간략한 내 생각'에서 상위 필자도 높은 비중을 차지하고 있다는 것이다. 상위 필자가 '읽기 자료 요약과 간략한 내 생각'에서 두 번째로 높다보니, '공동체의 구성원을 고려한 논증적 글의 형식'도 중위 필자보다 비율이 낮았다. 여기서 교수자와 대학원 유학생 사이의 과제표상의 거리가 나타난다. 교수자는 계획하기와 동일하게 학습자들이 '학술 담화공동체'의 논증적 글쓰기로 과제표상하기를 원한다. 그렇지만 상위 필자, 중위 필자, 하위 필자 모두는 수정하기를 새로 쓰는 글쓰기가 아니라 부분적으로 보완이 필요한 글쓰기로 표상한다. 이 결과 텍스트의 형식을 본래 학술적 글쓰기의 성격과 연결해서 표상하지 않고, 수정에 초점을 두고 '읽기 자료 요약과 간략한 내 생각'으로 표상하게 되는 것이다.

마지막으로 과제표상의 요소 중에서 '글쓰기의 구성 계획'을 살펴보겠다. 글쓰기의 구성 계획에는 '읽기 자료 요약', '주제에 대해서 자유롭게 반응하기', '검토하고 반응하기', '통제 개념을 사용해서 종합하기', '나 자신의 목적을 위해 해석하기'가 있다. 교수자는 계획하기와 마찬가지로 '검토하고 반응하기', '통제 개념을 사용해서 종합하기', '나 자신의 목적을 위해 해석하기'를 과제로 표상했다.

〈표 5-8〉 담화종합 수준별 수정하기 '글쓰기 구성 계획' 과제표상

내용	상위		중위		하위		교수자
	N	%	N	%	N	%	
읽기 자료의 내용을 요약하기	0	0.0	3	15.8	1	10.0	
주제에 대해서 자유롭게 반응하기	4	36.4	10	52.5	1	10.0	
총계	4	36.4	13	68.3	2	20.0	
검토하고 반응하기	2	18.1	3	15.8	4	40.0	●
통제 개념을 사용하여 종합하기	2	18.1	2	10.6	3	30.0	●
나 자신의 목적을 위해 해석하기	3	27.4	1	5.3	1	10.0	●
총계	7	63.6	6	31.7	8	80.0	

〈표 5-8〉은 수정하기에서 대학원 유학생들의 과제표상 중 '글쓰기 구성 계획'에 대한 설문 결과이다. '읽기 자료의 내용을 요약하기'는 상위 필자는 없었고, 중위 필자가 3명(15.8%)으로 제일 높았고, 하위 필자가 1명(10.0%)이 있었다. '주제에 대해서 자유롭게 반응하기'는 중위 필자가 10명(52.5%)으로 제일 많았고 상위 필자가 4명(36.4%)으로 그 다음으로 많았으며, 하위 필자는 1명(10.0%)이었다. 교수자가 의도한 과제표상은 '검토하고 반응하기', '통제 개념을 사용하여 종합하기', '나 자신의 목적을 위해 해석하기'이다. '검토하고 반응하기'는 하위 필자가 4명(40.%)으로 가장 많았고, 중위 필자는 3명(15.8%)으로 그 다음이었으며, 상위 필자는 2명(18.1%)으로 제일 낮았다. '통제 개념을 사용하여 종합하기'도 하위 필자가 3명(30.0%)으로 가장 많았고, 상위 필자는 2명(18.1%)이었으며, 중위 필자도 2명(10.6%)이었다. '나 자신의 목적을 위해 해석하기'는 집단 내 비율을 고려하면 상위 필자가 3명(27.5%)으로 제일 많았고 중위 필자가 1명(5.3%)이었으며, 하위 필자도 1명(10.0%)이었다.

교수자가 의도한 과제표상은 하위 필자가 8명(80.0%)으로 제일 많았고, 상위 필자가 7명(63.6%)으로 그 다음이었다. 중위 필자는 제일 낮았는데, 결과는 6명(31.7%)이었다. 여기서 주목할 부분은 '글쓰기 구성 계획'에 대한 설문조사 결과는 하위 필자가 상위 필자와 중위 필자의 과제표상보다 더 교수자의 과제표상과 가깝다는 것이다. 그 원인은 '검토하고 반응하기'에서 찾아야 한다. 사실 '검토하고 반응하기'를 제외하면 상위 필자의 과제표상이 교수자가 의도한 과제표상과 가장 일치한다. 앞서 언급했듯이 Flower et al(1990)은 과제표상에서 '검토하고 반응하기'가 실제 텍스트에서는 '틀'과 '검토반응'으로 나타난다고 했다. '틀'은 필자가 상정한 '서술 구조' 속에 읽기 자료의 내용을 넣는 것이기 때문에 특정 구조 없이 자료의 요약과 필자의 간략한 생각을 추가하는 '검토반응'보다 체계적이고 텍스트의 수준도 높다. 결론부터 말하면 하위 필자의 2차 텍스트는 10개의 텍스트 중에서 6개의 텍스트가 '검토반응' 구성으로 나타났다.

〈표 5-9〉 교수자가 의도한 과제표상의 담화종합 수준별 양상

내용	상위				중위				하위			
	계획하기		수정하기		계획하기		수정하기		계획하기		수정하기	
	N	%	N	%	N	%	N	%	N	%	N	%
정보 제공 자료	0	0.0	8	72.7	7	36.9	11	57.9	3	30	4	40.0
텍스트의 형식	6	54.5	2	18.2	5	26.4	4	21.0	0	0.0	0	0.0
글쓰기 구성 계획	7	63.7	7	63.6	11	58.0	6	31.7	6	60.0	8	80.0

〈표 5-9〉는 교수자가 의도한 과제표상에 대한 담화종합 수준별 양상
이다. 지금까지 계획하기와 수정하기에서 담화종합 수준별 대학원 유
학생의 과제표상 양상을 살펴보았다. 수정하기에서 과제표상 양상은
'정보 제공 자료'의 경우 상위 필자가 가장 교수자와 동일한 과제표상을
하고 있었다. 그리고 '텍스트의 형식(Format)'에 대해서는 중위 필자가
교수자의 과제표상과 동일했고, '글쓰기 구성 계획'에 대해서는 하위 필
자가 교수자와 동일한 과제표상을 하고 있었다. 특히 수정하기의 '정보
제공 자료'에서는 상위 필자들이 주어진 자료뿐만 아니라 화제와 관련
된 '학술자료' 그리고 '신문 기사 자료'를 2차 텍스트의 내용 자료로 표
상하고 있었다. '텍스트의 형식'은 담화종합의 수준과 관련이 없었다.
이는 수정하기를 '부분 글쓰기'로 인식하고, 글쓰기 과제표상이 아니라
수정만을 위한 과제표상으로 표시했기 때문이다. '글쓰기 구성 계획'에
대한 결과도 과제표상의 양상이 담화종합 수준과 다른 양상이었다. 이
는 '글쓰기 구성 계획'의 유형 중에서 '검토하고 반응하기' 유형 때문으
로 완성된 2차 텍스트의 경우 하위 텍스트에서 '검토반응'이 나타났지
만, 상위 텍스트에서 '검토반응'이 나타나지 않았다. 상위 텍스트는 '검
토하고 반응하기'로 '글쓰기 구성 계획'을 표상한 필자들의 경우 2차 텍

스트를 '틀' 유형으로 완성했다. 즉 '글쓰기 구성 계획'의 유형에서 '검토하고 반응하기'에 '틀'을 포함하지 않으면, 상위 필자의 '글쓰기 구성 계획'이 교수자가 의도한 '글쓰기 구성 계획'과 동일해진다.

〈표 5-9〉에서 '정보 제공 자료'의 경우 상위 필자가 교수자가 의도한 과제표상과 가까워졌다. '텍스트의 형식'의 경우에는 중위 필자가 교수자가 의도한 과제표상과 가까워졌다. '글쓰기 구성 계획'의 경우에는 하위 필자가 교수자가 의도한 과제표상과 가까워졌다. '정보 제공 자료'의 경우 상·중위 필자들이 주로 '학술 담화공동체 구성원을 고려한 논증적 글의 형식'을 선택했는데, 하위 필자들은 모두 '읽기 자료 요약과 간략한 내 생각'을 선택했다. 전반적으로는 담화종합 수준별로 '읽기 자료 요약과 간략한 내 생각'을 선택한 비중이 높았지만 텍스트의 수준이 낮아질수록 '학술 담화공동체 구성원을 고려한 논증적 글의 형식'을 수정하기의 과제표상으로 선택하지 않는 모습이 나타났다.

3. 전략 국면에서의 저자성

지금까지 '계획하기'와 '수정하기'에서 '발견'과 '표상'의 양상을 담화종합 수준별로 살펴보았다. '계획하기'에서 '발견'은 자유글쓰기의 내용을 중심으로 살폈고, '수정하기'에서 '발견'은 수정 프로토콜의 내용을 중심으로 살펴보았다. 연구 방법으로 질적 분석을 선택했는데, 최대 변량(Maximum Varioation) 전략을 적용하여 담화종합 수준별로 표본을 선택하고 선택된 대학원 유학생의 질적 자료를 분석했다.[11] 또한 '계획하기'

---

11) 앞에서 담화종합 수준의 '범위'가 상위 수준과 중위 수준, 그리고 중위 수준과 하위 수준이 각각 '0.33점' 차이로 구획됨을 밝히고, 이것이 본 연구가 갖는 텍스트 수준의 '획일적 구획'이라는 한계라고 지적했다. 다만 그럼에도 불구하고 각 담화종합 수준별 상위권과 하위권을 선택해서 최대 변량(Maximum Varioation) 전략으로 대표 필자를

와 '수정하기'에서 '표상'은 '과제표상'을 중심으로 살폈다. 다만 4장의 기술적 통계 분석과 차별화를 위해서 〈한류문화읽기〉 교수자가 의도한 과제표상을 제시하고, 대학원 유학생과 교수자의 '과제표상' 차이를 중심으로 논의를 전개했다.

종합하면 대학원 유학생 필자가 '계획하기'와 '수정하기'에서 무엇을 '발견'하고, 무엇을 '표상'하는지를 중심으로 논의가 진행되었다. 그리고 이 '발견'과 '표상'을 대학원 유학생 필자가 '학술적 글쓰기'에서의 '선택'의 결과로 판단하고, 이 선택의 양상을 통해서 담화종합 수준별 저자성을 구체화했다.

'전략'부터는 '계획하기'와 '수정하기'가 중심이 되지 않고, '수정하기'와 '담화종합'이 중심이 되는 절이다. 본 연구에서는 '수정하기'를 의미를 생성하기 위한 글쓰기가 아니라 완성된 의미를 새로운 의미로 바꾸는 과정으로 제한했다(정희모, 2008가:341). Elbow(1987:52)은 글쓰기 전과정에서 '예상독자'를 고려하는 것은 효과적인 전략이 아니라고 지적했고 초안 작성이 모두 끝난 후에 수정의 단계에서 '독자'를 고려하는 것이 타당하다고 지적했다. 이와 같은 이유로 본 연구는 대학원 유학생이 1차 텍스트에서 완성된 텍스트를 다시 읽고 새로운 의미로 수정하기 위해 선택한 '전략'을 살펴보기 위해서 '수정하기'에서만 '전략'을 살핀다. 또한 이 '전략'을 통해서 완성된 학술적 텍스트의 '구현' 양상을 살피기 위해서 '구현'은 5.4.에서 '담화종합'을 중심으로 논의를 전개한다.

추출한 이유는 다음과 같다. 각 수준별 구획의 차이가 0.33점차이지만, 본 연구는 100점 단위가 아니라 9점부터 1점까지 총체적 평가를 진행했기 때문에 담화종합 수준별 '차이 점수'가 함의하는 '점수의 폭'이 상대적으로 크다고 보았다. 또한 본 연구는 수준별로 '공통'의 특징을 통해 담화종합 수준별 저자성을 분석하고, 이를 수준별 저자성으로 구체화하는 성격을 갖는데, 이런 성격에 부합하는 결론을 도출하기 위해서는 수준별로 상위 필자와 하위 필자가 공통의 양상을 보임을 입증해야만 했다. 이와 같은 이유로 본 연구는 '최대 변량 전략'을 사용했음을 밝힌다.

<그림 5-4> 담화종합 수준별 '전략' 분석을 위한 연구 절차

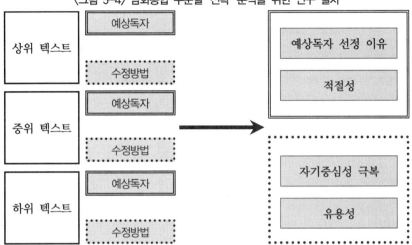

　〈그림 5-4〉는 담화종합 수준별로 살펴볼 '전략'의 내용과 전략을 분석하면서 본 연구가 주요하게 판단하려고 하는 내용이다. '전략'에서는 1차 텍스트의 완성된 내용을 수정하면서 대학원 유학생 필자가 고려한 '예상독자'가 누구인지, 그리고 그 이유와 예상독자의 '적절성'을 판단해 보려고 한다. 다음으로 수정방법은 대학원 유학생 필자가 수정하기에서 수정을 할 때 사용한 수정방법과 이를 통한 자기중심성 극복 여부를 확인한다.12) 그리고 수정방법을 통해 대학원 유학생 필자가 얻은 '유용성'이 무엇인지 살펴본다. 본 연구에서는 학술 담화공동체에서의 '장르성'이 '필자의 선택', 즉 '저자성'의 수준에 영향을 준다고 밝혔기 때문에 예상독자와 수정방법의 선택도 학술 담화공동체 맥락 안에서 고려되어야 높은 수준의 저자성으로 판단한다.

---

12) 이 절에서 다루는 수정방법은 고쳐쓰기 전략의 하위 방법인 '분리, 접합, 삭제' 등과 같은 수정방법이 아니다. 이 절에서의 수정방법은 필자가 텍스트를 수정하는 순간 사용하는 전략이 아니라, 텍스트를 수정하는 '전체 과정'에서 필자가 텍스트의 질을 높이기 위해 사용한 전략, 즉 유학생의 도움, 한국 학생의 도움, 교수자의 지도, 기타 읽기 자료의 참고 등을 의미한다.

3.1. 예상독자를 고려한 전략

본 연구에서 '독자'가 아니라 '예상독자'로 용어를 사용하는 이유는 '세부적인 독자'를 고려해서 대학원 유학생 필자가 텍스트를 구성하는가를 확인하는 것이 본 연구의 목적이 아니기 때문이다. 본 연구는 대학원 유학생 필자가 내면화된 예상독자를 지속적으로 '의식'하면서 글쓰기 행위를 하는지, 그리고 그 의식하는 '예상독자'가 학술 담화공동체 구성원인지를 확인하는 것이 목적이다. 결국 본 연구는 학술적 글쓰기를 수행하는 '필자의 인식 속에 존재하는 내면화된 예상독자(이아라, 2008:395)'이 누구인지, 그리고 이 예상독자가 얼마나 학술 담화공동체의 구성원에 가까운지를 확인하는 것이 목적이다. 먼저 대학원 유학생 필자가 고려한 예상독자에 대한 분석 결과이다. 수정하기 점검지에서 19번 문항은 '이 글의 예상독자는 누구입니까? 그 이유는 무엇입니까?(중국어, 영어, 러시아어로 쓰세요.)'이다.13) 〈표 5-10〉은 수정하기 점검지 19번 주관식 문항에 대한 답을 정리한 것이다.

〈표 5-10〉 대학원 유학생 필자가 고려한 예상독자의 수

독자 수	상위		중위		하위		총계	
	N	%	N	%	N	%	N	%
0명	0	0.0	0	0.0	1	10.0	1	-
1명	8	72.7	16	84.2	8	80.0	32	-
2명	3	27.3	2	10.5	1	10.0	12	-
3명	0	0.0	1	5.3	0	0.0	3	-
총계	14	100	23	100	11	100	48	100

4장에서는 대학원 유학생 필자들이 계획하기와 수정하기를 하면서

---

13) [부록 4] 수정하기 점검지 참고.

공통적으로 '독자'를 고려하지 않는 양상을 확인했다. 이것은 대학원 유학생 필자가 '독자'를 '고려'해서 '발견-표상-전략-구현'에서 요구되는 '전략'을 '선택'하지 않는 경향을 나타낸다. 그렇지만 예상독자를 구체적으로 정하지 않았을지라도 수정하기 과정을 거치면서 대학원 필자의 인식 속에 있는 '숨은 독자(Hidden Reader)'의 정체를 밝히는 것은 저자성 판단에서 중요한 분기점이 된다고 보았다(이유경, 2008). 결국 학술적 텍스트는 학술 담화공동체의 구성원이 텍스트를 읽을 것이라고 전제하고, 인식 속의 학술 담화공동체 소속의 '숨은 독자'와의 지속적인 대화를 통해서 완성되는 것이기 때문이다. 이 절은 대학원 유학생 필자가 예상한 독자 경향을 살피고, 담화종합 수준별로 어떤 차이가 있는지를 확인하기 위한 것이다.

〈표 5-10〉에서 대학원 유학생 필자들의 '예상독자 수'를 담화종합 수준별로 나눈 것이다. 상위 필자와 중위 필자는 예상독자가 없다고 쓴 필자가 없었다. 그렇지만 하위 필자 중 1명은 '모르겠다.'라고 썼다.[14] '예상독자 1명'을 기술한 필자는 중위 필자가 16명(84.2%)으로 제일 많았고, 하위 필자가 8명(80.0%)으로 두 번째로 많았다. 상위 필자는 8명(72.7%)으로 제일 적었다. '예상독자 2명'을 기술한 상위 필자가 3명(27.3%)으로 제일 많았고, 중위 필자가 2명(10.5%), 하위 필자가 1명(10.0%) 순이었다. '예상독자 3명'을 기술한 필자는 중위 필자만 있었는데, 1명(5.3%)이었다.

본 연구에서 예상독자의 '수'를 조사한 이유는 예상독자의 수가 적을수록 수정하기 '전략이 학술적 과제에 부합하는 것으로 판단했기 때문이다.[15] 즉 적은 수의 예상독자를 고려해야 필자가 담화공동체에서 요

---

14) 예상독자를 분석하면서 '명'이라는 단위를 사용하지만 이것이 '사람'을 의미하는 것은 아니다. 본 연구에서 '명'은 예상독자를 설명하면서 부득이하게 사용되는 것으로 특정 '직업군'이나 '부류의 사람'처럼 '담화공동체'를 통칭하는 단위로 사용함을 밝힌다.

구하는 방향으로 텍스트를 구현할 수 있다고 판단했다. 만약 예상독자의 수가 2명 이상이라면, 그 2명은 텍스트의 화제와 관련해서 '관련성'이 높아야 한다고 전제했다. 그렇지 않다면 필자는 복수의 담화공동체를 고려해야 하기 때문에 전략적 선택과 텍스트의 구현 모두에서 좋은 결과를 얻지 못하게 된다.

첫 번째 기준을 근거로 〈표 5-10〉을 보면 중위 필자와 하위 필자의 텍스트가 가장 전략적으로 잘 선택된 텍스트이어야 한다. 그렇지만 총체적 평가의 결과에서 알 수 있듯이 중위 필자와 하위 필자는 상위 필자보다 텍스트의 질이 떨어진다. 물론 예상독자의 설정이 텍스트의 총체적 질에 영향을 주는 유일한 조건은 아닐지라도 위와 같은 역설적 결과를 이해시켜 줄 기준이 필요한데, 그것이 두 번째 기준 복수 독자의 '관련성'이다.

〈표 5-11〉 대학원 유학생 필자가 고려한 복수 예상독자 내용

	WH	WM	WL
독자	2) 한국 드라마 시청자 한국 드라마 연구자 9) 한국 드라마의 팬 한국 드라마의 (잠)팬 10) 한류 연구 교수님 그 교수님의 제자들	4) 교수님 대학원 동기 17) 교수님 고향 친구 1) 평범한 중국 네티즌 평범한 한국 네티즌 한국의 이해 당사자	6) 한국 드라마 시청자 한국 드라마 작가

〈표 5-11〉에서 대학원 유학생 필자가 고려한 복수 예상독자의 내용이다. 이 복수 예상독자를 '관련성'을 기준으로 살펴보면, 상위 필자 10번과 중위 필자 4번만 복수의 예상독자에서 관련성이 발견된다. 무엇

---

15) 근거는 1명 즉, 1개의 담화공동체를 예상독자로 고려했을 경우에 필자가 고려해야 할 담화공동체의 지식과 표현 방식의 양이 줄고 무엇보다 이를 전략적으로 텍스트에 반영할 수 있기 때문이다(정희모, 2008나:401).

보다 이 관련성이 '학술 담화공동체'의 '구성원'이라는 점에서 예상독자 설정에 학술적 텍스트에 대한 '장르 인식'이 반영된 결과물로 보인다. 상위 필자 9번도 '한국 드라마의 팬'과 '한국 드라마의 잠재적 팬'으로 한국 드라마를 좋아하고 즐기는 사람이라는 차원에서 관련성이 보인다. 다만 텍스트의 성격이 '학술적 텍스트'라고 정의했을 때, 상위 필자 9번은 적합성 차원에서 상위 필자 10번과 중위 필자 4번에 비해서 부족하다. 상위 필자 2번 그리고 하위 필자 6번은 '시청자'와 '연구자', '시청자'와 '작가'로 각각 예상독자를 설정했는데, '한국 드라마'라는 거시적 차원의 주제를 제외하면 관련성을 찾기 힘들다. 중위 필자 17번은 하위 필자 6번과 상위 필자 2번과 동일한 문제가 나타나고, 중위 필자 1번은 일반적인 수준에서의 독자를 고려했다는 차원에서 문제가 된다.

<그림 5-5> 상위 필자의 예상독자 분류

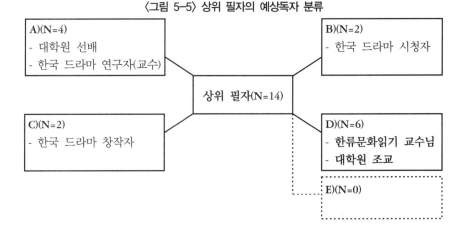

<그림 5-5>는 상위 필자의 예상독자를 분류한 것이다. 상위 필자의 예상독자에 대한 내용 분석에 앞서 본 연구에서 분류한 예상독자를 설명하면 다음과 같다. 'A'는 '학술 담화공동체'에 소속된 구성원이다. 'B'는 '한국 드라마나 한류를 즐기는 시청자' 집단을 가리킨다. 'C'는 '한국 드라

마를 만드는 사람이나 작가' 등 한국 드라마와 관련된 직업을 가진 사람을 총칭한다. 'D'는 마지막으로 〈한류문화읽기〉의 '평가자'로서 '교수자'를 말한다. 본 연구에서 'A'와 'D'를 구분한 이유는 동일하게 '학술 담화공동체'에 소속된 구성원이 분명하지만, 'A'가 학술 담화공동체의 '연구자'로 인식하고 대학원 유학생이 선택한 것이라면, 'D'는 교과목의 '교수자'로 인식하고 선택한 것이기 때문이다.16) 이에 대해서 상술하면 'A'는 2차 텍스트를 '연구에 도움이 되는 텍스트'라고 인식하고 있고, 'B'는 '좋은 성적을 받을 수 있는 텍스트'라고 인식하고 글쓰기를 진행한 것을 의미한다. 본 연구에서 'A'와 'D'를 분리한 이유는 별개의 것으로 판단한 것이 아니라 'A'를 예상독자로 인식하는 필자가 'D'를 예상독자로 인식하는 필자보다 학술 담화공동체의 규약에 민감하게 반응하는 것으로 전제하고, 담화종합 수준별로 그 양상을 확인하기 위함이다.

A: 〈WH-6〉

한류의 한 장르인 한국 드라마에 대해서 관심을 가지고 연구하는 사람입니다. 그 이유는 이야기의 주제가 '해외 시청자들의 한국 드라마 시청 동기와 한국 드라마의 발전방향'이기 때문입니다.

B: 〈WH-4〉

한류문화를 즐기는 독자와 한국드라마를 좋아하는 독자들입니다. 관심이 있어야 읽고 싶습니다.

C: 〈WH-5〉

예상독자는 한류드라마를 창작자라고 생각합니다. 한류드라마를 창작

---

16) Elbow(1987:50)은 필자의 인식 속의 독자(Audience)를 정확하게 알 수 없는 존재하는 망령(Ghost)이나 유령(Phantom)으로 설명하는데, 이 필자의 무의식에 강력한 영향력을 행사하는 대표적 독자로 '교사'를 제시한다. 즉 해당 과제를 제시한 교사는 '전략적 고려'라기 보다는 '무의식적 고려'라고 보는 것이다. 본 연구에서 학술 담화공동체의 구성원과 〈한류문화읽기〉의 교수자를 구분한 이유는 이러한 무의식적 고려를 전략적 고려와 구분하기 위함이다.

자는 드라마의 경제적 효과와 문화적 효과를 시청자보다 더 관심 있다고 생각합니다.

D: 〈WH-11〉

성생님만 읽을 거라고 생각합니다. 시험있으니까요.

E: 〈WH-3〉

조교이다. 사람이 너무 많기 때문이다.

　A를 선택한 필자 6번은 1차 텍스트의 제목과 주제를 고려해서 본인의 텍스트를 읽을 독자를 학술 담화공동체의 구성원으로 선택했음이 나타난다. B를 선택한 필자 4번은 학술적 흥미가 아니라 대중적 흥미를 근거로 한류나 한국드라마를 좋아하는 시청자를 독자로 설정했다. 이는 학술적 흥미를 고려해서 A로 예상독자를 선정한 필자 6번과 구별된다. C를 선택한 필자 5번은 본인의 텍스트가 한류의 경제성을 다루고 있음에 주목해서 '경제인'으로 독자를 선정했다. 그렇지만 '한류와 경제'를 연구하는 학술 담화공동체가 있음을 고려하지는 않는다. D를 선택한 필자 11번은 1차 텍스트가 시험의 형식으로 진행되었기 때문에 이를 근거로 D를 선택했다. E는 '조교'라고 적었는데, 강의를 듣는 대학원 유학생이 많아서 평가를 조교가 함께 할 것으로 예상하고 적은 것이다. 'D'와 'E'는 '좋은 연구물'보다는 '좋은 보고서'에 주안점을 둔 예상독자 선정을 의미한다.[17]

---

17) 학술 담화공동체의 강의에서 좋은 평가를 받으려면 필자가 학술 담화공동체에서 정한 규약을 사용해서 좋은 텍스트로 완성해야 하기에 'A'와 'D'를 구분하는 것의 근거가 약하다는 반론이 예상된다. 그렇지만 'A'로 인식하는 경우 필자는 본인이 하고 있는 글쓰기를 학술 담화공동체에서의 학술적 글쓰기(Academic Writing)로 인식하는 반면에 'B'로 인식하는 경우 필자는 학문 목적 글쓰기(Writing to learn)로 인식하는 것으로 풀이된다. '대학원' 유학생, 그리고 그 중에서 상위 수준 필자라면 '보고서'라는 인식에서 벗어나 '연구물'이라는 관점에서 글쓰기 전략을 활용해야 한다고 판단했다. 'A'와 'D'는 본 연구에서 정한 예상독자의 기준 '관련성'에도 부합함에도 이와 같은 이유로 분리해서 다뤘음을 밝힌다.

〈그림 5–6〉 중위 필자의 예상독자 분류

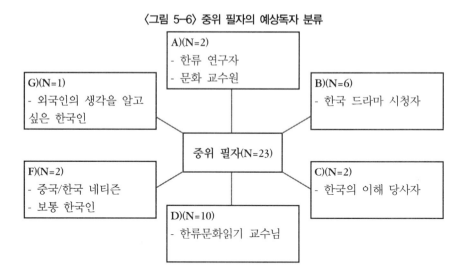

중위 필자의 예상독자는 'A'가 2명, 'B'가 6명, 'C'가 2명이다. 상위 필자보다 중위 필자는 한류 드라마를 좋아하는 시청자를 중심으로 예상독자를 고려하는 모습이었다. 중위 필자의 예상독자에서는 한류나 한국 드라마와 관련이 없는 '보통 독자'가 등장하는데, 'F'가 그 예이다. 'F'는 일반적인 네티즌이나 한국인을 가리킨다. 'G'는 '외국인의 생각을 알고 싶은 한국인'인데, 이는 '전략'으로 판단할 때 다른 유학생 필자가 '연구자'나 '한류로 경제적 이익'을 취하는 경우에만 '한국인'을 독자로 설정한 것과 다른 양상이다. 'G'는 일반인 중에서도 특정 지식을 알고 싶어 하는 한국인이 예상독자이다. 중위 필자에서 나타는 'G'는 일반적 독자들 중에서 특정 '지식'을 알고 싶은 사람으로 의미가 한정된다는 특징이 있다. 담화종합 중위 수준의 대학원 유학생 필자가 'F'와 'G'를 예상독자로 선정한 이유는 다음과 같다.

F: 〈WM-1〉

독자는 평범한 한국이나 중국 네티즌이나 한국의 드라마 이해 당사자가
될 것으로 예상됩니다. 이유 : 인터넷의 일반 사용자가 실수로 또는 의
도적으로 보거나, 한국에 관심이 있거나, 한국이 활성 검색 브라우징
관련 기사에 관심을 가질 수 있습니다.

F: 〈WM-11〉

일반 독자들입니다. 누군가에게 보여 줄 생각은 없었다. 자신이 글을
쓰는 데 익숙치 않기 때문에 글쓰기에 아무런 기대가 없기 때문에 특정
독자들도 쓰지 않는다. 임무를 완수하고 끝냈으면 좋겠다.

G: 〈WM-5〉

외국인의 생각을 알고 싶은 한국인. 나는 중국인으로서 나름데로 한국
드라마에 대한 생각과 인식을 표현하고 있다. 한국인과 다를 바 없다.
그래서 중국인들의 생각을 참고할 수 있는 한국인에게 도움을 줄 수
있다.

필자 1번은 일반적인 독자를 설정한 이유가 있는데, 본인의 텍스트
를 읽고 한류나 한국 드라마에 관심이 없는 중국 사람이나 한국 사람이
관심을 갖게 되는 계기가 되기를 바라기 때문이다. 반면에 필자 11번은
일반적인 독자로 예상독자를 설정한 이유가 필자 1번과는 다르다. 중
위 필자 11번은 학술적 텍스트에 대한 걱정 때문에 특정 독자를 설정하
지 못하고 일반적인 독자를 선정한 것이다. 중위 필자 11번은 계획하기
'자유글쓰기'에서도 부정적인 정서적 표현을 적었던 필자이다. 이 필자
는 계획하기부터 수정하기까지 글쓰기에 대한 두려움이 계속 나타난다
는 특징이 있다. 중위 필자 5번은 본인의 텍스트가 한국 드라마에 대한
'중국 사람의 인식'이 나타나기 때문에 이런 주제를 알고 싶은 한국 사
람이 본인의 텍스트를 읽는다면 도움이 될 것이라고 썼다. G를 독자로
설정한 필자 5번의 예상독자 선정 이유는 텍스트를 쓰는 이유가 분명

하면 예상독자도 분명하게 설정할 수 있음을 방증하는 내용이다.

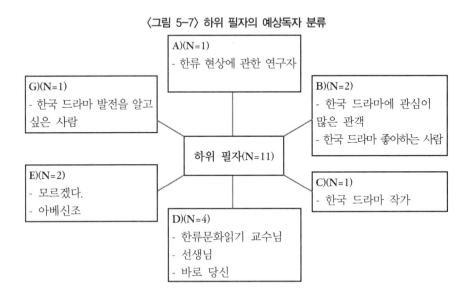

〈그림 5-7〉 하위 필자의 예상독자 분류

마지막으로 하위 필자의 예상독자이다. 직접적으로 관계가 없거나 관련성이 떨어지는 경우에 'E'로 분류하는데, 하위 필자 중에는 '아베 신조'를 예상독자로 설정한 필자가 있었고 '모르겠다'고 밝힌 필자도 있었다. 'G'에는 '한국 드라마 발전을 알고 싶은 사람'이라는 구체적인 예상독자가 있다. 다만 중위 필자가 특정 목적을 가진 일반인을 한국인으로 설정했다면, 하위 필자는 중의적으로 표현했다. 전반적인 경향은 학술 담화공동체의 구성원을 고려한 필자는 1명밖에 없고, 교수자를 많이 고려했다는 것이다. 이는 담화종합 하위 필자의 경우 스스로 전문 저자성을 가진 저자로 인식하는 정도가 매우 낮음을 방증한다. 이와 같이 예상독자를 설정한 이유를 분석해 보면 다음과 같다.

E: 〈WL-8〉

아베 신조(安倍晋三), 내 글은 해외 한인들에게 보내는 질문이다.

G: 〈WL-7〉

한국의 드라마 발전을 알고 싶은 사람이어야 한다.

필자 8번과 7번 모두 예상독자 선정 이유를 자세하게 밝히고 있지는 않다. 그 이유를 살펴보고자 필자 8번과 필자 7번의 텍스트 내용을 검토해 보았다. 필자 8번의 텍스트는 대만에서의 한국 드라마가 파생시킨 한류의 바람, 영향력을 다룬 텍스트이고 필자 7번은 한국 드라마가 중국와 아시아시아에서 인기가 있는 이유에 대한 글이다. 8번 필자의 텍스트는 '자유반응'의 성격이 강하고 7번 필자의 텍스트는 '검토반응'의 성격이 강하다. 결론은 필자 8번의 텍스트와 예상독자 사이의 관련성이 없다는 것이다. 필자 8번이 예상독자의 이유로 적은 '해외에 사는 한인'도 2차 텍스트와 관련성이 없었다. 그리고 필자 7번은 특정 독자를 지칭한 것이 아니라 본인의 텍스트가 한국드라마의 발전과 이유를 밝히는 텍스트이기 때문에 불특정 독자를 지칭한 것으로 판단된다. 즉 예상독자만을 봤을 때는 특정 집단을 가리키는 것으로 보이나, 실제로는 2차 텍스트의 중심 내용에 맞춰서 본인의 예상독자를 설정하고 이를 적은 것이다.

담화종합 수준별 필자들의 'A'와 'D'의 양상을 살펴보면, 상위 필자는 'A'가 4명(28.5%), 'D'가 5명(35.7%)으로 나타났다. 중위 필자는 'A'가 2명(8.7%), 'D'가 10명(43.5%)으로 나타났다. 하위 필자는 'A'가 1명(9.0%), 'D'가 4명(36.4%)으로 나타났다. 본 연구에서 학술적 텍스트의 총체적 평가 결과는 '담화종합 수준', '성취도 수준', '쓰기 능력 수준' 등과 동일시하는 것으로 앞에서 밝혔다. 총체적 평가 상위 27.5% 안에 드는 높은 성취도 수준을 인정받은 상위필자는, 'D'는 다른 수준의 필자들과 비교할 때 선택 빈도가 가장 적었고, 'A'를 선택한 필자는 가장 많았다. 이는 대학원 유학생 필자들이 학술적 텍스트를 수정·완성할 때, 학술 담화공동체의 규약을 고려하는 것이 텍스트의 수준을 높일 수 있음을 간접적으로 나타낸다.

지금까지 대학원 유학생 필자가 수정하기에서 설정한 예상독자와 그 이유를 중심으로 살펴보았다. 본 연구에서는 학술적 텍스트의 독자를 특정 공동체로 설정하고, 독자가 학술 담화공동체에 소속된 구성원이면 적절한 예상독자를 설정한 것으로 판단했다. 복수로 예상독자를 설정했을 경우에는 그 둘 이상의 독자가 '관련성'을 공유하는 것을 전제로 용인할 수 있지만 그렇지 않은 경우에는 '실패한 전략'으로 판단했다. 복수 예상독자에서는 상위 필자가 관련성이 높았고, 중위 필자와 하위 필자는 관련성이 낮은 독자를 예상독자로 고려하는 양상을 확인했다. 마지막으로 상위 필자일수록 학문 목적 글쓰기가 아니라 학술적 글쓰기로 인식하고 예상독자를 설정했고, 중·하위 필자는 학술적 글쓰기가 아니라 학문 목적 글쓰기로 인식하고 예상독자를 고려하는 경향을 발견했다.

3.2. 자기중심성 극복을 위한 전략

3.1.에서는 대학원 유학생 필자들이 수정하며 글쓰기를 할 때 고려하는 예상독자가 누구인지, 그리고 그 이유가 무엇인지를 담화종합 수준별로 살펴봤다. 학술적 텍스트의 수준이 올라갈수록 학술 담화공동체를 인식하고 예상독자를 설정하는 모습이 나타났다. 텍스트의 수준이 내려갈수록 텍스트의 내용과 무관하거나 불특정 독자를 설정하는 모습이 나타났다. 이 항에서는 수정방법에 집중해서 대학원 유학생 필

자들의 '전략'을 살펴보려고 한다. 4장 학술적 글쓰기의 양상에서는 수정하기에서의 '방법'으로 다뤄졌지만, 5장에서는 대학원 유학생이 '자기중심성(Egocentrism)'을[18] 극복하기 위해 '선택'한 전략으로 전제하고 논의를 전개한다.

양경희·이삼형(2011:420-422)은 '자기중심성'을 설명하면서 '쓰기 지식 및 기능의 부재'가 원인인 오류와 구별해야 함을 강조했다. 그 차이의 근거로 '지식과 기능'의 문제 때문에 발생한 오류는 수정하기(교정 단계)에서 개선의 여지가 적지만, '자기중심성'이 만든 오류는 수정하기에서 유의미한 개선을 이끌어 낼 수 있기 때문이라고 지적했다. 우리가 '실패한 텍스트'라고 말할 때는 필자의 '의도'를 독자에게 전달하는 데 실패했음을 의미한다. 이는 텍스트를 쓰면서 끊임없이 독자를 인식하고 고려하는 전략을 사용해야 함을 의미한다. 또한 필자의 집필 의도와 독자의 기대 지평 간의 간극을 좁힐 수 있는 수정하기 전략이 요구된다. 정은아(2015:514)는 '토론'이나 '피드백'이 쓰기과정에 있다면, 필자의 '자기중심성'을 필자가 인식하고 극복하게 하는 데 큰 도움을 준다고 지적한다. 본 연구도 '토론'과 '피드백'에 주목했다. 부연 설명하자면 본 연구의 논지는 학술 담화공동체에 소속된 구성원 간의 '토론'과 '피드백'이 필자의 '자기중심성'을 인식하게 하고, '필자'의 의도와 독자의 '이해'의 간극을 좁히는 노력을 지속하게 한다고 전제한다. 문제는 본 연구에서 다루는 연구 대상이 '유학생'이라는 점이다. 한국의 학술 담화공동체에 소속된 유학생 필자라면 자기중심성을 인식하는 것까지는 차치해 두더라도 독자의 '이해' 측면에서는 한국의 담화공동체 구성원과 '토론'과

---

18) Flower(1993; 원진숙·황정현 역, 1998:364)은 '자기중심성'을 '사고가 나(I) 또는 자아(Ego)를 중심으로 집중되어 있는 자연적 심리 성향으로 정의한다. 다만 Flower(1993; 원진숙·황정현 역, 1998:366)은 수정하기 전의 초고에서는 자기중심성이 보다 더 유용하게 작용한다고 지적한다. 이 지적은 본 연구가 자기중심성을 수정하기에서 검토하는 근거가 된다.

'피드백' 활동을 하는 것이 전문적인 학문적 저자로서의 '선택'이라고 판단했다. Flower(1993)도 밝혔듯이 계획하기에서의 자기중심성은 필자의 텍스트에 유용하게 작용할 수도 있다. 필자가 유학생이라고 하더라도 반드시 한국인 동료에게 피드백을 받을 필요는 없다. 오히려 계획하기에서 피드백을 받게 되면 '비평(Critic)'을 받는다고 생각해서 필자는 소극적으로 표현하거나 글쓰기 공포를 경험하게 될 수도 있다(Elbow, 2000). 이와 같은 이유로 본 연구에서는 학술적 글쓰기의 '수정하기'에서 대학원 유학생 필자의 수정 방법을 중심으로 본 연구가 수정방법에서 전제한 '선택'의 양상을 살펴보려고 한다.

〈표 5-12〉 담화종합 수준별 수정방법 사용 양상

선택항	상위		중위		하위	
	N	%	N	%	N	%
혼자서 수정하기	9	81.8	16	84.2	8	80.0
유학생의 도움을 받아 수정하기	0	0.0	2	10.5	1	10.0
한국 학생의 도움을 받아 수정하기	**4**	**36.4**	**1**	**5.2**	**0**	**0.0**
교사의 지도에 따라서 수정하기	**1**	**9.1**	**0**	**0.0**	**0**	**0.0**
참고 자료나 기사 등을 참고하여 수정하기	11	100.0	10	52.6	1	10.0
총계	25	-	29	-	10	-

〈표 5-12〉는 담화종합 수준별 수정방법의 양상이다. 이 설문은 복수 응답이 가능했기 때문에 표의 내용 중 %는 각 선택항을 담화종합 수준별 전체로 나눈 값이다. '혼자서 수정하기'는 상위 필자가 9명(81.8%), 중위 필자가 16명(84.2%), 하위 필자가 8명(80.0%)으로 각각 나타났다. 전반적으로 모든 필자가 '혼자서 수정하기' 방법으로 전략을 선택한 양상이었다. '유학생의 도움을 받아 수정하기'는 상위 필자는 한명도 없었고, 중위 필자는 2명(10.5%), 하위 필자는 1명(10.0%)이 있었다. 같은 유학생을 피드백의 대상으로 고려하지 않은 선택은 상위 필자의 수정하기 전

략으로 보인다. '참고자료나 기사 등을 참고하여 수정하기'는 상위 필자
는 11명(100.0%)이 선택했고, 중위 필자는 10명(52.6%), 하위 필자는 1명
(10%)이었다. 즉 수정하기에서 방법을 선택할 때 상위 필자는 '참고 자
료나 기사'를 선택하는 것이 '습관화'되어 있는 것으로 나타났다. 반면
자기중심성을 극복하는 전략으로 본 연구에서 판단한 '한국 학생의 도
움을 받아 수정하기'와 '교사의 지도에 따라서 수정하기'는 대학원 유학
생 6명만이 전략으로 선택했다. '한국 학생의 도움을 받아 수정하기'는
상위 필자가 4명(36.4%)으로 제일 많았고, 중위 필자는 1명(5.2%)이었다.
'교사의 지도에 따라서 수정하기'는 상위 필자만 1명(9.1%)이 있었다. 전
체적인 수정방법의 양상을 고려하면, '자기중심성'을 극복하기 위해서
학문 담화공동체의 한국인과 토론이나 피드백을 진행한 집단은 상위
필자 집단이다.

〈표 5-13〉 수정방법에서 경험한 피드백 내용

텍스트 수준		피드백 내용
상위	번호	WH-1, WH-4, WH-7, WH-10, WH-11
	내용	3) 논리적 구조, 문장과 문단의 연결, 맞춤법과 띄어쓰기 23) 주어진 과제 해석, 선정한 화제의 타당성, 글의 구성, 논리적 구조 29) 문장 오류 34) 문장과 문단의 연결, 문장 오류, 맞춤법과 띄어쓰기 37) 선정한 화제의 타당성, 문장 오류, 맞춤법과 띄어쓰기
중위	번호	WM-1, WM-14, WM-19
	내용	1) 주어진 과제의 해석 22) 주어진 과제의 해석, 5개 읽기 자료의 이해, 맞춤법과 띄어쓰기 38) 맞춤법과 띄어쓰기
하위	번호	WL-7
	내용	33) 맞춤법과 띄어쓰기

〈표 5-13〉은 수정방법에서 '유학생의 도움을 받아 수정하기', '한국학생의 도움을 받아 수정하기', '교사의 지도에 따라서 수정하기'를 선택한 필자를 대상으로 추가적으로 진행한 내용이다. 설문지 조사로 동료에게 피드백을 받은 후, '주어진 과제의 해석', '5개 읽기 자료의 이해', '선정한 화제의 타당성', '예상독자의 선정', '글의 주제', '글의 구성', '읽기 자료의 요약과 활용', '논리적 구조', '문장과 문단의 연결', '문장 오류', '맞춤법과 띄어쓰기', '참고 자료나 기사 검색' 중에서 도움을 받은 부분에 복수 응답하도록 했다.

상위 필자는 학술 담화공동체의 한국인 동료로부터 '주어진 과제의 해석', '선정한 화제의 타당성', '글의 구성', '논리적 구조', '문장과 문단의 연결', '문장 오류', '문장 오류', '맞춤법과 띄어쓰기', '참고 자료나 기사 검색' 등의 도움을 받았다. 그 결과 텍스트의 형식과 내용의 수정, 그리고 오류 교정 등에서 도움을 받은 것으로 나타났다. 단순히 '교정' 차원의 피드백이 아니라 화제를 발견하는 단계부터 이를 구체화해서 쓰기계획을 표상하고 이를 텍스트에 구현하기 위해서 전략을 세우는 과정 전반에 한국인 대학원생의 도움을 받은 것이다. 이는 한국인 대학원생이 학술적 글쓰기 전체를 대학원 유학생과 함께 했다는 의미가 아니다. 한국인 대학원생은 대학원 유학생이 학술적 글쓰기의 여러 국면들, 발견-표상-전략-구현에서 선택한 것들의 타당성을 점검해 준 것이다.

반면에 중위 필자는 '주어진 과제의 해석', '5개 읽기 자료의 이해', '맞춤법과 띄어쓰기' 등의 도움을 받았다. 텍스트의 내용과 형식에서는 큰 도움을 받지 못한 것이다. 본 연구에서 주목한 이유는 중위 필자 1번과 19번은 수정방법이 '유학생의 도움을 받아 수정하기'이기 때문이다. 중위 필자 1번과 19번은 1차 텍스트를 수정할 때 '맞춤법과 띄어쓰기'를 중심으로 유학생에게 도움을 받았다. 또한 이 중위 필자들은 오류가 31개, 19개로 중위 필자 평균 16개를 넘겼다. 중위 필자 중에서 필

자 14번만 한국인 대학원생에게 도움을 받았는데, 1번, 19번이 오류 수
정에만 주안점을 두는 반면, 14번 필자는 '주어진 과제의 해석', '5개 읽
기 자료의 이해', '맞춤법과 띄어쓰기' 등 계획하기와 수정하기 전반에
대한 피드백을 받았다. 그리고 이 수정 방법은 텍스트의 수준을 높였
다.[19] 하위 필자 7번은 '맞춤법과 띄어쓰기'에서만 도움을 받았다. 즉
과제를 읽고, 성공적인 글쓰기를 위해 무언가를 발견하고, 이를 통해
구체적으로 표상하고, 실제로 글을 쓰는 단계까지는 필자 7번이 혼자
진행한 것이다. '맞춤법과 띄어쓰기'는 글쓰기가 완료된 후에 '교정' 차
원에서 점검을 받은 것으로 보인다. 문제는 하위 필자 7번의 오류의 개
수가 전체 40명 중에서 하위 38등이라는 사실이다.[20] 이 필자도 중위
필자 1번, 19번과 같이 한국인 학술 담화공동체 구성원이 아닌 외국인
학술 담화공동체 구성원에게 교정적 피드백을 받았다. 1번, 7번, 19번
필자는 외국인 학술 담화공동체 구성원에게 도움을 받았고, '교정' 중심
의 점검을 받았다는 공통점이 있다. 그렇지만 점검을 받은 '교정'도 텍
스트에서 전혀 개선되지 않았다. 이는 외국인 학술 담화공동체 구성원
의 경우 필자의 자기중심성을 극복할 수 있는 토론과 피드백을 제공해
줄 리터러시가 없다는 것을 의미한다. 검증을 하는 학술 담화공동체의
외국인도 스스로의 자기중심성을 극복하지 못한 상태에서 다른 필자의
텍스트를 점검해 주었기 때문이다.

　종합하면 학술 담화공동체에 소속된 한국인 구성원에게 피드백을

---

19) 중위 필자 14번은 자기중심성을 극복할 수 있는 적절한 방법을 선택했지만, 텍스트
수준은 중위이다. 그렇지만 필자 14번은 1차 평가에서 '2.33'을 받아서 하위 수준에 있
었지만, 2차 평가에서 '7.33'을 받아서 중위 수준으로 상승한 필자이다. 필자 14번은
0.33점을 더 받았으면 상위 수준으로 상승할 수도 있었을 만큼 총체적 평가에서 좋은
평가를 받았다.

20) 하위 필자 7번 텍스트에 나타난 오류는 67개인데, 이는 하위 텍스트 평균 오류 42.30
개를 넘는 수치이다.

받는 것이 학술적 텍스트의 질을 높이는데 긍정적인 영향을 준다. 이는 한국인의 피드백이 유학생의 피드백과 달리, '상위 인지 조절'이라고 부를 수 있는 쓰기 전과정에 대한 반성과 점검을 제공해 주기 때문이다.

4. 구현 국면에서의 저자성

수정하기에서 필자가 사용하는 '전략'을 '예상독자'의 설정과 '자기중심성'의 극복을 중심으로 살펴봤는데, 예상독자를 누구로 '선택'하고, 수정방법을 어떻게 '선택'하냐에 따라서 달라지는 '저자성'의 양상에 주목했다. 여기에서는 '발견-표상-전략'의 각 국면에서 선택되어 '구현'된 담화종합의 특징에 주목한다.

〈그림 5-8〉 '구현'의 담화종합 수준별 연구 절차와 목적

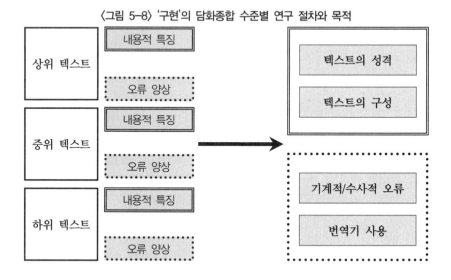

텍스트가 갖고 있는 형식(Form)적 특징은 대학원 유학생의 학술적 글쓰기 양상을 분석하면서 이미 밝혔다. 〈그림 5-8〉에는 '구현'의 연구

목적과 방향이 나타나 있는데, '구현'에서는 텍스트의 '내용'과 '오류'를 중심으로 살펴본다. 먼저 담화종합 수준별 2차 텍스트의 내용적 특징은 대학원 유학생의 담화종합 수준별 내용적 특징과 '발견'되는 텍스트의 '성격', 그리고 텍스트의 '구성 유형'을 중심으로 논의를 전개한다. 다음으로 오류 양상은 대학원 유학생의 오류에 대한 기술적 통계와 번역기 사용 양상을 중심으로 논의를 전개하는데, 대학원 유학생의 담화종합 수준별로 나타나는 오류의 양상과 번역기 사용 정도, 그리고 번역기를 사용하는 이유 등을 통해서 영향 관계를 살펴보도록 하겠다.

4.1. 학술적 텍스트의 내용과 구성

대학원 유학생 필자가 수행한 담화종합의 내용적 특징을 중심으로 논의를 시작한다. 내용적 특징은 첫째, '① 문효진·안호림(2016)', '② 진종헌·박순찬(2013)', '③ 이상민(2012)', '④ 김성혜(2016)', '⑤ 조미숙(2014)' 등 자료 사용 양상을 살핀다. 둘째, '① I(정보전달적)', '② A1(주장)', '③ A2(이유)', '④ A3(근거)', '⑤ A4(전제)', '⑥ A5(반론인식 및 재반론)', '⑦ EX(표현적)' 등 정보의 성격을 살핀다. 마지막 셋째, '① 자료 무변형(-)', '② 자료 일부 변형(0)', '③ 필자의 지식(+)' 등 정보의 기원과 정보의 변형 양상을 살핀다. 대학원 유학생 필자의 담화종합의 내용적 특징은 다음 표와 같다.

〈표 5-14〉 담화종합 수준별 내용적 특징

항목		상위	중위	하위
자료 사용	① 문효진·안호림(2016)	2.18	1.16	2.20
	② 진종헌·박순찬(2013)	2.09	0.84	1.00
	③ 이상민(2012)	1.18	0.89	1.60
	④ 김성혜(2016)	1.18	0.74	0.70
	⑤ 조미숙(2014)	1.91	1.53	1.00
	합계	8.54	5.16	6.50

정보 성격	① I(정보전달적)	16.73	18.21	23.00
	② A1(주장)	13.09	11.63	9.00
	③ A2(이유)	6.45	5.63	4.00
	④ A3(근거)	0.64	0.63	0.40
	⑤ A4(전제)	0.18	0.58	0.30
	⑥ A5(반론인식 및 재반론)	0.45	0.47	0.00
	②-⑥ 논증적 합계	20.81	18.94	13.70
	⑦ EX(표현적)	0.82	1.47	0.90
정보 기원	① 자료 무변형 (-)	4.64	1.74	2.90
	② 자료 일부 변형 (0)	4.18	3.42	3.80
	③ 필자의 지식 (+)	29.73	33.68	30.60

〈표 5-14〉에서 '자료 사용'을 보면, 상위 필자는 평균 1개의 학술적 텍스트에서 8.54개의 읽기 자료를 사용했고, 중위 필자는 5.16개, 하위 필자는 6.50개를 사용했다. 상위 필자가 1편의 학술적 텍스트를 완성하면서 가장 많은 읽기 자료를 사용한 것이다. 상위 필자는 '읽기 자료 ①'부터 '읽기 자료 ⑤'까지 균등하게 텍스트를 사용했다. 그렇지만 중위 필자는 '읽기 자료 ①'과 '읽기 자료 ⑤'를 주로 사용했고, 하위 필자는 '읽기 자료 ①'과 '읽기 자료 ③'을 많이 사용했다. '읽기 자료 ⑤'는 한국 드라마의 성공 요인을 '트렌디 드라마'에서 찾은 연구물이고, '읽기 자료 ③'은 한국 사극의 성공 요인을 '문화적 보편성'에서 찾은 연구물이다. 각 담화종합 수준별 필자들이 '무엇'에 주안점을 두고 한국 드라마의 성공 요인을 생각하고 있는지가 드러난다.

'정보 성격'은 '정보전달적(I)'의 경우 상위 필자 16.73, 중위 필자 18.21, 하위 필자 23.00으로 나타났다. '정보 성격'의 결과는 하위 필자가 '설명적 성격'의 문장을 2차 텍스트에 많이 사용한 것으로 나타난다. '② A1'부터 '⑥ A5'까지의 '논증적 성격'은 상위 필자 20.81, 중위 필자 18.94, 하위 필자 13.70으로 나타났다. '논증적 성격'의 결과는 상위 필자가 2차 텍스트에 논증적 성격의 문장을 많이 사용했다는 것을 나타낸다. '표현적(EX)'은 상위 필자가 0.82, 중위 필자가 1.47, 하위 필자가 0.90이었다. '표현적 성격'의 결과는 중위 필자가 '표현적 성격'의 문장을 2차 텍스트에 많이 사용했다는 것을 나타낸다. '자료 사용'과 '정보 성격'의 기술 통계 내용을 종합하면, 담화종합 수준별 텍스트의 성격이 드러난다. 상위 필자는 논증적 성격, 중위 필자는 표현적 성격, 하위 필자는 설명적 성격이다.

이어서 '정보 기원'을 보면, '자료 무변형(-)'은 상위 필자 4.64, 중위 필자 1.74, 하위 필자 2.90이다. 이는 상위 필자가 2차 텍스트를 완성하면서 읽기 자료를 그대로 사용한 경향을 확인할 수 있다. '자료 일부 변형(0)'은 상위 필자 4.18, 중위 필자 3.42, 하위 필자 3.80이다. 자료를 부분적으로 변형해서 2차 텍스트에 반영하는 것도 상위 필자가 제일 높다. 마지막으로 '필자의 지식(+)'은 상위 필자가 29.73이고, 중위 필자 33.68, 하위 필자 30.60이었다. '필자의 지식'을 사용해서 2차 텍스트에 반영하는 비중은 '자료 무변형', '자료 일부 변형'과는 달리 상위 필자가 가장 낮다. 종합하면 상위 필자는 읽기 자료의 내용을 그대로 사용하는 경향이 있고, 하위 필자는 읽기 자료의 내용을 일부 변형해서 사용한다. 중위 필자는 상위 필자와 하위 필자보다 읽기 자료의 내용을 사용하지 않고, 본인의 생각을 많이 표현하는 경향이 있다.

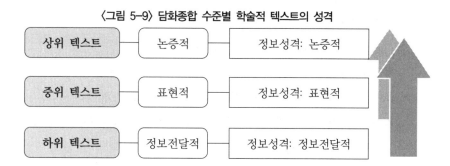

〈그림 5-9〉 담화종합 수준별 학술적 텍스트의 성격

〈그림 5-9〉는 담화종합 수준별 학술적 텍스트를 구성할 때, 대학원 유학생 필자들이 어떤 수사적 '성격'에 주안점을 두는지를 정리한 것이다. 〈표 5-14〉의 내용을 토대로 살펴보면, 대학원 유학생 필자들의 학술적 텍스트 변이 양상을 확인할 수 있다. 이는 문법이나 오류에서 나타나는 대조수사학의 입장에서의 발달이 아니라 학술적 글쓰기에서 나타나는 텍스트의 '수사적 성격'의 발달이다. 학술 담화공동체에서 쓰기 경험이 적은 초보 필자들은 학술적 텍스트를 완성하면서 읽기 자료의 내용을 종합하는 것에 주안점을 둔다. 이렇게 텍스트가 완성되면, '정보 전달적' 성격의 텍스트에는 필자의 주장과 표현은 적어지고, 주어진 자료에 대한 설명과 간단한 반응이 주가 된다. 이는 Flower et al(1990)의 텍스트 구성 유형에서 '요약하기'나 '검토반응'에 해당된다. 그런데 필자가 학술 담화공동체에서 쓰기 경험이 쌓이고, 기초적 쓰기능력이 갖춰지면, 필자는 자신의 지식과 의견을 적극적으로 개진하고 싶어 한다. 이때 나타나는 텍스트의 성격은 표현적이다. 논증과 표현은 설명과 달리 필자의 주관적인 내용을 독자에게 표현하는 것이다. 다만 논증이 독자를 설득하기 위해서 여러 장치들을 친절하게 사용한다면, 표현은 설득을 중시하지 않고 표현 그 자체에 강조점을 둔다는 특징이 있다. 따라서 이때 필자들은 표현은 하지만, 논증은 없게 된다. 그런데 학술적 글쓰기에 대한 경험이 많이 쌓이고 직감의 정도가 올라가면, 필자들은 자신의 표현에 근거를 추가하기 시작한다. 이때 학술적 텍스트는 비로소 논증적 성격을 갖게 된다. 물론 모든 장르의 텍스트가 '논증'을 최상위에 두고 '발달'의 과정을 거치는 것은 아니다. 그러기에 이와 같은 유학생 필자의 텍스트 변이 양상은 학술적 텍스트로만 제한된다.

실제로 대학원 유학생의 2차 텍스트 구성 유형을 살펴보면, 이와 같은 수사적 성격의 발달 양상과 관련이 있음을 확인할 수 있다.

〈표 5-15〉 담화종합 수준별 텍스트 구성 양상 특징

(Flower et al, 1990)

텍스트 구성 유형		하위		중위		상위	
		N	%	N	%	N	%
학술적 텍스트	목적해석	1	10.0	2	10.5	4	36.4
	통제개념(종합)	0	0.0	0	0.0	1	9.1
	틀 세우기	1	10.0	8	42.2	6	54.5
비학술적 텍스트	자유반응	2	20.0	7	36.8	0	0.0
	검토+논평	6	60.0	2	10.5	0	0.0
	요약	0	0.0	0	0.0	0	0.0

〈표 5-15〉는 담화종합 수준별로 텍스트의 구성 유형을 종합한 것이다. 색칠된 부분은 각 담화종합 수준별로 필자들이 가장 많이 포함된 텍스트 구성 유형이다. '요약'은 과제표상의 '요약하기'가 텍스트에 구현된 것이기 때문에 1차 텍스트를 쓰고 수정하기를 거쳐서 최종적으로 완성된 2차 텍스트에서는 발견되지 않았다. 다만 하위 필자부터 상위 필자까지 차례대로 설명-표현-논증의 성격이 변별적으로 나타나는 것을 확인할 수 있다. 물론 적은 표본으로 이 결과를 일반화할 수는 없지만, 대학원 유학생 40명의 텍스트에서 나타난 학술적 텍스트의 구성 유형 양상이 앞서 논의한 정보의 성격과 유사함은 분명하다.

〈표 5-16〉 담화종합 수준별 텍스트의 정보 기원

항목			상위	중위	하위
정보 기원	① 자료 무변형(-)	정보전달적(I)	2.82	1.16	2.70
		논증적(A)	1.73	0.47	0.20
		논증적(A1)	0.82	0.47	0.10
		논증적(A2)	0.73	0.00	0.10
		전체(-)	4.64	1.74	2.90

		정보전달적(I)	1.45	1.68	2.60
② 자료 일부 변형(0)		논증적(A)	2.73	1.73	1.20
		논증적(A1)	1.82	0.79	1.00
		논증적(A2)	0.73	0.89	0.20
		전체(0)	4.18	3.42	3.80
③ 필자의 지식 (+)			29.73	33.68	30.60

〈표 5-16〉는 〈표 5-14〉의 내용 중에서 '정보 기원'만 세부적으로 제시한 것이다. 논증적 성격의 경우에는 'A1(주장)', 'A2(이유)', 'A3(근거)'를 중심으로 내용을 제시했다. 상대적으로 'A4(전제)'와 'A1(반론인식 및 재반론)'은 비중이 적어서 〈표 5-16〉에서는 삭제했다. 먼저 '자료 무변형(-)'을 보면, 상위 필자가 다른 수준 필자보다 읽기 자료를 '변형'하지 않고 사용한 모습을 확인할 수 있다. 무변형 문장의 개수는 상위 텍스트가 4.64로 제일 높고 중위 텍스트는 1.74, 하위 텍스트는 2.90으로 상위 텍스트보다 낮고 하위 텍스트보다 높다. 그런데 논증적 성격(A)을 중심으로 해석하면 상위 필자는 전체 자료 무변형 문장 4.64개 중에서 1.73(37.2%)을 논증적 성격으로 사용하고 있다. 이는 중위 필자 0.47(27.0%), 하위 필자 0.20(6.9%)과 비교하면 높은 비율이다. 반대로 전체 자료 무변형 문장 중에서 정보전달적(I)으로 사용된 문장은 상위 필자 60.7%(2.82), 중위 필자 66.6%(1.16), 하위 필자 93.1%(2.70)이다.[21] 종합하면, 읽기 자료의 내용을 정보전달을 목적으로 사용한 문장도 상위 필자가 제일 적었다. 반면에 하위 필자는 '자료 무변형'으로 사용한 문장의 2.70(93.1%)을 똑같이 정보전달의 목적으로 사용했다. 이러한 2차 텍스트의 내용

---

[21] 담화종합 수준별로 제시한 이 비율의 도출 값을 상위 텍스트로 예를 들어 설명해 보겠다. 상위 텍스트에서 자료 무변형(-) 문장은 평균 4.64이다. 그 중에서 정보전달적 (I) 성격으로 사용된 문장은 2.82이고, 논증적(A) 성격으로 사용된 문장은 1.73이다. 그래서 정보전달적(I) 성격의 문장 2.82를 자료 무변형(-)의 전체 문장 4.64로 나누면, 60.77(2.82/4.64*100)이 된다.

은 '자료 일부 변형'에서도 동일하게 이어진다. 결론은 상위 필자의 경우 '자료 무변형(-)'과 '자료 일부 변형(0)' 문장의 평균이 다른 수준 필자보다 높지만 오히려 이는 학술적 텍스트에 부합하는 논증적 성격의 방향으로 읽기 자료를 사용한 양상으로 해석해야 한다.

읽기 자료를 사용하지 않은 '필자의 지식(+)'의 문장 개수를 보면, 대학원 유학생 필자들은 전반적으로 읽기 자료를 적게 사용하고 본인의 지식을 많이 사용한 것으로 나타났다. 이는 세 가지 차원에서 생각해 볼 수 있다. 첫째는 읽기 자료의 높은 난이도이다. 대학원 유학생 필자가 '이해'에 부담을 느끼기 때문에 담화종합을 망설이게 되는 것이다. 둘째는 읽기 자료를 이해했지만, 그 중 좋은 내용을 선별하지 못한 것이다. 이는 대학원 유학생 필자가 글쓰기에서 요구되는 기술(Skill)을 갖고 있지 못한 것으로 해석될 여지가 있다. 마지막으로 '인용 방법'의 문제이다. 즉 이해도 했고 선별도 했는데, 이를 텍스트에 구현할 방법을 모르는 것이다. 이 역시 전문적인 기술(Skill)을 갖추지 못했기 때문에 발생한다. 이를 이윤진(2013:38)은 '자료 선별 능력'과 '자료 출처 표시 능력'이라고 했다.22) 따라서 본인의 지식을 많이 사용하는 이런 현상은 읽기 자료를 사용해야겠다는 인식이 약하고 자신감도 없으며 인용에 대한 지식과 기술도 없기 때문에 나타난 현상으로 보인다. 그렇지만 중국은 학술적 텍스트를 한국의 학술적 텍스트와는 달리 비교적 논증적 형식에서 자유로우며, 필자의 생각을 자유롭게 표현하는 것을 의미한다(조인옥, 2017:17). 읽기 자료를 사용하지 않고 필자가 알고 있는 지식만으로 학술적 텍스트를 구성하는 경향은 모국의 학술적 텍스트의 장르 인식에 영향을 받아 생긴 결과일 수도 있다. 본 연구에 참여한 40명

---

22) 이윤진(2013:38)은 '자료 선별 능력'과 '자료 출처 표시 능력' 이외에 '자료 사용 필요성의 인식', '자료 출처에 대한 인식', '자료 내용 통합 능력' 등으로 자료 사용 능력을 세분화했다.

의 연구 대상 중에서 37명이 중국어권 유학생이기 때문이다.

4.2. 학술적 텍스트의 오류와 번역기 사용

4.1.에서는 대학원 유학생이 작성한 학술적 텍스트의 특징을 내용을 중심으로 텍스트 구성 유형, 텍스트의 성격 등을 살펴봤다. 담화종합 수준별로 상위 텍스트는 논증적, 중위 텍스트는 표현적, 하위 텍스트는 정보전달적 성격이 강했다. 이어서 대학원 유학생의 학술적 텍스트에 나타난 오류 양상을 살펴보려고 한다. 다만 본 연구에서는 기계적 오류 (Mechanical error)와 수사적 오류를[23] 나눠서 살펴본다. 이는 본 연구가 오류 분석을 통한 텍스트의 수준을 증명하는 연구이기도 하지만 대학원 유학생의 '저자성'을 구체화하는 연구이기도 하기 때문이다.

〈표 5-17〉 담화종합 수준별 오류 양상

항목		상위		중위		하위	
		N	%	N	%	N	%
오류	① 대치	4.18	40.3	6.68	40.8	13.60	32.1
	② 생략	1.64	15.8	2.53	15.5	8.50	20.1
	③ 첨가	1.45	14.1	1.68	10.3	6.40	15.2
	④ 맞춤법	2.91	28.1	4.21	25.7	13.00	30.7
	⑤ 문장오류	0.18	1.7	1.26	7.7	0.80	1.9
	합계	10.36	100	16.36	100	42.30	100

〈표 5-17〉은 담화종합 수준별 오류 유형에 대한 기술 통계 값이다. 상위 필자는 '대치'가 4.18(40.3%)로 제일 높았고 맞춤법이 2.91(28.1%)로

---

23) '수사적 오류'는 기계적 오류와 구별되는 것으로, 본 연구에서 사용하기 위해 고안한 용어이다. 실제로 '오류의 하위 유형'이 아니라 '학술 담화공동체'에서 용인되지 않는 '어색한 표현이나 방식' 등을 텍스트에 '구현한 것'을 가리키는 개념임을 밝힌다.

두 번째로 높았다. 생략은 1.64(15.8%), 첨가는 1.45(14.1%)이었고, 문장오류는 0.18(1.7%)로 제일 비중이 적었다. 중위 필자 역시 '대치'가 6.68(40.8%)로 제일 많았고, 상위 필자와 동일하게 맞춤법이 4.21(25.7%)로 두 번째로 높았다. 생략은 2.53(15.5%), 첨가는 1.68(10.3%)이었고, 문장오류는 0.26(7.7%)로 비중이 제일 적었다. 마지막으로 하위 필자 역시 '대치'가 13.60(32.1%)으로 제일 높았고 맞춤법이 13.00(30.1%)으로 두 번째로 높았다. 그런데 다른 수준의 필자와 달리 '대치'와 '맞춤법'의 평균 오류 개수가 거의 차이가 없었다. 생략은 8.50(20.1%), 첨가는 6.40(15.2%)이었고, 문장오류는 0.80(1.9%)으로 다른 수준의 필자들과 동일하게 제일 비중이 적었다.

종합하면 대학원 유학생 필자는 담화종합 수준과 관계없이 '대치' 오류의 빈도수가 제일 높고, '맞춤법' 오류 빈도도 높았다. '대치'와 '맞춤법' 오류는 대학원 유학생 필자의 텍스트에서 보편적으로 나타나는 오류 유형이다. 그렇지만 '생략'의 경우에는 하위 텍스트에서만 상대적으로 많이 나타났다. 텍스트 수준별 오류 양상을 상위 텍스트와 하위 텍스트를 중심으로 확인해 보도록 하겠다. 이는 중위 텍스트와 하위 텍스트가 오류의 양상이 비슷해서, 명확한 저자성의 차이를 발견할 수 없기 때문이다. 따라서 40명의 대학원 유학생 필자 중에서 상위 수준에 있는 필자와 하위 수준에 있는 필자의 텍스트에서 발견되는 오류 양상을 중심으로 제시하도록 하겠다.

〈WH-4〉

10. 한국드라마의 선전 덕분에 드라마에서 **보여 지는(맞춤법: 띄어쓰기)** 한국의 예절, 가족관계, 음식, 의복 등이 중국인에게 부러움과 반성의 대상이 되면서 실생활에도 상당한 영향을 미쳤다
14. **이로 하여(생략: 어휘의 생략)** 중국 시청자들의 더 많은 공감을 일으키고 인기를 얻을 수 있는 이유라고 생각한다.

28. 이런 규제뿐만 아니라 한국드라마의 소재의 **창신 적인(맞춤법: 띄어 쓰기 ; 대치: 코드전환)** 문제, 배우 캐스팅 문제 등이 한국드라마가 중국 에서의 인기 하락에 큰 영향을 줄뿐더러 한국드라마가 중국 진출에도 큰 타격을 주고 있다.

상위 필자 4번의 텍스트에서 나타난 오류 양상이다. 오류는 모두 4 개인데, 맞춤법(띄어쓰기)이 2개, 생략(어휘)이 1개, 대치(코드전환)가 1개 이다. 맞춤법은 의사소통에 심각한 문제를 만들 수 있는 조사, 어미, 시 제, 형태, 문법 등과 관련해서 오류 양상이 발견되지 않았고, 띄어쓰기 만 2개가 발견되었다. 생략은 '이로 인하여'를 쓰려고 했던 것으로 보이 는데, '인'을 쓰지 않았다. 코드전환의 경우에는 신(新)을 사용해서 '창신' 이라는 단어를 사용했지만, 한국어로는 '창의'라는 말이 더 자연스럽다. 이는 모국어의 영향으로 번역기를 사용했을 확률이 높다. 이 필자의 텍 스트는 총 36개의 문장 단위로 구성되어 있는데, 이중 4개의 오류만 있 다는 사실은 평균 9문장에서 1개 정도의 오류가 있다는 것으로 매우 적 은 수이다. 이는 이 필자가 문법 지식을 활용해서 정확한 한국어를 사 용하고 있음을 나타낸다. 발견된 오류도 띄어쓰기와 어휘 생략 정도라 서 독자가 텍스트를 읽고 이해하는 데 전혀 문제가 없다.

〈WL-8〉

2. 한류가 **몇년간(맞춤법: 띄어쓰기)**에 여러 단계로 **변화 발전(생략: 조사 의 생략)**을 **당했다.(대치: 선택오류)**

5. **핫한(코드전환: 영어)** 그룹을 **주체(대치: 과용오류)**로 만들어 국제 음 악 중심의 **위치에서(대치: 조사)** 차지**한다,(맞춤법: 문장기호)**

15. 주인공의 대사 내용도 일반 **백성(대치: 과용오류)**들의 생활과 가까 운 현실적인 드라마이다.

47. 실제적**인지(맞춤법: 형태오류) 않는(맞춤법: 조사표기) 파탄지를만**

(맞춤법: 형태오류, 문법오류, 띄어쓰기 ; 대치: 신조어) **하느라**(맞춤법: 형태오류) 현실에서 **生活하는**(첨가: 전성어미 첨가) 해야 할 것 (인간관계 **맞기**(맞춤법: 형태오류) 등) 어려울 수 **있지도**(생략: 전성어미 생략) 모른다고 생각한다.

하위 필자 8번의 텍스트에서 발견된 오류는 모두 86개였다. 이 필자의 학술적 텍스트가 모두 50개의 문장으로 구성되어 있기 때문에 0.6개의 문장마다 1개의 오류가 나타났다. 반대로 설명하면 1개의 문장에서 평균적으로 1.7개의 오류가 발생하는 것으로, 이는 독자가 텍스트를 읽을 때 오독률(Rate of mis-reading)을 높이는 원인이 된다. 하위 필자 8번은 대치 38개, 생략 11개, 첨가 9개, 맞춤법 28개의 오류 양상을 나타냈다. 모든 오류 양상을 개괄하여 설명하기에는 지면의 제약이 있으므로, 주요 오류 몇 개를 통해 오류 양상의 특징을 집중적으로 분석하도록 하겠다. 우선 대치의 양상인데, 대치는 선택 오류, 조사의 대치, 과용 오류, 신조어, 코드전환 등 본 연구에서 설정한 대치 오류의 양상이 전부 나타났다. 보통 부정적인 의미에서 사용하는 '당하다'의 의미를 혼동하여 긍정적 의미의 '발전'과 함께 선택해서 사용했고, 목적격 조사 '를'을 써야 할 자리에 부사격 조사 '에서'를 사용했다. 또한 의미는 비슷하지만 역사적으로 '과거'의 상황에서 사용되는 '백성'을 확대 적용해서 사용했고, '명사, 조사, 동사의 어간'을 조합하여 '파탄지를만'이라는 단어를 만들었다. 또한 '핫한'처럼 학술적 텍스트에서 사용이 지양되는 'hot'이라는 영어를 그대로 한국어로 표기했다. 생략의 경우에도 '변화와 발전'에서 조사 '와'를 생략했고, '있을지도'에서 '있지도'로 전성어미 '을'을 생략했다. 또한 '생활하는 해야 할 것'처럼 불필요하게 '하다'의 어간과 전성어미를 '첨가'했고 맞춤법의 경우에도 띄어쓰기뿐만 아니라 형태오류, 문법오류 등이 다양하게 나타났다. 특히 10개의 오류가 나타난 47번 문장의 경우는 면담 결과 '번역기'를 사용한 후에 필자가 수정한 문장으로 나타났다. 이는 한국어 능력의 부족이 글쓰기 불안을 만들고 이를 해소하기 위해 필자들은 번역기를 사용하는데, 이 번역의 수준이 학술적 텍스트에서 용인되는 수준이 아니라서 텍스트에 문제가 발생하는 악순환이 나타나는 것이다. 이는 본 연구가 대학원 유학생 필자의 오류 양상을 다루면서 번역기를 함께 논의의 대상으로 삼는 이유이기도 하다.

〈표 5-18〉 담화종합 수준별 번역기 사용

항목		상위 N	중위 N	하위 N
번역기 사용	① 전혀 안 씀	5	2	0
	② 조금 씀	1	9	5
	③ 보통	4	6	3
	④ 많이 씀	1	2	2
	⑤ 아주 많이 씀	0	0	0
	평균	2.09	2.42	2.70

〈표 5-18〉의 내용은 수정하기 점검지에서 5점 리커트 척도로 조사한 번역기 사용 정도에 대한 결과이다. 번역기 사용 정도를 판단하기 위해서 리커트 척도의 값에 대한 평균을 냈는데, 상위 필자가 '조금 사용'에 가깝다면 하위 필자는 '보통'에 가까웠다. 이는 하위 필자가 번역기를 제일 많이 사용한다는 것을 의미한다.

〈표 5-19〉 담화종합 수준별 번역기 사용 이유

선택항	상위		중위		하위	
	N	%	N	%	N	%
① 읽기 자료의 이해를 위해서	1	16.6	6	35.3	1	10.0
② 본인이 쓰려고 하는 생각을 한국어로 바꾸기 위해서	3	50.2	7	41.2	3	30.0
③ 모국어로 써 놓고 이를 한국어로 바꾸기 위해서	0	0.0	4	23.5	6	60.0
④ 내가 쓴 초고를 더 잘 이해하기 위해서	1	16.6	0	0.0	0	0.0
⑤ 내가 쓴 한국어 문장이 정확한지 확인하기 위해서	1	16.6	0	0.0	0	0.0
총계	6	100	17	100	10	

〈표 5-19〉는 담화종합 수준별로 번역기를 사용하는 이유에 대한 분석이다. 상위 필자는 5명이 번역기를 사용하지 않고 수정을 하였다고 해서 결과에서 빠졌다. 그런데 모국어로 전문을 다 쓴 후에 번역기로 번역만 하는 필자는 상위 필자 중에 없다. 오히려 이 상위 필자들은 읽기 자료를 이해하기 위해서, 본인의 생각을 한국어로 바꾸기 위해서, 초고를 더 잘 이해하기 위해서, 필자가 1차 텍스트를 읽고 한국어로 쓴 문장의 정확성을 확인하기 위해서 등 '점검'과 '확인'의 차원에서 번역기를 사용하고 있었다. 반면에 중위 필자와 하위 필자는 1차 텍스트를 더 잘 이해하기 위해서, 필자가 한국어로 쓴 문장의 정확성을 확인하기 위해서 등 '점검'과 '확인'의 차원에서 번역기를 사용하지 않았다. 중위 필자는 '본인이 쓰려고 하는 생각을 한국어로 바꾸기 위해서' 번역기를 사용했고, 하위 필자는 '모국어로 써 놓고 이를 한국어로 바꾸기 위해서' 번역기를 사용했다. 여기서 발견되는 점은 하위 필자의 경우 초고를 필자의 모국어로 모두 쓰고, 이를 번역기를 통해서 '일괄' 번역하는 방식으로 수정하기를 한다는 점이다. 이는 하위 필자의 2차 텍스트에 상위

텍스트보다 평균 4배, 중위 텍스트보다 평균 2.5배가 많은 오류가 발견된 근거가 된다.

〈그림 5-10〉 인간과 번역기의 번역 대결 결과 (임희주, 2018:731)

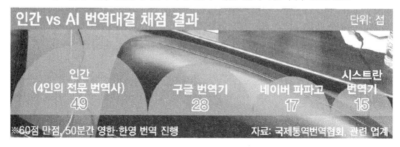

〈그림 5-10〉은 인간과 번역기의 번역 대결 결과를 나타낸다. '구글 번역기'와 '네이버 파파고', '시스트란 번역기' 등 시중에서 쉽게 접할 수 있고, 그 성능을 인정받은 번역기들의 이름이 보인다. 그런데 전문 번역 사와의 번역 대결 결과, 인간의 번역에 패하고 말았다. 이는 아무리 뛰어난 성능의 번역기라고 하더라도 오류와 실수가 '반드시' 있다는 것을 의미한다. 대학원 유학생 필자들 중에서 하위 텍스트 필자들은 번역기의 사용 정도가 높았다. 하위 필자들은 10명 전원이 정도에 상관없이 번역기를 사용한다고 대답했고, 그 중에서 60%가 모국어로 완성한 텍스트를 한국어로 바꾸기 위해서 번역기를 사용한다고 대답했다. 먼저 2차 텍스트 수정을 모국어로 끝낸 후에, 이를 어떤 지식 변이 과정 없이 번역기만으로 돌려서 완성하는 것이다. 실제 하위 텍스트 필자들의 평균 오류 합계는 '42.13'이 나왔는데, 이는 상위 텍스트 필자 '9.30', 중위 텍스트 필자 '18.29'와 비교할 때 심각하게 많은 양이다. 특히 '대치(12.88)'와 '맞춤법(13.13)' 오류가 심각했다. 그런데 문맥에 맞지 않는 문법의 사용(대치), 불규칙 활용 등의 맞춤법 오류(맞춤법) 등은 흔히 번역기의 번역문에서 발견되는 오류들이다. 이와 같은 양상은 하위 텍스트에 나타나는 오

류 양상과 번역기의 영향 관계를 간과할 수 없게 한다.

지금까지 대학원 유학생의 담화종합 수준별 오류 양상과 번역기 사용 정도 등을 살펴보았다. 이어서 수사적 오류에 해당하는 오류를 살펴보겠다. 이 오류는 '틀렸다'라고 말할 수는 없지만, 학술 담화공동체에서 일반적으로 통용되지 않는 방식의 문장이나 구성 등을 의미한다.

〈WH〉

WH- 9: 26. **우리는** 일상생활에서 빠질 수 없을 정도로 한국 드라마의 중독성이 강하다고 말하는 것이기 때문이다.

WH-10: 26. **필자의** 생각(줄거리에 대한)[2:S2]에는 한국드라마마다 다르고 좋지 않은 것이 있긴 한데 보람을 느끼게 하는 드라마도 많다.

WH-11: 10. 한국의 모든 것은 **우리에게** 패션이라고 생각한다.

상위 필자들은 텍스트에 저자 주체를 드러내지 않는 경우도 있었지만, 보통 텍스트에 '우리', '필자'로 일반화시켜서 표현했다. 특히 필자 10번은 정확하게 스스로를 '필자' 즉 '나'라는 사적인 주체가 아닌 텍스트를 주관하는 '공적인 주체'로 인식하고 표현했는데, 이는 중위 필자와 하위 필자에게서는 발견되지 않은 특징이다. 다만 1명의 사례로 발견된 것이지 상위 텍스트에서 전반적으로 나타나는 경향은 아니다. 상위 필자는 저자주체를 감추거나 필자 9번, 11번처럼, '우리'로 칭하는 것이 전반적인 경향이다. 필자가 스스로 저자로서의 정체성을 '우리'로 드러낸다고 해서 문법적 오류에 해당하지는 않는다. 그렇지만 학술적 텍스트라는 차원에서 고려하면 정확한 표현은 아니다. 최숙기(2007:208)은 Britton et al(1975)의 기준을 근거로 설명문, 논설문, 과학보고서의 성격을 의사소통적(Transactional)이라고 전제했다. 그리고 이와 같은 장르의 텍스트에서 필자는 반드시 '공적 존재'로서 드러나야 한다고 지적했다. 그런데 이러한 오류는 중위 텍스트와 하위 텍스트에서도 빈번하게 발견된다. 즉 학술적 텍스트에서 저자주체를 표현하는 방법은 담화종합 수준과 관계없이 학술 담화공동체의 규약과 이질적으로 나타나는 것이다. 중위 텍스트와 하위 텍스트에는 저자주체의 문제뿐만 아니라 구어체 문장에서도 발견된다.

〈WM〉

WM-11: 7. **저는** 한국 드라마 팬으로써 **제** 눈에 한국 드라마의 성공을 말하고 싶다.

WM- 6: 4. 이에 대해 **내가** 생각하기에는 한국드라마의 성공한 요소는 다음과 같다.

WM-16: 7. **내가** 보기에는 아시아 시청자의 이유도 유럽 시청자들과 유사하게 나타날 것 같다.

〈WL〉

WL-2: 15. **제가** 보기에는 한국드라마가 전 세계에서 얻은 성과가 우연이 아니다.

WL-5: 4. 왜냐하면 **제가** 좋아하는 배우가 드라마를 출연하게 된다면 반드시 시청해야 한다는 생각을 들었다.

WL-6: 1. **내가** 중국에서 처음에 봤던 한국드라마는 〈대장금〉과 〈겨울연가〉 인다.

중·하위 필자의 텍스트를 살펴보면, 중위 필자와 하위 필자 모두 '나', 그리고 '저'라고 자신들의 저술주체를 학술적 텍스트에 명시했다. 최숙기(2007:209-211)은 논증적 텍스트와 설명적 텍스트를 '말하는 의사소통적 텍스트'와 '표현적 텍스트'의 차이점으로 설명했다. 의사소통적 텍스트는 '공적인 의도'가 곧 쓰기 목표이기 때문에 텍스트의 성격은 직설적이고 명시적이며 텍스트의 형식과 구조를 지킬 것을 요구받는다. 그래서 필자가 자신의 생각을 텍스트에 넣을 때 논증 구조에 따라 기술

되어야 한다. 반면 표현적 텍스트는 사적인 의도를 가진 글쓰기로 필자는 자신을 드러내고 필자의 삶과 경험을 느낀 감정과 함께 표현할 수 있다. 중위 텍스트 필자와 하위 텍스트 필자의 학술적 텍스트에서 '나'와 '저'가 노출되는 현상은 이들이 작성한 텍스트의 성격이 논증이나 설명과 관련성이 적은 표현적 텍스트이기 때문이다. 이 텍스트가 최숙기(2007)의 지적처럼 예상독자와의 의사소통을 목적으로 구성된 텍스트라면, 필자를 '나'와 '저'처럼 저자주체를 사적으로 드러내는 것이 아니라 '필자', '이 글에서'처럼 필자 자신을 공적으로 드러내거나 드러내지 않아야 한다. 그러므로 학술적 텍스트에 '필자'나 '이 글에서'라고 저자주체를 노출하면, '전문 저자'라는 인상을 주기 때문에 수사적 전략이 될 수 있다. 그렇지만 '학술적 텍스트'에 '나', '우리'라고 쓰면, 개인의 생각이나 일반적인 의견을 담은 텍스트라는 인상을 준다. 이는 학술적 글쓰기에서는 의사소통의 실패를 초래한다.

〈WL〉

WL- 6: 1. 온 세계에서 한국 드라마는 인기 있다는 것을 부인할 수 **없습니다.**

WL-10: 1. 한국 드라마가 한류의 중심이라고 **생각합니다.**

WL- 9: 1. 많은 사람들이 한국 드라마를 좋아한다는 이유[1]는 주로 한류를 받기 때문에 한류의 영향을 받아서 한국의 드라마, 뷰티, 화장품, 음식 등을 점점 관심을 가지고 좋아해**졌습니다.**

46. 현대 사회에서 재미있게 보여 주어서 이것은 쉬운 일이 아니라고 **생각합니다.**

〈WM〉

WM-12: 19.안정된 삶을 사는 아름다운 한국 민족을 **보여줍니다.**

WM-16: 20. 생활에 이런 일이 어디 **있니?**

예시 문장은 대학원 유학생 필자들의 학술적 텍스트에서 구어체로 쓴 것들을 선택해서 제시한 것이다. 3.1.에서 언급한 바와 같이 민현식 (2007:67)은 구어와 문어를 구어체 구어와 문어체 구어, 그리고 구어체 문어와 문어체 문어로 나눈다.[24] 하위 필자 1번과 9번, 중위 필자 18번의 텍스트에서 밑줄 친 부분은 문어가 아니라 최소한의 문어성을 가지고 있는 문어체 구어로 해석된다. 이는 필자들이 학술 담화공동체에서 '발표'를 염두에 두고 쓴 것이라고 전제할 때는 '전략'으로 가능한 양상이다. 그런데 중위 필자 16번의 문장은 구어성이 제일 강한 '구어체 구어'로 '해요체'의 의문형에 해당된다. 보통 일반 목적 한국어 교육에서는 합쇼체와 해요체를 초급에서 가르치고 중급에서 '쓰기체'를 배우면서 구어와 문어를 구분해서 가르친다. 그렇기 때문에 학술적 글쓰기에서 유학생이 해요체와 합쇼체를 사용하는 것은 합쇼체와 해요체가 '구어체'라는 사실을 모르기 때문이 아니다. 왜냐하면 이 필자들은 한국의 학술적 텍스트와 중국의 학술적 텍스트의 차이점을 적으라고 했을 때, '형식적 엄격함'을 적은 필자들이다. 그만큼 한국어로 쓰는 학술적 글쓰기의 격식에 민감하다. 본 연구에서는 이러한 현상이 대학원 유학생이 구어체와 문어체를 구분하지 못해서 실수한 것으로 판단하지 않고, 전략적으로 사용했을 가능성이 높다고 보았다. 실제로 사후 면담에서 중위 필자 16번은 해요체와 합쇼체가 구어체임을 알았지만, 의도적으로 '요약·강조'의 전략으로 구어체를 사용했다고 말했다. 즉 잘못된 전략으로 학술적 텍스트에 구어체를 사용하고 있는 것이다. 다만 중위 필자

---

24) 민현식(2007:67-68)은 구어체 구어를 "일상 대화, 강의 언어, 무원고 즉석 연설이나 토크쇼 류의 대담 프로그램의 언어"로, 문어체 구어를 "글이나 원고가 사전에 준비되어 있고 이것을 읽는 형식을 취하는 연설어, 보도어로 글이 전제되는 구어"로 구분했다. 그리고 구어체 문어를 "소설 대화문, 시나리오, 희곡, 광고문처럼 대화문의 구어체가 문자화되어 나타나는 문어"로, 문어체 문어를 "전형적 문어체로 구어 상황이 전제되지 않고 논설문, 설명문, 교과서 문장, 기사문처럼 읽거나 씀을 전제로 한 문어"로 각각 정리했다.

16번은 면담에서 학술적 텍스트가 요구하는 '격식적 엄격함의 범주'에 '구어체 사용의 제한'이 포함된다고 인식하지 못했다고 밝혔다. 이는 하위 필자 9번 역시 동일한데, 이 필자는 자신의 학술적 텍스트 전체를 합쇼체의 평서형 문장으로 구성했다. 이 필자 역시 면담에서 '합쇼체'를 '공식적인 상황'에서 '말'할 수 있다고 배웠고, 말할 수 있다면 공식적인 '쓰기' 상황에서 쓸 수도 있겠다고 생각해서 사용했다고 답했다. 특히 이 필자는 중국 대학에서 한국어로 텍스트를 완성할 때도 합쇼체로 보고서를 작성하고 발표를 했는데, 전혀 불이익을 받은 적이 없었다고도 말했다. 이는 동일하게 '한국어'로 말하고 쓰는 '학술 담화공동체'라고 하더라도 문화적 환경에 따라서 그 장르적 '세부 규칙'이 동일하지 않을 수 있음을 나타낸다. 특히 상위 필자들에게서는 이와 같은 양상이 전혀 나타나지 않는데, 이것은 중위 필자와 하위 필자와 달리 상위 필자는 새로운 학술 담화공동체의 장르적 특징에 높은 직감이 형성되었기 때문으로 판단된다.

　중요한 점은 중위 필자가 하위 필자들보다 '구어체 어미' 사용의 빈도가 높았는데, 이는 중위 필자들이 작성한 학술적 텍스트의 성격과도 무관하지 않아 보인다. 최숙기(2007:208-209)는 '자기 표현적 텍스트'의 유형으로 편지, 일기, 개인적 에세이, 자서전 등을 제시하는데, 이런 텍스트를 쓸 때 사용하는 언어는 민현식(2007:67-68)의 구어체적 문어와 문어체적 구어라고 볼 수 있다. 앞서 제시한 저자로서의 정체성을 '나'와 '저'로 표현하는 것이 일기와 같은 '자기 표현적 텍스트'의 특징 때문이었다면, 구어체 어미의 사용 역시 같은 맥락에서 설명 가능하기 때문이다.

　종합하면 대학원 유학생 필자가 작성한 학술적 텍스트의 오류 양상으로 대치와 맞춤법 유형의 오류 양상이 두드러졌다. 특히 담화종합 수준별로는 텍스트의 수준이 낮아질수록 오류의 양적 증가가 있었고, 오류 유형 중에서 '생략' 유형이 증가하는 현상이 나타났다. 이와 같이 '대치'와 '맞춤법', 그리고 '생략'의 유형이 두드러지는 하위 텍스트를 작성한 하위 필자는 다른 수준의 필자와 달리 '번역기 사용 정도'가 높은 것으로 나타났다. 특히 번역기는 번역의 수준이 높지 않고, 무엇보다 하위 텍스트에서 발견되는 잘못된 단어 선택, 잘못된 문법의 사용, 그리고 불규칙 현상과 관련한 오류, 조사와 어미의 생략 등에 영향을 주는 것으로 분석되었다. 수사적 오류에서는 상위 텍스트에서만 저자주체의 공적 설정이 나타났는데, 전반적으로 학술적 텍스트에서 요구되는 저자주체의 모습은 전반적으로 미약했다. 중·하위 텍스트에서는 구어체의 사용이 발견되었는데, 이는 잘못된 전략의 사용 예시였다. 텍스트의 수준이 낮아지는 것은 기계적 오류뿐만 아니라 수사적 오류, 즉 학술 담화공동체에서 통용되지 않는 격식과 표현도 영향을 주는 것을 확인할 수 있었다.

요약 및 결론

1. 학술적 글쓰기에서 대학원 유학생의 저자성 특징

본 연구는 '대학원 유학생'을 대상으로 '학술적 글쓰기'에서 나타나는 글쓰기 특징과 담화종합 수준별 저자성의 특징을 분석한 연구이다. 이를 위해서 연구의 중심축을 '학술적 글쓰기'의 양상 분석과 '학술적 텍스트'의 특징 분석으로 나눴다. 그 다음에 기술 통계 분석과 양적 연구를 통해 대학원 유학생의 학술적 글쓰기 특징을 분석하고 질적 연구 방법을 추가하여 담화종합 수준별 저자성의 특징을 분석했다.

본 연구에서는 Hayes(2012:375-376)가 학교 과제(School Essay), 논문 형식의 보고서(Articles)와 같은 공식적인 글쓰기(Formal Writing)에서는 '계획하기'와 '수정하기'가 '작성하기'와 같이 글쓰기 하위 과정에 위치하는 것이 아니라 계획하기(Planning), 수정하기(Reviewing)가 곧 글쓰기의 특별한 활동(Specialized Writing Activity)으로써 작용한다는 개념을 받아들였다. 따라서 본 연구에서 계획하기와 수정하기는 각각 '작성하기'가 포함된 '계획하며 글쓰기', '수정하며 글쓰기'를 의미한다. 계획하기에서는 자유 글쓰기, 과제표상, 장르 인식을 중심으로 '대학원 유학생'의 학술적 글쓰기에 대한 '인식'을 분석했다. 수정하기에서는 과제표상, 1차 텍스트에 대한 진단과 수정방법, 수정전략과 절차, 그리고 고쳐쓰기 방법 등을 중심으로 살폈다. 수정하기에서는 대학원 유학생 필자가 1차 텍스트를 수정하고 2차 텍스트를 완성하면서 결정한 '선택'을 중심으로 구체적 특징을 밝히는 것에 주력했다.

본 연구에서는 학술적 텍스트가 갖는 장르성의 핵심 요소를 '담화종합'으로 판단했다. 따라서 학술적 텍스트를 담화종합 텍스트로 전제하고, 이윤빈(2013)의 담화종합 텍스트 방법을 원용하여 텍스트 분석을 실시했다. 담화종합을 함의하는 학술적 텍스트는 Spivey(1984)의 방법을 통해서 형식(Form)적 특징을 살피고, 이윤빈(2013)의 방법을 통해서 주제의 연결과 내용 중심의 특징을 살폈다. 또한 고은선(2016)의 오류분석 기준을 사용해서 대학원 유학생 필자의 학술적 텍스트에 나타난 오류 유형을 분석했다.

본 연구에서 '저자성'은 선천적으로 타고난 능력이 아니라 저자주체가 글쓰기 공간에서 텍스트의 완성을 위해 수행하는 '선택'의 양상으로 전제했다. 다만 대학원 유학생 필자들이 글쓰기에서 하는 선택 전부를 분석하는 것보다는 결정적 국면을 중심으로 심층적 분석이 진행되는 것이 효과적이라고 판단했다. 본 연구에서 집중한 결정적 국면은 '발견', '표상', '전략', '구현'이다. '발견'은 계획하기에서 필자가 학술적 과제와 읽기 자료에서 '무엇'을 '발견'하는지, 그리고 수정하기에서 본인의 초고 텍스트와 학술적 과제, 읽기 자료를 '재분석'하면서 '무엇'을 '발견'하는지에 대한 분석이다. 본 연구는 이 '발견'을 통해서 필자가 구체적이지 않지만 의미 표현을 위한 추상적인 계획을 세운다고 전제하는데, 이 추상적 계획을 과제 환경에 맞춰서 인지적으로 구체화되는 국면이 '표상'이다. 본 연구에서 '표상'은 대학원 유학생 필자가 '발견'한 것들을 중심으로 '계획하기'와 '수정하기'에서 구체화한 '과제표상'을 가리킨다. 본 연구는 '수정'을 완성된 초고를 대상으로 필자가 새로운 의미를 수정하는 것으로 제한했다. 이와 같은 이유로 '전략'은 '수정하기'에서 새로운 의미를 추가하기 위해서 필자가 사용하는 전략으로 전제하고 '예상독자'와 '수정방법'을 분석했다. 특히 '수정방법'은 대학원 유학생 필자가 1차 텍스트를 진단하고 2차 텍스트를 완성할 때, '자기중심성'에 빠지지 않도록 효과적인 방법을 사용하는지를 확인했다. 마지막으로 '구현'은 '발견-표상-전략'의 국면에서 필자가 결정한 선택의 결과물인 2차 텍스트를 가리킨다. 본 연구에서는 2차 텍스트의 내용적 특징과 오류 양상을 살피고, 오류와 번역기 사용의 영향 관계 등을 종합적으로 분석했다.

계획하기 단계에서는 계획하기 점검지의 3가지 항목, 자유글쓰기(Elbow, 2000), 장르 인식(Knapp & Watkins, 2005), 과제표상(Flower, 1987)이 주로 논의되었다.

자유글쓰기에서 대학원 유학생 20명(50.0%)은 '내용의 수사적 전략', '내용의 거시구조', '내용의 선정', '주제와 화제'처럼 '텍스트 내용'에 주 안점을 두고 계획하기를 하는 모습이었다. 계획하기가 초고를 완성해야 하는 과정이기 때문에 '내용'에 주목하는 양상은 바람직하다.

장르 인식에서 대학원 유학생 23명(57.5%)은 학술적 텍스트를 '주장하기' 과정을 통해서 생성되는 장르로 인식하고 있었다. 그리고 이 중에서 대학원 유학생 15명(65%)은 '주장하기' 중에서도 '논술'로 인식하고 있었다. 다만 대학원 유학생 1명(2.5%)은 학술적 텍스트를 '서사하기' 과정을 통해서 생성되는 장르로 인식되고 있었다. 이 유학생은 중국 학생이었는데, 대조수사학 연구인 조인옥(2017:17)을 근거로 장르 개념의 간섭(Interference)의 결과로 판단된다.

'계획하기 과제표상'에서 대학원 유학생 28명(70.0%)이 '읽기 자료 + 내 생각'으로 텍스트의 내용을 구성하기를 원했다. '텍스트의 형식(Format)'에서 대학원 유학생 20명(50.0%)이 '읽기 자료 요약 + 간략한 내 생각'으로 텍스트의 형식을 구상하고 있었다. 마지막으로 '구성 계획'에서 대학원 유학생 17명(42.5)이 학술적 과제에 부합하는 과제표상을 갖고 있었다. '수정하기 과제표상'에서 대학원 유학생 15명(37.5%)이 '화제에 대해 이미 알고 있는 것 + 읽기 자료의 내용'으로 텍스트의 내용을 구성하기를 원했다. '텍스트의 형식'에서 대학원 유학생 30명(75.0%)이 '읽기 자료 요약 + 간략한 내 생각'으로 표상하고 있었다. '구성계획'에서 대학원 유학생 9명(22.5%)만이 학술적 과제에 부합하는 과제표상을 갖고 있었다. 그렇지만 실제 대학원 유학생의 2차 텍스트는 57.5%가 학술적 텍스트로 나타났다. 비학술적 과제표상을 갖고 있었지만 학술적 텍스트로 구현한 대학원 유학생이 12명(30.0%)이 있었다. 이는 '표상'에서 학술적 글쓰기에 도움이 되는 '선택'을 하지 못했더라도 학술적 텍스트를 구현할 수 있는 '전략'의 선택이 비학술적 과제표상을 보완할 수 있음을 나타내는 결과이다.

수정하기는 수정하기 점검지의 4가지 항목, '수정하기에 나타난 기초정보', '초고의 진단 양상', '수정 절차와 방법 그리고 전략'이 주로 논의되었다.

'수정하기에 나타난 기초정보'에서는 '1차 텍스트 진단 양상', '수정하면서 1차 텍스트를 읽은 횟수', '2차 텍스트 수정 횟수', '번역기 사용 정도'를 대학원 유학생에게 물었다. 본 연구에서 수정하기의 기초정보에 대한 기술통계 분석 결과와 2차 텍스트 수준과의 회귀분석을 실시했다. 회귀분석 결과 수정하면서 1차 텍스트를 많이 읽을수록 텍스트의 질이 향상된다는 결론을 얻었다. 이는 유학생 대상 글쓰기 교육에서 내용을 정확하게 읽는 교육이 강조되어야 하는 근거가 된다.

'초고 진단 양상'에서 대학원 유학생은 모두 141개의 진단을 내렸다. 본 연구에서 대학원 유학생이 '전략(29/20.6%)', '텍스트 오류(28/19.9%)', '과제(19/13.4%)' 등을 중심으로 진단을 내린 양상을 확인했다. 다만 초고 진단을 위한 설문 내용 중에서 '독자: 내 텍스트를 읽을 독자를 고려하지 않음'은 0회(0.0%) 진단됐다. 이는 대학원 유학생 필자가 대학원에서 글쓰기를 하면서 학술 담화공동체의 구성원을 고려하지 않는다는 것을 나타냈다. 이 결과는 본 연구의 5장에서 예상독자를 중심으로 질적 연구를 진행하게 되는 계기가 되었다.

'수정 절차와 방법 그리고 전략'에서 '절차'의 경우 대학원 유학생 17명(42.5%)이 한국어로만 수정을 했다고 응답했다. 그렇지만 모국어로 전문을 쓰고 번역기를 사용한다는 대학원 유학생도 6명(15.0%)이 있었다. '방법'은 복수 응답이 가능했는데, 대학원 유학생 33명(51.6%)은 혼자 수정을 했다고 응답했다. 한국인 동료에게 피드백을 받은 대학원 유학생은 6명(9.4%)이었는데, 텍스트 평가에서 모두 높은 점수를 받았다. '전략'은 '다시쓰기 전략'으로 수정한 대학원 유학생은 11명(27.5%)이었고, '고쳐쓰기 전략'으로 수정한 대학원 유학생은 29명(72.5%)이었다. 다시쓰기 전략을 선택한 대학원 유학생 7명(63.7%)은 과제를 잘못 이해해서 바꾼 화제로 다시 쓰려고 하였다는 선택 이유를 밝혔다. 고쳐쓰기 전략을 선택한 대학원 유학생 18명(62.1%)은 수정하기를 계획하면서 정확한 문제를 진단했다고 판단했기 때문에 발견한 문제만 해결하는 방향으로 고쳐쓰기를 했다고 밝혔다.

학술적 텍스트는 3인의 글쓰기 채점자가 총체적 평가를 진행했고, 채점자 3인의 평균(M)은 7.02, 표준편차(SD)는 1.128이었다. 학술적 텍스트의 수준은 선행연구를 검토하여 상위 11명(27.5%), 중위 19명(47.5%), 하위 10명(25%)으로 나눴다. Spivey & King(1989)의 연구 결과와 같이 대학원 필자들의 학술적 텍스트는 텍스트의 수준과 텍스트의 양이 비례했다. 조직 긴밀도는 상위 텍스트 0.62, 중위 텍스트 0.63, 하위 텍스트 0.69로, 상위 텍스트가 가장 텍스트의 응집성이 높았다. '주제'의 경우에는 상위 텍스트 2.25, 중위 텍스트 1.88, 하위 텍스트 1.46으로 텍스트의 수준이 높아질수록 주제의 깊이도 증가했다.

'발견'에서는 계획하기의 자유글쓰기와 수정하기의 수정 프로토콜 분석을 중심으로 질적 연구를 진행했다. 논의의 중심은 읽기 자료와 1

차 텍스트에서 무엇을 '발견'했는가이다.

자유글쓰기에서 상위 필자는 읽기 자료를 읽고, '비판적 사고', '반성적 사고'를 통해서 과제를 해석하고 화제를 '발견'하는 모습이 나타났다. 특히 '비판적 사고'는 논증적 글쓰기에서 중요한 역할을 하기 때문에 능숙한 필자에게 나타나는 저자성이라고 판단했다. 중위 필자는 읽기 자료를 읽으면서 텍스트의 내용 생성에 주안점을 두고 '발견'을 하는 모습이었다. 구체적으로 중위 필자는 읽기 자료를 본인의 주제를 기준으로 분류하고 필요한 내용을 선별하는 모습을 보였다. 하위 필자는 읽기 자료를 읽고 특별한 목적 없이 중심 내용만을 '발견'하려는 모습이 나타났다. 그 중심 내용을 어떤 전략으로 사용할지는 결정하지 못한 상태에서 맹목적으로 읽기 자료의 중심 내용을 찾으려는 모습은 효과적이지 않은 글쓰기 전략이다.

수정 프로토콜에서 상위 필자는 1차 텍스트를 다시 읽으면서 본인의 과제표상과 교수자의 교수표상이 다른 모습이었음을 발견했다. 그리고 이를 해결하기 위해서 다시쓰기 전략을 선택하는 등 발견을 통해 구체적 표상으로 전략화하는 모습을 보였다. 중위 필자는 1차 텍스트를 읽고 제목과 내용의 부족한 상관성, 다루고자 하는 대상의 광범위성 등을 발견했다. 그렇지만 교수자의 과제표상과 비교를 해 보거나 발견한 내용을 통해서 해결 전략을 모색해보는 적극적인 저자주체로서의 모습은 없었다. 하위 필자는 1차 텍스트를 읽고 잘못된 방향의 '진단'을 해서 오히려 텍스트의 질이 나빠진 필자가 있었다. 하위 필자 중에 2차 텍스트를 맞춤법만 교정한 후에 그 2차 텍스트를 읽고 녹음해서 교수자에게 보낸 필자도 있었다. 이 필자가 나타내는 중요한 저자성은 하위 필자 대부분이 기계적 오류에 대한 교정만을 '수정'으로 인식하고 있다는 것이다.

'표상'에서는 계획하기의 과제표상과 수정하기의 과제표상을 중심으

로 논의가 전개되었다. 다만 4장과 달리 담화종합 수준별로 교수자가
의도한 과제표상과 어느 정도 차이가 있는가를 중심으로 논의를 전개
하였다.

계획하기 과제표상에서 상위 필자는 '정보 제공 자료' 0명(0.0%), '텍
스트의 형식' 6명(54.5%), '글쓰기 구성 계획' 7명(63.7%)이 교수자의 과제
표상과 일치했다. 중위 필자는 '정보 제공 자료' 7명(36.9%), '텍스트의
형식' 6명(26.4%), '글쓰기 구성 계획' 11명(58.0%)이 교수자의 과제표상과
일치했다. 하위 필자는 '정보 제공 자료' 3명(30.0%), '텍스트의 형식' 0명
(0.0%), '글쓰기 구성 계획' 6명(60.0%)이 교수자의 과제표상과 일치했다.
일치율은 중위 필자가 40.5%, 상위 필자가 39.4%, 하위 필자가 30.0%이
었다.

수정하기 과제표상에서 상위 필자는 '정보 제공 자료' 8명(72.7%), '텍
스트의 형식' 2명(18.2%), '글쓰기 구성 계획' 7명(63.7%)이 교수자의 과제
표상과 일치했다. 중위 필자는 '정보 제공 자료' 11명(57.9%), '텍스트의
형식' 4명(21.0%), '글쓰기 구성 계획' 6명(31.7%)이 교수자의 과제표상과
일치했다. 하위 필자는 '정보 제공 자료' 4명(40.0%), '텍스트의 형식' 0명
(0.0%), '글쓰기 구성 계획' 8명(80.0%)이 교수자의 과제표상과 일치했다.
일치율은 상위 필자가 51.5%, 하위 필자가 40.0%, 중위 필자가 36.9%이
었다. 상위 필자와 하위 필자가 계획하기보다 수정하기에서 교수자의
과제표상과 일치하는 모습이었다. 그렇지만 하위 필자는 '텍스트의 형
식'에서 단 한명도 교수자의 과제표상과 일치하는 필자가 없었고 '글쓰
기 구성 계획'은 실제 2차 텍스트와 비교했을 때 구현율이 낮았다.

'전략'에서는 수정하기의 의미 생성 과정에서 필자들이 사용하는 '전
략'을 살펴보기 위해서 '예상독자'와 '자기중심성'의 극복 방법을 중심으
로 살펴보았다. '예상독자'는 대학원 유학생 필자가 수정하기에서 어떤
집단의 독자를 예상독자로 고려하는지, 그리고 그 이유가 무엇인지를

담화종합 수준별로 확인하기 위함이었다. '자기중심성'의 극복 방법은 텍스트의 질을 향상시키기 위해서 필자가 어떤 수정방법을 선택하고 있는지를 확인하기 위함이었다.

'예상독자'의 경우 '학술 담화공동체' 구성원을 고려하는지가 중요한 기준이 된다. 상위 필자는 4명(28.6%), 중위 필자는 3명(13.1%), 하위 필자는 1명(9.1%)이 예상독자로 '한류를 연구하는 교수', '한국 드라마를 공부하는 연구원', '대학원 동료'를 선택했다. 중·하위 필자는 상위 필자보다 해당 과목의 교수자를 예상독자로 의도하는 경향이 강했다. 이를 통해서 상위 필자는 '학술적 글쓰기'라고 인식하고 텍스트를 수정하는 반면, 중·하위 필자는 '학문 목적 글쓰기'라고 인식하고 텍스트를 수정하는 것을 발견할 수 있다.

'수정방법'은 자기중심성 극복 전략으로 '학술 담화공동체의 구성원 중에서 한국인에게 피드백 받기'를 효과적인 전략으로 전제하고 논의를 시작했다. 상위 필자는 5명(45.5%), 중위 필자는 1명(5.2%), 하위 필자는 0명(0.0%)이 이 전략을 사용해서 글쓰기를 했다. 또한 '참고 자료나 기사 등을 참고하여 수정하기'를 선택한 필자는 상위 필자 11명(100.0%), 중위 필자 10명(52.6%), 하위 필자 1명(10.0%)이었다. 상위 필자는 학술적 텍스트를 작성할 때 참고 자료를 활용해야 한다는 점을 강하게 인지하고 있었다. 특히 한국 대학원생이나 교수님에게 피드백을 받은 6명(15.0%)은 설문 응답에서 '논리적 구조', '문장과 문단의 연결', '맞춤법과 띄어쓰기', '주어진 과제 해석', '선정한 화제의 타당성', '문장 오류' 등 학술적 글쓰기 전반에서 다양하게 도움을 받은 것으로 나타났다. 반면 유학생에게 피드백을 받은 3명(7.5%)의 필자는 '맞춤법과 띄어쓰기'만 도움을 받아서 텍스트 전반에 대한 도움은 받지 못한 것으로 나타났다. 또한 이 필자들의 텍스트 중에는 '맞춤법과 띄어쓰기'도 문제 해결이 되지 않고 심화된 텍스트도 있었다.

본 연구에서 '구현'은 2차 텍스트의 문장 성격과 구성 유형, 그리고 기계적 오류와 수사적 오류를 중심으로 분석되었다.

대학원 유학생의 담화종합에서 상위 필자는 논증적 성격(A)의 진술이 20.81로 다른 수준의 필자보다 높았다. 중위 필자는 표현적 성격(EX)의 진술이 1.47로 다른 수준의 필자보다 높았다. 하위 필자는 정보전달적 성격(I)의 진술이 23.00으로 다른 수준의 필자보다 높았다. 본 연구에서는 이를 근거로 대학원 유학생이 한국의 학술 담화공동체의 학술적 글쓰기와 장르적 특징에 직감이 형성될수록 정보전달적 성격에서 논증적으로 텍스트의 성격이 변화됨을 주장했다. 실제 Flower et al(1990)의 텍스트 구성 유형으로 텍스트를 살핀 결과 상위 텍스트는 '목적 해석', '통제 개념'과 같은 논증적 성격의 내용 구성이 많았고, 중위 텍스트는 '자유반응'과 같은 표현적 성격의 내용 구성이 많았으며, 하위 텍스트는 '검토 논평'처럼 정보전달적 성격의 내용 구성이 많았다. 물론 중위 텍스트에도 '틀 세우기'처럼 정보전달적 텍스트 구성이 있고, 하위 텍스트에도 '자유반응'처럼 표현적 성격의 구성도 있었지만, 지배적이지는 않았다.

오류 양상 분석에서 상위 텍스트에는 평균 10.36개, 중위 텍스트에는 16.36개, 하위 텍스트에는 42.30개씩 오류가 나타났다. 상위 텍스트와 중위 텍스트가 '대치' 오류가 많은 것과 달리 하위 텍스트에서는 '대치', '생략', '맞춤법'이 균등하게 많이 나타났다. 본 연구에서는 '대치'와 '맞춤법'은 모든 수준에서 동일하게 나타났는데, 하위 텍스트에서 '첨가'보다 '생략'이 많고 '대치'와 '맞춤법'도 다른 수준의 텍스트와 달리 지배적으로 나타나는 이유를 번역기 사용에서 찾았다. 실제 번역기 사용에 대한 '정도'를 판단하기 위해서 리커트 척도 점수에 대한 평균값을 계산했는데, 상위 필자는 2.09, 중위 필자는 2.42, 하위 필자는 2.70으로 하위 필자가 번역기 사용 정도가 제일 높았다. 무엇보다 번역기 사용의 이유에 대해서 '모국어로 써 놓고 이를 한국어로 바꾸기 위해서'를 하위 필자 6명(10%)이 선택했다. 번역기의 번역 수준이 높지 않음을 전제할 때, 하위 텍스트에서 발견되는 많은 오류들은 번역기의 번역문 때문일 수도 있다고 결론내렸다. 또한 수사적 오류에 대한 분석도 진행했는데, 상위 필자는 저자주체를 텍스트에서 감추거나 공적 존재로 드러냈지만, 하위 필자는 구어체를 사용하면서 사적 존재로 드러내는 특징이 있었다. 중위 필자 역시 수사적 오류 양상에서는 하위 필자와 유사한 모습을 보였다.

2. 학술적 글쓰기에서 대학원 유학생의 저자성 분석의 의의와 한계

본 연구는 대학원 유학생의 학술적 글쓰기 양상을 구체화하고, 그 구체화 국면에서 발견되는 대학원 유학생의 저자성을 담화종합 수준별로 살펴본 연구이다. 이를 위해서 먼저 '계획하기'와 '수정하기'를 학술적 글쓰기의 중요한 축으로 설정하고, '발견-표상-전략'의 국면에서 '선택' 양상을 살펴보았다. 그리고 학술적 텍스트를 '담화종합'으로 구성된 텍스트로 정의하고, 담화종합 텍스트 분석 방법을 통해서 담화종합 수준별 텍스트 '구현' 양상을 살폈다. 본 연구는 적은 사례수, 쓰기과정에서 작성하기의 생략, 텍스트 수준 구획의 획일성 등 한계점을 갖고 있다. 그렇지만 대학원 유학생이 학술적 글쓰기를 수행할 때 '계획하기', '수정하기', '학술적 텍스트'에서 발견되는 특징을 분석하고, 이를 담화종합 수준별로 분석·종합해서 수준별 장르성을 구체화했다는 점에서 의의가 있다. 본 연구가 갖는 의의를 종합하면 다음과 같다.

첫째는 대학원 유학생의 학술적 글쓰기에서의 '선택' 양상을 '텍스트'

수준별로 분석했다는 점이다. 상위 수준의 대학원 유학생들은 비판적 사고와 반성적 사고를 통해서 상위 인지 전략으로 글쓰기를 진행했고, '선택'의 양상도 학문 담화공동체에 부합했다. 중위 수준의 대학원 유학생들은 부분적으로 상위 인지 전략을 사용해서 계획하기와 수정하기를 진행했지만, 구현의 결과와 선택의 양상에서 상위 수준과 그 차이점이 뚜렷했다. 반면, 하위 수준의 대학원 유학생은 선택에서 상위 인지 전략이 나타나지 않았고, 선택의 양상이 학술 담화공동체에 부합하지 않았다. 이처럼 본 연구는 담화종합 수준별로 나타나는 지식변이 양상을 '선택'을 중심으로 살피고 그 차이를 분명히 하였다.

둘째는 양적 연구와 질적 연구의 장단점을 취합하기 위해서 혼합연구 방법으로 대학원 유학생의 저자성을 분석한 것이다. 기술통계 분석을 통해서 대학원 유학생 필자의 글쓰기 관련 양적 정보를 얻고, 이에 대한 영향 관계를 양적 연구 방법으로 분석했다. 이를 통해 대학원 유학생 필자들은 수정하기에서 읽기 횟수가 텍스트에 긍정적 영향을 준다는 것과 수정의 횟수가 부정적 영향을 준다는 것을 밝혔다. 또한 질적 연구 방법을 통해서 '자유글쓰기'와 '수정 프로토콜', 그리고 '예상독자와 선정 이유'를 분석하고, 이를 통해서 텍스트 수준별로 나타나는 저자성의 양상을 구체화했다.

셋째는 대학원 학위 논문 이외에 대학원 보고서를 중심으로 연구가 진행된 점이다. 본 연구에서는 학위논문보다 '보고서'가 대학원 유학생의 실제적 저자성을 판단하기에 적합한 연구 자료로 판단했다. 이와 같은 이유로 보고서의 작성 과정부터 완성된 텍스트에 대한 분석까지 다층적으로 학술적 글쓰기에 대한 분석을 진행했고, 이를 통해서 대학원 유학생의 저자성과 학술적 글쓰기 양상의 '실제성'을 확보했다. 이 결과들은 학위논문뿐만 아니라 대학원 교육과정에서의 '학술적 과제'에 이르기까지 대학원 유학생이 마주하게 되는 글쓰기의 어려움을 해소하는

데 도움을 줄 것으로 기대된다.

넷째는 대학원 유학생 필자가 완성한 텍스트를 오류 분석뿐만 아니라 텍스트 분석까지 진행한 점이다. 본 연구는 한국인 대학생을 대상으로 진행된 이윤빈(2013)의 방법을 학문 목적 한국어 쓰기 교육에 도입하여, 대학원 유학생을 학습자가 아니라 '전문 저자'로 전제하고 텍스트 분석을 진행했다. 이를 통해서 담화종합 수준별로 나타는 텍스트의 성격을 밝혔고, 발달의 양상도 구체적으로 도출하였다. 이는 대학원 유학생 필자의 텍스트의 내용 연결과 성격 등을 고려해서 교육적 처치를 진행할 때 유용한 역할을 할 것이다. 또한 오류 분석도 기계적 오류와 수사적 오류를 나눠서 학술 담화공동체에서 용인되지 않는 표현의 오류 양상을 담화종합 수준별로 살펴보았다. 이를 통해서 잘못 인식된 전략이 초래한 결과들을 텍스트에서 확인했고 저자주체의 위치도 담화종합 수준별로 확인할 수 있었다. 이 결과는 학술 담화공동체에서 요구하는 텍스트를 완성하기 위한 '전략' 교육을 강화할 필요성을 나타낸다.

다섯째는 대학원 유학생 필자의 수준별 교육적 처치가 가능하다는 것이다. 본 연구는 계획하기, 수정하기, 학술적 텍스트 등에서 나타나는 대학원 유학생의 쓰기 능력 수준별 '선택'의 변별점을 찾기 위해서 혼합 연구 방법을 사용해서 그 결과들을 종합했다. 그리고 계획하기, 수정하기, 텍스트의 각 하위 영역에서 나타나는 선택의 특징을 세분화해서 분석했다. 이 분석 자료들은 대학원 유학생의 쓰기 능력 향상, 글쓰기 어려움 해소 등을 목적으로 교육과정과 교육방법이 개발될 때 중요한 자료로 그 역할을 할 수 있을 것이다. 특히 능숙한 필자와 능숙하지 않은 필자처럼 수준을 두 집단으로 나누지 않고, 세 수준으로 나눈 점도 본 연구의 의의이다. 이를 통해서 상대적으로 저자로서의 개별성이 약했던 '중위 필자'의 저자성 양상이 비교적 구체화되어 나타났기 때문이다.

　　본 연구의 범위가 '학술적 글쓰기'와 '학술적 텍스트'로 제한되기 때문에 담화종합 수준별 세부적인 '글쓰기 교육 원리'와 '방법'을 제시하지 못했다. 그렇지만 이 연구의 내용은 대학원 유학생의 글쓰기 양상과 수준별 저자성의 특징을 이해하는 데 도움을 줄 것이다. 이 저자성에서 나타나는 대학원 유학생 필자들의 단점은 해결하고, 장점은 향상시키는 교육방법을 다룬 연구물들이 지속적으로 나오기를 기대해 본다. 또한 본 연구가 학술 담화공동체에서 학업 적응을 위해 노력하는 대학원 유학생들의 글쓰기 어려움을 해소하고 학술 담화공동체에서 요구하는 저자성을 유지·개발하는 데 유용하게 쓰이기를 바란다.

참고문헌

1. 국내 논저

강승혜(2014), 한국어 쓰기 교육 연구 동향 분석, 『외국어로서의 한국어교육』 41, 연세대학교 언어연구교육원 한국어 학당, 1-35쪽.

고규진(2015), 저자/저자성의 문제: 바르트와 푸코의 영향을 중심으로, 『독일 언어문학』 67, 독일언어문학연구회, 233-253쪽.

고연(2018), 한국에 있는 중국 유학생의 과제 표절에 대한 인식과 영향 요인 분석, 인하대학교 대학원 석사학위논문.

고은선(2016), 한국어 학습자의 쓰기 텍스트에 나타난 문법적 오류 분석 연구, 동국대학교 대학원 박사학위논문.

김선정·김용경·박석준·이동은·이미혜(2010), 『한국어 표현교육론』, 형설 출판사.

권오상(2017), 비판적 사고와 논증적 글쓰기, 『사고와 표현』 10(3), 한국사고와 표현학회, 39-66쪽.

김경미(2014), 외국인 유학생의 한국어 학문적 글쓰기에서 인용하기와 바꿔 쓰기 훈련이 표절예방에 미치는 영향 분석, 이화여자대학교 대학원 석사학 위논문.

김미란(2012), 대학의 읽기-쓰기 교육과 '사회적 전환'의 필요성: 텍스트적, 수사학적, 담론적 수준의 통합을 중심으로, 『현대문학의 연구』 48, 한국문 학연구학회, 403-438쪽.

김보연(2011), 피터 엘보우(Peter Elbow) 글쓰기 이론 연구: 엘보우 글쓰기 이 론의 '이원론적 체계'를 중심으로, 『대학작문』 3, 대학작문학회, 237-262쪽.

김성숙(2011), 학문 목적 기초 한국어 쓰기능력 평가 척도 개발과 타당성 검증, 연세대학교 대학원 박사학위논문.

_____(2013), 학문 목적 한국어 쓰기 숙달도 평가 연구 : 보고서 쓰기 과제를 중심으로, 『한국어교육』 24(2), 국제한국어교육학회, 57-80쪽.

김성숙(2014), 학부생의 디지털 저자성 측정 문항 개발,『작문연구』23, 한국작
　　문학회, 1-33쪽.

　　　　(2015가),『한국어 쓰기 교육의 이론과 실제』, 경진출판.

　　　　(2015나), 정보 기반 학술 담화공동체의 전문 저자성 습득 양상에 대한
　　고찰,『현대문학의 연구』55, 한국문학연구학회, 629-656쪽.

김성혜(2016), 한류의 양가성: 담론적 구성물로서의 한류,『음악이론연구』26,
　　서울대학교 서양음악연구소, 116-142쪽.

김영건(2009), 글쓰기와 논증,『사회과언어학』16, 사회과 언어학회, 29-46쪽.

김원경(2016), 한국어교육을 위한 과정중심쓰기 평가 모형 연구, 가톨릭대학
　　교 대학원 박사학위논문.

김은정(2014), 협력학습을 중심으로 한 학문 목적 한국어 쓰기 교육 연구, 숭실
　　대학교 대학원 박사학위논문.

김정숙(1999), 담화 능력 배양을 위한 외국어로서의 한국어 쓰기 교육 방안,
　　『한국어교육』10(2), 국제한국어교육학회, 195-213쪽.

　　　　(2000), 학문적 목적의 한국어 교육과정 설계를 위한 기초 연구: 대학
　　진학생을 위한 교육과정을 중심으로,『한국어교육』11(2), 국제한국어교육
　　학회, 1-19쪽.

　　　　(2007), 읽기·쓰기 활동을 통합한 학술 보고서 쓰기 지도 방안,『이중언
　　어학』33, 이중언어학회, 35-54쪽.

　　　　(2009), 내용 지식 구성을 위한 학문 목적 한국어 쓰기 교육 방안,『한국
　　어교육』20(1), 국제한국어교육학회, 23-44쪽.

김종일(2017), 대학 특성화 교육과정 모형 연구: 외국인 유학생의 학업적응을
　　중심으로, 동국대학교 대학원 박사학위논문.

김지애·김수은(2016), 학문목적 한국어 학습자를 위한 담화 통합 말하기 교
　　육 방안,『한국어교육』27(1), 국제한국어교육학회, 21-55쪽.

김지영(2004), 담화능력 배양을 위한 읽기·쓰기 통합 과제 개발 방안,『국제한
　　국어교육학회 제 14차 국제학술대회 발표자료집』, 국제한국어교육학회,
　　357-377쪽.

　　　　(2011), 과제 중심 접근법에 기반한 한국어 교육 과정 개발 방안 연구:

비고츠키 사회문화이론을 적용하여, 고려대학교 대학원 박사학위논문.

김지영(2015), 시간제한 여부가 한국어 학습자의 글쓰기에 미치는 영향에 관한 연구, 영남대학교 대학원 석사학위논문.

김지영·오세인(2015), 외국인 대학생과 내국인 대학생의 수행양상 비교를 통한 담화 통합 과제의 전략 연구,『어문논집』79, 민족어문학회, 195-232쪽.

김지훈·이민경(2001), 외국인 유학생들의 한국유학 동기와 경험연구: 서울 A대학 석사 과정 학생들의 내러티브를 중심으로,『동아연구』61, 서강대학교 동아연구소, 73-101쪽.

김현진(2011), 학위논문 작성 교과목의 교수요목 개발을 위한 기초 연구: 외국인 대학원 유학생을 중심으로,『한국어교육』22(1), 국제한국어교육학회, 47-73쪽.

김혜연(2014), 쓰기과정에서 생성하기와 검토하기의 역동적 상호작용, 서울대학교 대학원 박사학위논문.

_____(2015), 대학생 필자의 글쓰기 전략 유형과 인식 조사,『국어교육연구』35, 서울대학교 국어교육연구소, 1-29쪽.

_____(2016), 대학생의 학습 목적 글쓰기에서 지식 구성의 양상 고찰: 혼합 연구 방법론의 적용,『작문연구』30, 한국작문학회, 29-69쪽.

나원주·주현하·김영규(2017), 학문 목적 한국어교육의 연구 유형 분류와 연구 방법의 동향 분석,『한국어교육』28(1), 국제한국어교육학회, 79-111쪽.

나은미(2011), 장르 기반 텍스트, 문법 통합 모형에 대한 연구: 취업 목적 자기 소개서를 대상으로,『우리어문연구』41, 우리어문학회, 167-195쪽.

_____(2012), 장르의 전형성과 대학 글쓰기 교육의 한 방향,『작문연구』14, 한국작문학회, 109-136쪽.

_____(2016), NCS 직업기초능력으로서 의사소통능력의 검토와 대학에서 의사소통교육의 방향,『작문연구』28, 한국작문학회, 93-122쪽.

남주혜(2011), 학문 목적 한국어 논설문 쓰기 교재 개발 방안 연구, 가톨릭대학교 대학원 석사학위논문.

남형두(2015),『표절론: 표절에서 자유로운 정직한 글쓰기』, 현암사.

노복동(2013), 한국어 학습자의 정의적 요인이 자율학습능력에 미치는 영향,

『한국언어문화학』 10(2), 국제한국언어문화학회, 49-70쪽.

민정호(2019가), 학술적 글쓰기에서 대학원 유학생의 저자성 개념과 교육원리의 방향 탐색, 『리터러시연구』 10(1), 한국리터러시학회, 313-341쪽.

_____(2019나), 학술적 글쓰기에서 대학원 유학생의 독자 고려 양상 분석: 사회인지주의 관점에서 독자 인식과 제목을 중심으로, 『리터러시연구』 10(4), 한국리터러시학회, 63-88쪽.

_____(2019다), 학술적 글쓰기에서 대학원 유학생의 발견 능력 향상을 위한 교육 내용 제안, 『리터러시연구』 10(6), 한국리터러시학회, 227-252쪽.

_____(2020가), 대학원 유학생을 위한 학술적 글쓰기 교수요목 설계: 학술적 리터러시에서의 저자성 강화를 중심으로, 『리터러시연구』 11(3), 한국리터러시학회, 221-246쪽.

_____(2020나), 박사 유학생의 필자 정체성 강화를 위한 제언: 학술적 글쓰기에서 담론적 정체성을 중심으로, 『철학·사상·문화』 33, 동서사사연구소, 298-321쪽.

_____(2020다), 대학원 유학생을 위한 학위논문의 장르 교육 연구, 『문화교류와 다문화교육』 9(3), 한국국제문화교류학회.

민진영(2013), 외국인 유학생의 대학원 학업 적응에 관한 내러티브 탐구, 연세대학교 대학원 박사학위논문.

민현식(2007), 구어적 통용과 문어적 오용, 『문법교육』 6, 한국문법교육학회, 53-113쪽.

민현정(2013), 중국유학생의 대학생활 적응에 관한 연구, 한서대학교 대학원 박사학위논문.

박석준(2008), 국내 대학의 학문 목적 한국어 교육 현황 분석, 『한국어교육』 19(3), 국제한국어교육학회, 169-200쪽.

박소희(2009), 중학생들의 담화종합 과제 수행에서 나타나는 텍스트 변형 양상에 관한 연구, 고려대학교 대학원 석사학위논문.

박수연(2016), 학문목적 한국어 학습자의 쓰기 교육을 위한 학위논문의 장르 분석 연구: 〈선행연구〉 부분을 중심으로, 연세대학교 대학원 박사학위논문.

박영목(1999), 작문 능력 평가 방법과 절차, 『국어교육』 99, 한국국어교육연구회, 1-29쪽.

박영목(2008), 『작문교육론』, 역락.

박은선(2014), 장르 중심 학문 목적 한국어 쓰기 교수의 실행연구: 대학원 보고 서를 중심으로, 이화여자대학교 대학원 박사학위논문.

박정하(2012), 학술적 글쓰기, 어떻게 가르칠 것인가, 『사고와 표현』 5(2), 한국 사고와표현학회, 7-39쪽.

박지원(2013), 학문 목적 학습자들의 담화 통합 쓰기 양상 분석 연구: 내용 지식 구성을 중심으로, 고려대학교 대학원 석사학위논문.

박진욱(2014), 학습역량 기반 학문 목적 한국어 교육과정 연구: 전공 진입 전 과정을 중심으로, 고려대학교 대학원 박사학위논문.

박태호(1999), 장르 중심 작문 교육의 내용 체계, 『국어교육학연구』 9, 국어교 육학회, 199-234쪽.

_____(2000), 『장르 중심 작문 교수 학습론』, 박이정.

박혜림(2017), 자료 텍스트 유형에 따른 논설문 쓰기의 담화 통합 과정 연구, 한국교원대학교 대학원 석사학위논문.

배식한(2012), 전공연계 글쓰기(WAC)의 국내 적용을 위한 전제 조건, 『교양교 육연구』 6(3), 한국교양교육학회, 591-626쪽.

백준오(2014), 한국어 능력과 작업기억 간의 상관성 연구, 경희대학교 대학원 박사학위논문.

서울대학교 교육연구소 편(2006), 『교육학용어사전』, 도서출판 하우.

설수연·한민지·김영규(2012), 학문 목적을 위한 한국어와 영어의 연구 경향 비교 분석, 『이중언어학』 50, 이중언어학회, 79-105쪽.

손다정·장미정(2013), 쓰기 지식을 중심으로 한 학문 목적 한국어 쓰기 교육 의 연구 경향, 『어문논집』 56, 중앙어문학회, 431-457쪽.

손동현(2006), 교양교육으로서의 '학술적 글쓰기 교육', 『철학논총』 43(1), 새한 철학회, 525-552쪽.

송지언(2015), 독서-작문 통합 교육을 위한 요약문 쓰기 수업 탐색, 『독서연구』 36, 한국독서학회, 9-38쪽.

송치순(2014), 담화 통합 활동을 통한 논증적 글쓰기 교육 연구, 서울대학교 대학원 석사학위논문.

신영지(2016), 학문 목적 한국어 쓰기 교육의 학습전략 연구, 메타인지 전략의 적용 모색, 『반교어문연구』 43, 반교어문학회, 383-415쪽.

심지연(2017), 학문목적 한국어 학습자를 위한 담화 통합 쓰기 전략 개발 방안 연구, 고려대학교 대학원 석사학위논문.

안경화(2006), 한국어 쓰기 교수학습법의 현황과 과제, 『국어교육연구』 18, 서울대학교 국어교육연구소, 61-90쪽.

안상희(2014), 대학에서의 학술적 글쓰기 교육 내용과 방법 고찰, 『한국교양교육학회 국제학술대회 자료집』, 한국교양교육학회, 519-528쪽.

양경희·이삼형(2011), 쓰기에 나타나는 자기중심성에 대한 교육적 이해, 『작문연구』 13, 한국작문학회, 411-439쪽.

양태영(2009), 설명텍스트의 표지와 텍스트구조 분석, 『한국어 의미학』 231, 한국어의미학회, 109-142쪽.

원만희(2010), 전공연계 글쓰기(WAC)를 위한 교육 기획, 『수사학』 13, 한국수사학회, 191-219쪽.

_____(2015), 학술적 글쓰기에 있어서 "분석적/비판적" 글쓰기의 중요성과 실습 매뉴얼: 두 유형의 글쓰기가 사고에 미치는 영향을 중심으로, 『작문연구』 25, 한국작문학회, 227-258쪽.

원만희·박정하·박상태·한기호·김상현·이창후·김종규(2014), 『비판적 사고 학술적 글쓰기』, 성균관대학교출판부.

원해영(2016), BL을 적용한 한국어 쓰기 수업사례 연구, 『우리말연구』 47, 우리말글학회, 253-281쪽.

유승금(2005), 학문 목적 한국어의 교육과정 개발 연구: 학점 이수 과정을 중심으로, 『국제한국어교육학회 24차 학술대회 자료집』, 국제한국어교육학회, 61-82쪽.

윤여옥(2012), 유학생의 한국어 학위논문 쓰기 교육을 위한 학위논문 연구 방법 부분의 장르 분석 연구, 이화여자대학교 대학원 석사학위논문.

윤지원(2013), 한국어 쓰기 수업에 대한 교사의 어려움과 개선 방안 연구, 『한국언어문화학』 10(1), 국제한국언어문화학회, 99-129쪽.

이미혜(2000), 과정 중심의 한국어 쓰기 교육: 작문 수업을 중심으로, 『한국어 교육』 11(2), 국제한국어교육학회. 133-150쪽.

＿＿＿(2010), 장르 중심 한국어 쓰기 교육의 내용 체계, 『외국어교육』 17(3), 한국외국어교육학회, 463-485쪽.

이성희(2008), 한국어 교육에서의 읽기·쓰기 통합 교육 연구, 『이중언어학』 37, 이중언어학회, 113-131쪽.

이소영(2013), 쓰기에서 성취목표지향성, 자아효능감, 상위인지전략, 쓰기능력 간의 관계, 한양대학교 대학원 박사학위논문.

이수미(2010), 텍스트성에 기반한 한국어 쓰기 교육 방안 연구-자기 표현적 쓰기텍스트를 중심으로, 서울대학교 대학원 박사학위논문.

이수연(2012), 유학생의 한국어 학위논문 쓰기 교육을 위한 학위논문 결과 부분의 장르 분석 연구, 이화여자대학교 대학원 석사학위논문.

이수정(2017), 내용 지식의 강화와 통합을 위한 한국어 쓰기 교육 연구: 외국인 유학생의 학술 보고서 쓰기를 중심으로, 한국외국어대학교 대학원 박사학위논문.

이슬비(2016), 한국어 학술 텍스트의 필자 태도 표현 교육 연구, 서울대학교 대학원 박사학위논문.

이아라(2008), 글쓰기과정의 "숨은 독자(Hidden Reader)": 글쓰기과정에서 독자의 작용에 관한 새로운 이해, 『국어교육학연구』 31, 국어교육학회, 393-435쪽.

이아름(2013), 한국어 담화 통합 쓰기 전략 교육의 효과 연구, 고려대학교 대학원 석사학위논문.

이유경(2014), 외국인 유학생의 대학원 문화와 학업 적응에 대한 연구, 『이중언어학』 55, 이중언어학회, 249-284쪽.

이유경(2016), 외국인 유학생의 학술적 글쓰기에서 인용 교육 방안에 대한 연구, 『한국어교육』 27(3), 국제한국어교육학회, 203-232쪽.

이유경·박현진·이선영·장미정·노정은·류선숙(2016), 외국인 학부생 대상 대학 글쓰기 과목의 교재 개발을 위한 기초 연구, 『한국어교육』 27(4), 국제한국어교육학회, 155-188쪽.

이윤빈(2012), 대학 신입생 대상 학술적 글쓰기의 장르적 의미와 성격, 『작문연구』 14, 한국작문학회, 135-163쪽.

_____(2013), 담화종합을 통한 텍스트 구성 양상 연구: 쓰기 과제 표상과 텍스트 구성의 관계를 중심으로, 연세대학교 대학원 박사학위논문.

_____(2014), 미국 대학 신입생 글쓰기(FYC) 교육의 새로운 방안 모색, 『국어교육학연구』 49(2), 국어교육학회, 445-479쪽.

_____(2015), 대학 글쓰기 교육에 대한 비판적 논의 및 대안적 교육 방안 검토, 『작문연구』 24, 한국작문학회, 177-219쪽.

_____(2016), 대학 글쓰기 교육에서 학술적 글쓰기에 대한 규정 및 대학생의 인식 양상, 『작문연구』 31, 한국작문학회, 123-162쪽.

이윤빈 · 정희모(2010), 과제 표상 교육이 대학생의 학술적 글쓰기 수행에 미치는 효과, 『국어교육』 131, 한국어교육학회, 463-497쪽.

이윤진(2012), 외국인 유학생의 자료 사용의 윤리성에 대한 연구, 연세대학교 대학원 박사학위논문.

_____(2013), 외국인 유학생의 글쓰기 윤리 실천을 위한 학문 목적 쓰기 지도 방안 : 자료 사용(Source use)을 중심으로, 『작문연구』 17, 한국작문학회, 195-225쪽.

이은경(2013), 학문목적 한국어 학습자의 요약문 쓰기과정에 대한 연구 : 사고발화법을 통한 전략 사용 양상을 중심으로, 연세대학교 대학원 박사학위논문.

이인재(2008), 대학에서의 글쓰기 윤리교육, 『작문연구』 6, 한국작문학회, 129-159쪽.

이인혜(2016), 사회인지적 과정을 고려한 학문 목적 한국어 쓰기 평가 과제 연구, 고려대학교 대학원 박사학위논문.

이재승(2007), 과정 중심 글쓰기 교육의 허점과 보완, 『한국초등국어교육』 33, 한국초등국어교육학회, 143-167쪽.

이정현(2016), 외국인 유학생과 한국인 대학생의 쓰기 텍스트 최상위구조 비교 분석, 『문학과 언어』 38(6), 학문문화융합학회, 353-379쪽.

이정희(2014), 중국인 학습자 대상 한국어교육 연구 동향 분석, 『국어국문학』 166, 국어국문학회, 165-197쪽.

이주미(2016), 통합적 접근에 기반한 한국어 학습자의 학문적 쓰기 성취기준 연구, 고려대학교 대학원 박사학위논문.

이주희(2012), 유학생의 한국어 학위논문 쓰기 교육을 위한 학위논문 결과 부분의 장르 분석 연구, 이화여자대학교 대학원 석사학위논문.

이준호(2005), 대학 수학 목적의 쓰기 교육을 위한 교수요목 설계: 보고서 쓰기 교육을 중심으로, 고려대학교 대학원 석사학위논문.

＿＿＿(2011), 학문목적 한국어 학습자를 대상으로 한 '읽은 후 쓰기 과제' 연구,『한국어교육』22(4), 국제한국어교육학회, 83-108쪽.

이지영(2016가), 온라인 다문서를 활용한 글쓰기 과제에서 나타난 읽기, 쓰기 전략 연구, 고려대학교 대학원 박사학위논문.

＿＿＿(2016나), 학문 목적 한국어 교육의 연구 방법 동향과 과제, 제18회『서울대 국어교육연구소 국제학술회의 발표집』, 25-37쪽.

이혜경(2017), 영상 콘텐츠를 활용한 유학생 글쓰기 지도 방안 연구,『열린정신 인문학연구』18(3), 원광대학교 인문학연구소, 81-115쪽.

이희복 · 차유철 · 안주아 · 신명희 역, Timothy Borchers(2009),『수사학 이론』, 커뮤니케이션북스.

이희영(2016), 표현주의와 인지주의의 통섭적 글쓰기 연구: 대학 교양 글쓰기를 중심으로, 배재대학교 대학원 박사학위논문.

임태운(2015), 텍스트 구조 분석을 통한 한국어 장르 쓰기 교육 방안 연구, 『한국어 의미학』49, 한국어의미학회, 189-219쪽.

임희주(2018), 교양영어 수업에서 영어자동번역기 사용에 대한 대학생의 인식 및 태도연구: 영작문 수업을 중심으로,『교양교육연구』11(6), 한국교양교육학회, 727-751쪽.

장미정(2016), 학문 목적 한국어 쓰기 지식 연구, 고려대학교 대학원 박사학위논문.

장아남(2014), 학문적 맥락에서의 한국어 발표하기 과제 구성 방안 연구: 외국인 대학원 유학생의 요구를 중심으로, 고려대학교 대학원 석사학위논문.

장은경(2009), 한국어 학문 목적 쓰기 교육 방안 연구: 참고 텍스트의 내용 통합과 재구성을 중심으로, 고려대학교 대학원 석사학위논문.

전미화(2015), 「한국어 쓰기에서의 내용 지식 구성에 관한 연구」, 배재대학교 대학원 박사학위논문.

전한성(2014), 경험 서사 창작 교육 연구: 자서전 서사 쓰기를 중심으로, 동국대학교 대학원 박사학위논문.

전형길(2014), 학문 목적 한국어 쓰기 수정에서 상위인지 작용 연구, 『이중언어학』 66, 이중언어학회, 341-373쪽.

_____(2016), 한국어 학습자 쓰기과정에서의 수정 양상 연구, 고려대학교 대학원 박사학위논문.

정다운(2009), '장르'와 '과정'의 통합적 쓰기 교육 방안 연구: 한국어 고급 학습자를 대상으로, 고려대학교 대학원 박사학위논문.

_____(2014), 외국인 대학원 유학생을 위한 학술적 글쓰기 교육에 대한 요구조사 분석, 『어문논집』 60, 중앙어문학회, 389-420쪽.

정미혜(2012), 공학계열 내용기반 한국어 교육과정 개발 연구, 경희대학교 대학원 박사학위논문.

정은아(2016), 글쓰기에서의 오류 개선 연구: 대학생 글쓰기에서의 자기중심성을 중심으로, 『우리어문연구』 54, 우리어문학회, 511-539쪽.

정희모(2008가), 글쓰기에서 수정(Revision)의 절차와 방법에 관한 연구: 인지적 관점을 중심으로, 『현대문학의연구』 34, 한국문학연구학회, 333-360쪽.

_____(2008나), 글쓰기에서 독자의 의미와 기능, 『새국어교육』 79, 한국국어교육학회, 393-417쪽.

_____(2013), 대학 글쓰기와 텍스트 및 인지 연구, 『작문연구』 18, 한국작문학회, 9-33쪽.

_____(2014가), 대학 글쓰기 교육과 학술적 글쓰기의 특성, 『작문연구』 21, 한국작문학회, 29-56쪽.

정희모(2014나), 대학 글쓰기 교육에서 학습 전이의 문제와 교수 전략, 『국어교육』 146, 한국어교육학회, 199-124쪽.

정희모·김미란·이윤빈·김성숙·주민재·김영희·나은미·김희용·강지은(2016), 『대학 글쓰기 연구와 텍스트 해석』, 보고사.

정희모·김성숙(2008), 대학생 글쓰기의 텍스트 비교 분석 연구: 능숙한 필자와 미숙한 필자의 텍스트에 나타난 특징을 중심으로, 『국어교육학연구』 32 국어교육학회, 393-426쪽.

정희모·이재성(2009), 대학생 글에 대한 총체적 평가와 분석적 평가의 결과 비교 연구, 『청람어문교육』 39, 청람어문교육학회, 251-273쪽.

제효봉(2015), 중국어권 한국어 학습자의 쓰기 텍스트에 나타난 모국어 영향 연구, 서울대학교 대학원 박사학위논문.

조인옥(2013), 중국인 한국어 학습자의 논리적 글쓰기의 문제와 대학 작문 교육에의 적용 방안 고찰: 논설 텍스트에 나타난 논거 분석을 중심으로, 『교양교육연구』 7(6), 한국교양교육학회, 485-530쪽.

_____(2014), 중국인 한국어 학습자의 논설 텍스트에 나타난 모국어 영향 특성 연구 : 중국 산동대학 사례를 중심으로, 연세대학교 대학원 박사학위 논문.

_____(2017), 학문 목적 한국어 작문 교육을 위한 한·중 논설 텍스트의 전형 성 고찰, 『대학작문』 20, 대학작문학회, 11-47쪽.

진대연(2015), 한국어 교사의 쓰기 지도 능력 신장, 『국제한국어교육학회 추계 학술대회논문집』, 국제한국어교육학회, 160-172쪽.

채윤미(2016), 학문목적 한국어 학습자의 논증 텍스트에 대한 장르 분석 연구, 한양대학교 대학원 박사학위논문.

최문규(2014), 낭만주의의 저자성: 저자주체 Autorsubjekt의 정립과 해체 사이 에서, 『뷔히너와현대문학』 43, 한국뷔히너학회, 55-86쪽.

최선경(2009), 대학생 글쓰기에 나타난 오류 분석: 인용방식의 오류를 중심으 로, 『새국어교육』 81, 한국국어교육학회, 299-324쪽.

최숙기(2007), 자기 표현적 글쓰기(expressive writing)의 교육적 함의, 『작문연 구』 5, 한국작문학회, 205-239쪽.

최승식(2015), 설명문 쓰기의 담화종합 과정 연구, 고려대학교 대학원 박사학 위논문.

최연희(2009), 『영어 쓰기 교육론 원리와 적용』, 한국문화사.

최윤곤(2004), 한국어 교육을 위한 구문표현 연구, 동국대학교 대학원 박사학 위논문.

최은지(2009), 사회적 구성주의에 기반한 학문 목적 한국어 작문 교육 연구, 고려대학교 대학원 박사학위논문.

_____(2012), 고급 한국어 학습자들의 담화 통합 쓰기 양상, 『이중언어학』 49, 이중언어학회, 381-410쪽.

최정순(2006), 학문 목적 한국어 교육의 교육과정과 평가, 『이중언어학』 31, 이중언어학회, 277-313쪽.

최정순·윤지원(2012), 연구 동향 분석을 통해 본 학문 목적 한국어교육 연구의 실태와 제언, 『어문연구』 74, 어문연구학회, 131-156쪽.

최주희(2017), 외국인 유학생의 한국어 학위 논문 작성 과정 연구: 참조 모델 활용과 조력자와의 상호작용을 중심으로, 서울대학교 대학원 박사학위논문.

한국텍스트언어학회(2004), 『텍스트언어학의 이해』, 서울: 박이정.

홍해준(2008), 학문 목적 한국어 쓰기 교육 연구: 한국어 논증적 글쓰기를 중심으로, 서울대학교 대학원 박사학위논문.

황미향(2007), 과정 중심 쓰기 교육에 대한 비판적 고찰, 『국어교육』 123, 한국어교육학회, 243-278쪽.

황병홍(2016), 자유글쓰기(Free Writing)를 활용한 대학 글쓰기 수업 방안 연구, 『리터러시연구』 17, 한국리터러시학회, 199-215쪽.

Cong, Ni(2015), 혼합연구 방법을 통해 본 협력적 글쓰기가 중국인 한국어 학습자의 쓰기능력에 미치는 영향, 이화여자대학교 대학원 박사학위논문.

2. 국외 논저

Amossy, R.(2000), *L'argumentation dans le discours: Discours politique, littérature d'idées, fiction*, Nathan.(장인봉 외 공역(2003), 『담화 속의 논증: 정치 담화, 사상 문학, 허구』, 동문선.)

Bachman, L. F.(1990), *Fundamental considerations in language testing*, Longman.

Baddeley, A. D.(1986), *Working memory*, Oxford, U.K.: Clarendon

Bandura, A.(1986), The Explanatory and Predictive Scope of Self-Efficacy Theory, *Journal of Social and Clinical Psychology* 4, Special Issue: Self-Efficacy Theory in Contemporary Psychology, pp.359-373.

Barnet, M. A.(1989), *More than meets the eye*, Englewood Cliffs, NJ: Prentice-Hall Regents.

Barthes, R.(1978), *Le Plaisir du texte/leçon*, Editions du Seuil(김희영 역(2002), 『텍스트의 즐거움』, 동문선.)

Barton, D.(1994), *Literacy: an introduction to the ecology of written language*, Oxford: Blackwell.

Gulikers, J. T. M., Bastiaens, T. J. & Martens, R. L.(2005), The surplus value of an authentic learning environment, *Computers in Human Behavior* 21(3), pp.509-521.

Bawarshi, A. & Reiff, M. J.(2010), *Genre: An Introduction to History, Theory, Research, and Pedagogy*, Parlor Press and The WAC Clearinghouse.(정희모 · 김성숙 · 김미란 외 공역(2015), 『장르: 역사 · 이론 · 연구 · 교육』, 경진출판.)

Bereiter, C. & Scardamalia, M.(1987), *The psychology of written composition* Hillsdale, NJ: Lawrence Erlbaum Associates.

Bitchener, J.(2010), *Writing an applied linguistics thesis or dissertation: A guide to presenting empirical research*, New York: Palgrave Macmillan.

Blue, G.(1988), Individualising academic writing tuition, In P. Robinson (ed.), *Academic writing: process and product*, ELT Documents 129. Basingstoke: Modern English Publications.

Britton, J., Burgess, T., Martin. N., McLeod, A. & Rosen. H.(1975), *The development of writing abilities*, London: Macmillan, 1975.

Brown, H. D.(1984/2007), *Principles of Language Learning and Teaching(5th)*, Prentice Hall.(이홍수 외 공역(2007), 『외국어 학습 · 교수의 원리』, Pearson Education Korea.)

Brown, H. D.(2007), *Teaching by Principles: An Interactive Approach to Language Pedagogy(3rd)*, longman.(권오량 · 김영숙 공역(2012), 『원리에 의한 교수』, Pearson Education Korea.)

Bunton, D.(2002), Generic moves in Ph.D. thesis introduction. In J. Flowerdew (Ed.), *Academic discourse*, London: Pearson Education, pp.57-75.

Chenoweth, N. A. & Hayes, J. R.(2001), Fluency in writing: Generating text in L1 and L2, *Written Communication* 18, pp.80-98.

Chitose, A. & Yoshiko, U.(2003), Students' Perceived Problems in an EAP Writing Course, *JALT Journal*, 25(2), pp.143-172.

Cohen, A. D.(2003), The learner's side of foreign language learning : Where do style, strategies, and tasks meet?, *International Review of Applied Linguistics* 41, pp.279-291.

Coleman, D.(1995), *Emotional Intelligence*, New York: Mentor.

Coniam, D. & Icy L.(2013), Introducing assessment for learning for EFL writing in an assessment of learning examination-driven system in Hong Kong, *Journal of Second Language Writing* 22, pp.34-50.

Connor, U.(1996), *Contrastive rhetoric: Cross-cultural aspects of second-language writing,* Cambridge: Cambridge University Press.

Cutting, J.(2002), *Pragmatics and discourse: a resource book for students,* London: Routledge.

Dudley-Evans, T. & St. John, M. J.(1998), *Developments in English for Specific Purposes,* Cambridge: Cambridge University Press.

Eggington, W. G.(1987), Written academic discourse in Korean: Implications for effective communication, In Kim, T.(2008), Korean L2 writers' previous writing experience: L1 literacy development in school, *Second Language Studies* 27(1), pp.103-154.

Elbow, P.(1987), Closing My Eyes as I Speak : an Argument for Ignoring Audience, *College English* 49(1), pp.50-69.

Elbow, P.(1989), Toward a Phenomenology of Freewriting, *Journal of Basic Writing* 8(2), pp.42-71.

Elbow, P.(1994), Ranking, Evaluating, Liking: Sorting Out Three Forms of Judgment, *College English* 55(2), pp.187-206.

Elbow, P.(2000), *Everyone Can Writing*, NY: Oxford University Press.

Fairclough, N.(1995), *Media Discourse,* London: E. Arnold.(이원표 역(2004), 『대

중매체 담화분석』, 한국문화사)

Flower, L., Stein, V., Ackerman, J., Kantz, M. J., McCormick, K., & Peck, W. C.(1990), *Reading to write: Exploring a Cognitive and Social Process*, NY: Oxford University Press.

Flower, L.(1987), The role of task representation in reading to write, *Technical Report 6*, Berkely, CA: University of California, National Center for the Study of Writing and Literacy.

Flower, L.(1993), *Problem-Solving Strategies for writing(4th)*, Harcourt & Company Translation.(원진숙 · 황정현 공역(1998), 『글쓰기의 문제해결전략』, 동문선.)

Flower, L., Hayes, J. R., Carey, L., Schriver, K. & Stratman, J.(1986), Detection, diagnosis, and the strategies of revision, *College Composition and Communication* 37(1), pp.16-55.

Freedman, A. & Peter, M.(1994), *Genre and the New Rhetoric*, Bristol: Taylor and Francis.

Freedman, A.(1987), Learning to write again discipline-specific writing at university, *Carlen Papers in Applied langauge studies* 4, pp.95-116.

Galbraith, D.(1999), Writing as a knowledge-constituting process, In Torrance, M. & Galbraith, D.(Eds.), *Knowing what to write: Conceptual processes in text production*(pp. 139-160). Amsterdam, NL: Amsterdam University Press.

Goffman, E.(1959), *The presentation of self in everyday life*, London: Penguin.

Greene, S. & lidinsky, A.(2014), *From Inquiry to Academic Writing*, Macmillan Higher Education.

Hartman J. A. & Hartman, D. K.(1995), Creating a classroom culture that promotes inquiry-oriented discussion: reading and talking about multiple text, Technical Report No, 621, pp.1-18.

Hayes, J. R. & Flower, L. S.(1980), Identifying the organization of writing processes, In Gregg, L. & Steinberg, E. R.(Eds.), *Cognitive processes in writing*(pp.3-30), Hillsdale, NJ : Lawrence Erlbaum.

Hayes, J. R. & Nash, J. D.(1996), On the nature of planning in writing. In Levy, C. M. & Ransdell, S.(Eds.), *The science of writing*(pp.29-55). Mahwah, NJ: L. Erlbaum Associates.

Hayes, J. R.(1996), A new framework for understanding cognition and affect in writing, In Levy, C. M. & Ransdell, S.(Eds.), *The science of writing : Theories, methods, individual differences, and applications* (pp.1-27), Mahwah, NJ : Lawrence Erlbaum.

Hayes, J. R.(2012), Modeling and Remodeling Writing, *Written Communication* 29(3), pp.369-388.

Heinrich, F. P.(2001), *Einfuhrung in die rhetorische textanalyse*, Hamburg: helmut buske verlag.(양태종 역(2002), 『수사학과 텍스트 분석』, 동인)

Hines, E.(2004), High quality and low quality college-level academic writing, Doctoral dissertation, University of Illinois at Urbana-Champaign.

Hyland, K.(2002), Genre: Langauge, Context and literacy, *Annual Review of Applied Linguistics* 22, pp.113-135.

Hyland, K.(2004), Genre and Second Language writing, University of Michigan Press.

Hyland, K.(2006), *English for academic purposes: An advanced resource book*, Routledge.

Hyland, K.(2007), *Genre and Second Language Writing*, The University of Michigan Press.

Hymes, D.(1972), *On communication competence*, Philadelphia: University of Pennsylvania Press.

Hyon, S.(2002), Genre and ESL Reading: A Classroom Study, *Genre in the Classroom: Multiple Perspectives*, Ed. Ann M. Johns. Mahwah, NJ: Lawrence Erlbaum, pp.121-141.

Hyon, S.(1996), Genre in Three Traditions: Implications for ESL, *Tesol Quarterly* 30, pp.693-722.

Johns, A. M.(2003), Genre and ESL/EFL composition instruction, in Kroll,

B.(2003), *Exploring the dynamics of second language writing*(pp.195-217), New York: Cambridge University Press.

Kaplan, R. B.(1966), Cultural thought patterns in inter-cultural education, *Language learning* 16(1), pp.1-20.

Kara, L. & Andrea, L. R.(2007), *Computer-supported collaborative learning : best practices and principles for instructors*, Information Science Publishing.

Kellogg, R. T.(1996), A model of working memory in writing. In Levy, C. M. & Ransdell, S. E.(Eds.), *The science of writing : Theories, methods, individual differences and applications*(pp.57-71). Hillsdale, NJ : Erlbaum.

Kirkpatrick, L. C. & Klein, P. D.(2009), Planning text structure as a way toimprove students' writing from sources in the compare-contrast genre, *Learning and Instruction* 19(4), pp.309-321.

Knapp, P. & Watkins, M.(2005), *Genre · Text · Grammar-Technologies For teaching and assessing writing*, The UNSW press, Australia(주세형, 김은성, 남가영(2007), 『장르 · 텍스트 · 문법-쓰기 교육을 위한 문법』, 박이정.)

Kwan, B. S. C.(2006), The schematic structure of literature reviews in doctoral thesis of applied linguistics, *English for Specific Purpose* 25, pp.30-55.

Leki, I. & Carson, J. G.(1994), Student's perceptions of EAP writing instruction and writing needs across disciplines, *TESOL Quarterly* 28(1), pp.81-101.

McComiskey, B.(2000), *Teaching Composition as a Social Process*, Logan, Utah: Utah State University Press.(김미란 역(2012), 『사회 과정 중심 글쓰기: 작문 교육 패러다임의 전환』, 경진출판.)

Miles, M. B., & Huberman, A. M.(1994), *Qualitative data analysis(2nd ed.)*, (박태영 외 공역(2009), 『질적자료분석론』, 학지사.)

Miller, C. R.(1994), Genre as Social Action, *Genre and the New Rhetoric*, Ed, Freedman A & Medway P(1994), Bristol: Taylor and Francis, pp.23-42.

Morgan, D. L.(1998), Practical strategies for combining qualitative and quantitative methods: Applications to health research, Qualitative Health Research 8, pp.362-376.

Nelson, N.(2001), Discourse synthesis: the process and product. In R. G. McInnis.(Ed.), *Discourse synthesis: studies in historical and contemporary social epistemology*(pp.379-396), Westport, CT: Greenwood Publishing Group.

Nelson, N. (2008). The reading-writing nexus in discourse research. In Bazerman, C.(Ed.), Handbook of research on writing: History, society, school, individual, text (pp. 435-450). Taylor & Francis Group/Lawrence Erlbaum Associates.

Nunan, D.(1992), *Research methods in langauge learning*, Cambridge University Press.(안미란·이정민 공역(2009), 『외국어 학습 연구 방법론』, 한국문화사.)

Oxford, R.(1990), *Language learning strategies: What every teacher should* know, New York: Heinle & Heinle.

Pajares, F.(1997), Current directions in self-efficacy research, In Maehr, M. & Pintrich, P. R.(Eds.), *Advances in motivation and achievement* 10, pp.1-9.

Pecorari, D.(2003), Good and original: Plagiarism and patch writing in academic second-language writing, *Journal of Second Language Writing* 12, pp.317-345.

Plakans, L.(2008), Comparing composing processing in writing-only and reading-to-write test tasks, *Assessing Writing* 17(1), pp.251-270.

Plakans, L.(2009), The role of reading strategies in intergrated L2 writing tasks, *Journal of English for Academic Purpose* 8, pp.252-266.

Richards, J. C. & Rodgers T. S.(2001), *Approaches and methods in language teaching(2nd)*, Cambridge University Press.(전병만 외 공역(2008), 『외국어 교육 접근방법과 교수법』, 케임브리지.)

Russell, D. R.(1995). Activity theory and its implications for writing instruction. In J. Petraglia(Ed.). *Reconceiving writing, Rethinking writing instruction.* Mahwah, NJ: Lawrence Erlbaum, pp.51-78.

Segev-Miller, R.(2004), Writing from Sources: The Effect of Explicit Instruction on College Students' Processes and Products, *L1-Educational Studies in Language & Literature* 4(1), pp.5-33.

Sherry, M. & Thomas, P. & Chui, W. H.(2010), International Students: Vulnerable

Students population, *Higher Education* 60, pp.33-46.

Spivey, N. N. & Greene, S.(1989), *Aufgabe in writing and learning*, Paper presented at the annual meeting of the American Educational Research Association, San Francisco, CA.

Spivey, N. N. & King, J. R.(1989), Readers as writers composing from sources, *Reading Research Quarterly* 24, pp.7-26.

Spivey, N. N.(1984), *Discourse synthesis: constructing texts in reading and writing.: Outstanding Dissertation Monograph*, International Reading Association.

Spivey, N. N.(1991), Transforming texts: constructive processes in reading and writing, *Written Communication* 1(2), pp.256-281.

Spivey, N. N.(1997), *The constructivist metaphor: Reading, writing, and the Making of Meaning*, Academic Press.(신헌재 외 공역(2002), 『구성주의와 읽기·쓰기』, 박이정.)

Swales, J.(1990), *Genre Analysis: English in Academic and Research settings*, Cambridge: Cambridge University Press.

Swales, J.(1998), Textography: Toward a Contextualization of Written Academic Discourse, Research on Language & Social Interaction 31(1), pp.109-121.

Timothy, A. B.(2005), *Rhetorical theory: an introduction*(1st Edition), Wadsworth. (이희복 외 공역(2008), 『수사학 이론』, 커뮤니케이션북스.)

Tribble, C.(1999), *Writing*, Oxford University Press.(김지홍 역(2003), 『쓰기』, 범문사.)

Van Dijk, T. A.(1980), *Textwissenschaft: Eine interdisziplinäre Einführung*, Het Spectrum BV.(정시호 역(2001), 『텍스트학』, 아르케.)

Vignaux, G.(1999), *L'argumentation - Du discours a la pensee*, Hatier.(임기대 역(2001), 『논증』, 동문선.)

Wardle, E.(2004), Can Cross-Disciplinary Links Help Us Teach 'Academic Discourse' in FYC, Across the Disciplines 2, pp.1-17.

Wardle, E.(2009), 'Mutt Genres' and Goal of FYC: Can We Help Students Write the Genres of the University?, College Composiotion and Communition, 60(4), pp.765-789.

White, E.(1984), Holisticism, *College Composition and Communication*, 35(4), National Council of Teachers of English, pp.400-409.

Widdowson, H. G.(2004), *A History of English Language Teaching*, Oxford University Press.(임병빈 외 공역(2012), 『영어교육사』, 한국문화사.)

Williams, J. M. & Colomb, G. G.(2007), *The craft of argument*(윤영삼 역(2008), 『논증의 탄생』, 서울: 홍문관.)

Witte, S. P.(1985), Pre-text and composing, *College Composition and Communication* 38(4), pp.397-425.

Zamel, V.(1993), Questioning academic discourse, *College ESL* 3, pp.28-39.

학술적 글쓰기 과제와 읽기 자료

[과제] 다음은 '한국 드라마'와 관련된 다양한 입장을 보여주는 자료들입니다. 이 자료들을 잘 읽고, 이해하고 자료 내용과 내 지식을 종합적으로 사용하여 '한국드라마'에 대한 내가 쓰고 싶은 '화제'를 구체적으로 제시하는 '학술적 글'을 쓰세요.(휴대폰과 사전을 사용해도 괜찮습니다. 그렇지만 번역기를 쓰지 마세요. 확인 시에 불이익이 있습니다.)

[자료 1] 문효진·안호림, 「유럽의 한국드라마 시청동기와 효과에 관한 연구」

연구결과를 요약하면, 첫째, 유럽의 한류 수용자들이 한국드라마를 시청하는 동기는 '정보습득', '드라마경쟁력', '휴식', '사교', '배우 매력성' 등 총 5개 요인으로 나타났다.

둘째, 한국드라마 시청동기와 한국드라마 만족도와의 관계에 대한 분석결과, '드라마경쟁력'요인이 한국드라마 만족도에 영향을 미치는 것으로 나타났다. 한국드라마의 내용에 대한 공감성, 자국 드라마와의 차이, 한국드라의 좋은 소재, 한국드라마가 가지고 있는 짜임새와 높은 완성도 등이 한국드라마의 만족도를 높이는 것으로 확인되었다.

셋째, 한국드라마 시청동기와 한국문화 경험의도와의 관계에 대한 분석결과, '정보습득'요인과 '드라마경쟁력'요인이 다른 한국문화를 경험하고픈 의향에 영향을 미치는 것으로 확인되었다. 유럽인들은 다양한 장르의 한국드라마를 시청하면서 한국의 풍경과 문화를 간접적으로 경험할 수 있다. 이는 대중문화를 포함 한국문화 전반에 대한 경험의도를 높일 수 있기에 드라마를 활용한 한국 알리기와 관광 활성화 등도 기대된다.

넷째, 한국드라마 시청동기와 한국에 대한 태도와의 관계에서는 '정보습득'요인과 '드라마경쟁력'요인이 한국에 대한 긍정적 감정에 영향을 미치는 것으로 확인되었다.

다섯째, 한국드라마 시청동기와 드라마 만족도가 다른 한국문화 경험의도와의 관계에서는 한국드라마를 시청하고 한국드라마에 대해 만족도가 높아질수록 다른 한국문화를 경험하고자 하는 의향에 긍정적인 영향을 미쳤다.

[자료 2] - 진종헌·박순찬,「한류의 문화지리학」,『문화역사지리』 25-3, 2013.

　최근 십여 년간 한류드라마와 관련된 많은 연구에서 아시아지역에서 한류 드라마의 유행을 아시아 여성의 욕망과 관련지어 설명하는 것이 일반적이었다. 한국의 대중문화(드라마)가 아시아의 근대성과 성별 불안정성이라는 전이과정에 서 있는 아시아 여성들에게 새로운 상상력을 제공해 주는 문화적 소비물로 부상했다고 전한다. 성별불안정성(gender instability)은 스티븐스(Stevens, 1998)의 개념으로, 전통적인 남녀의 성역할과 대가족주의를 지탱해 왔던 가부장제가 해체되면서 새로운 젠더(Gender) 관계에 대한 모색과 신중산층 여성의 사적·사회적 욕망의 표출을 의미한다.

　한국의 대중문화(드라마)는 구매력 있는 아시아 신중산층 여성이 자신의 개인적 상상력과 판타지를 구체적이고 실현 가능한 '현실'로 체험할 수 있는 매개제로 기능한다는 것이다. 최근 몇 연구들은 한류 드라마와 아시아 여성의 욕망을 연계 짓는데, 이는 순수하고 충실하고 영원한 사랑에 대한 욕망이며, 이 때 사랑은 사람 자체에 대한 것이 아니라 사랑이 약속하는 그 무엇에 대한 것이다. 현실에서 가능하지 않은 사랑은 현실의 남성에 대한 불만을 수반하고, 이는 곧 이상적인 남성에 대한 욕망으로 이어진다. 나아가 가족이나 친구 등과의 이상적 관계에 대한 욕망, 커리어에 대한 욕망 또한 중요한 요소로 언급한다.

[자료 3] - 이상민,「한류드라마의 특성과 경쟁력」,『비교한국학』, 2012.

　〈대장금〉은 음식, 도덕성과 같은 보편적 가치를 내재하고 있었기 때문에, 한국의 실존 인물을 다룬 역사극이었음에도 불구하고 세계적으로 통하는 한류콘텐츠가 될 수 있었다. 그리고 〈겨울연가〉가 아름다운 배경으로 외국 시청자들에게 한 번 가보곳 싶은 나라라는 인식을 심어준 것처럼, 〈대장금〉은 전통음식으로 한번 먹어보고 싶은 음식이라는 생각을 갖게 해 주었다. 이는 곧 외국인을 위한 관광 상품으로까지 연계되어 한류를 확장시켰고, 한류 콘텐츠의 위상을 한 단계 높여주는 도약의 기회가 되었다.

　이처럼 〈대장금〉을 통해 사극도 세계적 보편성을 저변에 깔고 있으면 한류 드라마로 자리매김할 수 있다는 사실을 알게 되었다. 도덕심이나 음식과 같은 세계적 보편성을 가진 사극은 한국적 특수성이 강한 한국 스타일로 연출하더라도 그것이 배타적이거나 부정적이기보다는 오히려 이국적 문화에 대한 낯선 호기심으로 긍정적인 작용을 하게 되는 것이다.

[자료 4] - 김성혜,「한류의 양가성」,『음악이론연구』, 2016.

　동아시아에서 〈대장금〉이 폭발적인 인기를 끌자 국내 미디어는 〈대장금〉

이 유교사상의 기반인 충과 효를 담고 있고 동아시아가 유교 문화권이라는 과거부터 이어진 "문화적 유사성", "문화근접성"을 그 성공요인일 것이라 진단하였다. 그런데 한국과 중국에서 〈대장금〉을 수용한 이유를 깊이 들여다 본 결과, 동일한 실체에 대한 해석과 이해는 동일하지 않았다. 중국과 홍콩에서는 '유교적 가치와 유교 문화를 따르는 주인공의 인내와 인간미(humanity)'를, 그에 반해 한국에서는 '남성중심 사회에서 약자였던 여성의 유교문화 관습과 전통에 대한 도전'을 성공요인이라 보았다. 유교적 가치와 덕목(충, 효, 인, 의), 제도(남성중심의 가부장제)가 이 드라마를 이끄는 중요한 요인임에는 분명하다. 하지만 실제 중국과 한국에서 생각하는 유교사회의 주류문화나 핵심 가치는 같지 않았을 뿐 아니라 오늘날 그것들을 해석하고 의미를 부여하는 방식 또한 같지 않았다.

아시아의 다양한 감성과 경험(일본, 홍콩, 대만, 한국 등)들이 한류 안에 새롭게 재구성, 재해석되면서 아시아 각 지역이 한류를 토대로 지역의 감성을 각자 새롭게 형성하는 것은 한류의 힘이고 이를 글로컬이라고 한다.

[자료 5] - 조미숙, 「드라마 스토리텔링 방식의 특성」, 『한국문예비평연구』, 2014

캐스팅을 살펴보면, 기존 역사드라마와 달리 당대 젊은 인기 배우 위주로 이루어지고 있다. 수출을 염두에 두고 선투자방식으로 제작한 〈태왕사신기〉는 한류스타 배용준을 내세워 방영 전부터 관심을 끌었다. 〈뿌리 깊은 나무〉는 〈쉬리〉 등으로 인기를 끈 바 있는 영화배우 한석규, 〈추노〉 등의 드라마에서 인기를 끈 장혁 등의 한류스타들과 젊은 여배우 신세경, 그리고 이른바 명품조연들이 캐스팅되면서 화제를 모았다. 〈인현황후의 남자〉에서는 지현우와 유인나, 〈해를 품은 달〉에서는 김수현과 한가인, 〈옥탑방 왕세자〉에서는 박유천과 한지민, 〈대장금〉에서는 이영애와 지진희 등 현대물에서 주로 활동하던 인기배우나 가수를 캐스팅하면서 호기심을 끌었고 성공적으로 이어진 것을 보게 된다.

또한 현란한 시각성은 이미지에 익숙한 젊은이들을 공략하게 된다. 〈대장금〉에서 다양한 조선의 궁중음식과 〈황진이〉에서 화려한 조선의 한복 등이 역사드라마의 시각적 요소 극대화의 예이다. 이렇듯 한류로 대표되는 인기배우와 가수를 캐스팅하고 이들을 시각적 요소가 극대화된 드라마의 주인공으로 넣은 것이다. 이처럼 청춘 배우들을 캐스팅해서 화려한 영상미로 구성된 드라마를 '트렌디드라마'라고 한다.

대학원 유학생 필자 요인 분석 설문지

| 현재 학교 | | 석사 ___ 학기 | 이름 | |

* 문제를 잘 읽고 학생에게 해당하는 곳에 표시하세요.

| 1. | 학생의 대학교 전공은 무엇입니까? |

① 어학 ② 교육학 ③ 현대문학 ④ 고전문학 ⑤ 문화 ⑥ 기타 _____

| 2. | 학생의 출신 국가는 어디입니까? |

① 중국 ② 베트남 ③ 러시아 ④ 몽골 ⑤ 인도 ⑥ 기타 _____

| 3. | 학생이 졸업한 대학교는 어디에 있습니까? |

① 중국 ② 한국 ③ 러시아 ④ 몽골 ⑤ 인도 ⑥ 기타 _____

| 4. | 학생이 졸업한 대학교에서 별도의 '글쓰기 강의'를 수강했습니까? |

① 예 ② 아니오 '① 예' ➡ 그 강의에서 무엇이 기억에 남습니까? (밑에 쓰세요.)

① 텍스트를 위해서 어떤 정보를 찾고 선택해야 하는가?
② 관련된 정보들을 어떻게 조직하고 배열해야하는가?
③ 예상독자를 어떻게 규정하고 이를 텍스트에 반영하는가?
④ 수사적 목적과 수사적 전략을 어떻게 활용해야하는가?
⑤ 한국에서 학술적 글쓰기와 일반적 글쓰기의 차이점은 무엇인가?
⑥ 텍스트를 구성해 가면서 수정을 어떻게 해야 하는가?
⑦ 기타 (_____)

'② 아니오' ➡ 왜 수강하지 않았습니까? (밑에 쓰세요.)

① 반드시 들을 필요가 없었다.
② 큰 도움이 되지 않을 것 같았다.
③ 대학교의 쓰기가 보통 쓰기와 똑같다고 생각했다.
④ 성적을 잘 받지 못할 것 같았다.
⑤ 기타 (_____)

| 5. | 학생의 한국 거주기간은 어떻습니까? |

① 1년 미만 ② 1~2년 ③ 2~3년 ④ 3~4년 ⑤ 4~5년 ⑥ 기타 _____

| 6. | 학생은 한국 대학교로 편입하였습니까? |

① 예 ② 아니오

| 7. | 학생의 현재 토픽(Topik) 급수는 몇 급입니까? |

① 1급 ② 2급 ③ 3급 ④ 4급 ⑤ 5급 ⑥ 6급

8.	학생의 현재 토픽(Topik) 읽기 점수는 몇 점입니까?				
① 0-49점	② 50-59점	③ 60-69점	④ 70-79점	⑤ 80-89점	⑥ 90-100점

9.	학생의 현재 토픽(Topik) 쓰기 점수는 몇 점입니까?				
① 0-49점	② 50-59점	③ 60-69점	④ 70-79점	⑤ 80-89점	⑥ 90-100점

10.	학생은 현재 한국어를 얼마나 잘 할 수 있습니까?				
구분	매우 못함				매우 잘함
말하기	①	②	③	④	⑤
쓰기	①	②	③	④	⑤
읽기	①	②	③	④	⑤
듣기	①	②	③	④	⑤

11.	현재 '대학원 과정에서 공부하면서 '학술적 글쓰기를 쓸 때 가장 어려운 점은 무엇입니까?

① 텍스트를 위한 정보를 찾고 선택하기
② 찾은 정보들을 조직하고 배열하기
③ 예상독자를 선정하고 텍스트에 반영하기
④ 수사적 목적과 수사적 전략을 활용하기
⑤ 한국의 학술적 글쓰기의 특성에 맞춰 쓰기
⑥ 텍스트를 구성하면서 수정하기
⑦ 기타 (_____)

12.	이 문제를 해결하기 위해서 본인은 무엇을 하고 있습니까?

① 한국 학생들의 글을 읽어 본다.
② 교수님을 찾아가서 글쓰기 방법에 대해 물어 본다.
③ 고향에서 공부했던 글쓰기 책들을 읽어 본다.
④ 한국에서 글쓰기 책을 사서 읽어 본다.
⑤ 글을 쓰면서 한국 친구들에게 검토를 받는다.
⑥ 한국 신문이나 기사를 읽고 필사해 본다.
⑦ 기타 (_____)

13.	평소 글쓰기를 많이 합니까?			
전혀 안 함				아주 많이 함
①	②	③	④	⑤

- ③-⑤의 경우 주로 어떤 글을 씁니까? 예) Wechat 등(SNS)에 일기 쓰기 등.

14.	평소 글쓰기에 대한 흥미는 어떻습니까?			
아주 낮다				아주 높다
①	②	③	④	⑤

15.	평소 글쓰기에 대한 자신감은 어떻습니까?				
아주 낮다					아주 높다
①	②	③	④	⑤	

16.	어려운 쓰기 과제를 하더라도 끝까지 포기하지 않습니까?				
전혀 그렇지 않다					아주 그렇다
①	②	③	④	⑤	

17.	한국에 오기 전에 중학교, 고등학교, 대학교 시절 글쓰기 교육을 받았습니까?				
전혀 그렇지 않다					아주 그렇다
①	②	③	④	⑤	

계획하기 점검지

1. 자유글쓰기(Freewriting)

처음 '과제'를 받고 과제의 '요구사항'과 자신의 '글의 방향'을 계획할 때 들었던 머릿속의 '생각', '느낌', '목표' 등을 '자유'롭게 '모두' 여기에 쓰세요.(중국어, 영어로 써도 괜찮습니다.)

2. 학술적 텍스트 장르

1)	학생이 생각하는 학술적 글쓰기의 '성격'은 무엇입니까?
	① 묘사하기 - 대상을 상식이나 전문적인 의미에 의존하여 질서화하는 과정입니다. ② 설명하기 - 현상을 시간적이나 인과적인 관계에 따라 전개하는 과정입니다. ③ 지시하기 - 독자가 해야 할 행위나 행동을 논리적으로 전개하는 과정입니다. ④ 주장하기 - 독자에게 특정 입장을 수용하도록 명제를 확장하는 과정입니다. ⑤ 서사하기 - 인물이나 사건을 시간과 공간적 순서에 따라 전개하는 과정입니다.
	★ 18-1부터 18-5중에서 본인이 선택한 한 개만 골라 표시하세요.
1)-1	① **묘사하기**를 선택한 경우 - 이 중에서 학술적 글쓰기의 세부 장르에 표시하세요. ① 개인적 묘사　② 일상적 묘사　③ 전문적 묘사　④ 알림 보고서 ⑤ 과학 보고서　⑥ 정의
1)-2	② **설명하기**를 선택한 경우 - 이 중에서 학술적 글쓰기의 세부 장르에 표시하세요. ① 방법에 대한 설명　② 이유에 대한 설명　③ 설명적 에세이　④ 상술 ⑤ 예시　⑥ 풀이
1)-3	③ **지시하기**를 선택한 경우 - 이 중에서 학술적 글쓰기의 세부 장르에 표시하세요. ① 절차　② 매뉴얼　③ 안내　④ 지시 ⑤ 요리법
1)-4	④ **주장하기**를 선택한 경우 - 이 중에서 학술적 글쓰기의 세부 장르에 표시하세요. ① 에세이　② 논술　③ 해석　④ 논쟁 ⑤ 토론　⑥ 평가
1)-5	⑤ **서사하기**를 선택한 경우 - 이 중에서 학술적 글쓰기의 세부 장르에 표시하세요. ① 개인적 사건 나열　② 역사적 사건 나열하기　③ 이야기 ④ 동화　⑤ 서사물　⑥ 신화　⑦ 우화
2)	여러분의 나라에서 학습한 학술적 글쓰기와 한국의 학술적 글쓰기와의 차이점은 무엇입니까?

> 예) 한국의 글은 중국보다 더 글의 구조가 중요하다.

| 3) | 여러분의 나라에서 학습한 학술적 글쓰기와 한국의 학술적 글쓰기와의 공통점은 무엇입니까? |

예) 한국의 글은 중국처럼 서론에서 문제를 제기한다.

3. 정보 제공

본인의 텍스트에서 '정보 제공 자료(major source of information)'으로 선택한 것을 아래 그림에서 골라 ∨ 표시를 하세요. (아래 1-4까지의 설명을 충분히 읽고 선택하세요.)

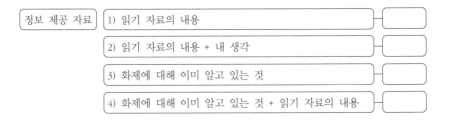

1) 읽기 자료의 내용이나 개념들을 그대로 사용했고 그 밖의 정보는 수집하여 반영하지 않았다.
2) 읽기 자료의 내용이나 개념들을 주로 사용하고 내가 알고 있는 지식도 간단하게 추가했다.
3) 본인이 알고 있는 관련 지식과 생각 위주로 텍스트에 반영하고 읽기 자료는 직접적으로 사용하지 않았다.
4) 본인이 알고 있는 관련 지식과 생각 위주로 텍스트에 반영하고 읽기 자료는 내 지식과 생각의 '근거' 역할로만 간접적으로 사용했다.

4. 텍스트의 형식과 특징

본인의 '텍스트의 형식과 특징(text format and features)'이 무엇인지를 아래 그림에서 골라 V 표시를 하세요. (아래 1-4까지의 설명을 충분히 읽고 선택하세요.)

텍스트의 형식	
1) 읽기 자료 요약	
2) 읽기 자료 요약 + 간략한 내 생각	
3) 일반적인 독자를 고려한 설명적 보고서 형식	
4) 학문 공동체의 구성원을 고려한 논증적 글의 형식	

1) 읽기 자료의 내용을 요약하고 이 요약 내용만으로 구성된 형식이다.
2) 읽기 자료의 내용을 주로 요약했지만 본인의 주장도 간단하게 넣은 형식이다.
3) 특별한 독자를 생각하지 않고 일반적인 정보를 전달하는 설명적 형식이다.
4) 텍스트에 글의 목적을 분명히 밝히는 논증 형식이고 함께 공부하는 대학원 유학생, 교수님을 독자로 생각한 설득하는 형식이다.

5. 텍스트의 구성 계획

본인이 텍스트를 쓰면서 세운 텍스트 구성 계획을 아래 그림에서 골라 V 표시를 하세요. (아래 1-6까지의 설명을 충분히 읽고 선택하세요.)

텍스트 구성 계획			
1) 읽기 자료의 내용을 요약하기		4) 통제 개념을 사용하여 종합하기	
2) 주제에 대해 자유롭게 반응하기		5) 나 자신의 목적을 위해 해석하기	
3) 검토하고 반응하기			

1) 본인은 읽기 자료의 내용을 요약하고 본인의 주장과 견해는 텍스트에 넣지 않았다.

2) 본인의 견해에 집중하고 읽기 자료의 내용들은 참고만 했으며 읽기 자료의 내용은 본인의 텍스트와 관련성이 거의 없다.

3) 본인은 읽기 자료를 타당성을 중심으로 검토하고 이 검토를 근거로 본인의 견해와 감상을 추가했다.

4) 본인은 읽기 자료의 중심 생각에 집중해서 읽고 이 중심 생각에서 떠올린 아이디어를 종합할 수 있는 주된 개념(main idea)을 찾았다. 그리고 이 개념을 중심으로 텍스트를 구성했다.

5) 본인은 특별한 독자와 목적을 설정하고 텍스트를 썼고 이 독자와 목적에 부합하는 방향으로 읽기 자료의 내용을 분석하기도 하고 재해석하기도 했으며 이를 근거로 자료를 선택해서 사용했다.

부록4 수정하기 점검지

1. 수정하기 전에 먼저 자신의 초고(10월 24일 작성)을 읽었습니까?

① 네　　　　　② 아니요

①을 선택한 경우　　　　　　　　　②를 선택한 경우

초고를 읽으면서 무엇에 집중했습니까?　　초고를 안 읽은 이유가 무엇입니까?
　　　(가-다에 없으면 '라'에 직접 쓰세요.)　　　　(중국어, 영어, 러시아어) 쓰세요.

가. 맞춤법과 같은 '형식'에 집중했다.
나. 문장과 단락의 '구성'에 집중했다.
다. 글의 '내용'과 '주제'에 집중했다.
라. ＿＿＿＿＿＿＿＿＿＿＿＿＿＿
　　＿＿＿＿＿＿＿＿＿＿＿＿＿＿

2. 자신의 초고(10월 24일 작성)을 **수정하면서** 몇 번 읽었습니까?

① 1-2회　　　　　② 3회 이상

①을 선택한 경우　　　　　　　　　②를 선택한 경우

그 이유가 무엇입니까?　　　　　　그 이유가 무엇입니까?
　　　　　　　　　　　　　　　(가-다에 없으면 '라'에 직접 쓰세요.)

가. 초고가 생각보다 괜찮았다.　　　가. 초고의 내용을 이해하기가 어려웠다.
나. 1회만 읽고도 문제점을 알 수 있었다.　나. 읽을수록 문제점이 많이 나타났다.
다. 읽기가 어려워서 1회만 읽었다.　　다. 더 정확한 문제를 찾기 위해서다.
라. ＿＿＿＿＿＿＿＿＿＿＿＿　　라. ＿＿＿＿＿＿＿＿＿＿＿＿
　　＿＿＿＿＿＿＿＿＿＿＿＿　　　　＿＿＿＿＿＿＿＿＿＿＿＿

3. 자신의 초고를 수정할 때 어떤 절차로 했습니까?

　　　　　　　　　　　　　(①-④에 없으면 '⑤'에 직접 쓰세요.)

① 모국어로 먼저 쓰고 한국어로 번역했다.

② 모국어로 거의 쓴 후 번역하고 문장과 문단 몇 개만 한국어로 썼다.

③ 한국어로 거의 쓴 후 어려운 문장 몇 개만 모국어로 써서 번역했다.

④ 한국어로만 썼다.

⑤ (중국어, 영어, 러시아어) 쓰세요.

```
┌─────────────────────────────────────────────────────┐
│                                                     │
│                                                     │
│                                                     │
│                                                     │
│                                                     │
└─────────────────────────────────────────────────────┘
```

4. 자신의 초고를 읽은 후 발견한 문제는 무엇입니까? (복수 표시 가능)

(①-⑩에 없으면 '⑪'에 직접 쓰세요.)

① 과제를 잘못 이해함.

② 드라마에 대한 읽기 자료의 오독

③ 드라마에 대해서 알고 있는 내 지식을 잘못 사용함.

④ 글의 화제를 잘못 선정함.

⑤ 글의 구성이 유기적으로 연결되지 못함.

⑥ 드라마에 대한 읽기 자료를 똑같이 사용함.

⑦ 본인이 정한 화제에 맞게 논리적으로 쓰지 못함.

⑧ 문장과 문장, 단락과 단락의 잘못된 연결됨.

⑨ 문장의 오류가 많았음.

⑩ 맞춤법과 띄어쓰기의 오류가 많았음.

⑪ (중국어, 영어, 러시아어) 쓰세요.

```
┌─────────────────────────────────────────────────────┐
│                                                     │
│                                                     │
│                                                     │
│                                                     │
│                                                     │
└─────────────────────────────────────────────────────┘
```

5. 글을 수정하면서 '정보 제공 자료(major source of information)'로 사용한 것은 무엇입니까?

① 드라마에 대한 다섯 가지 읽기 자료의 내용

② 드라마에 대한 다섯 가지 읽기 자료의 내용과 이에 대한 내 생각과 내 경험

③ 드라마에 대한 다섯 가지 읽기 자료의 내용을 읽고 내가 선정한 화제에 대해서 내가 이미 알고 있는 지식들

④ 내가 선정한 화제에 대해서 내가 이미 알고 있는 지식들과 드라마에 대한 다섯 가지 읽기 자료의 내용

⑤ 주어진 드라마에 대한 다섯 가지 읽기 자료의 내용 이외의 학술자료(논문)

⑥ 주어진 드라마에 대한 다섯 가지 읽기 자료의 내용 이외의 신문기사자료

⑤나 ⑥을 선택한 경우

다음 중 학술자료나, 신문기사자료를 본인의 글을 수정할 때 자료로 사용했다면 그 비중은 어느 정도 입니까?

가. 주로 드라마에 대한 다섯 가지 읽기 자료의 내용이고 부차적으로 사용
나. 글의 내 생각과 내 경험을 강조할 목적으로 사용
다. 드라마에 대한 내가 이미 알고 있는 지식들을 강조할 목적으로 사용
라. 새로운 내용을 보충하기 위한 목적으로 사용
마. 글의 분량을 늘리기 위한 목적으로 사용
바. _____
_____

6. 텍스트의 형식과 특징

본인의 '텍스트의 형식과 특징(text format and features)'이 무엇인지를 아래 그림에서 골라 ∨ 표시를 하세요. (아래 1-4까지의 설명을 충분히 읽고 선택하세요.)

텍스트의 형식

1) 드라마에 대한 5가지 읽기 자료를 요약한다.

2) 드라마에 대한 5가지 읽기 자료를 요약하고 내 생각을 간단하게 추가한다.

3) 한류와 관련된 독자를 생각하고 이 독자들이 알고 싶어하는 내용을 넣어 설명적 성격의 텍스트를 쓴다.

4) 학술적 글쓰기로 전제하고 한류, 한국 드라마에 대한 논증적 성격의 텍스트를 구체적 독자를 생각하고 완성한다.

7. 텍스트의 구성 계획

본인이 텍스트를 쓰면서 세운 텍스트 구성 계획을 아래 그림에서 골라 ∨
표시를 하세요. (아래 1-6까지의 설명을 충분히 읽고 선택하세요.)

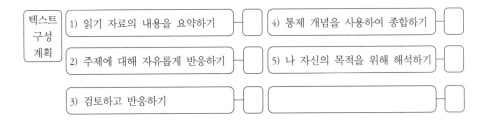

1) 본인은 읽기 자료의 내용을 요약하고 본인의 주장과 견해는 텍스트에 넣지
   않았다.
2) 본인의 견해에 집중하고 읽기 자료의 내용들은 참고만 했으며 읽기 자료의
   내용은 본인의 텍스트와 직접적인 관련이 없다.
3) 본인은 읽기 자료를 타당성을 중심으로 검토하고 이 검토를 근거로 본인의
   견해와 감상을 추가했다.
4) 본인은 읽기 자료의 중심 생각에 집중해서 읽고 이 중심 생각에서 떠올린
   아이디어를 종합할 수 있는 주된 개념(main idea)을 찾았다. 그리고 이 개념
   을 중심으로 텍스트를 구성했다.
5) 본인은 특별한 독자나, 특별한 목적을 설정하고 텍스트를 작성했고 텍스트
   는 이 독자와 목적에 부합하는 방향으로 읽기 자료의 내용을 선택해서 내용
   으로 삼았다. 특히 본인은 이를 위해서 과제를 재해석했다.

8. 글을 쓰는 동안 내가 사용한 '수정 방법'은 무엇입니까? (복수 표시 가능)

(①-⑤에 없으면 '⑥'에 직접 쓰세요.)

① 혼자서 수정하기
② 유학생의 도움을 받아 수정하기
③ 한국 학생의 도움을 받아 수정하기

④ 교사의 지도에 따라서 수정하기

⑤ 참고 자료나 기사 등을 참고하여 수정하기

⑥ (중국어, 영어, 러시아어) 쓰세요.

```



```

②, ③, ④를 선택한 경우

유학생, 한국 학생, 교사의 지도를 받아 수정할 때 가장 많이 도움을 받은 것은 무엇입니까?

가. 주어진 과제의 해석	사. 읽기 자료의 요약과 활용
나. 5개 읽기 자료의 이해	아. 논리적 구조
다. 선정한 화제의 타당성	자. 문장, 문단의 연결
라. 예상독자의 선정	차. 문장 오류
마. 글의 주제	카. 맞춤법과 띄어쓰기
바. 글의 구성	타. 참고 자료나 기사 검색

9. 글을 수정하면서 어떤 전략을 사용했습니까?

① 처음부터 다시쓰기(rewriting)   ② 부분적으로 고쳐쓰기(revising)

①을 선택한 경우

그 이유가 무엇입니까?

(가-다에 없으면 '라'에 직접 쓰세요.)

가. 수정된 화제를 모국어로 다시 쓰고 한국어로 번역하고 싶었다.

나. 초고에 너무 많은 오류가 있어서 다시 쓰고 싶었다.

다. 초고를 잊고 완전히 새롭게 쓰고 싶었다.

라. _____

②를 선택한 경우

1) 그 이유가 무엇입니까?

(가-다에 없으면 '라'에 직접 쓰세요.)

가. 처음에 다시쓰기를 하고 싶었지만 한국어 실력이 부족해서 포기하고 부분적으로 고쳤다.

나. 수정하기 계획을 짜면서 정확한 초고의 문제점을 발견했기 때문이다.

다. 초고의 내용이 만족스러워서 부분적인 추가와 변형만 필요했다.

라. _____

2) 고쳐쓰기를 하면서 '가장 많이' 사용한 방법은 무엇입니까? (복수 선택 가능)

가. 유지 - 기존의 문장이나 구를 아무런 변형 없이 그대로 사용하는 것
나. 분리 - 기존의 문장을 내용의 변화 없이 두 개 이상으로 나누는 것
다. 접합 - 두 개 이상의 기존 문장들을 활용하여 새로운 문장 만들기
라. 단순변환 - 기존의 문장을 변형하여 의미가 같거나 비슷한 문장으로 바꾸는 것
마. 복합변환 - 기존의 문장을 변형하되 의미를 변화시키는 것
바. 재배열 - 단락 내에서 기존 문장의 위치를 바꾸거나 단락들의 배치를 재조정하
   는 것
사. 단순첨가 - 새로운 구나 문장을 집어넣는 것 없음
아. 복합첨가 - 새로운 구나 문장을 집어넣어 문장 간의 맥락을 변화시키거나 개선
   하는 것
자. 대체 - 기존의 문장이나 구가 문제가 있다고 생각하여 새로운 문장이나 구를
   바꾸는 것
차. 삭제 - 기존의 문장을 사용할 수 없다고 판단하여 그냥 버리는 것

10. 수정을 몇 번 하였습니까?

① 1회　　　　　　② 2-3회　　　　　　③ 4회 이상

①, ②, ③ 각각의 그 '이유'를 간단하게 쓰세요.

```
(중국어, 영어, 러시아어) 쓰세요.



```

11. 수정하면서 본인의 '번역기' 사용 정도는 어느 정도였습니까?

거의 안 씀	조금 씀	보통	많이 씀	아주 많이 씀
①	②	③	④	⑤

12 -1) ②, ③, ④, ⑤를 선택한 경우 무슨 목적으로 '번역기'를 사용합니까?
                              (가-라에 없으면 '마'에 직접 쓰세요.)

가. 읽기 자료를 이해하기 위해서 사용합니다.
나. 본인의 머릿속의 생각을 한국어로 바꾸기 위해서 사용합니다.

다. 모국어로 생각한 쓰고 싶은 문장을 한국어로 바꾸기 위해서 사용합니다.

라. 내가 쓴 초고를 더 잘 이해하기 위해서 사용합니다.

마. (중국어, 영어, 러시아어) 쓰세요.

12-2) ①을 선택한 경우 왜 '번역기'를 사용하지 않습니까?

(가-다에 없으면 '라'에 직접 쓰세요.)

가. 읽기 내용을 잘 이해했기 때문입니다.

나. 본인의 머릿속의 생각을 한국어로 잘 바꾸기 때문입니다.

다. 습관적으로 한국어로 생각하고 말하는게 익숙합니다.

라. (중국어, 영어, 러시아어) 쓰세요.

12. 본인의 '한국 드라마'와 '한류'에 대한 '지식'이 어느 정도라고 생각합니까?

거의 모름	조금 알고 있음	보통임	많이 알고 있음	아주 많이 알고 있음
①	②	③	④	⑤

13 -1) ②, ③, ④, ⑤를 선택한 경우 한국 드라마에 대한 글쓰기 과제를 할 때 도움이 되었습니까?

가. 아주 많이 도움이 되었다.

나. 보통이었다.

다. 거의 도움이 되지 않았다.

'가'와 '나'를 선택한 경우 글쓰기를 할 때 어떻게 도움이 되었습니까?
(중국어, 영어, 러시아어) 쓰세요.

13 -2) ①을 선택한 경우 한국 드라마에 대한 글쓰기 과제를 할 때 불편했습니까?

가. 아주 많이 불편했습니다.

나. 보통이었다.

다. 거의 불편하지 않았습니다.

> '가'와 '나'를 선택한 경우 글쓰기를 할 때 어떻게 도움이 되었습니까?
> (중국어, 영어, 러시아어) 쓰세요.

13. 본인이 글을 쓰면서 '한국 인터넷 사이트 사용 정도'는 어느 정도라고 생각합니까?

거의 안 씀	조금 씀	보통임	많이 씀	아주 많이 씀
①	②	③	④	⑤

②, ③, ④, ⑤ 각각 무슨 목적으로 '한국 사이트'를 사용했는지 쓰세요. (사이트 주소도 쓰세요.)

> (중국어, 영어, 러시아어) 쓰세요.

14. 본인이 평소 '수정'에서 중요하게 생각하는 것은 무엇입니까?

> (중국어, 영어, 러시아어) 쓰세요.

15. 본인의 글은 무엇이 가장 큰 문제였습니까?

> (중국어, 영어, 러시아어) 쓰세요.

16. 그 문제를 해결하기 위해서 어떻게 했습니까?

(중국어, 영어, 러시아어) 쓰세요.

17. 문제를 알고 있지만 해결하지 못한 문제가 있나요? 그 이유는 무엇입니까?

(중국어, 영어, 러시아어) 쓰세요.

18. 이 글의 예상독자는 누구입니까? 그 이유는 무엇입니까?

(중국어, 영어, 러시아어) 쓰세요.

♥ 1. 드라마[1]는 고단한 일상에서 벗어날 수 있는 유희의 도구이기도 하고 (+)(A1)

2. 또한 (드라마)[1:P] 누군가에게 예측 불가능한 인생에서 나침반이 되어 주기도 한다.(+)(A1)

3. 그래서 한국인뿐만 아니라 중국, 유럽의 한류 수용자(전세계 시청자)[1:S2]들이 한국드라마를 좋아하고(+)(A2)

4. (전세계 시청자)[1:P] 많이 시청하게 된다.(+)(A2)

5. 왜 한국드라마(한국 드라마-인기 이유)[2:S1]는 중국, 유럽의 한류 수용자들의 많은 인기를 얻을 수 있을까?(+)(I)

6. 한국드라마의 내용에 대한 공감, 자국 드라마와의 차이, 한국드라마의 좋은 소재, 한국드라마가 가지고 있는 짜임새와 높은 완성도 등[2:S2설명]이 한국드라마의 만족도를 높이면서 시청자들의 시청동기를 일으킬 수 있는 것으로 볼 수 있다.(-)1(A2)

♥ 7. 한국드라마가 아시아 방송사들을 통해서 방송되자 중국인들이 한국드라마에 열광하면서 중국에서 한류 열풍[2:S2]이 일어났다.(+)(I)

8. 그 시기에 유행했던 "한독"이라는 말[2:S2]이 생각난다.(+)(I)

9. 또 한국드라마가 중국인들의 삶을 변화시키고 있다는 중국 언론보도[2:S2]도 눈길을 끌었다.(+)(I)

10. 한국드라마(한국드라마-영향-중국)[3:S1]의 선전 덕분에 드라마에서 보여지는 한국의 예절, 가족관계, 음식, 의복 등이 중국인에게 부러움과 반성의 대상이 되면서 실생활에도 상당한 영향을 미쳤다.(+)(A1)

11. 중국에서 〈대장금〉(한국드라마-중국 인기-원인)[3:S2]이 폭발적인 인기를 끌자 국내 미디어는 〈대장금〉이 유교사상의 기반인 충과 효를 담고 있고 (-)4(A2)

12. <u>동아시아가 유교 문화권</u>(한국드라마-중국 인기-원인)[3:P]이라는 과거부 터 이어진 "문화적 유사성", "문화근접성"을 그 성공요인일 것이라 진단하 였다.(-)4**(A2)**

13. (한국드라마-중국 인기-원인)[3:P] 한국드라마에서 한국인이 선전하는 한 국의 예와 효는 중국인 시청자들에게도 인정하는 품덕이여서 한국의 문 화전통은 중국과 밀접한 연관을 갖고 있다는 것을 알 수 있고(0)4**(A3)**

14. <u>이로 하여</u>[3:P] 중국 시청자들의 더 많은 공감을 일으키고 인기를 얻을 수 있는 이유라고 생각한다.(+)**(A1)**

15. <u>한국드라마에서 소개된 한국 음식</u>(한국드라마-음식-중국 관심)[3:S2]도 중 국인들의 큰 관심을 이끌었다.(+)**(I)**

16. 예를 들면 <u>비빔밥, 불고기</u>[3:S2]를 찾는 중국인들이 무척 늘어났다.(+)**(I)**

17. <u>〈겨울연가〉</u>[3:S2평가]가 아름다운 배경으로 시청자들에게 한 번 가보고 싶은 나라라는 인식을 심어준 것처럼(-)3**(A1)**

18. <u>〈대장금〉</u>[3:S2평가]은 전통음식으로 한번 먹어보고 싶은 음식이라는 생 각을 갖게 해주었다.(-)3**(A1)**

19. <u>한국드라마의 인기</u>(한국드라마-인기-결과)[4:S1]에 힘입어 이는 곧 외국인 을 위한 관광 상품으로까지 연계되어 한류를 확장시켰고,(-)3**(I)**

20. (한국드라마-인기-결과)[4:P] 한류 콘텐츠의 위상을 한 단계 높여주는 도 약의 기회가 되었다.(-)3**(I)**

21. <u>중국인들의 패션</u>[3:S2]에도 한국드라마 열풍은 거셌다.(+)**(A1)**

22. 새로운 한국드라마가 방영될 때마다 <u>옷 입는 유행</u>[3:S2]이 변할 정도였 다.(+)**(A2)**

23. <u>웨딩 촬영</u>[3:S2]에서도 한국 드라마의 위력을 엿볼 수 있었다.(+)**(I)**

24. 시청자들이 전통 한복의 아름다움에 혼을 뺏겨 <u>웨딩 촬영</u>(3:S2)을 하는 시청자들도 무척 늘었다.(+)**(A2)**

25. 그 뿐만 아니라 중국 황금연휴 때 가보고 싶은 곳이 한국이 선두로 뽑힐 정도로 <u>한국드라마의 위력</u>(한국드라마-인기-결과)[4:EP(19)]을 엿볼 수 있 다.(+)**(I)**

♥26. 그러나 <u>한류, 한국드라마의 열풍</u>[2:EP(7)]이 점점 식어 가고 있는 추세

다.(+)(A1)

27. 2014년 중국 정부에서 발표한 온라인 수입 콘텐츠 규제 방안[2:S2] 때문에 한국드라마가 중국 시장에서의 호황이 저물어져 가고 있다.(+)(A2)

28. 이런 규제뿐만 아니라 한국드라마의 소재의 창신 적인 문제, 배우 캐스팅 문제[2:S2] 등이 한국드라마가 중국에서의 인기 하락에 큰 영향을 줄뿐더러 한국드라마가 중국 진출에도 큰 타격을 주고 있다.(+)(A2)

29. 이러한 문제를 해결하기 위해 중국 미디어 그룹 자본을 받아 합작회사를 설립하거나 공동 제작하는 방안이 대안이 될 수 있어 2014년에는 한국과 중국의 공동제작[3:S1] 사례가 빈번히 일어났다.(+)(I)

30. 드라마 배우 캐스팅 문제에서 살펴보면, 기존 드라마 캐스팅 방식과 달리 당대 젊은 인기 배우 위주[3:S2]로 이루어지고 있다.(0)5(I)

31. 예를 들면 〈해를 품은 달〉[3:S2]에서는 김수현과 한가인을 내세워 방영 전부터 시청자들의 관심을 끌어 성공적으로 이어진 것을 볼 수 있었다.(0)5(I)

♥32. 그러나 2017년에 발생한 싸드배치문제 한한령[3:S2] 등 문제로 인해 한국드라마가 중국에서의 인기가 급격한 하락 상황에 맞게 되었다.(+)(I)

33. 한한령 반포[3:P]된 이후에 많은 한국드라마가 수출 불가능으로 인기가 완전 냉각의 정도에 이르렀다.(+)(A1)

34. 최근 한한령[3:P]이 점차 풀리기 시작했지만(+)(I)

35. 제한 받았던 한중 합동 제작한 드라마[3:EP(29)]가 아직 상영되지 않았고 (+)(I)

36. 상영이 되더라도 다시 열광을 얻기까지 많은 어려운 과정[3:S2]을 겪어야 할 것이다.(+)(A1)

WM8의 학술적 텍스트 분석 예시

♥ 1. 한국드라마(한국드라마)[1]의 인기가 많다.(+)(I)

2. 특히 (한국드라마)[1:P] 아시아 지역의 인기가 제일 높다.(+)(I)

3. 그 인기를 어떻게(한국드라마-인기-이유)[2:S1] 끌어지는지 찾아볼까요?(+)(I)

♥ 4. {첫째,} (한국드라마-인기-이유)[2:P] 한류로 대표되는 인기배우를 캐스팅한다.(-)5(A1)

5. 인기배우[1:S3]들은 다 매우 예쁘다는 게 아니다.(+)(A5)

6. (인기배우는)[1:P] 사람들 중의 인기도 많고 자기 독특점이 있는 사람이다.(+)(I)

7. 그 인기배우[1:P]들은 캐스팅하여 사람의 시각을 끌어진다.(0)5(A2)

8. (유명한 배우-캐스팅 이유)[2:S1] 드라마 방송하기 전에 그 유명한 배우들을 통해서 먼저 사람들의 호기심을 끄는 것이다.(0)5(A2)

9. 예를 들면 〈태왕사신기〉[2:S2예증]는 한류스타 배용준을 통하고(0)5(I)

10. 〈해를 품은 달〉[2:S2예증]에서는 김수현과 한가인을 통하여 인기를 많이 끌어냈다.(0)5(I)

♥11. {둘째,} (한국드라마-인기-이유)[2:EP(4)] 국가의 역사문화를 통하여 드라마를 만든다.(+)(A1)

12. 사람[1:S3]마다 다른 국가의 문화를 호기심이 있으며(+)(I)

13. (사람)[1:P] 드라마를 통하여 다른 국가의 문화를 알고 싶기도 한다.(0)1(A2)

14. 한국드라마[1:EP(1)]는 자기국가의 역시로 드라마를 만들고(+)(I)

15. (한국드라마)[1:P] 사람의 호기심을 끌기는 게도 그 성공한 이유이다.(+)(A2)

16. 예를 들면 〈대장금〉[1:S2]이 한국여사로 인하여 인기를 많이 얻었다.(+)(I)

17. 〈대장금〉[1:P]에 통하여 그 시기의 한국은 어떤 문화를 있는지 알 수 있다.(+)(I)

♥18. 셋째, (한국드라마-인기-이유)[2:EP(4)] 한국 특이한 유형과 스토리이다.(+)(A1)

19. 한국드라마[1:EP(1)]가 독창적인 스토리를 통하여 많은 인기를 끌어 얻었다.(+)(I)

20. 한국드라마 중의 〈별에서 온 그대〉[1:S3]를 매우 좋은 드라마이며(+)(I)

21. (〈별에서 온 그대〉)[1:P] 인기도 많이 얻기 때문에 한국에서 성공한 드라마 중의 하나가 됐다.(+)(I)

22. 그 성공한 이유(〈별에서 온 그대〉-성공 이유)[2:S1]는 바로 그 독특한 스토리이다.(+)(A2)

23. 저는[2:S2] 기억 중의 〈별에서 온 그대〉는 한국드라마 중의 저는 처음 보는 유형이다.(+)(EX)

24. 바로 (〈별에서 온 그대〉)[1:EP(21)] 시간을 달리는 한국드라마다.(+)(I)

♥25. 넷째, (한국드라마-인기-이유)[2:EP(4)] 사랑을 위주의 드라마를 많이A1만든다.(+)(I)

26. 한국드라마 중 제일 많은 드라마(한국드라마-보통 유형)[2:S2]는 사랑을 위주한 드라마다.(+)(I)

27. 사람[1:EP(12)]이 사람마다 다 관심이 있는 화제다.(+)(A1)

28. (한국드라마)[1:EP(1)] 사랑이 관한 주제를 많이 사용하여 외국인들은 사랑 주제의 드라마가 제일 잘하는 국가가 한국이라는 의식이 만들었다.(+)(A1)

♥29. 이 네 가지[1:S2평가]는 제가 한국드라마 성공의 원인에 대한 생각이다.(+)(I)

30. 그리고 한국드라마[1:EP(1)]가 이렇게 성공한 후 어떤 영향을 미칠까요?(+)(I)

♥31. 한국드라마에 대한 만족도(한국드라마-만족도)[2:S1]가 높아질수록 한국 문화도 경험하고자 하는 의향을 커질 수도 있다.(0)1(A1)

32. 한국에 와서 문화를 체험하는 게 한국의 경제[2:S2]도 도울 수 있

다.(0)1(A1)

33. 한국드라마에서 나오는 한국음식, 한복 등 경험하려면 한국에 오는 게 좋은 방법이라서 한국의 관광업 수익[2:S2인과]을 높아질 수 있다.(0)1(A2)

♥34. 한국드라마[1:EP(1)]가 성공하여 한국 이미지를 세울 수 있다.(+)(A1)

35. 전 세계 많은 사람[1:S3]들은 다 한국에 와서 직접 알릴 수 없고(+)(I)

36. 드라마[1:EP(1)]를 통하여 한국을 알고서 이미지를 남는다.(+)(I)

37. 그래서 한국드라마를 성공(한국드라마-성공)[2:S1]시킬수록 많은 외국인들은 한국문화를 알릴 수 있고(+)(A2)

38. (한국드라마-성공)[2:P] 한국 이미지를 세울 수 있다.(+)(A2)

부록7 WM7의 학술적 텍스트 분석 예시

♥ 1. 자료를 보면[1] 한국드라마를 유행한 이유가 다섯 가지 있다.(+)(I)

2. 첫째. 한국드라마의 좋은 소재[1:S2]를 통해서 한국드라마를 만든다.(+)(I)

3. 다양한 소재[1:P] 있기 때문에 여려 가지 한국드라마 종류가 있다.(+)(I)

4. 한국드라마[1:S2]가 가지고 있는 짜임새와 높은 왕성도 등이 한국드라마의 만족도를 높이는 것으로 확인 되었다.(-)1(I)

5. 아시아권 시청자[1:S2]들이 보고 싶으면 다양한 선택 가능 한다.(+)(I)

6. 예를들면 (아시아권 시청자는)[1:P] 신화 인물 공포 로맨틱 등이 볼 수 있다.(+)(I)

7. 한류가 중국에서 유행하는 이유[1:S2]는 중국과 한국 간에 지리적으로 가깝기 때문에 민간교류가 밀접하게 진행할 수 있는 조건을 제공해 주었기 때문에 하였다.(+)(I)

8. 게다가 (한류가 중국에서 유행하는 이유)[1:P] 중국의 다민족국가 특성 때문에 역사 외래문화를 흡수하는 데에 적극인 영향을 미칠 수 있다고 주장하였다.(+)(I)

9. 뿐만 아니라 여기에 두 가지 관점(한류가 중국에서 유행하는 이유)[1:P] 더 있다.(+)(I)

10. (한류가 중국에서 유행하는 이유)[1:P] 한국 문화 콘텐츠의 시기 적절성이다.(+)(I)

11. 개혁개방 이후 중국 시장이 경제의 급성장을 맞이하면서 사람들의 생활 수준이 높아짐에 따라서 문화생활 욕구[1:S2]가 다양해졌다.(+)(I)

12. 하지만 중국의 문화 콘텐츠[1:S2]는 중국 사람들의 요구를 충족하지 못하였고(+)(I)

13. 한국 문화 콘텐츠[1:S2]가 적시에 공급된 것이다.(+)(I)

♥14. 둘째. (한류가 중국에서 유행하는 이유)[1:EP(7)] 한국 대중문화 자체가

가지고 있는 경쟁력을 들 수 있다.(0)1(I)

15. 미국과 일본의 대중문화를 수용해 왔던 시청자[1:S3]들이 에게는 다른 나라 문화를 알고 싶은 호기심 끌고 있다.(+)(I)

16. 한국 스타일긍정적인 영향[1:S3]을 통해서 한국드라마를 인기가 도 많다.(+)(I)

17. 시청자들이[1:S3] 자기가 좋아하는 아이돌 드라마에 출연하기 때문이다.(+)(I)

18. 한국 대중문화 자체가 가지고 있는 경쟁력[1:S3]을 들 수 있다.(+)(I)

19. 미국과 일본의 대중문화를 수용해 왔던 중국 사람[1:S2]에게는 미국 문화의 이질성과 일본의 과거 역사가 강한 거부감의 원인이 되었다.(+)(I)

20. 반면에 한국 대중문화[1:S2]는 상대적으로 거부감 없이 받아들일 수 있는 '수용 가능한 콘텐츠'라고 말할 수 있다.(+)(I)

♥21. 중국 언론[1:S2]은 한국 드라마가 왜 중국에서 인기를 얻는지에 대해 한국 드라마가 갖춘 형식과 감각적 가지가 지닌 형태성 또는 문화적 근접성을 통해 충분히 설명될 수 있다고 제시하였다.(+)(I)

22. 한국 드라마[1:EP(4)]는 쉴 새 없이 갱신 및 교체하고 있기도 한다.(+)(I)

23. 또한 몇몇 학자[1:S2]들은 한국 드라마의 '세련되고 화려한 배경, 순수하고 강렬한 사랑, 가족 중심의 끈끈한 가족애가 매어 있는 한국적 정서, 강한 리더십을 갖춘 남성, 세련된 도회풍의 여성.(+)(I)

♥24. 셋째, (한류가 중국에서 유행하는 이유)[1:EP(7)] 한국드라마 시청동기와 한국문화 경험의 도와의 관계에 대한 본석 결과 정보습득 요인과 드라마 경쟁력 요인이 다른 한국드라마를 경험 하고곤 의향에 영향을 미치는 것으로 확인 되었다.(-)1(I)

25. 유럽인[1:S3]들은 다양한 장르의 한국드라마를 신청하면서 한국의 풍경과 문화를 간접적으로 경험할 수 있다.(-)1(I)

26. 이는[1:S2평가] 대중문화를 포함 한국문화 전반에 대한 경험의도를 높일 수 있기에 드라마를 활용한 한국 알리기 와 관광 활성화 등도 기대 된다.(-)1(I)

♥27. 넷째, (한류가 중국에서 유행하는 이유)[1:EP(7)] 한국드라마 아시아 유행

하는 이유는 중국과 한국 한국간에 지리적으로 가깝기 때문에 민간교류가 밀접하게 진행할 수 있는 조건을 제공해 었기 때문에 하였다.(+)(I)

28. 게다가 <u>한국드라마의 내용 대한 공감성 연구</u>[1:S2]에서 아시아 지역에서 한류드라마의 유행을 아시아 여성의 욕망 끌고 되었다.(0)2(I)

29. <u>한국드라마</u>[1:EP(4)] 아시아 여성의 욕망을 순수하고 충실하고 영원한 사랑에 대한 욕망 만족 되었다.(0)2(I)

30. <u>한국드라마 시청동기와 한국에 대한 태도와의 관계</u>[1:S2]에서는 '정보습득'요인과 '드라마경쟁력'요인이 한국에 대한 긍정적 감정에 영향을 미치는 것으로 확인되었다.(−)1(I)

♥31. 다섯째, <u>(한류가 중국에서 유행하는 이유)</u>[1:EP(7)] 한국드라마 시청동기와 드라마 만족도가 다른 한국문화 경험의도와의 관계에서는 한국드라마를 시청하고(−)1(I)

32. <u>한국드라마에 대해 만족도</u>[1:S2]가 높아질수록 다른 한국문화를 경험하고자 하는 의향에 긍정적인 영향을 미쳤다.(−)1(I)

33. <u>한국드라마</u>[1:EP(4)] 배우 매력성 있다.(−)1(I)

34. <u>한국에서는</u>[1:S3] 남성중심 사회 에서 약자 였던 여성의 유교문화 관습과 전통에 대한 도전을 성공요인 보았다.(+)(I)

35. <u>한류</u>[1:S3] 안에 새롭게 재구성 되었다.(+)(I)

36. <u>한국드라마</u>[1:EP(4)]가 갖춘 형식과 감각적 가지가 지닌 형태성 또는 문화적 근접성을 통해서 충분히 설명하고 제시하였다.(+)(I)

♥37. <u>인터넷의 발달</u>[1:S3]하기 때문에 사람은 인터넷에서 한국 드라마를 쉽게 볼 수 있고(+)(I)

38. <u>한국</u>[1:S3]는 표면적을 중시해서 그들은 한국 드라마를 많이 포장한다.(+)(I)

민정호

현재 동국대학교 국어국문학과 초빙교수이고, 쓰기 교육으로 박사학위를 받았다. 중앙대학교에서 유학생에게 한국어를 가르쳤고, 인천대학교에서 교수로 재직하며 한국 학생에게 글쓰기를 가르쳤다. 글쓰기와 리터러시, 그리고 담화와 교육법에 관심을 갖고 열심히 연구 중이다. 주요 저서로는 『글쓰기 교육과 교수 방법』(공저)가 있고, 주요 논저로는 「학술적 글쓰기에서 대학원 유학생의 저자성 개념과 교육원리의 방향 탐색」, 「학술적 글쓰기에서 대학원 유학생의 발견 능력 향상을 위한 교육 내용 제안」, 「박사 유학생의 필자 정체성 강화를 위한 제언: 학술적 글쓰기에서 담론적 정체성을 중심으로」 등 다수의 논문이 있다.

학술적 글쓰기와 저자성

2020년 9월 18일 초판 1쇄 펴냄

저 자 민정호
발행인 김흥국
발행처 보고사

책임편집 이경민
표지디자인 손정자

등록 1990년 12월 13일 제6-0429호
주소 경기도 파주시 회동길 337-15 보고사
전화 031-955-9797(대표)
　　　 02-922-5120~1(편집), 02-922-2246(영업)
팩스 02-922-6990
메일 kanapub3@naver.com / bogosabooks@naver.com
http://www.bogosabooks.co.kr

ISBN 979-11-6587-087-4　93800
ⓒ 민정호, 2020

정가 23,000원